KB122823

이문열의 삶과
작품세계

文學人生 半世紀

문학인생 반세기

이문열의 삶과

작품세계

박 경 범 지음

BOOK ★ STAR

이 책의 취지는 데뷔 40주년을 맞은 원로작가 이문열(李文烈)의 행적과 주요 작품을 해설함으로써 한국 문학사와 사회사에서의 이문열의 위치를 재조명하여 문학의 퇴보와 문학시장의 위축이 우려되는 현시점에서 시대의 모범이 될 작가를 기억함으로써 문학의 위상을 지키는데 일조하는 것이다.

이러한 작업은 응당 평론가의 자격을 가진 문인이 담당해야 할 것이나 이문열 작가와는 1998년의 첫 만남 이후 20년을 넘게 소통(疏通)을 이어오고 있으니 작가에 관한 이해(理解)가 국내에서 글을 쓰는 자들로서는 그리 후순위가 아니리라는 자신감(自信感)에 따른 것이었다.

그런데 사람의 버릇은 쉽사리 바뀌지 않는 것인가 보다. 1998년 필자는 프리랜서 기자 자격으로 작가 이문열을 인터뷰한다고 하여 놓고는 결과적으로는 이문열의 위상을 이용해 나의 잡설을 세상에 털어놓는 편법 사기(便法詐欺)를 행한 것이었다. 그러한 버릇은 지금도 남아 기껏 이문열의 작품과 인물에 관한 참고를 얻을까 찾아온 독자에게 나의 변변찮은 잡설을 들어주는 수고를 안기고야 마는 것이 아닐까 염려된다.

그러나 이미 주사위는 던져진 마당에 이 책의 집필 과정을 통해 얻어진 새로운 깨달음의 정보는 이문열 선배와 나 그리고 독자를 비롯한 이 시대의 모든 사람에게 중요한 영혼 고양(靈魂高揚)의 자료가 되리라 한다.

삶의 목적이 그리할진대 삶의 궤적 또한 누구에게나 소중하다. 그런 자기의 삶을 인간은 기록하고 싶어 한다. 이렇게 아름다운 세상 잊지 않으리 내가 살아간 얘기… 하며 어느 노래의 가사와 유사한 생각을 사람들은 갖고 있고 믿고 싶어 한다.

하물며 자발적 기록의 특권을 가졌다 할 문학의 작가라면 더욱 그리할 것이다. 그래서 많은 문인은 자기가 살아간 얘기를 소설작품에 넣기를 즐겨한다. 그럼에도 자기의 경험을 소재로 했다며 일인칭으로 작품을 내놓는 소설가는 그리 많지는 않다. 살아간 얘기를 세상이 잊지 않기를 바라면서도 섣불리 자기의 사생활을 노천(露天)에 전시(展示)하려고 내걸기에는 수줍어한다. 그래서 자기 이야기를 객체화의 다듬질을 거치지 않고 삼인칭 주인공으로 내놓다 보니 소설에는 불균형이 생기고 자서전의 귀중한 자료가 허비된다.

필자도 이제껏 자전적 요소가 있는 글에 당당히 일인칭 나를 주인공으로 한 적이 없으니 그런 범주에 들어 있었다. 이제 이 글에서부터 그런 이중적 태도를 극복하고자 글의 서술을 나를 주인공으로 하는 일인칭 소설의 형식을 취했다. 자기의 생각과 관련 정황을 스스로 책임지고자 하는 것이지만, 소설의 형식을 취했다는 것은 곧 모든 정황이 실제 그대로는 아니라는 것도 의미한다. 소설의 형식을 구실 삼아 평론에서는 쓰이지 않는 영성적(靈性的) 용어가 빈번히 사용될 것에도 마음을 열어 주기를 청한다.

이 책에 실린 글 대부분의 원천(源泉)을 주신 李文烈 선생님께 감사드린다. 이 책에는 오래전부터의 필자의 생각도 포함되어 있는데 잡지의 일회성 기고 혹은 인터넷의 흘러가는 게시물로 그칠 수 있었던 주장을 역사에 남는 저작물로 만들어 주신 북스타의 박정태 회장님께 감사드린다.

2020.10

문단(文壇)의 외곽(外廓)에서

박경범(朴京範)

7

차 례

1부

이문열의 자기실현

이문열 작가와 대담하는 저자(1998년)

1

/

1998년 부악문원

1998년 12월.

아직 한 해가 더 남아 있었다고 해도 이미 세기말(世紀末)은 막바지에 다다르고 있있다.

세기말에는 한 세기가 끝나면서 하나의 세상이 몰락하는 느낌으로 인해 인간의 심리에 나태함이 스미어 자포자기와 퇴폐 풍조가 번지고 인간 사회의 쇠퇴함이 나타난다고 한다. 이제 남은 한 해에다 무엇을 더 기대하기는 벅찬 것이었다. 곧 있을 마지막 한 해의 존재감이 없는 만큼 1998년의 세모(歲暮)는 더없이 쓸쓸했다.

같은 세대의 다른 누구나 그러했듯 나 또한 어릴 적에는 서기 2000년이 되면 도시마다 거대한 반원의 유리 돔이 덮이고 유리관 속의 모노레일이 하늘을 가로지르며 사람들은 은빛 우주복을 입고 비행접시를 타고 우주여행을 하리라 믿었다. 그것은 상상력 많은 어린이들만의 착각이 아니었다. 달 여행의 감격에 들뜬 1970년 연초의 한 라디오 방송에서는 1980년의 가족 달나라 여행을 그렸던 바 있었다.

그러나 인류 생활의 개관(概觀)은 그다지 변하지 않았다. 2000년이 가까워도 사람들은 세탁이 번거로운 섬유 옷을 입고 다니며 변두리 주택가 녹슨 철문 옆에는 쓰레기 더미가 쌓이고 있었다. (다만 그 당시로부터 지금까지 크게 달라진 것은 이동통신의 발달이었다.)

인류 생활의 변화 속도는 갈수록 빨라진다고들 했고 과거 수천 년의 변화가 오늘날에는 불과 십년 사이에 이루어진다고들 했다. 무엇을 보고 그렇게 말할 수 있었나. 눈앞의 손바닥은 먼 곳의 태양보다 크게 보이는 법이다. 우리는 변화에 대한 강박감 속에서 살아온 것은 아닐까. 점진적 발전으로는 성에 차지 않아 뼈대와 틀을 갈아치움으로써 진보의 환각을 즐겼던 일은 없었을까.

세기말의 스산한 분위기 아래 누런 잔디 위에 뒹구는 갈색 나뭇잎의 군무(群舞)를 발아래 보면서 경기도 이천의 부악문원(負岳文院)에서 이문열 작가를 만났다.

당시로서는 『변경(邊境)』의 (일차적인) 완성에 맞추어 세기말 우리 사회에 있었던 (지금도 계속되고는 있지만) 사상적 혼란에 대한 우려의 뜻을 교환하고 올바른 사회 가치관 확립을 위한 그의 견해를 듣는 것이 목적이었다.

『변경』은 12년 만에 완성했다고 했다. 그 당시 12년 만에 완성한 것도 꽤 긴 세월에 걸친 작업임을 강조했는데 근래 다시 28년 만에 완성한 역작이라고 강조할 정도로 작가의 소중한 작품이다. 작품의 배경은 50년대 후반부터 70년대 초반이니 격동의 60년대가 만든 한국 현대사의 정치 경제 사회 문화적 풍경 속에 살아가던 한국인의 삶을 그려낸 거대한 벽화와 같은 이야기라고 한다.

"큰일을 마치심을 경하(慶賀)드립니다."

당시 나의 인사말을 한마디로 정리하자면 이렇게 해야 하겠다. 그리고 목적대로 『변경』과 당시의 세태에 관한 이문열의 발언을 듣게 되었다.

"『변경』은 12년 전부터 쓴 작품입니다. 물론 12년간 『변경』만을 쓴 것은 아니지만 12년간의 게으름을 근래 삼사 개월 동안 보충하고 하자(瑕疵)를 보완하여 이번에 완성한 것입니다. 그렇지만 현재 나는 앞날에 대한 불안과 외로움을 느낍니다. 지금 정치 경제 사회에 상당한 변화가 생기면서 많은 문제가 제기되고 있는데 아직은 영향이 거기 머물러 있지만 결국은 문학에도 오리라는 예감이 듭니다."

사실 문학에는 그 변화가 온지 이미 오래되었다. 한 나라를 바꾸려면 그 나라의 소설을 바꿔야 한다는 중국 출신 일본 망명객 양계초(梁啓超)의 계략을 받아들여 신라 고려 조선으로 이어온 한반도 국가의 근본을 바꾸고자 1920년대의 조선총독부는 문화 통치와 더불어 새로운 문학사조(文學思潮)를 이 땅에 심었는데 그 줄기는 해방(1945)과 건국(1948)과 전쟁(1950)을 거치고 민주(1960)와 군사(1961)의 혁명을 거치고 민주화운동 탄압 사태(1980)와 민주화운동 성공(1987) 그리고 정권 교체(1997)를 이어오면서도 변함없이 이어져 우리의 국가와 민족을 변화시켜왔고 이제 완전한 변질을 시도하기에 이른 것이다.

"내가 우울하고 걱정스러운 것은 또다시 우리의 현실이 역사가 진행되어 가는 과정 중 변증법의 정반합(正反合)에서의 反의 상황에 있게 되지 않은가 하는 것입니다. 그간의 대립과 갈등을 극복하고 화합으로 나아가는 合의 과정이 아니라 새로이 갈등과 대립이 증폭되어가는 상황이라 할 수 있습니다."

본디 사회의 형성은 순리에 따라 형성되어 그것을 正이라 한다. 그러나 당초의 순리에 어긋남이 축적되어 이러한 영향력이 사회를 변화시키는 힘을 발휘하는 상태가 反이다. 이러한 反의 상태는 난세(亂世)이며 지내기 괴로운 시기(時期)이다. 그러다 이윽고 난세가 평정되며 合의 상태로 접어들어 안정이 되고 이것은 새로운 正이 된다. 지난 해방과 건국의 시기에 있었던 혼란 그리고 6·25전쟁이 反이었다면 (물론 민족주의적 관점으로는 그 이전의 일제 지배사회도 反의 시기이다) 간난(艱難)의 시대를 넘어 1990년대에 누리는 경제적 풍요와 안정된 사회는 合이고 새로운 正이라고 할 만하다. 그런데 아직 우리 사회가 合에 의한 正을 충분히 누리지도 못한 중에 反에 의한 난세가 닥쳐오는 듯싶은 것이다.

"지금 지난날 동안 지켜왔던 가치에 反하는 주장들이 사회의 주류를 형성하고 있습니다. 앞으로 우리들이 合에 이르기까지에는 많은 것을 치러내야 할 것 같습니다. 이번에는 전례 없이 독자와의 대화와 사인회 등에 참석했습니다. 이런 때인 만큼 작가로서 정신적인 힘을 얻으려면 아직까지 독자들에게 건재하고 있음을 확인해야 할 필요가 있는데 결국 그것은 책의 판매 부수로 나타날 수밖에 없습니다. 앞으로 닥쳐올 변화에의 대응이고 단적으로 말하면 싸움입니다.”

여기서 이문열은 反과의 대결에 역할을 해야 할 것을 인식하고 이를 위해 작가로서의 존재감 강화, 즉 反에 대항할 힘을 기르는 데에도 신경을 쓰겠다고 했다.

대한민국의 이념 판도는 오래도록 우파 쪽에 있어 보였다. 한국 땅에서는 왕조의 시대가 이십세기 들어 그 수명을 다했다. 이럴 때 새로이 들어설 공화정은 자연스럽게 어느 정도 좌파적 성격을 띠게 될 것이나 일제(日帝)가 통치권을 빼앗으니 나라의 중추 이념이 그쪽으로 향할 기회는 미루어졌다. 그리고 해방 후 좌로 향하는 정치 세력이 대거 북쪽으로 몰려나갔으니 남쪽 땅의 대한민국은 반세기의 격동을 거치면서도 우파 성향의 사회로 유지되었다.

그러나 그런 중에도 문학의 기조(基調)는 일본강점기를 이어 좌편향이 유지되었다. 물론 정부 정책과 사회 가치관을 따르는 미시적 가치에서는 우편향의 문학도 있었다고는 할 수 있지만, 소설을 이용해 이 나라를 바꾸겠다는 거시적 가치에서는 철저히 좌편향이었다.

소설 문학계에 아직 존재하고 있는 미시적 우향세(右向勢)가 사회 전반의 좌향세에 밀려 위축될까 우려되고 있는데 이를 막기 위해서는 한국 문학의 우향세의 한 축인 이문열 자신의 작가적 위상을 지켜야 할 상황이었던 것이다.

“그 싸움을 위한 바탕이 되어 주는 기세를 얻기 위해서도 더한층 독자에게 밀접해야 할 것입니다. 『변경』은 내 가족사라지만 실제로는 나의 자기 찾기에 해당하는 부분이 많아서 전에 없이 그 호응과 판매에 관심 두지 않을 수 없습니다. 그 외 앞으로의 일에는 큰 방향을 찾지 못하고 있다고나 할까요. 지금 저의 오십이란 나이는 늙었다고 하기에도 고약하고 젊다고 하기에도 고약한 나이입니다. 그것은 무엇을 시작하기에도 시간이 모자랄 것 같고 해오던 일을 끝내기도 모호합니다. 이 시점에서 문학의 세계화를 염두에 두고 많은 것을 새로 시작하느냐 아니면 이미 이루어 놓은 것을 마무리하고 정리하느냐의 갈림길에 있으면서 어느 것도 분명하게 결정이 안되고 있습니다.”

세월이 흘러 당시 상대적으로 젊은이에 불과했던 나도 그 당시 이문열의 나이를 훌쩍 넘긴 지금이다. 사람은 지난날을 생각하면 늘 그때는 왜 더 정신을 바싹 차리지 않고 살았을까 하는 후회를 하게 된다. 자라날 때는 말할 것도 없고 성인이 되어서도 그러하다. 이미 사회에서 가장 우대받는 나이를 지나 객관적인 기준으로는 능력과 판단력에 내리막길을 걷는다고 여겨지는 나이에 이르러서도 늘 지난날은 지금의 자기보다 현명하지 못했음을 아쉬워한다.

당시에는 이문열은 사회적 관행으로 보아도 절정의 나이에 있었고 나는 비록 아주 젊은 청년은 아니지만 이 사회에서 지적 능력으로 가치를 보이려는 활동을 시작하기에는 적합한 나이의 젊은이였다. 그러나 지금은 이문열은 물론이고 나 또한 이른바 내리막의 나이에 있으니 세월 무상이다.

당시에 내가 양계초라는 망명 사상가의 주장까지 인식한 것은 아

1부. 이문열의 자기실현

니었다. 하지만 나는 인간 사회의 흐름은 현실 이상(以上)의 세계를 제시하는 소설 문학에서 미래의 방향이 읽힌다는 소신을 갖고 있었기 때문에 이문열의 생각에 토를 달 수밖에 없었다.

"선생님께서는 정치 경제가 문학에 영향을 미칠 것이라 하셨지만 따져보면 문학이 애초에 원인 제공을 하였던 것이 아닐까요."

이문열은 내 주장에 그대로 동의했다.

"그렇죠. 원인을 따져보면 문학이 먼저라 할 수 있지요. 하지만 그때는 그런 영향이 아직 제도화되지 않았었지요. 그런데 지금 우리는 아주 심각한 문제를 경험하고 있습니다. 유혈(流血)이 없고 국경충돌이 없을 뿐이지 몇 가지 시비(是非)가 첨예하게 대립되고 있습니다. 최장집(崔章集) 교수 논쟁도 그렇습니다. 이 사건을 한발 물러서 보면 거의 혁명적인 일입니다. 법원의 개입은 어떤 사건 해석의 방식이라든가 한 개인의 권리 침해 같은 것에 적용되는 것이 일반적이지 국시(國是)를 이루는 이념에 판단 주체를 맡는 것은 어려운 일입니다. 이번 판결은 대중적으로 보면 법원이 내용까지 최 교수를 편들어 준 것 같아 보입니다. 사실이 그렇다면 그것은 굉장한 혁명이 일어난 것이죠."

사회 전반의 사상 관념이 변화되면 전에는 특별한 음지쪽에서 통용되었던 사상(思想)이 양지의 보편적 상식(常識)이 된다. 그리하면 제도권의 사리판정기관도 이내 그런 쪽 사상을 인용하게 된다.

나는 대학 시절 그 변화의 결정적 시점을 겪었다. 1979년 박정희 대통령 시살(弑殺) 사건 이후 오랫동안 눌려 있던 특수 사상이 대항력 없는 광장에 올라와 퍼져 보편 사상이 되는 현상이 대학에서부터 일어났던 것이다.

1978년의 가을 축제에서 나는 파트너가 없는 소외된 학생의 하나였다. 입학 당시에 별다른 취미나 특기가 없었으니 무슨 학회라는 서클(동아리)이 그럴듯해 보여 가입한 바 있었다. 거기서 다른 단과대학의 선배들이 만들어 주는 술자리에 끼는 것은 친구가 없는 자의 위안거리였다.

그러한 생활은 가을 축제에 절정에 달했다. 클래스메이트들이 저마다 파트너를 데리고 즐기는 중에 나는 서클에서 만난 남녀 선배들과 함께했다. 대운동장에서 쌍쌍파티가 열려 음악과 조명이 화려한 중에 대로를 건너 어둑한 잔디에서 이른바 의식화된 학생 모임은 저들끼리의 술자리를 했다. 정말 우리 모두가 다 함께 화합하여 즐기는 축제가 되었으면 얼마나 좋을까, 저들의 의식이 깨어 민중과 함께하는 대동 축제의 마당을 함께할 그날은 언제나 올까 하며 한탄하던 그들은 이윽고 눈물을 떨구고 종국에는 남녀 할 것 없이 함께 부둥켜안고 잔디밭에 엎드려 통곡했다. 그때에는 축제도 절정을 지나 조명이 어두워지고 술취한 커플들은 쌍쌍이 흩어지기 시작했는데 아직 많은 커플과 단독 참여자들이 어둑한 운동장에서 춤추고 있고 스피커에서는 블루라이트 요코하마가 흘러나오고 있었다.

내가 아직도 대학에 있던 1981년 가을 축제는 어떠하였는가. 이미 고학년이 되면서 지도 역할을 못 하는 학회 써클은 나온 지 오래였고 그럭저럭 인간관계도 넓어져 외롭지는 않은 학창 말년을 보

내고 있었다. 교문에서 한 정거장 되는 거리에 있는 찻집에는 먼젓
번 학교 근처 술집에서 접대부로 만났던 여자 미스 박이 있었다. 술
집에 함께 갔던 친구들이 이구동성으로 그녀를 두고 이곳에 그대로
있기는 아까운 여자라고 할 만큼 미모와 순수함을 보인 바 있었는
데 다행히도 얼마 후 그만두고 이모와 함께 학교에 더 가까운 곳에
서 찻집을 한다는 것이었다.

　나는 그녀를 찾아가 축제에 오기를 청했다. 물론 나하고 동행하는
것이지만 파트너라기보다는 대학 밖의 민중계급인 그녀와 대학축
제를 함께할 기회를 갖자는 것이었다. 미스 박은 기꺼이 와주었다.
예정된 시각에 함께 대운동장에 왔다. 당시의 톱가수 조용필도 온
다는 소문이 있었다. 그런데 대운동장은 썰렁했다. 아무도 없는 것
은 아니고 축제 현수막이 있는 곳에 상당수의 학생이 몰려 있긴 했
다. 나중에 친구에게서 설명을 들었지만 학생들이 무리 지어 반민
중성 퇴폐 자본주의 축제를 방해 놓았고 축제는 취소되었다. 주도
적인 인물들은 삼년 전 언더독으로서 눈물을 삼켰던 부류이겠지만,
학생대중이 의식화되어 따르고 아무도 반대하지 않았기에 가능했
던 일이었다.

　그러한 경험이 나로 하여금 우리 사회의 변화 추이에 대해 한마디
의 발언을 더하도록 허가해 주었다.

　"저는 70년대에는 소수에 그쳤던 학생의 의식화가 80년도 봄을
계기로 학생 대중에 널리 퍼진 과정을 보았습니다. 그 영향을 받은
80년대 졸업 세대는 특별히 운동권이 아니라 해도 그 이후 재(再)의

식화가 되지 않는 한에는 의식화적인 생각을 갖고 있을 것입니다. 그 세대가 사회의 중견으로 성장해 가고 있는 지금 그 의식은 사회 각 분야에 영향을 미치고 있습니다. 법원 등 사회 공공기관도 그 영향권 아래 있다고 봐야 할 것입니다."

80년대 이후 교육받은 세대는 설사 의식화된 운동권이 아니고 사법시험 등 제도권의 과정을 성실히 마친 사회 적응자라고 하여도 운동권 의식에 준하는 생각을 가지는 것이 이상할 것 없다는 나의 견해였다. 그리하여 오히려 대학생 시절의 의식화 이후 다시 사회의 문제를 재정비해서 관찰하는 계기가 생겼다면 이를 재의식화라고 부르기에 이른 것이었다.

이문열과 나와의 대화는 이어졌다.

"최 교수의 입장을 이해하려면 이해 못 할 것도 아닙니다. 여태까지는 많은 지식인들이 이중적 입장을 취할 수밖에 없었지요. 좌(左)를 주장하는 것에는 피해가 따랐기 때문에 명백히 左이면서도 이 나라 이 사회를 위해서라고 위장했어야 했습니다. 이제 좌파를 자랑하는 시대가 됐는데 지식인들이 정직해져야 하겠습니다."

"북한에 반대한다고만 하면 아무 문제없는 것 같지만 그렇게 간단히 넘어갈 수는 없을 것 같습니다. 극단적인 예로 남로당을 재건하려는 세력이 있다면 당연히 저들을 배신하고 숙청한 북한을 적대시하겠고 남한에서 먼저 적화가 되어서 북한의 세력을 흡수하여 사회주의 통일국가를 이룬다면 그 이상 좋은 것이 없겠습니다."

"정직하지 못함은 左뿐 아니라 右도 있었습니다. 자기의 개인적

이익을 반공으로 위장한 일이 많았습니다. 우파(右派)라면 반공이니 애국이니 하면서 막연한 구호로 그치지 말고 정말 우파적 사고가 무엇인가 알려야 합니다. 나는 이렇게 사고(思考)해서 이렇게 행동이 나왔다. 그래서 우파라고 불러다오 하는 식으로 밝혀야 하겠습니다. 좌파도 단순히 북에 반대한다 안 한다가 아니라 그 주장하는 바의 원리가 무엇인가 체계를 세워 밝혀야 하는 것입니다."

"보수(保守)와 진보(進步)에 대한 이해(理解)가 일반에게 퍽 부족합니다. 보수는 그대로를 선호하고 진보는 발전을 추구하는 양 오해되는 경우가 많습니다. 발을 내딛는다(進步)는 것이 반드시 더 좋은 곳으로 옮김은 아닐 것입니다. 판단의 눈을 가리면 물속으로도 낭떠러지로도 진보할 수는 있는 것입니다." 나는 덧붙였다.

"보수와 진보는 현재를 보는 두 가지 태도일 것입니다. 현재의 제도와 문화가 악당들이 저네들의 이익을 유지하기 위해 만든 것, 혹은 어쩌다 강자의 자리를 차지한 바보들의 실수의 결과인가 아니면 지나온 세월 동안 갈고 닦여 이루어진 최선의 것인가 하는 관점입니다. 물론 역사상 어떤 제도는 폭군이 다수를 억누르려는 목적하에 만들어진 것도 적지 않습니다. 문화의 어떤 부분도 우연의 산물이거나 바보들이 장악해서 만들어진 것일 수 있습니다. 그러나 사람은 한 번뿐인 삶에 관계된 것을 함부로 바보와 악당에게 내맡기지는 않습니다. 많은 것은 동의에 의해서 이루어집니다. 오랜 세월 끝에 이루어진 현재의 완전성을 최소한의 타당성마저 믿지 않는다면 역사를 전부 바보와 악당의 역사로 만드는 것입니다. 진보의 주장에 깔린 것은 현재에 대한 불신입니다. 현재를 부수거나 고쳐야 할 대상으로 보는 것입니다. 물론 미래에 대한 가치 부여는 필요합니다. 현재를 완전히 믿는다면 문화의 발전이 멈추거나 더뎌질 수 있습니다. 그러나 그 못지않게 위험한 것은 과거의 산물인 현재를 모두 바보와 악당에 의한 결과물로 취급하는 것입니다. 과거부정(過去否定)은 식민사관입니다. 과거사의 잘못이란 과거 지배 계층의 잘못이지요. 그래서 덕 볼 사람은 우선 식민 세력입니다. 그래야 자신을 위한 자리가 생기니까요. 다음은 이제까지와 전혀 이념을 달리하는 세력입니다. 민중에 의한 새 세상을 추구하는 세력이라고 할까요. 재미있는 것은 식민사관과 민중사관이 서로 일치한다는 것이지요. 물론 정치적 프로파갠더로서 자신의 입지 강화를 위해 앞의 사람을 부정할 수는 있겠지만 민족 민중 하는 사람들이 너무 구시대를 부정하면 결과적으로 식민사관에 따르는 것입니다."

보수는 현재의 제도와 문화를 긍정적으로 보는 태도이고, 진보는 현재의 문화와 제도를 부정적으로 보는 태도라는 이문열의 판정은 타당했다. 다만 어떤 사람이나 집단이 보수 혹은 진보의 태도를 취하게 되는 원인에 관하여는 이후 내 나름의 분석을 앞으로 적용할 것이었다.

인간의 개성은 살아가면서 환경과 학습의 영향에 의한 것도 있지만 태어남과 동시에 타고난 선천적 개성이 있다. 무엇이 사람의 선천적 개성을 구성하느냐에는 유전자와 태교 등 유물론적 해석이 있지만 그 사람의 영혼이 그때의 탄생 이전에 어떤 삶을 살아왔느냐,

1부. 이문열의 자기실현

즉 그 사람의 윤생 궤적(輪生軌跡)이 크게 작용한다.

그리하여 이전에 살아왔던 제도와 문화에 영혼은 상당히 적응되어 왔었는데 이번에는 생소한 지역에 태어났거나 이전과는 다른 신분으로 태어나서 주변 환경이 자기에게 익숙하지 않은 상황이 되면 그 영혼이 깃든 사람은 현실을 바꾸고자 하는 진보적인 성향을 취한다. 반면에 비교적 익숙한 환경에 다시 태어난 영혼의 사람은 현생에서 접하는 제도와 문화를 받아들이기 수월하므로 보수적인 성향을 갖게 된다. 이러한 해석은 이 책을 통해 앞으로도 설명될 것이다.

한국 사회에서 진보적인 부류는 일본과의 과거사와 현재의 관계에 비판적이다. 그러나 그들이 취하는 태도는 일제의 방법론과 그리 다르지 않다. 결국 소인(小人)의 동이불화(同而不和)마냥 서로 같으면서도 어떤 정략적인 이유로 배척하는 것이니 그들의 목표가 순수한 이념 추구는 아니라고 볼 수 있다. 현실적인 진보 혹은 보수의 세력은 이념 추구의 집단이라서가 아니라 집단의 내력(來歷)에 따라서 각각의 이해득실(利害得失)을 위한 주장에 차이가 있음을 앞으로도 설명할 것이다.

물론 당시의 나의 발설은 하위적(下位的) 예시(例示)의 수준에 머물렀다.

"진보 운동권은 친일파를 가장 죄악시하면서 일제를 부정하지만 오히려 많은 것을 답습하는 것 같습니다. 소설 『태백산맥(太白山脈)』에는 일제 말 식민지 교육의 음모를 폭로하는 구절이 있습니다. 일제는 한국민을 황국신민(皇國臣民)으로 키우기 위해서는 어릴 때부터 철저히 교육시켜야 한다고 했다는 것입니다. 그러면 성년이 되어서도 충성을 바치리라는 기대로 교육제도를 만들었다는 것입니다. 그러나 사람은 어릴 때 세뇌교육을 시킨다고 해서 그것이 그대로 유지되지는 않습니다. 물론 성장기의 많은 혼란을 야기(惹起)할 수는 있겠지만."

"어떤 기자가 상당히 편파적인 보도를 하기에 그것을 지적해 주었더니 하는 말이 예전에 우파에서 그랬지 않았느냐고 하더군요. 그것은 잘못입니다. 법 중에서 제일 원시적인 법이 눈에는 눈, 이에는 이 라는 식의 동해보복(同害報復)입니다. 이 시대가 진정 진보적이라면 예전 상황을 반복하지 않아야 할 것입니다."

이문열은 보복의 태도를 법철학에 따라 비판했는데 법은 보복을 사회적 목적에 따라 발전시킨 것이다. ("형벌은 순화된 복수이다." 전재경 『복수와 형벌의 사회사』 1996) 진정 진보적이라면 예전 상황을 반복하지 않아야 한다는 이문열의 지적은 진보적인 가치관에 따른 형벌 제도 또한 보복의 의미를 최소화하려 하고 있기 때문이다. 보수적인 법률 즉 동해보복은 인간의 윤회를 고려한다. 반면에 진보적인 법률은 인간의 윤회를 고려하는 데서 기인한다. 보수적인 법률은 인간의 현생의 형평을 지향하고 진보적인 법률은 업보의 해소를 지향한다.

가해자에게 지상에서 보응하여 응분의 처벌을 하는 것은 만약에 그대로 두었다면 하늘에서 행하게 될 일을, 미리 땅에서 하는 것이므로 신의 뜻에 부합되는 행위이다. 이것이 우파적 관점에서는 당연하지만 좌파적 관점에서는 인간 사회가 오래 지속되어 이제 성숙되고 정리 단계에 들어갔으므로 피해자가 가해자에게 피해를 당한 것은 전생에 가해자에게 피해를 준 적이 있기 때문에 이번 생에서는 그 보응으로 피해를 당한 것으로 본다. 그런데 또다시 가해자를 현생에서 피해자에게 준 피해와 똑같이 처벌하면 역시 업의 불균형이 연속되므로 현생에서는 적당한 선에서 업을 마무리하도록 노력하자는 것이 진보적인 법률제도의 취지이다.

"우리나라의 문화는 성숙을 지향 않고 하향적으로만 통합하려 합니다. 다수만을 지향하고 자본주의 소비 원리에만 충실합니다. 고급화를 추구하려 해도 이용자가 없으면 무슨 소용인가 하지만 이용자를 형성하려는 노력도 거의 없습니다. 젊은이 하면 아주 좋은 뜻으로만 사용되고 있죠. 그러나 거기에는 미숙하고 실수를 잘 저지른다는 우려의 뜻도 있는 겁니다. 세계나 인생에 대해서 더 보고 배워야 할 사람들입니다. 그런데 기성세대가 그들의 눈치나 보고 아첨만 하는 것이 오늘의 실정입니다."

이문열의 토로가 이어졌다.

"내가 요즘 우울한 것이 우리 현대사에서 그 많은 곡절을 겪고서도 아직도 正에서 反으로 가는 과정이라면 한심스러운 것이라는 것입니다. 제 경우는 내가 명확히 우파인지 잘 모르고 단지 우파로 규정되었을 뿐인데… 보수라는 것은 인정했지요. 우파라는 말은 호감가는 말이 아닙니다. 옛날에 아버님이 피해당한 이야기가 생각나서…. 하여튼 우익에게 맞아 죽은 얘기, 우익에게 잡혀간 얘기들로 어감이 썩 좋지가 않습니다. 이제 전 시대의 왜곡 분단 상황, 첨예한 이념 대립 상황… 내 식으로는 『변경』 상황이 끝나 가는 만큼 이 중성이 정리돼야 하겠습니다. 어째서 좌파고 어째서 우파인지 말해야 합니다. 껍데기가 아닌 본질입니다. 좌우에 동시에 주문해야 할 것이 그들의 참모습을 보이라는 것입니다."

대담을 마친 후 헤어지는 인사를 위해 서 있는 상태에서 이문열은 거실 유리창 아래 부악문원(負岳文院)의 정원을 내려다보며 추가의 변(辯)을 더했다.

"우리 문학의 세계화에 내가 할 수 있는 것이 무엇인지, 그 방향을 아직 확실히 잡지 않은 상태입니다."

"요즘 여러 곳에서 우리 문학의 세계화를 말하는데 그것을 위해서는 우리 문학의 한자(漢字) 문제부터 해결되어야 한다고 봅니다. 정보표현의 해상도(解詳度)부터 외국의 문학에 비해 빠지지 말아야 외국어로의 번역에 의미가 있을 것입니다." 나는 다시 토를 달았다. 당시의 인터뷰에서는 한자 사용 제한 등 좌파 영향력에 의한 인간 정신 퇴화의 문제를 논했고, 특히 문장의 우리 고유의 세로쓰기 방식이 절멸하는 것은 퇴보라는 주장을 펼친 바 있었다. (『한국논단』 1999년 2월호)

"내 경우는 『황제를 위하여』를 일본에서 『시인』을 독일에서 내겠다 등 여러 얘기가 있어요. 그런데 내 생각은 단순히 번역이 아니라 처음부터 그들을 위하여 쓰고 그것이 성공하면 다시 국내에 도입하는 형식을 취하고 싶은 것이지요. 지금 어찌 보면 할 만큼 해놓은 상태지요. 이렇게 좋은 환경 이뤄 놓고 후배 가르치며 품위 있게 늙어가고 하면 부러울 것 없을 수도 있겠습니다. 하지만 내 마음대로라면 지금 새로이 세계의 독자를 상대로 데뷔해 글을 쓰고 싶어요. 뉴욕의 뒷골목에 셋집 얻어 놓고 처음부터 새로 시작해 보고 싶지요. 하지만 그렇게 하면 미국의 교민사회에서 이문열이가 여기 왔다는 등 어느새 북적이게 되고 도로 마찬가지가 되고 말겠지요."

세계 문단이라는 것이 있을까. 있다면 그 언어는 무엇일까. 영어이면 되는 것일까. 이문열은 국내의 입장에서 보는 세계 문단에 대한 또 다른 도전을 생각하는 것 같았다. 그러나 외국에서 본다면 이미 세계 문단에 자리 잡았다고 볼 수 있다. 어찌 보면 막연하게 또다른 향상을 위한 노력을 동경하는 것 같았다. 또 다른 목표를 향해 정진하고픈 이문열의 희망은 아마도 현세에서는 더 이상 구체적인 무엇을 설정하기 어려울 것 같다. 그러나 다른 관점에서는 가능하다. 아무리 이루어 놓은 것이 많아도 어차피 인간은 이윽고 공수거(空手去)하게 될 것이며 후에 공수래(空手來)하여 다시 시작할 수밖에 없으니 인간은 거듭 윤회(輪回)하여 살아가면서 성취에 성취를 거듭함으로써 더 높은 존재에 가까워질 수 있는 것이 아닐까.

당시의 내 생각이었다.

인사를 마치고 정원을 걸어 내려오니 황구 두 마리가 다가와 반겼다. 둘을 번갈아 쓰다듬고 안아주고 한 다음 잔디밭에 털썩 앉았다. 녀석들은 내 앞에서 저네들끼리 장난을 치며 놀았다. 잔디밭에 뛰

노는 황구는 정말 행복해 보였다. 나도 언제까지 그들과 함께 풀밭에 편안한 가로 자세로 누워 장난치고 싶었다. 그러나 인간은 인간의 대접을 받는 만큼의 삶의 의무가 있다. 나는 일어서 두 발을 딛고 불안한 직립 자세로 걸어 나왔다. 그리고 돌아가 오늘 하루를 누워서 쉬면 내일 또다시 일어나 새로운 창조를 시작해야 할 것이다.

이렇게 그날의 만남을 마쳤다.

이후 이문열은 정말 계획대로 미국을 가서 수년을 지내다 왔다. 미국 생활 동안 창작한 세계인을 위한 작품은 그리 알려져 있지 않다. 수년간의 미국 생활은 세계의 문학 무대에서 이문열의 문학을 부각하는 데 그리 도움을 준 것 같지는 않고, 한국 지도층에 필수라고 할 수 있는 미국 생활의 경험을 여느 지도층 인사들 못지않게 해 보았다는 것에 의미를 둘 만할 것 같았다.

일찍이 『추락하는 것은 날개가 있다』의 주인공도 미국 생활을 동경했듯이 미국 생활은 할 수만 있다면 한국인 모두에게 선망의 것이며, 그것은 단지 허영이나 동경이 아닌 애잔(哀屛)한 카르마적 동기가 있음을 차차 설명할 것이다.

2

이문열과 한국문단

(1) 백성을 새롭게 만드는 소설혁명

지금은 사법고시가 역사 속으로 사라지고 있지만 우리 현대사에서 사법고시는 출세의 최고 등용문이었다. 사법고시 출신이 이 나라를 움직이는 형편을 비판적으로 본 어느 교수의 언론 논설에서는 우수하나 내세울 만한 개성이 없는 인재는 다들 여기로 몰린다고 평한 바 있다.

이문열도 다른 우수한 한국의 학생들처럼 사법고시 응시를 통한 입신 출세를 시도했다. 사법고시를 단숨에 합격하지 않은 것은 그의 근원(根源)의 부족함이 아니라 그가 (우수하기는 했지만) 결코 내세울 만한 개성이 없는 부류가 아님에 따른 인생 안내자(神)의 설정에 따른 것이었으리라.

이문열의 인생 행로를 설명할 때 늘 따라오는 것은 월북인사 가족으로서의 연좌제에 따른 신분의 제약이었다. 그래도 사법고시 등 공무원의 길은 차라리 정해진 규격에 맞는 신분 검증을 거치기 때문에 만약 적당한 시기에 합격하였다면 출세의 길이 열렸을지도 모른다. 그러나 직접 판단의 권한을 가지지 못한 민간 업체에서는 취업의 결격 사유를 넓게 잡을 수밖에 없다. 『변경』의 명훈은 월북한 부친 때문에 경찰에 불려갔다가 부친이 남파된 사실이 없어 무혐의로 풀려나왔지만 그가 취업한 미군 용역업체에서는 단지 경찰에서 의심을 받을 수 있는 월북자 가족이라는 이유로 즉시 해고된다.

공직이나 기업은 현재의 체제하에서 기능을 발휘하고 이익을 얻는 보수적인 집단이다. 더군다나 북괴가 호시탐탐 이 나라의 체제를 전복시키고자 한다는 우려가 저변에 있었던 시대였으니 혹시라도 이 사회의 체제를 바꾸고 싶어 할만한 배경을 가진 자라면 기피되었던 것은 당연했다. 그러나 비록 그 취업의 문이 월등히 좁기는 하지만 사회의 이단아들이 오히려 환영받는 분야가 있었으니 바로 문학의 길이었다.

이제까지 한반도에 이어왔던 국가사회 문화체제의 연속성을 벗어나 새로운 변화(그 변화가 좋다는 것은 아니다)를 제일 먼저 실행한 분야가 문학이었다. 그것은 일찍이 청(淸)의 사상가 양계초(梁啓超)가 주장했던 "한 나라의 백성을 새롭게 하려면 먼저 그 나라의 소설을 새롭게 하지 않으면 안 된다"를 실천함이었다.

한국의 문단은 중세 이후 한문 소설과 한글 소설이 간간이 나오고 구한말의 신소설도 있는 등 점진적인 변화를 이어왔지만 1920년대 일제의 문화정책에 의해 혁신적인 틀이 잡혔다. 일본에 망명했던 양계초의 주장대로 한 나라의 백성을 새롭게 할 필요가 일제 정부에게는 절대 필요한 것이었다.

1부. 이문열의 자기실현

그 변화는 어떤 섬세한 특정 이념을 가졌다기 보다는 기존 체제의 변화 그 자체였다. 우선 언어를 변화시키고 그다음 사회 집단의 주요 가치관을 바꾸는 것이었다.

여기서 1920년대부터 큰 변화를 겪게 된 우리 문자 생활의 지나온 경위를 돌아보도록 한다.

조선 시대 초기 한글이 창제되고 "세종대왕은 한자와 한글을 혼용하여 글쓰기의 모범을 보여 주었다"(前초당대 김창진 교수). 그러나 이후 한문은 한문, 한글은 순한글로 분화되었다.

국어로 된 문장에 한자어를 한자로 쓴 것은 한문을 배우기 위한 많은 공부를 하기 어려운 일반 서민도 학문적 언어의 뜻을 알 수 있기에 한자 문화권의 비중국 언어 지역으로서는 민주적인 문장 언어가 되었다. 그러나 국민 누구나 학문을 접한다는 것은 신분 계층의 고정에는 위협이 되었다. 상류층과 하층민의 언어 체계를 달리하여 계층 간의 이질화로 신분 체제를 유지하는 것은 세계 어디나 마찬가지였다. 이에 따라 세종의 혼용 시범이 있었음에도 이후 조선 시대의 문장 언어는 학문 표기 능력이 없는 하층민의 순한글과 학문을 배우는 양반들의 한문으로 이원화되었던 것이다.

이후 개화기에 고종은 국한문 혼용을 선포했다. 나라 안의 모든 국민의 언어 체계를 통일하여 신분이 없는 사회를 만들려는 것이었다. 고종의 국한문 혼용은 개화된 일본의 영향을 받음도 있지만 세종 때의 반포 취지를 따르는 것이기도 했다.

그러나 일제 점령 후 신분 간의 언어 차별화는 자연스럽게 다시 일어났다. 1920년대 일제의 문화정책은 조선 백성을 새롭게 하고자 우선 순한글의 소설을 보급하여 조선 백성이 점차 순한글에 익숙하도록 장려했다. 학문 표기 능력이 있는 한자 혼용체는 지식층만 보도록 유도하여 점차 일본어에 흡수되도록 하는 것이었다. 그러나 그 기간이 짧아서 국한문 혼용체는 일제를 거치고 살아남아서 대한민국 건국 후에도 소설을 제외한 각 분야의 문장에서 통용되었다.

그러나 신분 고정 욕구는 다시 살아나 대한민국의 신지배층은 한글 전용 정책으로 백성에게 순한글을 권하고 지식층은 학문적 언어로 영어를 사용하도록 했다. 문학은 1920년대 이후 한글 전용이 이어져 왔기에 이를 바탕으로 다른 모든 분야도 점차 순한글로 통일시켜 갔다. 이렇게 소설이 앞장섰던 '백성을 새롭게 만드는 일'은 현재 문자생활 면에서는 성공을 거두었다고 볼 수 있다. 그리고 백성의 사상 개조는 아직 중간 진행 과정에 있다.

(2) 시대와의 불화에 따른 작가의 활동 제약

이문열에 앞서 동족상잔 시대의 아픔을 소재로 작품 『최후의 증인』을 쓴 김성종은 현재 추리작가로 널리 알려져 있다. 김성종은 이밖에도 우리 현대사의 문제 등을 주제로 많은 우수한 작품을 발표했다. 그럼에도 우리 순수 문단의 관점에서 볼 때 주류에서 벗어나 있다.

김성종이 『최후의 증인』을 발표한 이후 추리소설 청탁이 쇄도하여 이에 응하다 보니 추리소설가가 되었고, 추리소설을 거부한 것은 아니지만 그렇다고 유일하게 추구하는 것도 아닌데 우리 문단에서는 외국에도 없는 장르문학이라는 분류 형식을 씌워 놓아 문학의 다양성을 제한하고 있다는 것이 김성종 작가의 입장이다.

그러나 큰 흐름에서 볼 때 김성종은 우리의 문단이 순수문학 작가로 받아들이기에는 결격 사유가 있다. 『최후의 증인』에서 빨치산 출신 등장인물의 인격적 결함을 드러낸 것이었다. 악인으로 설정한 것도 아니고 보통의 인간에게도 있을 법한 부끄러운 면을 내보인 정도이지만 좌파 운동가의 숭고한 도덕성에 흠집을 내는 것은 우리 순수문단의 눈높이에는 맞지 않다.

소설 『광상』에서 인민군이 되었던 주인공은 순결한 영혼을 가진 자로 묘사된다. 소설 『태백산맥』에서도 빨치산 주인공은 착하디착한 자로 그려진다. 우리 문학에서 좌파 운동가의 서술은 마치 북한에서 백두혈통이 완벽한 인간이듯이 완전한 선인(善人)이 되어야 했다. 이처럼 우리 순수문단에서 길러질 작가로서의 제일 조건은 (양계초가 설정한 스펙 조건에 따라) 백성을 새롭게 할 만큼의 좌파 친화적 성향이었다. 최인훈·조정래·황석영 작가 등은 모두 이러한 스펙을 충족시킨 작가였다.

이런 주장을 하면 이문열은 왜 (순수문학 작가로서의 데뷔가) 가능했냐고 의문이 들 것이다. 하지만 부친의 월북 사실은 데뷔 초기에는 우리 순수문학 문단의 요구 조건에 금상첨화의 스펙이었다. 그러나 『영웅시대』 등을 통해 이윽고 그의 '정체'가 드러난 이후로는 문단의 평론이 극히 제한적이었음을 스스로 실토하고 있다.

『영웅시대』는 인쇄 이후 수개월이 되어서야 시중에 출시되는 시련을 겪었다. 인민군에 투신한 자를 주인공으로 하니 사상 검열을 거쳐야 했던 것이었다. 이러한 사회적 제약은 나도 겪은 바 있다. 과거 좌파사상을 옹호했는가 하는 의심으로 출판물이 탄압을 받았듯이 현재에는 좌파사상을 비판했는가 하는 이유로 출판물이 탄압을 받는다고 한다면 어떻게 그런 일이 있을 수 있나 믿어지기는 어렵다. 그러나 인간과 사회의 운명을 정하는 데 있어서는 그 사건 자체가 중요하지 사건이 일어난 배경은 중요하지 않다. 정치 기류를 타는 수사 권력기관의 개입 때문에 작품 발표가 늦어졌든 혹은 작가의 성향이 주류문단의 입맛에 어긋나 발표의 기회를 찾기 어려워 작품 발표가 늦어졌든 시대와의 불화로 뜻이 제때에 원활히 펼쳐지지 않는 것은 마찬가지인 것이다.

(3) 대하(大河)는 역류하지 않는다

사람들은 젊음을 부러워한다. 세상의 할 일을 이루기 위해 젊음의 왕성한 활동력은 긴요히 사용된다. 그런 중에도 젊음은 당면하는 사건을 분석하여 대처법을 찾으려 할 때 비교하며 응용할 경험 정보가 부족함으로 인해 당면한 사건에 정신이 곧잘 함몰되어 불가피하지 않은 정신적 불행에 빠지는 수가 있다. 그럼에도 만약 젊음에 집착한다면 왕성한 육욕(肉慾) 만족 능력에 따른 가치일 것이다.

같은 여건에 처해 있어도 행복도를 높이는 것이 정신적 풍요인데 이것은 나이를 먹으며 많은 기억 정보가 쌓이면서 유리해진다. 정신적 풍요를 추구하는 자는 자신보다 연상인 사람들의 풍요한 삶의 지식을 부러워한다. 하지만 여기에 대가는 있다. 연륜의 기억은 공짜가 아니어서 그만큼 오래 육체를 사용한 것에 따른 기력의 소모가 있다. 『변경』을 읽음으로써 태어나기 전이거나 너무 어려서 몰랐던 시대상을 알게 되어 대가 없이 십여 세의 나이를 공짜로 더 먹는 효과를 얻었다.

『변경』은 이른바 대하소설(大河小說)이다. 문학 애호가들에게 대하소설이라하면 독파하기에 쉽지 않으리라는 부담을 주기도 하지만 열 권 안팎의 읽을거리는 다른 면에서의 유리함이 있다.

지금은 책 대여점이 예전만 못하지만, 대여점의 호황 시기에 대여점에서 환영받는 책은 권수가 많이 나가는 책이었다. 나는 2008년에서 2010년경에 중국의 인터넷 열람 시장 진출을 모색한 적이 있었다. 그런데 유료 열람을 위하여 요구하는 조건이 한 작품이 여러 권에 해당하는 수만 자의 분량이어야 한다는 것이었다. 내 작품은 모두가 한 권에 해당하는 일만 자가량의 것이어서 결국 포기하고 말았다. 중국을 오가며 떠오른 생각이 토대가 된 『환웅천왕의 나라』는 무협지 혹은 역사 판타지의 분위기를 보이는데 한때 세 권 이상으로 늘리면 출판을 고려하겠다는 제안까지 받았으나 필자의 능력이 이를 실행하지 못해 오랫동안 출판이 이뤄지지 못한 바 있다.

이처럼 아무리 국민의 독서량을 걱정하는 세태라 하더라도 정작 읽기를 위락으로 삼는 대상 계층(문학성 추구 의지나 소양과는 관계가 없다)에게는 길게 이어지는 이야기의 흐름은 독자를 끌어들이기에 유리한 고지에 서게 한다. 더군다나 우리의 문학 풍토는 일면 단편을 작가의 문학성의 핵심으로 삼으면서도 반면에 격동의 민족 역사를 증언하는 대하소설 하나쯤은 있어야 큰 작가의 반열에 오른다는 은근한 생각이 깔려 있기에 이문열도 『변경』을 자신을 나타내는 대표작으로 위치시키고 싶어 한다.

시대의 증언을 겸하는 소설은 명작이 될 수밖에 없는 것은 그만큼 집필하기 어렵기 때문이다. 왜냐면 시대의 증거와 기록을 토대로 작품을 쓰되 이들을 반영하면서 소설의 전체 흐름이 체계성을 가지려면 상당히 섬세한 허구의 보충이 필요하기 때문이다. 소설가에게 실제의 자료는 창작에 도움이 되면서도 방해가 되는 이중성을 갖는다. 판타지가 집필하기 쉽다고들 하는 것은 실제 자료에 의한 방해를 받지 않고 작가는 자유롭게 자기의 상상을 펼쳐갈 수 있기 때문이다.

시대를 증언하려는 내용을 담고자 하면 실제 사실을 자꾸 삽입하려는 유혹을 받는다. 이러한 자료들이 소설의 흐름에 자연스럽게 녹아들기는 힘들다. 그러다보면 작중인물의 회고담처럼 서술된다. 그러면 소설의 작중 세계에서의 자연스런 사건이 아니게 된다. 회상은 단편이나 한 권가량의 중장편에선 유용하지만 대하소설에서는 이야기의 물줄기가 교란된다.

소설은 또 다른 세계이다. 한 세계는 체계성을 가지고 시스템적으로 조화롭게 진행되어야 한다. 『변경』은 작가의 실제 경험과는 많이 다르다고 한다. 적어도 작가와 그의 가족의 회고록은 아니다. 그러나 작품 내의 이야기가 실제와 달리 변형이 되는 것은 소설 내부 세계의 체계성을 갖추기 위한 유기적인 변형이어야 한다. 작가 자신의 고백록이나 수기와 같은 것들이 현실계에서 블록을 옮겨 배치된 듯한 부분은 현실의 재료가 작품을 위한 원료로 작품에 용해된 것이 아니라 현실 사건의 블록이 소설이라는 연약한 시스템 안에 그대로 군데군데 우격다짐(brute force)으로 삽입되어 있다는 느낌을 받는다.

대하는 잔잔히 흐르고 결코 역류하지 않는다. 계곡의 시냇물은 때로는 돌무더기에 부딪쳐 역류하고 소용돌이를 일으키기도 한다. 격렬한 개천의 흐름 그대로 강물이 흐른다면 인간이 음미하기 어려워진다. 대하소설에서 시간의 역류는 최소화되어야 한다.

『장길산』『토지』『태백산맥』 등 역사 기록적인 대하소설의 집필이 한국에서 민족을 대변하는 큰 작가로서의 위상을 갖기에 필수인 양 인식되는 세태하에서 충분히 대하소설의 소재가 되는 한국 현대사를 정리한 것이 『변경』이지만, 격렬한 소용돌이를 이루는 몇 편의 중장편 소설이 굳이 뭉쳐져 패키지화 된 것이 아닌가 한다.

이문열의 작품 목록을 총체적으로 관찰하면서 느낀 것은 작품이 많다기보다는 현대 한국문학에서 가지는 작가로서의 위상과 비중에 비하여 오히려 그리 많지 않음[1]을 느낀다. 작가로서 활동 기간의 길이와 굵기로 볼 때 지금 손꼽는 몇 중장편의 소설 말고도 이들과 동격의 수작(秀作) 대여섯 편은 충분히 더 있음 직하다. 손꼽는 유명 작품 외에는 『삼국지』『수호지』 등이 대중에게는 인식되어 있으나

현대사의 치명적인 아픔을 그리는 몇 편의 중장편은 응당 더 있어
야 할 것 같았다.

---

1) 이렇게 생각된 것은 '문학 대중'의 입장에서 작가의 수많은 단편소설을 고려에 넣지 않았기 때
문이다. 이문열의 단편 다수는 그 줄거리 그대로 훌륭한 장편의 소재가 될 수 있지만 단편으로
도 충분히 발표의 기회가 있었기에 장편으로 탄생할 '기회'를 얻지 못한 것이다. 역사적으로 작
가를 기억할 때 주로 한 권 분량 이상의 작품명으로 기억되는 것을 생각하면 '아쉬운'면이 있다
고 할 수 있다.

3

이문열과 함께한 시대의 화두
– 이념 그리고 아나키즘

(1) 문단의 이단아 경계

지금의 한국은 운동권의 명분론이 주류 사상이 된 시대이다. 이문열은 작가 생활의 전성기를 지나서 그러한 세태 변화를 맞았다고는 하지만 바로 그 작가의 세계란 것은 일찍부터 운동권의 명분론이 사상의 주류였다.

운동권의 명분론이 근사해 보여도 거기에는 나라 구성원 간의 권력 다툼에 근거한 기존 체제 변화를 의도한 무리수가 있음을 일찍이 간파한 이문열은 역시 또 명분을 중시하는 작가로서 이미 문단의 주류가 된 그 흐름에는 동조할 수 없었다.

애초에 작가라면 당연히 이른바 진보적 가치의 확산을 위해 기여해줄 것으로 기대했던 문단 주류와 사회운동 세력에서는 그를 배척하기 시작했다고 하는데 그 계기는 『영웅시대』의 발표 당시로 추정된다고 한다. 기껏 가족을 버리고 인민혁명에 나섰던 혁명 영웅의 이야기를 그린다기에 기대하고 보았더니 당국의 검열에 겁먹었는지 아니면 본래 생각이 그랬던지 혁명 영웅은 자신의 행위가 가족을 버리고 나설 만큼 숭고한 것이었는지 회의를 품으며 혁명 영웅이 되고자 했던 자신의 목표는 인간적인 사랑을 제대로 이루는 것만도 못한 듯 결론을 내리며 이야기를 끝내고 있으니 월북자의 아들이라며 잔뜩 기대했던 문단주류의 실망감은 심히 컸으리라 짐작된다. 나의 경우도 신세대 통신문학 작가로서 (전통문화와는 거리가 먼) 이공계 출신이며 환상과학소설이라는 새 장르를 여는 첨단 노선을 걷는 작가로서 예상되었는데 천만뜻밖에도 칠십오년(1920년부터 당시 1995년까지)을 이어오던 한글 전용의 한국문학 전통에 토를 다는 도발을 감행했으니 문단주류로서는 잔칫상에 뛰어든 천둥벌거숭이를 대하는 당혹감을 금치 못했으리라 추정되는 것이 그 이후의 문단주류의 행태로 미루어 짐작되는 것이었다.

문제는 나의 경우 처음부터 대중문학을 아예 없는 것으로 보아야 한다는 순수문단의 방침대로 철저히 무시하면 그다지 걱정이 안 된다. 순수문단에서의 하향적이고 의도적인 조명을 받지 못하면 대중 문단, 즉 대중소설은 『무궁화꽃이 피었습니다』나 『퇴마록』처럼 폭발적인 판매고를 보여야 겨우 이 사회가 무시하지 못하는 것인데 순수문학보다 쉬워야 할 대중문학의 마당에서 한자(漢字) 운운하면 살아남지 못하리라는 것은 충분히 예측할 만했으니 걱정거리가 안 되는 것이다.

그런데 이문열은 이미 그 이전의 작품들로 충분히 자리를 잡아 있다. 이미 지명도를 확보한 작가는 평론으로 비난을 한들 광고해 주는 것밖에는 안 된다. 그렇다고 소극적인 무관심으로 일관하기도

개운치 않은 중에 비교적 적극적인 반대 운동으로 나타난 것이 책
장례식 사건이었다. 물론 이것을 문단주류가 했다는 것은 아니다.
현명한 문학도는 알겠지만 우리의 문단주류는 결코 표면적으로 어
떤 이념 성향을 내비치는 일은 없다. 다만 그 피상적 중립성에 숨은
무서운 편향성을 인식하는 것은 가시현실(可視現實) 그 이상을 살펴
야 하는 문학인으로서는 기본 덕목이라 할 것이다.

  몇몇 진보 표방 운동세력으로부터 반동의 표상이 되어 책장례식
사건을 당한 후에는 이문열의 정치적 색채가 더 드러나게 되었고,
나중에는 자연스럽게 정치에 참여하게 되었으며 한나라당의 공천
심사위원장을 맡기에 이르렀다.

(2) 문학에 나타난 개인의 좌우파 이념 성향

  이렇게 사실이든 오해든 항간에 이문열과 함께 늘 떠올리게 되
는 것이 이념 분쟁이다. 이문열은 우파의 인물로 간주되나 한국의
모든 사회적 쟁점 사안에서 철저히 우파에 어울리는 처신을 해왔
다거나 앞으로도 그리할 것이라는 보장은 없다. 기실 우리 사회에
서는 우파니 좌파니 하는 이념의 구분도 명확히 제시된 적이 없지
만 여기서는 이문열의 작품을 제대로 이해하기 위해서라도 이념
이란 무엇인가, 특히 아나키즘이란 무엇인가를 최대한 새기어 보
아야 할 것이다.

  그러면 어떤 사람이 좌파가 되고 어떤 사람이 우파가 되는 것인
가. 그리고 어떤 사안에 관한 호오(好惡)를 기준으로 좌파와 우파를

나누는 것인가. 경제정책인가 남녀정책인가 선호하거나 기피하는 이웃 나라인가.

어떤 사람이 좌파가 되고 어떤 사람이 우파가 되는가를 일단 추측하려면 출생 가문과 가정환경 등을 생각하기 쉽다. 유복한 환경에서 원만하게 자란 아이는 세상을 긍정하여 우파적 성향을 띠고 가난하거나 결손 가정 등의 문제 있는 환경에서 자란 아이는 세상을 비관하여 좌파적 성향을 띨 것이라는 생각이다. 하지만 그렇지 않음은 흔히 확인할 수 있다. 어떤 쪽에서는 유전적인 것까지 살펴 좌파 유전자니 우파 유전자니 했지만, 전혀 체계적인 설명을 못하는 억측에 불과했다.

조정래의 『태백산맥』, 윤흥길의 『장마』 등에는 형제간에 인민군과 국방군 등의 좌우 진영으로 나뉘어 싸운 이야기가 나온다. 영문학의 자매 소설가 브론테 자매의 경우 샤롯 브론테는 『제인에어』에서 평범한 용모의 민중적인 여주인공이 자유스런 교육환경을 주장하는 좌파적 사상을 담아냈고, 에밀리 브론테는 『폭풍의 언덕』에서 주워온 아이라는 숙명을 딛고 치열한 삶을 사는 주인공을 통해 우파적 사상을 담아냈다.

유물론적 사고를 벗어나 같은 유전자로 태어나도 그들의 정신, 즉 영혼은 각기 깃드는 것이라는 인식을 가지면 한 가족이라도 이념 성향이 다를 수 있음이 이해된다.

즉 인간이 좌파 혹은 우파의 이념 성향을 갖는 것은 그 고유 영혼의 성품에 영향받는 것으로서 유전자의 특징이나 특별한 성장 및 교육환경에 따라 정해지는 것이 아니다. 물론 젊은 시절 좌파사상에 심취하거나 선정적 구호에 이끌리어 운동권에 나서는 후천적 현상도 있지만, 이중 상당수가 후에 바뀌기도 하니 이러한 일시적인 것은 그 사람의 고유한 이념 성향이라고 할 수 없다.

개인의 좌우 이념 성향은 그 고유 영혼의 품성이 현생에 처한 조건과 어울리면 우파 성향 그렇지 않으면 좌파 성향이 나타난다. 즉 현생의 조건과 환경이 영혼에 익숙한가의 여부가 이념 성향의 관건이다.

전생에서 부유한 환경에 익숙한 영혼이 현생에서 환경을 바꾸어 가난한 환경에 태어나면 현실에 불만을 갖고 세상을 바꾸고자 한다. 전생에 가난한 환경에 익숙한 영혼이 현생에 새로이 부유한 환경에 태어나면 자기가 누리는 부유함에 미안함을 가지며 가난한 사람들을 위한 운동을 하게 된다. 이것이 좌파적 성향이다. 영혼이 과거에 익숙한 환경에 이번 생에도 태어나면 이미 그러한 환경에 대처하는데 경륜이 누적되어 있으므로 가난하든 부유하든 현실에서 자기의 본분과 인생 개척에 힘쓴다. 이것이 우파적 성향이다.

전생에 익숙해진 국가와 문화환경에 태어난 사람은 그 사회에서 전통을 존중하는 우파적 성향을 띠게 되고 전생과는 달리 새로운 국가나 문화환경에 태어난 사람은 그 사회의 관습과 제도를 바꾸고 싶어 하는 좌파적 성향을 띠게 된다.

작가는 어떠한 이념 성향을 띠고 있을까. 작가에 대한 보편적인 인식은 진보적이라는 것이다. 문학은 실패자의 것이라고 한다(박완서 선생). 인간이 지상에 나와서 우선되는 소망은 자기의 뜻이 실제로 지상에 이루어지는 것이다. 그것이 이루어지는 사람은 성공을 한다. 다만 소망을 구상할 능력은 있으되 그것을 현실에 적용하여 실현하는데 있어서의 능력 혹은 여건이 맞지 않아 실패한 자는 성공하지 않은 자기 계획의 보고서를 작성하게 된다. 이것은 거짓말이 아니다. 탄생 전의 영계(靈界)에서 기획되었으나 지상에서 실현되지 않았을 뿐이다.

(3) 국가 내 이념 대결의 실체

이문열이 생각하는 한국의 50년대는 『영웅시대』에 그려 있다. 작가의 입장에서 가장 우선되어 써야 할 중요한 작품이라고 하나 이문열이 한국의 주류문단으로부터 더 이상 집중 지원을 할 가치가 없는 인물로 판단되는 계기를 만들었을지 모르는 작품이다.

좌파 인사에 관한 후련한 인격 설정을 하지 못하였고 반공 사회에 아세(阿世)하려는 자기 검열이 엿보였다는 것이 치명타였을지 모른다. 작가가 의식을 깨어 경험하지 못한 전쟁 시대를 묘사하면서 고증(考證)이 부족했다는 자책도 있지만, 그것이 이유는 되지 못했으리라. 그나마 책을 인쇄한 뒤 수개월 만에 나올 수 있었는데 검열 때문이었다. 예정된 책이 제때 나오지 못하는 것은 나도 다른 이유로 겪었지만, 여하의 이유든 간에 그러한 운명 설계들의 상위 개념은 같은 것이다. 시대의 문화 주류와 어긋난 사상의 발표는 어떻게든 억압을 받게 마련이다.

주인공 이동영은 부유한 지주의 외아들로 태어나 동경 유학을 갔다 오는데 당시에는 대학생 나이 훨씬 이전에 장가를 갔으니 유학 중에도 아내는 집에 홀로 남아 아이를 낳고 양육한다. 그리하여 슬하에 이미 삼남매를 둔 채 자기의 신념을 실현하기 위하여 월북한다. 처자식과 헤어진 후에도 아내와 사랑의 결실은 자라나 아내는 막내딸을 더 낳지만, 결국 막내딸은 생전에 만나지도 못하면서 사남매의 아버지가 된다.

동영은 좌파적 혁명을 기도하는 자기의 정체를 위장하기 위하여 일제 때에는 역사 공부를 했다면 모두가 알만한 유명한 동양척식주식회사에서 일했다. 결국 공산당원으로 입당하여 6·25전쟁에서 인민군에 점령되었던 시절에 서울의 임시지도부 간부로서 수원농과대학(작품 속에서는 S농대)의 학장이 되었다가 다시 군인이 되었다.

조정인은 동영의 아내이다. 삼대가 한집에 살 정도로 뿌리가 깊은 친정집에서 전형적인 반가의 규수로 자라나서 열여덟 살에 동영에게 시집온다. 정인의 시어머니, 즉 동영의 어머니는 대지주이며 영남세가 사파(私派)의 종부(宗婦)이다. 사남매를 낳았지만 동영만 살아남고 서른 남짓에 과부가 되었다고 한다.

동영의 북측 현지처 격에 해당하는 안명례, 일명 안 나타샤는 오래 전에 동영을 사리원에서 만난 인연이 있은 뒤에 자기의 인생을 개척하고자 많은 노력을 하며 그 비용을 자기의 몸으로 지불하곤 했던 여자이다. 모스크바 공산대학을 졸업하고 벨라노프스크 대령과 사상적 동반자로서 평양에 들어와 시당의 책임비서가 된다.

초반부에서 동영의 친구로서 나오는 김철은 일제의 학병으로 나갔다가 팔로군에 투항한다. 북한군 상좌가 되어 사상 운동을 본래의 아나키스트에서 볼세비키로 전향하고 다시 공산당원이 된다. 동영과 함께 나간 군사 작전에서 사망하는데 순수한 의미의 전사(戰死)라기보다는 공산당 조직 내에서의 암투에 따른 환멸로 인해 미필적 자살과도 같은 과도한 용감한 행위를 하여 죽는다.

자신이 속한 조직이 자신을 버리는 상황에서는 배신하여 상대방에 투항하는 대응책이 연상될 수 있다. 그러나 김철은 자기가 속한 조직 내의 비열한 음모가 가증스럽다 하더라도 자기의 신념으로 택한 진영은 배반할 생각이 없었기에 비록 조직 내에서의 출세는 포기하더라도 자기가 택한 진영의 승리에는 기여하며 자기 인생의 의미를 맺은 것이었다. 이것은 우리 문단에서 지켜야 할 불문율인 좌파 혁명적 주인공의 인격 존중에 있어서 최소의 예우를 갖춘 것으로 보인다.

박영창은 중등학교 교원으로 있다가 동경으로 왔는데 동영과 그 친구들의 스승 격이다. 자주실천연구회를 결성하여 학생들의 이념 학습을 이끄는데 이 모임에는 동영도 포함된다. 아나키스트 단체가 일본에서조차 모조리 무너지자 공산주의로 전향한다. 동영과 같은 남로당 출신으로 북측이 전쟁에서 우세를 점할 때 기여도를 인정받아 저들의 공화국에서 중요한 역할을 맡기를 기대하였으나 물거품이 된다.

전쟁에 따른 불행한 가족사와 하나의 민족이 두 이념으로 부딪치는 동족상잔의 비극을 다루고 있다고는 하나 이것은 어디까지나 80년대의 관점에 따른 것이다. 실제로 80년대는 한민족의 분단 이유를 철저히 이념의 견해차로 해석하는 시기였고, 이것은 근래까지도 지속되어오고 있다.

어느 나라이건 좌우파적인 집단의 대립은 있다. 그러나 이들 집단을 좌우파라 부르는 것은 이네들이 대강의 그러한 성향을 띠었다는 것이지 이네들 자체가 좌우파의 근본이 되는 것은 아니다. 국가를 구성하는 이질 집단의 입장 차이 때문에 대립이 생겨나는 것이지 진정한 좌우파 이념을 따르는 정견(政見) 대립에 의한 것은 드물다. 이문열도 『영웅시대』와 『황제를 위하여』의 곳곳에서 이념을 표방한다는 것이 실제로는 저들의 이득을 위하는 것이지 진정 민중과 백성을 위한 충정에서 오는 것이 아님을 주장했다. 결국 그들 이념 주장 집단의 실체가 무엇이냐가 관건이다.

한 국가에서는 그 국가의 역사상 주류가 되었던 집단이 우파가 되고 그렇지 않은 집단이 좌파가 된다. 집단의 구성원들이 대체로 과거에 그 국가 혹은 유사한 문화권에서의 생애 경험이 많을 경우 영혼이 그 국가의 환경에 익숙하여 우파가 된다. 반면에 주된 생애 경험이 다른 국가와 다른 문화권에 있었기에 그 국가의 사회문화가 생소하거나 혹은 그 국가에서의 생애 경험이 있었다 하더라도 비주류 저항 세력으로서의 그것이었다면 그러한 영혼의 인물은 좌파적 성향을 띠게 된다.

한국의 경우 크게는 신라 시대 이후 한반도의 문화 중심 세력이 우파가 되고 고구려 발해의 지배 계층이 남하한 뒤 북쪽에 남아 고려시대까지 야인(野人)으로 있다가 조선조 세종 때 병합된 세력이 좌파가 될 것이다. 이러한 유래로 6·25전쟁 당시와 이후 얼마간 한국에서는 북측 세력을 오랑캐라고 지칭한 바 있다.

그러나 이 분류는 국가 전통적 관점에서의 것이므로 경제정책과 안보정책 등으로 보수와 진보를 분별하는 관점에서는 여러 다른 준거(準據)가 있을 수 있다. 조선 시대에 한반도에 유입된 종족으로는 북측의 여진족 외에도 남해안 등을 통해 들어온 왜인(倭人) 귀화자도 상당수 있다. 전통 세력 외에 해양에서 유래한 종족의 후예라면 (반드시 혈연적인 후계자를 말하는 것이 아니고 해당하는 전생 경험을 주로 가졌기에 영혼이 해당 문화에 더 익숙하고 반면에 한반도 전통문화에는 비교적 생소한 집단을 말한다.) 신라와 고려의 한반도 문화 중심 세력과는 달리 한반도 문화의 유지와 복원에는 그리 관심을 두지 않을 것이다. 반면에 한국을 북조선과는 물론이고 중국과 러시아로부터도 멀리하도록 하고 일본과 미국의 해양 세력에 가깝게 두어야 이들의 세력이 융성할 수 있으므로 외교안보정책 면으로는 속칭 보수 세력에 가까울 것이다. 이러한 근거로 근래 상대적 진보 세력은 이네들 일부 보수 세력을 토착 왜구라고 부른 바 있다.

국가 내의 종족 파벌이 저들의 입장을 강화하고자 이념을 내세우는 현상은 외국의 경우들을 살피면 더욱 알기 쉽다. 미국의 경우 백인 민중이 보수 세력이고 흑인 히스패닉 이민자 등 이른바 사회 소수자와 이들의 권익을 옹호하고자 하는 백인 지식 계층 일부가 진

1부. 이문열의 자기실현

보 세력을 형성한다. 청교도의 아메리카 개척 당시부터의 누적되는 윤생(輪生)의 경험이 혈족 인연을 통해 이어져 주로 백인 사회에 축적되는 반면 흑인과 이민자들은 미국의 전통문화에 상대적으로 생소한 때문이다. 물론 인간의 윤생은 혈족 인연만을 따라가지는 않기 때문에 타 인종에도 (미국 사회 주류의 정신이 깃든) 우파적 인물이 태어날 수 있고 백인 중에도 (미국 사회 비주류 혹은 외지의 정신이 깃든) 좌파적 인물이 태어날 수 있다.

대만의 경우 대륙에서 온 국민당이 주류 보수 세력이고 대만 원주민의 입장을 대변하는 민주진보당이 비주류 진보 세력이다. 우리 한국의 경우 진보 세력이 같은 민족이라는 북한과의 통일을 다른 국가적 가치보다 우선시하지만 대만은 진보 세력이 오히려 대륙 영향권에서의 독립을 추구하고 있다. 같은 분단국이지만 대한민국은 분단된 상대편과 연고가 깊은 쪽(친북 세력)이 건국 세력이 아니었기에 진보이고 대만은 애초에 분단된 상대편(중국대륙)과 관계된 세력(국민당)이 정부를 수립했기에 통일 지향적인 세력이 보수의 자리를 차지하고 있다.

여하튼 6·25전쟁 당시로서는 한반도의 북방인과 남방인이 대략 이념을 찾아 양분되는 형식을 취했다. 그 속에서 주인공인 이동영은 자신이 신봉하는 이념을 찾아 월북하고 남은 가족은 빨갱이 가족이라는 딱지를 단 채 불행하게 살아간다.

전쟁 중에 남로당의 간부로 활동하는 동영은 사회주의의 환상에서 깨어나며 고뇌를 겪고 가족은 동영이 남긴 빨갱이 딱지가 뭔지도 모른 체 굶주림과 학대에 시달리며 연명한다. 전쟁 속의 한 가족의 불행을 통해 동족 간의 이념 대립이라는 추상적 가치 대립을 구체화시켜 시대의 역정(歷程)을 담아내었다.

그런데 한반도의 같은 민족이 외국에서 개발되어 들어온 좌우 이념 때문에 억울하게 반으로 나뉘어 동족상잔을 했다는 것은 지나친 책임 전가이다. 한반도는 그전부터 남북의 세력이 별도로 있었던 바 삼국 시대는 물론이고 이후에도 통일신라와 발해가 있었고 고려 시대에도 국경 북쪽의 여진족과는 잦은 분쟁과 타협이 있었다. 근세 조선의 시대에 이르러 비로소 통일을 이룬 공동체가 과연 세계 어느 나라 이상으로 동질 집단일 수 있었을까. 이념을 표방한 분리와 대립은 외세의 영향만으로 미루기에는 우리 민족의 누적된 업이 간단치 않은 것이다.

그러한 시대의 소용돌이 속에 동영이란 인물이 자리했다. 이문열의 부친의 대상(代象) 인물이라고는 하나 독자는 그러한 선입관념에 매일 필요는 없고, 특히 작가로서는 전집 발간 등을 위한 정리[整理]와 개작[改作]의 기회가 있을 때 가족사의 분출(噴出)을 통한 해한(解恨)의 기능을 소설에서 배제할 필요가 요구된다. 그것이 『영웅시대』가 시대적 주제를 진지하게 함유하는 작품으로서의 위치를 점유하는 데 도움이 될 것으로 믿는다. 남녀 주인공 동영과 정인은 비록 옛 추억은 공유할지라도 소설의 진행 시기에 있어서는 서로 만나는 일이 없다. 그렇다면 격동의 시기에 영웅이 되고자 하는 지식인의 뒤틀린 인생 역정을 그리는 한 작품 그리고 역시 격동의 시대에 선택과 추종을 요구받는 양대가치 속에서 이해 못 할 혼란을 겪은 뒤에 종교에서 위안을 구하고자 하는 전쟁 속 여인상을 그리는 다른 작품을 상상하는 것도 부자연스럽지 않다.

(4) 아나키즘에 관하여

식민지 시대에도 지금과 같은 사회 변혁 운동은 있었고 이념적 혁명가도 있었다. 그것은 이광수(李光洙)의『혁명가의 아내』에서도 나타난다. 혁명가의 아내는 혁명가였던 남편이 와병하자 불륜 관계에 휘말려 사고를 당하지만, 동지들은 부부의 혁명가로서의 숭고한 삶을 기린다. 동영 또한 일본강점기 동경에서 대학을 다니며 아나키즘에 심취하다가 사회주의로 전향한 젊은 지식인이다. 본래는 영남 어느 읍의 돌내골에서 '글 천석 살림 천석 인심 천석'이라 불리는 가문의 독자(獨子)이기도 하다. (아마도 전생은 그 가문에서 머슴을 살거나 인근의 총명하나 가난하여 뜻을 못 폈던 인생이었을지 모른다. 그리하여 현생의 부유함에 적응이 안 되어 부유함을 미안해하며 좌파 운동에 몸 바치며 재산을 나누어주곤 했을 것이다.)

『영웅시대』의 동영이 심취한 아나키즘에 대하여 알아보자. 사실 『황제를 위하여』와 근래의『둔주곡 80년대』에도 이문열이 아나키즘에 지대한 관심[2]을 두고 있음을 알 수 있다.

인간의 영혼이 많은 윤생을 통해 발달하면 세상을 넓은 시야로 관조(觀照)하며 세속의 가치를 중히 여기지 않는 초세(超世)의 성향을 가

---

2) 소설 속에 강태공이 아니키스트를 죽인 고사(故事) 인용함. 황제를 위하여 단원 참고

진다. 이러한 사람 즉 속칭 법 없이도 살 사람이 다수가 되는 사회라면 이미 지상에 하나님의 나라가 도래한 지상천국이라고 볼 것이다.

이러한 사회에서는 인간이 행사하는 강제력에 의한 국민 통제가 필요하지 않으니 정부가 필요 없다. 이러한 무정부 상태를 인간 사회의 이상(理想)으로 삼아 목표로 하는 이념이 무정부주의, 즉 아나키즘이다. 그러나 아나키즘은 주장하며 사회제도를 고쳐나가서 가능한 것이 아니라 인간의 영혼이 고양(高揚)되는 선행 과정(先行過程)을 거쳐야 이루어지는 것이다. 그러므로 한 세대의 인간들이 제도를 바꾼다고 결코 실현될 이념이 아니므로 비현실적인 목표임이 인정되고 있다.

아나키스트가 목표를 낮춰 지향할 만한 것이 사회주의이다. 그러나 사회주의 또한 인간 사회가 섣불리 적용할 지도 이념이 아닌 것은 아직 구성원의 영혼 고양이 요구 수준에 도달하지 않았을 때 일어나는 문제점 때문이다.

사회주의는 인간 사이의 인연을 최대한 호전(好轉)시키기 위한 가치관이다. 봉건주의에서 자본주의 그리고 사회주의로의 변천은 인간 공동체 구성원의 대체적인 영성 발달 수준에 적합한 사회제도, 즉 영혼 교육환경의 변천 과정이다. 인류가 얼른 상위의 과정을 밟도록 하는 것이 당연한 희망이지만, 중간의 과정을 거치지 않거나 제대로 수료하지 않고서 상위의 과정에 들어가는 것은 폐해를 부른다. 개인에 비유하면 초등학교 과정을 마친 학생을 중고교 과정을 거치지 않고 대학생이나 성인의 대우를 한다면 그 학생이 과연 올바로 자랄 것인가 따져봐야 한다. 미성숙한 국가 사회가 섣불리 지상에서 추구하는 가치를 부정하고 천상(天上)의 본질적 가치를 따르기를 제도화한다고 하자. 국가 사회는 제대로 성장하지 못하고 오히려 퇴보의 위험을 맞는다.

이문열이 이념의 주장은 민중을 위하는 것이 아니라 주장자들의 이익을 위한 것이라고 『영웅시대』와 『황제를 위하여』에서 주장했듯이 국가 사회의 어느 분파가 사회주의 등 경쟁 지양적(競爭止揚的)인 진보정책의 주장을 하는 배경은 인간 영혼의 수준 향상으로 사회가 성숙되었다는 순수한 판단하에서 주장하는 것이 아니라 기존의 자유경쟁체제 내에서는 설령 공정한 경쟁이라 할지라도 자기네의 분파가 상류층 진입이 어려운 현실에서 (비주류 민족은 전통 지식문화에 바탕한 학업과 직업의 실적 내기에 취약할 수밖에 없다.) 성적이나 능력의 경쟁이 아닌 방법으로 상류층 진입의 길을 열고자 하는 것인데 사회적 여건이 성숙하지 않은 상태에서의 경쟁 배제는 분파 간의 신분 교대만이 있을 뿐 자본주의 이전의 신분제 사회로의 회귀를 의미한다.

사회주의는 모든 국민이 지식(知識)과 지혜(智慧)가 충만하여 삶의 철학이 보편화되어 모두가 눈앞의 이익보다는 대의(大義)를 생각하는 군자(君子)가 되었을 때에 가능한 체제 이념인데 여기서 더 나아가서 아나키즘/무정부주의/절대자유주의는 구성원 모두가 성인(聖人)의 대열에 이르렀을 때에야 가능한 것이다. 아나키즘은 무정부주의라고 번역되지만 본래 취지를 더욱 완전히 표현하자면 절대자유주의라고 볼 수 있다. 정부를 비롯한 자본과 권위 등 모든 통제로부터의 해방을 추구하는 사회 이념이다.

자유주의라고하면 통상 보수적 이념을 지칭한다. 평등과 상대되는 말로도 간주된다. 개인의 자유의 존중을 우선하면 능력 있는 개인들이 남보다 많은 이권(利權)을 얻고 누리는 것이 정당화될 수 있다. 좌파적 입장에서 부정적으로 관찰하면 강자에 의(依)한 약자에 대(對)한 착취가 행해지는 것이다. 성공한 자만이 자유롭다는 어느 대중문화의 문구도 있듯이 개인의 자유는 사회 구조에서 상대적으로 제약되는 것이 우파적 자유주의의 실정이다.

절대자유주의라고 하면 이러한 상대적 영향이 없이 모든 사람이 통제와 억압 없이 자유를 누리도록 한다는 것이다. 물론 현실을 볼 때 금방 모순이 드러나고 의문이 생긴다. 개인 간의 부당한 탈취나 편취가 있을 때 이를 교정할 권위가 있어야 하는데 이는 통제와 억압의 근원이 된다. 생산 방도를 찾는 능력이나 독자적인 생산 능력이 부족한 민중에게 더 효과적인 생산의 길을 제시하고 인도하여 각자의 능력보다 더 많은 생산물을 얻게 하여 민중의 생활을 향상시키는 것이 기업의 역할인데 이 또한 지배 구조의 하나이다.

아나키스트를 자처하는 측에서도 협동농장 등의 효과적인 공동 생산 방식을 인정하기는 하며 다만 각자의 능력이나 기여가 아닌 수요에 의한 분배를 주장한다. 하지만 아무튼 통제의 일종이기는 하며 사회주의에 속할 뿐이다.

결국 협동농장이든 완전한 개인 생산이든 아나키즘은 인간 사회의 구성원 모두가 양식 있고 현명하고 착하고 도덕성이 있고 불필요한 물욕이 없이 자기의 소임(所任)과 소명(召命)만을 찾는 사람들이어야 실현 가능하며 사회주의보다 더 나아간, 모든 인간이 다 성인(聖人)에 가까워 독립적으로도 충분한 복락을 누릴 상황에서 가능한 이념이다. 진정한 극좌(極左) 이념은 이를 말한다. 인간 사회의 동물적 생존경쟁을 강조하는 극우가 폭력을 용인한다고 하여 폭력을 수반하는 좌파를 극좌라고 하며 김일성 스탈린 체제 등을 지칭하려는 것은 틀린 말이다. 『영웅시대』의 동영이 극좌 이념인 아나키스트에서 출발한 것은 이상주의적 성향에 의한 것이지 김일성 스탈린 등의 과격한 공산주의를 선호해서가 아니었다.

4

/

『영웅시대』

　이동영(李東英)의 어머니는 남편, 즉 동영의 아버지가 일찍 죽자 천석의 살림을 떠맡아 여걸의 면모로 집안을 경영했다. 동영이 대학 시절 결혼한 아내 조정인(趙貞仁)은 딸처럼 대하는 시어머니와 점차 친부모와 같은 정을 쌓는다. 이후 정인의 삶의 주된 동반자는 남편이 아니고 시어머니이다.

　흔히 부부가 백년해로하며 인생의 가장 많은 시간을 함께하는 것을 모범적인 삶의 형태로 간주하지만 그것만이 정상적인 인간 생활은 아니다. 모든 사람 관계에는 인연이 설정한 교류의 분량이 있으니 부부를 포함한 모든 사람 관계는 비중이 클 수도 있고 작을 수도 있다. 현실적인 길은 촌수와 같은 세간의 공식에 연연하지 않고 자기와 주변의 운명에 순응하는 것이다.

　정인은 남편 동영을 만나기를 고대하지만 소설의 현시점에서 둘의 만남은 없다. 회상에서의 일부가 있을 뿐이다. 두 사람의 이야기는 서로 엮여서 진행되지 않는다. 그러므로 두 사람의 이야기를 별도로 정리하는 것이 소설의 흐름을 파악하기에 더 좋을 것 같다.

(1) 동영－월북하여 입대하고 안나타샤와 만남

수원(작품에서는 S시)에서 농대 학장으로 재임 중 유엔군이 들어오자 어머니와 만삭인 아내 그리고 어린 자식 삼남매를 남겨두고 북으로 간다. 북에서 정치군관 훈련을 받고 인민군 보병연대 정치부대대장으로 배속받아 가다 산길에서 전투기의 폭격으로 운전병을 잃은 인민군여간부 안나타샤를 만나 동행한다.

보병연대 연대장은 동경 유학시절 아나키즘 운동을 함께했다가 볼셰비키로 전향한 김철인데 절대 권력자 숭배와 권력 경쟁 상황에 환멸한다. 지주 집안 천석꾼 김창봉의 손자라는 성분에 계보상으로 김일성의 소련파가 아니라 연안파(延安派) 무정(武亭)의 계열이라 숙청을 두려워하던 김철은 전투 중 자살에 가까운 무모한 행위로 전사한다. 부상한 동영도 가치의 혼란에 빠진다.

(2) 정인－부역자 수용소 생활과 막내 출산

가족은 북으로 가는 (親北한 측)피난민을 따라 서울로 온다. 생활이 어려워 예전에 자기네에게 신세를 지던 친척들을 찾아보지만 동영이 이미 빨갱이로 소문나 있어 모두 외면한다. 먼저의 집에 갔던 가족은 감시하던 경찰과 동네 청년들에게 붙잡혀 정인과 시어머니는 수용소에 갇힌다.

삼남매는 서울 거리에서 지내면서 일주일에 한 번 면회를 온다. 인민군 부역자(附逆者)의 가족이 수용된 곳에서 처형될까 불안 속에 고통스런 심문을 받으며 지낸다. 위로 두 남매를 낙동강 쪽의 외가로 가도록 한 후 해산을 구실로 수용소 앞 빈집으로 옮겨온다.

지주 아들 성분에서 벗어나고자 천석지기 살림을 나눠주어 거덜내고, 공작 활동에 아내까지 끌어들여 가혹한 심문을 받게 한 것 등 때문에 동영이 추구하는 사회주의가 옳은 것인지 의문을 품게 된다. 고향에서는 시어머니를 바로 쳐다볼 사람이 없을 정도로 지위를 누렸으나 지금은 목숨이나 구걸할 뿐이다.

(3) 동영-다가오는 남로당 숙청의 그림자

인민군 정치부 간부 안나타샤는 중앙당 핵심 지도부와 끈이 닿는 인물이다. 김철의 무모한 죽음 후 동영은 그녀를 관찰하며 자기도 김철과 같이 될까 봐 불안해한다.

동경에서의 스승 박영창은 동영과 김철 등 여러 학생에게 아나키즘을 전파하다가 볼셰비키로 전향했다. 동영은 사회주의에 의심이 커가지만 박영창은 사회주의에 믿음을 더해 간다. 동영은 박영창에게 지금 공화국에는 절대 권력이 형성되고 있음을 알리나 박영창은 듣지 않는다. 문화선전성에 있다가 신설된 당중앙연락부 산하단체를 맡은 박영창은 자신을 숙청하기 위한 자리임을 모르고 열성적으로 활동한다.

(4) 정인-대구 친정에서 동영의 고향으로

중공군이 서울 근교까지 오자 수용소에서 풀려나 서울에 들어온다. 먹을 것과 갈 곳이 없는 가족은 예전에 자신들의 도움을 자주 받았던 친지를 다시 찾지만 빨갱이라는 소문 때문에 전과 같이 매몰찬 대접을 받게 된다. 중공군이 들어온다는 소문은 무성하지만 동영이 함께 온다는 소식은 없다. 대구로 간 자식 남매를 걱정하다 시외삼촌댁의 배려로 시어머니와 함께 마지막 피난 열차를 탄다.

대구에서 소달구지를 타고 친정에 도착한다. 정인과 시어머니가 겨우 활동할 만큼 건강을 회복하자 친정아버지는 내쫓는다. 아들 둘이 인민군 활동을 하자 막내아들은 도피하듯 국군으로 나가 소식이 없는 중에 빨갱이 아버지라며 곤욕을 치른 탓이었다. 갓난아이와 삼남매를 끌고 동영의 고향으로 향한다.

(5) 동영-흔들리는 사회주의 신념을 안고 북으로

서울을 재점령하자 안나타샤는 동영에게 인민군 정치부 서울지부장이라는 높은 직위를 맡긴다. 갑작스런 지위 상승에 불안해하며 취중에 상관인 안나탸샤에게 부르주아적 감상주의와 반동적 언행으로 감정을 표출하기도 하고 육체적 관계까지 갖는다.

박영창의 노선을 동경에서 함께 따르던 박영규를 길에서 만난다. 박영규는 사회주의 투쟁에 지주의 아들로서의 장애를 극복하고 경력을 쌓고자 동료의 죄를 뒤집어쓰고 복역했으나 감옥에서 나왔을 때 자식은 병으로 죽고 아내는 미군 장교의 양공주가 되어 있었다. 감옥에서 얻은 자신의 병치료조차 당에서 거부당하자 좌절한 그는 모든 이념이나 사상은 주장하는 자의 이익을 위해 봉사하는 것이 주장이 극렬할수록 더 거대한 이기(利己)만을 보았을 뿐이라고 말한다.

북으로 후퇴하는 날 아나키스트 운동을 동경에서 함께하다 동영과 함께 박영창을 따라 볼셰비키로 전향했으나 곧 볼셰비키에서 손을 떼고 고향으로 돌아와 은신하던 중 아내와 자식들이 모두 빨치산에 살해당하자 경찰에 투신했던 윤상건이 간첩으로 잡히는데, 음모와 부패가 만연한 거짓 이념을 따르느니 자주인(自主人)을 신념으로 삼겠다며 이념의 전쟁을 비난한다. 동영은 칼을 내줘 밧줄을 풀고 탈출하도록 해준다.

개성에 도착한 동영은 곧 있을 숙청을 안나타샤에게서 듣고 군사위원회에서, 부르주아적 감상주의 잔재를 청산 못하고 사회주의 승리를 의심했다고 자아비판한다.

(6) 정인-마지막 빨갱이 연루 시련과 독립생활 결심

고향에 온 가족은 남은 재산으로 살아가며 생활의 안정을 위해 기독교인으로 탈바꿈을 시도한다. 동영의 옛 친구 빨치산 강현석이 만삭의 여자를 부탁하며 찾아온다. 시어머니는 반대하지만 임신부가 산고를 호소하자 정인의 뜻대로 받아들인다.

이 때문에 가족은 다시 빨갱이로 몰린다. 정인은 일 년의 징역을 살고, 시어머니는 고향 땅과 집을 팔아 읍내에서 장사를 하지만 친척에게 사기를 당하고 정인이 출소하여 국밥집을 차려 끼니를 이어간다.

시어머니가 죽은 후 유언에 따라 기독교 세례를 받고 남편 없이 홀로 아이들을 키우기로 한다.

(7) 동영 - 이념에서 사랑으로

안나타샤의 정보에 따라 동영은 숙청을 면하기 위해 군사위원회에서 교직원을 희망하여 원산의 농대 부교수로 임명된다. 안나타샤가 오래전 오송리의 어린 시절부터 자신을 사모해 왔다는 걸 상기하게 되면서 둘의 관계는 결혼을 위한 동거로 빠르게 진척된다.

부교수 생활에서도 학생과의 논쟁 등으로 사회주의 이념에 회의를 느끼던 중 박영창이 찾아와 사태를 전달하는데, 이윽고 박영창을 포함한 남로당 계열이 모두 숙청된다. 동거 중인 원산 정치부장 안나타샤를 통해 일본으로의 밀입국을 시도하지만 스스로 포기한다.

동영의 노트라는 긴 글이 이어진다. 이데올로기의 생성에서부터 사회주의에 이르기까지 분석하여 비판한다. 마르크스가 살아난다 해도 그가 살아갈 수 있는 곳은 여전히 자본주의 국가의 빈민굴일 뿐이다. 그의 가르침에 감동하는 자들도 자본주의 국가의 소외된 지식층이거나 야심적인 몽상가들이다. 만약 그가 사회주의 국가에 다시 태어난다면 틀림없이 자기주장의 많은 부분을 철회하거나 수

정해야 할 것이며, 끝내 그것을 거부한다면 기다리는 것은 반마르 크시즘 죄목의 처형대뿐일 것이리라고 말한다.

하지만 소설의 흐름에 녹아 있지도 않은 이 논설은 이문열의 논설 일 뿐임은 명백하다. 소설 내 동영의 활동에 스며들지 않고 별도로 논설이 끼어있는 것은 소설적 구성에 큰 흠이 되고 있다. 이미 출판 이 보장된 상황에서 하고 싶은 이야기를 공포하고 싶은 것은 작가 로서의 인지상정이나 더 완전한 작품을 추구해야 하는 것이 우선된 다고 봐야 할 것이다. 논설은 별도의 논설집으로서 존재해야 할 것 이다. 소설에 실림으로써 학계의 날카로운 비판의 화살을 면하고 실제적 책임을 면하는 효과는 있으나, 그러한 특권을 합리화하려면 작품 속 독자의 시야 내로 논설의 존재를 한정시켜야 할 것이다.

동영은 이어서 아들에게란 이름으로 긴 편지를 쓴다. 아비의 시대 는 윤리성과 자주성과 완결성이 결여된 영웅시대였지만, 너희는 휴 머니즘과 민족주의를 추구하라는 말로 끝을 맺는다. 이 부분은 노 트보다는 소설의 흐름에 가깝기는 하다. 그러나 말미에 아들 철이 의 후일담이 있는데 그 철이가 자라나면서 아버지의 서신을 발견하 여 읽는 형식을 취했다면 더욱 소설에 자연스럽게 합류될 수 있었 지 않았을까 한다.

이러한 소설 구성은 이전에도 있었다. 헤세의 『유리알 유희(遊戲)』 의 말미에는 (주인공) 요제프 크네히트의 유고(遺稿)라는 글이 상당량 첨부되어 있다. 게다가 여기에 수록되어 있는 요제프 크네히트의 시(詩) 대부분은 이미 현실세계에 발표된 헤세 자신의 시이기도 하다. 독자는 일관된 이야기의 기승전결로 마무리되는 깔끔한 이야기를 좋아하지만 작자의 생각은 자기의 사상을 최대한 완전히 전달하고픈 것이기에 생기는 괴리(乖離)라고 보아야 할 것이다.

⑧ 시간의 흐름과 인물에 따른 정리

소설에서 묘사된 사건을 발생한 시점에 따라 다시 정리하면 다음과 같다.

식민지 시절 동경에 유학 가 있는 일단(一團)의 지식 청년들은 조선 땅은 봉건제도가 더 이상 존속될 수 없고 새로운 제도의 시대를 맞아야 하는데 그 대비를 제대로 못 한 것이 이 땅이 식민지로 전락된 원인이라는 문제의식을 가지고 새로운 사상을 가르칠 스승 박영창을 중심으로 학습회를 결성한다. 이들이 가장 선호하는 사상은 모두가 자유롭고 평등한 세상인 무정부주의, 즉 아나키즘이었다.

해방 이후 새로이 개편되는 조국의 미래에 참여하고자 돌아온 이네들은 북측의 사회주의가 더욱 아나키즘을 실현하기 좋은 마당이라고 보고 저마다 사회주의 조국 건설에 힘을 보태고자 한다. 그러나 독재 권력 추앙 분위기와 구성원 간의 권력 암투는 이들이 본래 추구했던 아나키즘과는 너무도 다른 것이어서 하나 둘 회의를 품고 좌절하고 이들의 연차적인 몰락이 이동영이라는 관찰자를 통해 드러난다. 특히 이들 중에 주도적인 스승으로 있었던 박영창은 그만큼 사상에 대한 소신이 깊어서인지 늦게까지 뜻을 펼칠 희망을 품지만 결국 숙청에 의해 좌절된다. 동영은 일본으로 밀항하여 새로운 활동을 시도할 수도 있었지만 한 인간으로서의 사랑인 안나타샤가 있는 북한 땅에 남는다. 이미 한 여자에게서 떠나 상처를 주고 또한 여자에게 그리할 수는 없었다. 역사의 고비에서 자신의 환경과 능력을 자신을 위해서가 아닌 민중을 위하여 사용하고자 영웅으로서 처신하고자 했던 그였으나 실패에 따른 교훈만을 후세대에 남긴다.

동영이 큰 뜻을 성취하고자 인생의 후순위로 여겨져 버려진 아내 정인과 아이들은 전쟁 속에 가장이 없는 데다 빨갱이 집안의 낙인까지 찍혀 고초를 당한다. 자기들을 시달리게 하는 알지 못하는 이념들 때문에 혼란스러운 중에 기독교의 체제에 편입하는 것이 정신적 해방구로 여겨져 세례를 받고 신자가 된다. 이것은 전쟁 중에 받는 여인의 고난사(苦難史)로서 별도의 의미가 있다.

소설 진행 중에 남녀 주인공 동영과 정인은 소설의 진행 시점에서는 서로 만나지 않는다. 몇몇 추억을 공유하나 이 또한 진행 시점의 사건 전개에 큰 영향을 주지는 않는다. 다만 이들 두 사람이 현재의 지경에 이르기까지의 설명을 해주는 역할이다.

그렇다면 역사의 고비에 민중을 위하여 족적을 남기는 영웅이 되고자 하나 이념의 현실 적용에 좌절하는 지식인들의 역정을 그린 한 진지하고도 깊은 지성적 화두를 가진 소설이 있고 6·25전쟁 중에 이념이 뭔지 모르면서 떠밀려 고초를 당하는 민중의 생활상을 그리는 또 한편의 현대사 기록 소설이 있다면 더욱 강렬한 시대 증언 소설로서의 존재감이 있지 않았을까 한다.

5
『변경』

(1) 여러 권의 탁월한 중장편소설

변경(邊境)이란 한반도를 미국과 소련이라는 두 '제국(帝國)'이 국경을 맞대고 있는 변경지대로 규정한 데에서 유래하였다. 일찍이 작가 장용학(張龍鶴)은 『원형(圓形)의 전설(傳說)』(1962)에서 유럽 프랑스에서 일어난 민중혁명에서 자유의 가치는 서쪽으로 향하고 평등의 가치는 동쪽으로 향하여 각기 지구를 반바퀴 돌아 한반도 땅에서 부딪쳐 만났다고 했다.

『영웅시대』의 주인공이 월북한 이후 남겨진 가족들이 겪는 현대사 이야기로서 한국전쟁 후부터 유신정권 초기까지의 사회상이 한 가족 구성원 세 명의 시점으로 그려지는데 전체 가족 구성은 어머니와 이남이녀의 다섯 명이다. 세 명의 시점이란 것은 통합적인 삼인칭 전지적 시점과는 달리 심리 묘사의 중심이 비록 일인칭 서술은 아니지만 각 주인공으로서의 시점 셋으로 나뉘어 있음이다. 시점의 분산이 어떤 효과를 줄 것인가. 동일 사건의 다른 측면에서의 분석 등으로 입체감을 일으킨다면 긍정적이지만 그렇지 않으면 주인공에로의 몰입을 방해하지는 않을까. 각 주인공의 독립된 이야기라면 더욱 멋지지 않았을까 생각되는 것이다.

장남 이명훈은 집안을 일으키려고 애를 쓰지만 뒷골목 인생을 벗어나지 못하고 최후를 맞는다. 탄광촌에서 의문사를 당한 그에 관하여 『사람의 아들』의 남경사를 방불하는 한 대한민국 경위가 이명훈의 사상을 분석하는 지적인 보고서를 작성한다.

둘째인 딸 이영희는 일찍 가출하여 작부(酌婦)를 거쳐 복부인(福婦人)으로 성공하는데, 딸을 미워하는 어머니와의 치열한 모녀 갈등이 있다. 어머니는 딸에게 사사건건 욕지거리를 하고 훗날에는 좋은 시간을 보내려 해도 창경원을 가든 남대문시장을 가든 둘이서 경쟁하고 다투는데, 이들 섬세한 심리 묘사가 좀 더 정황을 확대해 볼 수 있는 틀(중장편소설) 속에 있었다면 인철과 영희가 '엄마를' 서로에게 어찌 '부탁해'야 했는지 승강이 벌이는 이야기가 부각되었을 듯하다. 이문열의 장기(長技)는 시간의 흐름을 따라가는 대하소설보다는 심층적인 심리 묘사 위주의 중장편 문학에 있음인데 그러한 진지함이 열두 권 계속되는 것은 만만찮은 부담도 될 것이다.

셋째이며 차남인 이인철은 어렸을 때부터 글과 이야기에 뛰어난 재주를 보이며 고학으로 서울대 국문과에 입학하여 작가 자신처럼 문인으로서 자리 잡는다. 실존 소설인 『광장』을 두고 문학적인 의미에 관한 생각을 발표하고 있는데 이 역시 여린 소설 세계에 험고(險固)한 현실 존재가 형질 순화의 과정 없이 삽입된 경우라고 하겠다.

문인이란 보편성이 없는 직업이다. 소설의 주인공이 못될 것은 없

1부. 이문열의 자기실현

지만 보편적인 문학적 목적을 위하여 모범적인 직업은 아니다. 물론 소설의 흥미와 창작의 편의를 위하여 비록 보편적 직업은 아니지만 특정 직업의 사람이 많이 주인공으로 나설 수는 있다. 무협지의 검객이 그렇고 추리소설의 살인자와 탐정이 그렇다. 순수문학은 보편적인 감동을 존재 근거로 한다. 문예지의 단편처럼 잠시 생활의 한 단면을 보는 목적에는 가끔 유용할 수도 있으나 지속적인 열독(閱讀)을 요구하는 대하소설에서 보편적이지 않은 직업의 사람에게서 보편적인 감동의 원천을 찾기는 쉽지 않은 일이다. 물론 작가의 애독자로서 작가의 이야기 그 자체에 열의가 있는 독자에게는 좋은 자료이지만, 이런 경우 직접적인 일인칭 서술이 더욱 효과적일 듯하다.

막내딸 이옥경은 여공이 되어 노동운동과 연루된다. 이외에도 해설역으로서 당대의 대학생이나 지식인들이 조연으로 등장하는데 인철이 아직 크지 않았고 명훈은 지식인의 자격이 아닌 상황에서 자취방의 김형과 황형이라는 지식물 먹은 술친구가 그 역할을 하는 것 등이다. 주로 명훈이 이들과 연루되어 한국 현대사의 주요 사건들을 겪는데 인철의 이야기는 따로 정리되었으면 어땠을까.

『젊은날의 초상』에 있는 눈 덮인 창수령 고개를 넘어가는 회상 장면은 본래 중편으로 쓰인 소설의 흐름에 어울리며 미문(美文)으로 큰 호평을 받았는데 『변경』에서 어린 철이가 겨울의 빙판을 추억하는 장면 또한 그 당시의 시점이 아니라 뒷날 그 당시 그렇게 느꼈다 기록하며 회고하는 형식이다. 비슷한 곡조임에도 대하(大河)의 도도

(滔滔)한 흐름에 밀려 존재감이 무색해진다. 중편에서의 회상 장면은 계곡의 바위로서 개울물을 굽이치게 하여 호젓한 맑은 웅덩이를 오아시스처럼 제공하지만, 대하소설에서는 회상이 하변(河邊)의 바위로서 존재하면 도도한 흐름을 잠시 방해하다 이윽고 잊힐 뿐이다. 대하소설을 읽는 독자는 시간의 흐름을 따라가길 원한다. 잦은 회상 장면은 대하소설에 어울리지 않았다. 작가 자신의 애착과는 별도로 이문열의 대하소설이 다른 주요 작가의 그것들보다 평가를 덜 받는 것은 반드시 문단의 왜곡된 시각 때문만은 아닐지 모른다.

물론 이문열이라는 탁월한 문장가의 글 그 자체를 좋아하는 독자에게는 문제가 안 된다. 슈베르트의 선율(旋律)을 좋아하는 감상자에게 슈베르트의 교향곡의 구성이 아무 문제가 될 수 없고 그저 멜로디의 감상에 빠지는 것으로 만족감을 주듯이 그렇다. 어찌 보면 대여섯 이상의 제품명을 달고 제각기 비싼 포장지에 담아 판매해야 할 제품들을 한 개의 박스에 몰아 단골고객에게 염가의 서비스를 한 것에 비유된다. 그러나 소비자에게 각각의 제품명을 보면서 각각의 제품의 특성을 의식하면서 선택하는 권리를 주었다면 단골 여부를 막론하고 식재료의 소비 촉진에 기여했으리라는 추측 또한 일어난다.

여러 권수의 대하소설은 여러 권의 무협지 시리즈와 마찬가지로 대여점에서도 환영을 받았듯 서사적 시각에서 머물러야 하며 개인적이거나 순수문학적인 요소가 강조될 필요는 없을 것이다. 화가의 대작(大作)이 자화상인 경우는 드물다.

(2) 이념의 전파에는 인간성의 고양(高揚)이 우선되어야

변경 두 번째 권의 후반부에서 명훈의 친구 김형이 황형과 대화하는 중에 우리 사회 이념 문제의 난맥상의 정곡(正鵠)을 지적한 구절이 나온다. 민중을 행복하게 하겠다고 일으킨 혁명의 결과가 그 과정에서 치른 피값에 까마득히 못 미치는 상황을 어찌 설명할 것인가. 단지 관련된 자들의 무능과 부패로 돌릴 것인가. 그들 혁명 동지들의 마음이 순수하기도 했던 것은 알 만한 사람들은 다 알지 않은가.

"…… 인간성의 고양에 대한 노력 없이 제도와 이념에만 사회의 개선과 진보를 맡긴 탓이라고 봐 ……"

인간성의 고양은 단기간에 이루어지는 것이 아니다. 개인의 지식을 보충하는 것은 교육으로 가능하지만 인간성 자체가 현생의 삶의 기간 중에 바뀌기는 어려운 것이다. 개인의 본바탕을 이루는 근원, 즉 영혼이 여러 생애를 거쳐 발달함으로써 인간성의 고양이라는 세상에서의 현상이 나타나는 것이다.

미국에서 성행하는 영성과학(靈性科學)에 따르면 인간 영혼이 부족함을 보완하며 지상에서 수련하는 과정은 대략 다섯 단계로 나뉜다. 국가 사회에 각각의 단계에 해당하는 영혼이 다수를 점유할 때 그 국가 사회에 적합한 체제 이념도 달라진다.

제1단계 생존 지향의 삶: 동물과 공통되는 삶으로서 지상에 살아남기 위한 노력으로 영혼을 단련한다. 원시시대는 대부분 사람들의 영혼이 이 단계에 있다.

제2단계 규율형의 삶: 올바로 살기 위한 규칙에 충실히 따르며 절제하는 중에 영적 성장을 하는 단계이다. 대부분 사람들의 영혼이 이 단계에 있었던 시대가 봉건시대이다.

현대에도 아직 이들 1, 2단계에 머물러 있는 영혼이 다수를 차지하는 국가 사회에서는 권위주의 통치 혹은 회교(이슬람) 규범에 의한 국민 통제의 방식으로 나타난다.

제3단계 성취 지향의 삶: 자기의 노력으로 재물과 명예 등을 추구하여 인생 중에 성취감을 얻을 것을 목표로 하는 삶이다. 봉건사회의 지도층은 이 단계에 있었지만, 지구의 역사가 누적되어 다수 사람의 영혼이 성취 지향의 단계에 이르면 다른 사람들을 지도하는 지위를 추구하는 목표는 기회가 한정된다. 이럴 때 다수가 가능한 성취 목표는 저마다 충분한 재화를 획득하여 삶을 형통하게 하는 것인데 이것이 자본주의이다.

제4단계 관계 지향의 삶: 인간 삶의 진정한 목표이기도 하다. 물질보다는 사람들 사이의 인연을 중시하고 그들과의 관계를 향상하는 인생을 산다. 과거 생존 경쟁의 과정과 성취 경쟁의 과정에서 쌓았던 악업을 해소하는 것도 이 과정(過程)에서의 과업(課業)이 된다. 더불어(social) 지냄을 중시하는 사회주의는 인간 사회의 인연 관계 향상을 목표로 하는 이념이다. 사람들이 자기의 이익에 초연하고 서로 나누고자 하는 사고방식을 가질 때 이 체제가 가능하다.[3]

과학적 사회주의라는 공산주의는 이러한 가치하에서 가능한 생활 형태의 하나이다. 구성원이 재물에 욕심내지 않으니 모두가 함께 생산하고 나누어가져서 의식주를 보장하고 구성원은 각자 물질 추구 그 이상의 가치를 추구하는 것이다.

제5단계 초세(超世)의 삶: 세상을 넓은 시야로 관조하며 세속의 가치를 중히 여기지 않는다. 이러한 사람이 다수가 되는 사회라면 이미 지상에 하나님의 나라가 도래한 지상천국이라고 볼 수 있을 것이다. 즉 인간이 행사하는 강제력에 의한 통제가 필요하지 않으니 정부가 필요 없다. 이러한 무정부 상태를 목표로 하는 좌파적 이념인 무정부주의(아나키즘)는 주장하며 사회제도를 고쳐 나가서 가능한 것이 아니라 인간의 영혼이 고양되는 선행 과정(先行過程)을 거쳐야 실현 가능하다.

현 시점에 맞는 사회제도란 것은 대중의 영혼 발달 정도에 따른 것이다. 『변경』에서는 나쁜 인간이 운영하는 좋은 제도나 이념의 나라보다는 좋은 인간이 운영하는 나쁜 제도나 이념의 나라가 더 희망적이라는 발언을 통해 결국은 제도보다는 지도자의 도덕성이 관건이라는 주장을 하고 있다. 이런 견해가 이어져 근래에도 여야 각 정당의 이념(정치적 가치과) 대결보다는 각 진영 인사들의 도덕성 대

---

3) 인간 영혼은 그 성숙 단계로 볼 때 다섯으로 분류된다. 위의 '1. 생존 지향의 삶'을 사는 영혼을 '유아 영혼'(infant soul)이라고 한다. 2, 3, 4의 삶을 사는 영혼을 각각 '어린 영혼'(child soul), '젊은 영혼'(young soul), '성숙한 영혼'(mature soul)으로 분류하여 한 인생에서 사람이 나이를 먹고 성숙하는 것에 비유하여 설명할 수 있다. 이 4단계를 지난 영혼은 '오래된 영혼'(old soul)이라 하여 세상을 넓은 시야로 관조(觀照)하며 세속의 가치를 중히 여기지 않는 超世의 성향을 가진다. 오래된 영혼이 다수가 되는 사회라면 이미 지상에 '하나님의 나라'가 도래한 '지상천국'이라고 볼 수 있을 것이다. 오래된 영혼 즉 老靈에 관한 해설은 저자의 《꿈꾸는 여인의 영혼여정》에 자세히 나와 있다. 지상의 인생을 영혼 성장 과정의 축소판으로 보는 관점은 저자의 《생애를 넘는 경험에서 지혜를 구하다》에 전개되어 있다.

결(실제로는 상대방의 허물을 잡아 뜯는 것이지만)이 치열한 것인가 한다.

원칙상 지도자의 도덕성이 더 관건이 될 수는 있다. 그러나 어차피 도덕성 싸움은 객관성이 부족하고 판단도 검찰 등 사법기관 종사자의 주관이 개입한다. 그러므로 인간 사회의 실정에 맞는 제도의 설정이 현실적으로 중요시되는 것이다. 지도자의 도덕성 보장은 아직 인간의 영역에 넘어온 것이 아니라고 하겠다.

진보 이념의 문제는 그 지향점에 문제가 있는 것이 아니라 사회의 실정이 따르지 못해서 생겨난다. 진보 교조(進步敎條)의 모순도 그 가치관이 잘못돼서가 아니라 실행자의 영격(靈格)이 미달하여 시야가 협소하여 일어난다. 지도자는 사회를 판단함에 있어서도 후하여 넘치지도 않고 박하여 모자라지도 않는 중용을 지키며 지도 이념의 설정을 해야 하지만, 특히 지도자 자신을 판단함에 있어 중용을 지키지 못하면 그것은 국가사회적 재앙이 된다. 진보 정치는 충분히 넓은 시야를 가져야 주장 및 실천이 가능하다. 자기 수준의 시야로는 감당할 수 없는 진보적 주장과 정치를 할 때 문제가 생긴다. 바울은 예수의 가르침을 이으면서 신도에게 실천 사항을 가르칠 때 예수가 이미 구약보다 가진 진보성에서부터 한 발짝도 더 나아가지 않았다. 바울이 예수보다 보수적인 입장을 가진 것은 예수와 비견(比肩) 될 수 없는 본분을 지키기 위함이었다. 본분을 지키지 못함은 만악(萬惡)의 근원임을 사상가와 정치인은 명심해야 할 것이다.

(3) 기교 있는 글은 만인을 위한 것

글재주가 있으면 자기 생각을 더 잘 전할 수 있을 텐데 하고 한탄하는 사람이 종종 있다. 그러나 그런 사람의 글에도 미비한 것은 없다. 있는 그대로 토해내는 것 그 이상의 기교는 진실한 고백의 글에는 필요 없다.

흔히 진실한 글은 기교 없이 솔직한 글이라고 한다. 자기의 생각을 가감 없이 솔직히 나타내는 글에는 과연 기교가 필요 없다. 마음 그 자체인데 마음 그대로 쓰면 되지 무엇이 더 필요하겠는가.

그렇다면 글을 직업적으로 잘 쓰는 사람의 글은 진솔한 글이 아니라는 말도 되는데 그렇다면 자기 생각의 진솔한 표현만이 글의 가치의 전부이냐 반론할 만하다. 직업적으로 잘 쓰는 글은 한 사람의 개인적인 진솔한 고백 그 이상을 위해 대승(大乘)적으로 사용되어야 할 것이다.

기교를 가지고 잘 쓰는 글을 자기표현을 우선하여 사용하는 소설가라면 자화상만을 그리는 화가와도 같고 자기의 복리(福利)만을 생각하는 정치가와도 같다. 문필가의 글 기술은 자기표현을 위한 것이 아닌 타인을 위한 보편적 소통에 치중해야 한다. 이문열의 시대 서사적 대하소설은 앞으로 자전적 요소와 가족사적 요소가 배제되는 만큼 위대한 작품으로 재평가받을 것이다.

(4) 문학적 변경의 삶

나 또한 변경의 삶을 살았다. 1998년의 신진작가로서의 이문열과의 만남 이후 나는 비록 아무도 기대는 안 했겠지만 적어도 출판계에서 큰 작가로 성장하지는 못했다. 다시 말하자면 영세(零細) 작가라고 할까. 그러면서도 작가로서의 생명은 이어올 수 있었다는 것은 오히려 대견했다.

상황이 잘 진행되면 변화를 쉽사리 노력하지 않는다. 그러나 열악한 실정은 끊임없는 변화의 노력을 강요한다. 작가로서의 성장이 벽에 부닥친 이후 닥치는 대로 변화를 시도했다. 시대의 갈등을 타고 올라가는 이념 논객으로서의 처신은 시장의 수요와 맞지 않아 좌절되었다. 시장이 원하는 것은 상대 진영 표적을 공격하는 현실 분석이지 이념의 본질 캐내기 따위가 아니었다. 자금을 지원하면 흰 것도 검은 것으로, 사슴(鹿)도 말(馬)이라고 설명할 수 있어야 하는데 그럴 재주가 없었다.

한자의 사용 제한에 진력난 나머지 한자가 통용되는 중국 시장에로의 진출을 시도하기도 했지만 비원어민으로서 원어민에게 의미 전달의 기능 이상 가는 그런 문장을 쓴다는 것은 불가능이었다. 그러다 다시 국내의 작가로서의 생존을 위해 찾은 변화의 시도가 영성적 화두를 주메뉴로 붙잡는 것이었는데 이것은 상상력, 즉 이 세상의 존재 그 이상을 탐구하는 소설의 본질과도 상통하는 것이어서 비록 큰 재미를 보는 것은 아니라도 평범한 작가의 새로운 개성으로 삼기에는 쓸 만했다. 그러한 개성을 길러나가며 글을 쓰면 작으나마 한 자리는 얻고 지킬 수 있을 듯했다.

6
작품 탐구의 동반자

(1) 예외적인 남녀 만남

문단사회의 곡절을 지나와 지금에 이르러 영세 문필가이면서 아마추어 철학자로서의 신분을 가진 내게 오늘 저녁 서희(瑞姬)라는 여자와의 만남은 집에 돌아와 잠자리에 들기까지 여운이 그치지 않는 중대 사건이었다.

내게 서희는 오늘이 첫 만남은 아니었다. 이미 여러 사람과 함께 한 자리에서 여러 차례 본 적은 있었다. 하지만 둘만의 시간을 가진 것은 오늘이 처음이었다.

지난겨울 나는 강연회에서 한 중년 남자를 만났다. 그 남자는 내가 탈종교적으로 인간 심령의 구조를 설명하는 것을 보고는 다가와 교류를 청했다.

"우리 오차원영성행복학교에 참여해 주십시오."

"그 모임의 대표이십니까."

"우리는 모두가 대표입니다. 21세기 영성은 자기 스스로가 주체가 되어서 추구하는 것이니까요. 당신은 크리스탈 의식의 사람으로서 참여할 필요가 있습니다."

그 남자가 소개하는 모임의 성격이 모호하긴 했으나 나 또한 떠다니는 부류임을 부인 못 하는 실정에서 조직의 힘을 빌릴 새로운 가능성을 마다할 것은 없었다. 사상과 철학을 전파하는 추가의 기회를 얻을 수도 있을 것이다.

약속대로 오차원영성행복학교라는 모임에 참석했다. 어떤 작은 벤처기업의 회의실에서였다. 오가는 이야기는 참석자 각자에게 주어진 각종의 정신적인 억압을 풀고 자유로운 참나(眞我)를 추구하여 다가오는 오차원 영성시대에 대비하는 수정의식인단(水晶意識人團)을 결성한다는 것이었다.

수정의식인단이라는 문어체의 서술이 생소하지만 본래 구어(口語)로는 크리스탈(crystal) 의식의 사람들이라는 것이었다. 즉 수정과 같다는 뜻도 되지만, 예수 그리스도가 그 당시로서는 유일하게 이러한 의식을 가졌으며 지금에 이르러서는 사람들이 모두 예수와 같은 크리스탈 의식을 가져야 한다고 했다. 그리스도를 지금의 외래어 표기 기준에 맞추면 크리스트(christ)인데 크리스트, 즉 크리스탈(christal) 의식을 갖자는 것이었다. 한글로는 둘 다 같게 표기되니 같게 보는듯했다.

"우리는 회원 자신들의 우주 의식을 회복해서 선순환 생명체가 되고 자기의 천명을 브랜드화하는 일을 실행하고 있습니다."

모임에 관한 그 남자의 소개였다. 좀 거창해 보이지만 모임의 취지가 개인적인 이야기를 나누는 것이니 나는 이런 모임을 시작하게 된 동기를 물었다. 그는 수년 전 천상의 에너지를 받고 보름간 가상 세계를 헤매다 탈진해 입원 후 정신과 치료를 받은 바 있다고 한다.

"그 뒤로 어떻게 지내셨나요."

"먼저의 사무직으로는 복귀하지 못하고 용달차 기사와 빌딩 청소부를 하고 살면서 내면 대화와 상위 차원과의 교류를 했지요. 내면의 뜻에 따라서 자기 회복의 여정을 걷다가 나의 내적 소명은 천상의 계획을 지구상에 실현하는 것임을 깨달았습니다."

이 모임의 목표 설정은 어긋났다고 볼 수 없었다. 미래 사회에서는 이제와 같은 지상의 물질적 경쟁에 특화된 인간보다는 하늘의 뜻이 땅에서 이루어지는 시대를 맞고자 고차원계와 소통할 인간형이 요구된다.

그런데 어떻게 그러한 경지로 향하느냐가 관건일진대 몇 번 참석하면서 모임이 겉돌고 있음을 보았다. 원대한 목표는 있어도 그리로 가는 길이 없었다. 모여서 저들의 생활 주변 이야기를 나누면서 서로 소통하고 힐링한다는데 세상의 어느 교제가 소통에 의한 힐링을 목표로 하지 않는 것이 있는가.

물론 그러한 만남의 상대가 누구인가에 따라 다를 수 있다. 기존의 은원(恩怨)이 너무도 진하게 도배되어 어떤 일관된 긴장이 흐르고 있는 가족관계이거나 각자의 지상의 삶을 왕성히 할 공동의 목표로 모였기에 규격적인 행동 양식을 보이는 직장 동료의 관계와 같은 경우들은 상대를 향한 자연스럽고 포괄적인 관심하에 일어나는 통합적인 교류와 치유가 기대되기 어렵다.

예닐곱 명 안팎으로 모이는 사람들은 중년의 직장 중도 은퇴자 그리고 아직 젊지만 일정한 직장을 갖지 않은 자유인이 있었고, 가정주부이면 형편이 나은 편에 속했다. 대체로 사회에 부적응하는 사람들이 모여 자신들이 지구상의 현실에 그다지 가치를 두지 않는 고수준 영혼이라는 자부심으로 서로를 위로하는 자리 같았다.

윤생(輪生) 수련 경력이 많이 쌓인 고수준 영혼이라면 이 세상의 일에 잘 대처해야 하지 않을까. 그렇게 생각될 수도 있지만 사실 출세고 명성이고 지겹게 해본 일이니 관심이 없거나 회피할 수도 있다. 하지만 그들에게서는 세상일에 초월한다기보다는 세상일에 미숙한 면들이 더 보이는 것 같았다.

그렇다고 해서 이 사람들이 그저 부족하다는 것은 아니다. 적어도 속물적인 사람들에서는 찾기 어려운 정서의 포만함이 느껴졌다. 우주 상고(上古)의 사람들은 아닐까. 오래전 우주 전쟁이 있었을 때의 윤생 경력은 있지만 아직 지구에서의 윤생 경력은 부족한 듯하다. 그래서 지구상의 생활에서 남보다 민활(敏活)하게 처신들 하지는 못하는 것 같았다.

그들 중에 한 여자가 서희였다.

서희는 그곳의 여자들 중 미녀로 두드러져 보였다. 첫 인상에서부터 끌렸으나 나는 스스로 여자의 미모에 혹해 나서는 속물이 될까 보아 특별히 추파(秋波)를 보내지는 않았다. 중년의 나에게는 이미 아내가 있으니 대면하는 여성들에 일일이 적극적인 관심을 둘 처지도 아니었다.

그러다 오늘 그녀가 가까운 데 앉은 기회에 나는 살짝 나의 근래 저서를 꺼내 보여 줬다. 인생을 영성 가치 추구의 길을 따라 살아갈 방법을 서술한 책이었다. 서희가 단지 상대적인 미인이라서가 아니라 인연의 끌림이 있다고 내 마음의 합리화를 했기에 가능한 시도였다.

보여준 책을 유심히 훑어본 서희는

"남녀 관계를 새로이 설명하는 게 마음이 끌려요. 지금 내가 당면한 문제이기도 하거든요."

하고 자기도 책을 사겠다고 했다. 이미 나온 지 오래된 그리 유명하지 않은 책은 웬만한 서점에서 찾지 못하니 나는 미리 이 책이 있는 서점을 알아봐 둔 바 있었다.

"책 살 수 있는 서점을 찾아봤으니까 저녁에 가면 돼요."

나는 살짝 둘만의 토론을 하는 듯이 대답해주었다.

모임이 끝나면 헤어지면서 뒤풀이를 하자며 작은 술자리를 갖기도 하는데 그러다 헤어질 때는 각자의 귀로를 따라 무작위로 흩어진다. 그런 중에는 이 여자와 함께 대화할 기회를 얻기 어렵다. 타인들이 보는 앞에서 둘이서만 남아 더 얘기하자고 나설 배짱은 없다. 나는 처음 한두 번 빼고는 줄곧 뒤풀이에는 불참했기에 자연스레 빠져나오고 나중에 이 여자가 별도로 오게 하면 될 것이었다. 나는 모임 장소에서 가까운 신도림 전철역에서 만나자고 쪽지를 건넸다.

모임이 끝나자마자 나는 급한 약속이 있다며 서둘러 자리를 떴다.

그리고 전철역에서 기다렸다. 얼마 후 서희에게서 혼자서 오고 있다는 문자가 왔다. 전화를 걸어 상세한 위치를 일러주어 만날 수 있었다.

아직 이곳은 모임 회원들의 활동 영역이니 언제라도 그들 일부가 이쪽으로 오면 어색한 회동이 빚어질 수 있다. 서둘러 전철 구내로 들어가 잠시 약간의 조바심 속에 기다리다 전철을 탔다.

안양에서 내려 본격적인 둘만의 동행을 하게 되었다. 우리가 안양에 내린 것은 아무도 모르니 안심하고 둘의 시간을 가질 수 있다. 마치 동굴에서 공주를 빼내온 듯 기뻤다.

함께 서점에 들어가서 그 책을 찾았다. 잘 팔리는 책이 아니라서 깊숙한 곳에 한 권만 비치되어 있었다.

서희가 책값 일만삼천 원을 지불할 때까지 기다렸다. 아무리 제삼지대의 영세 작가로서 궁한 살림을 한다 해도 중년의 남자가 젊은 아가씨를 만나는데 일만삼천 원은 큰돈이 아니었다.

그냥 내가 선물한다면서 사주면 모처럼 둘이서의 만남에 좋은 성의 표시가 되지 않을까.

그러나 결코 그럴 수는 없었다. 이 아가씨가 자기의 지출과 수고를 해서 내 저서를 사볼 만한 마음이 되는지 검증되어야 이 아가씨에 대한 믿음이 굳어진다. 한때의 기분으로 두고두고 미심쩍은 의심이 남게 해선 안 된다. 이 좋은 기회는 반드시 의미 있게 넘어가야 한다.

그렇게 통과의례를 마치고 함께 서점을 나왔다. 시내 동반의 가장

1부. 이문열의 자기실현

중요한 목적인 책 사매(使買)를 마쳤으니 그다음 무엇을 할까에 나는 큰 관심이 없었다. 오히려 추가의 다른 일로 인해 이미 이룬 중요한 결과가 희석될까 염려되는 것이었다.

그런데 저녁 시간의 동반자가 되어서 이대로 헤어진다는 것도 자연과 세상의 섭리에 적지 않게 역행하는 일이다. 나는 저녁 시간의 설계를 중립의 입장에서 물었다.

"어디 약속은 있나요? 이제….."

다른 약속이 있다는 등 서희의 대답이 나오면 군말 없이 따를 예정이었다. 젊은 아가씨에게 오늘 하루 시간을 내줘서 함께 있자고 간청하는 것은 자존심이 허락하지 않는다. 이제껏 비록 세상에서의 성공을 위해서는 어찌했을지 모르나 적어도 영성적 가치관하에서의 삶으로는 시간 낭비를 하지 않았다. 그러한 자부심을 가지는 나로서는 젊음을 바친 정신적 수련의 성과가 여성 프리미엄에 굴복하는 상황은 맞이하고 싶지 않았다.

"아무 데나 들어가 저녁을 하지요." 그녀의 대답이었다.

사실 혼자 나와 살고 있는 서희로서는 (모임에서는 서로의 대강의 신상을 알고 있었다.) 굳이 저녁에 만난 사람과 헤어지고 집에서 따로 저녁을 먹어야 할 까닭이 없었다.

나의 책을 사줬으니 그만큼의 저녁 식사비 지불은 자연스러운 것이 아닐까 여겨질 수도 있지만, 아직까지도 가치에의 긴장감을 늦추지 않았다. 그렇다고 지금 온전한 직장인도 아닌 아가씨에게서 저녁을 받아먹는 것도 지나칠 것 같다. 연예인을 따르는 광팬과의 경우와 같은 것도 아니고 책 하나를 사준 것만도 감지덕지할 제삼 지대 작가로서 팬에게서 식사비까지 기대하기는 어렵다.

　나름 세상 인간관계의 다양한 측면을 알고 곳곳의 타협적 정황을 살펴본 경력이 쌓여 있다고 자부하는 내가 택한 곳은 집밥집이 진화한 첨단 간편식 집이었다. 거기서 오백 원짜리 주먹밥을 하나 사서 나누어 먹었고 당당히 식대를 계산해 주었다. 그 자리에서 조금의 대화가 더 오갔다.

　"이 책에 보니까 여성이 성행위를 허락하는 것은 남자에게 베푸는 것이라고 나와 있네요."

　"여성은 존재로서 세상에 기여하니 남자와 만나는 것 자체가 남자에게 베푸는 것의 시작이죠."

　"거기다 성행위까지 한다면 더 큰 것이겠네요. 저는 그런 식으로의 생각은 하지 않았고 그냥 상대가 좋아서 한번 한 적이 있는데요."

　"마음이 통하는 것이 병행되었다면 도의적인 문제는 없다고 봐야죠."

　"그 사람과 마음까지 이해되었던 것이 아니고 그냥 느낌이…."

　간편 식당을 나와서 나는 아무래도 스스로 너무하는 것 같다 싶어 커피 한 잔씩을 더하기로 했다. 서희가 나의 사상을 순수하게 좋아한다는 시험 과정의 상황 종료를 마음속으로 선언하고 이제 순수한 두 사람의 만남 자리에서 기꺼이 찻값을 지급하리라 마음먹었다. 둘이 조금 두리번거리며 오가다

"다방이라고 씌어 있는 곳이 좋아 보여요." 서희가 선택했다.

뉴욕제과가 아닌 뉴욕다방에서 비로소 편안한 자리를 가졌다. 먼저 했던 성 관련 담론을 대답할 차례이지만 화제를 이어가지 않고 (의식적으로 그리한 것은 아니지만) 비교적 일반적인 관심사를 대화했다. 글쓰기라든가 일반적 영성 담론 그리고 관련된 사람들과 모임에 관한 이야기 등이었다.

그리고 아홉 시를 많이 넘지 않아 놓아 보냈다. 그녀는 끝내 찻값을 보태니 그날의 만남은 책을 구매한 것 말고는 완전히 평등한 만남으로 매듭지어졌다.

돌아와서의 느낌은 그 전까지 어느 여성과의 만남에서도 있었던 일이다. 만날 때는 별일 없이 헤어졌지만 지나고 나서는 그때 더 좋은 시간을 즐길 걸 하는 후회가 생긴다. 그녀가 섹스에 관한 화제도 먼저 꺼내지 않았던가. 그런데 무슨 중뿔난 목적의식으로 사실상 묵살하고 말았던가. 이런 덜 떨어진 감각 탓에 떠줘도 못 먹는 모지리가 세상의 난봉꾼들의 이기주의를 탓할 자격이 되는가.

그러나 당시에는 막는 힘이 있었다. 혼자(魂自)가 육체의 물리 법칙에 따라 추구하는 것을 신아(神我)가 우주의 인생 설계에 어긋나지 않도록 제어했던 것이다.

시간을 더 즐기지 못한 것은 개인적인 후회로 끝난다. 그러나 오십오 세를 넘는 남자가 삼십 세가 안 되는 여자를 만나면서 제대로 된 식사 하나도 안 사주었다는 것은 상식에 너무 어긋났다.

그렇게 해서 오늘의 밤 시간은 착잡하게 보낼 수밖에 없었다.

(2) 학습실에서의 교제

후회는 날이 지나서 걷혔다. 이후 서희와의 만남은 계속되었다. 다방에서도 만나고 스터디룸이라는 책상과 컴퓨터가 있는 방에서도 만났다. 남녀 둘이서만 룸 안에 들어가니 가끔 직원이 유리창 너머로 살펴보거나 혹은 어떤 구실로 문을 열어 불상사를 벌이지나 않나 확인하곤 했지만 그다지 거리낄 것은 없었다.

첫날에 후회되었던 그 일은 재시도하지 않았고 기회도 없었다. 그날의 일은 둘이의 만남의 성격이 정해진 자리였지 어떤 통속적 유형의 만남이 아니었다 하여 후회할 일이 아니였다.

"물질세계 이상의 정신적 만족을 원한다면 우선 어떤 종교 하나를 신앙으로 갖는 게 어떨까요."

종교 신앙이 비물질적 관심사의 대부분이었던 지난 시절을 상기한 나는 그녀의 생활을 더 보편적인 관념에 맞춰주고 싶어 제안했다.

"자기 자신이 아닌 다른 대상을 믿고 따르라는 종교는 내 체질에 맞지 않아서 더 이상 안 가려고 해요."

뒤에 차차 알게 된 사실이지만 서희는 남성에게 관대한 성품을 가지긴 했어도 동시에 자의식과 독립심이 강한 어찌 보면 페미니즘 성격의 여성이기도 했다.

"어느 종교를 따르는 것은 자기의 취향이나 의지보다는 인연 같아요. 전생에 기독교 문화 지역에 살았던가 하는 것 등."

나는 기독교 신앙을 따른 적이 몇 번 있었다.

"가령 천주교의 경우 교리 자체가 진보적인 것은 별로 없지만 세계 일부 나라, 특히 우리나라에서는 진보적인 입장을 취할 처지인 인연 집단이 천주교와 인연이 깊어 교계와 신도의 상당 부분이 진보적 입장을 취하지요. 반면에 개신교는 미국에서 번성했고 국내의 신도가 미국 쪽과 상대적으로 인연이 깊은 사람들이니까 친미 성향, 즉 국내의 분류로는 보수적인 입장을 취하는 신도가 다수이지요."

"그러니까 아저씨도 어떤 종교가 절대적인 진리는 아니라는 생각을 가진 것 아네요."

"여러 종교가 서로 상충되기보다는 서로 진리의 다른 면을 보고 있다고 봐야지요."

"그럼 여러 종교를 통합해서 완전한 진리를 만들면 되잖아요."

"삼차원 도형인 정육면체를 이차원의 종이에다 완전히 표현할 수는 없잖아요. 높은 차원의 진리를 우리 삼차원 공간에서 나타내는 것으로는 진리의 표현이 한정될 수밖에 없어요."

"어차피 어느 종교로도 진리를 완전히 설명할 수는 없다는 말씀이네요. 그러니까 특정 종교인으로서의 편향된 인식을 벗어나기 위해 저는 영성인으로의 길을 가는 것이지요."

"그런 뜻의 영성인이라면 기독교의 가르침 또한 포괄해야 올바른 것이 아닌가 싶어요. 보통의 종교 신자와 똑같거나 혹은 못 미치는 수준의 영통(靈通)함을 가지고 무슨 대단한 깨달음을 얻은 것처럼 하는 것은 영성인이라 할 의미가 없지요."

"기독교는 성경책 하나만을 가지고 얘기하잖아요. 전 다양한 자료를 보면서 진리를 찾아가고 싶어요."

"한 책이라고 해도 몇 번이고 해석하면서 인생의 바른 길과 우주적 진리를 찾는다고 봐야죠."

"쓰기는 사람이 써도 성령에 의해 쓰였다고들 하더라고요. 믿을 수 있을까요."

"당연히 믿을 것뿐만 아니라 어차피 인간이 쓰는 글 중에 진중한 글은 신에 의한 글이라고 해야지요. 혼자(魂自)가 아닌 신아(神我)에 의한 글이요."

"영성계에서는 하나님을 찾지 말고 자기 자신을 찾으라는데요."

"하나님을 따르고 순종하는 것이나 자기 자신을 찾는 것이나 마찬가지예요."

"그게 어떻게 그래요. 전혀 추구하는 방향이 다른데."

"유일신을 믿을 필요가 없다며 신이 죽었다느니 하고 이에 대해 신은 살았다고 반박하곤 하는 일이 서양에서 일어난 것은 God이라는 단어로는 혼동이 되니까 생겨난 일이지요. 우리말 신(神)으로는 그런 것을 따질 필요가 없어요. 자기 자신을 보우(保佑)하며 운명을 관장하는 신적 존재는 개인의 신아(神我)인데 그 신아들이 영륜(靈倫)[4]에 따라 집단을 형성하고 신아끼리는 교통(交通)이 무한정이니까

---

4) 지상의 사람들 사이에서 인륜(人倫)이 있어 인간관계의 질서가 있듯이 그 본질인 영들의 사이에 연고 관계와 질서를 가진 집단. 倫은 인륜 倫에서 사람인 변을 떼어내서 본질적인 동아리의 의미를 가진다. 영혼 집단. 영어로는 소울 그룹(soul group)

　　　　　　　　　　　　　　　　　　1부. 이문열의 자기실현

집단을 관리하는 통일적 존재가 집단의 신으로서 존재하지요. 그 중간적 신이 모여 더 높이 태극(太極)까지 올라가면 온 우주를 다스리는 통일적 神인 하나님의 존재에 이르게 되지요. 게다가 지금 가장 알려진 유일신을 믿는 방법은 예수님을 믿고 그 말씀대로 따르는 것이잖아요. 예수님이 하나님께 기도하며 자기의 원(願)대로보다 아버지의 원대로 하겠다고 했음을 본받는 것은 육체의 욕망에 영향 받는 혼자의 원대로 세상을 살지 않고 자기의 운명(運命)에 따라 소명(召命)을 따르도록 하는 신아의 원대로 하는 생활 태도를 가짐이지요. 그러니까 신은 죽었으니 신을 믿지 말고 자기 자신을 찾고 믿으라는 주장에서의 자기 자신은 혼자가 아닌 신아를 가리키는 것이니까 결국 예수님의 말씀을 믿고 순종하고 따르는 것하고 다를 것이 없는 거예요.”

“예수님은 기도하면 하나님에 연결되겠지만 우리 보통 사람은 기도하여 우리의 신아와 연결된다 해도 그 위의 지도령의 신 그리고 그 위로 층층이 신이 있을 것 아닌가요.”

“지상의 혼자가 깃든 육체들은 별개로 존재하지만 신은 별개로 존재하지 않지요. 자기의 신아에게 기도한다고 해도 그것은 곧 그 위의 신적 존재 그리고 그 위의 존재로 한정 없이 전달되니까 하나님을 향한 기도라고 보아 무방하죠. 성경 각권이 기자(記者)의 신아의 계시에 따라 써졌다면 그것은 곧 하나님에로 연결된 계시이죠. 기자가 단순히 물질계에서 보고들은 것을 그대로 기록하는 것이 아닌 현실 차원 이상에서의 진리를 기록했다면 그것은 그 사람의 혼자가 쓴 것이 아닌 신아가 쓴 것이죠. 그런데 그러한 신적인 개입은 성경을 비롯하여 많은 기록물과 창작물에 다들 있다고 보아야 하는 것이죠. 따지고 보면 어느 글이나 깊이 파보면 영적이고 신적인 의미가 있어요."

"하기야, 소설가의 소설도 영감에 의한 것이라고 하죠. 아저씨는 글을 쓸 때 영통함을 느끼셨나요."

관심을 둔 서희의 질문에 나는 작정하고 대답했다.

"소설가가 이야기를 창작하는 것은 흔히 잘못 비유되듯이 거짓말을 하는 것이 아니에요. 모든 사람의 삶은 다 우주에서 기획된 바가 있어서 지구상에 구현되는 것이죠. 우주에서 기획된 많은 이야기 중에 주제의 원형을 강조하다 보니 지구상의 여러 환경 여건에 완전히 들어맞지는 않아서 구현이 유보된 이야기를 지구상에 전달하는 것이 소설이에요. 따라서 모든 픽션의 발표는 우주의 영적 진리를 지상에 전달하고자 하는 노력이죠."

"우주의 진리를 실현하려는 노력은 우리 영성인들도 하는 것이고요. 그런데 현실 사회에서의 생계 문제가 늘 발목을 잡고 있잖아요. 아저씨도 소설가로서 생계 문제가 소명 실현에 걸림이 되지 않았나요."

"작가라는 운명이 주어지면 어떻게든 글을 쓰며 살게는 되어 있더라고요. 강하게 운명 지어진 방향에는 다른 환경이 거기에 맞춰지게 되어 있지요. 인생에서 큰 것은 정해져 있어요. 다른 것은 그 준거(準據)에 맞춰지는 것이고요."

나는 참고 서적으로 가져온 성경을 꺼내 보였다.

"에스더서를 보아도 謀事在人成事在天(모사재인성사재천)에 해당하는 글이 있지요. 일을 꾸미는 것은 사람이지만 이루어지는 것은 하늘에 달렸다는 것은 하늘이 큰 틀을 이미 정해 놓은 안에서 사람이 지상에서 구체적이고 세부적인 과정을 메운다는 것이지요. 에스더서 4장 13과 14절… 너는 왕궁에 있으니 모든 유다인 중에 홀로 면하리라 생각지 말라 이때에 네가 만일 잠잠하여 말이 없으면 유다인은 다른 데로 말미암아 놓임과 구원을 얻으려니와 너와 네 아비집은 멸망하리라… 이것을 두고 얘기하지요."

그러자 서희는 홑꺼풀 아래 맑은 눈을 깜빡이며 내게 시선을 집중했다.

"우리는 세상의 일을 해나갈 때 이 일이 과연 인간의 노력으로 성취될 것인가 희망도 하고 의심도 하죠. 일의 성사는 인간의 노력이 아니고 신의 뜻, 즉 재천(在天)이라는데 인간이 노력한다고 얼마나 바꿀 수 있을까 회의(懷疑)를 가지죠. 그러나 일의 성사가 인간에 있나 하늘에 있나 어느 쪽으로만 볼 게 아니라 신은 상위 차원에서 큰 방향을 미리 짜놓고 그 안에서의 세세한 내용을 어떻게 채워 넣는가는 인간이 하죠. 세상에서의 조직적인 업무 추진에 비유해 보면 상급자의 자리에 신이 있고 하급자의 자리에 인간이 있는 것이죠. 인간이 아무리 노력해도 안 되는 일은 신이 이미 다르게 정했기 때문이지요."

탁자를 앞에 놓고 옆에 나란히 앉은 서희에 나는 몸을 더욱 가까이했다.

"유대민족이 바사, 즉 페르샤의 아하수에로 왕 아래 있을 때 유대민족인 에스더가 왕비가 되었죠. 궁내에서 유대민족인 모르드개가 하만에게 미움을 받아 하만이 모르드개의 민족을 멸하려 계획을 세웠는데 이것을 알고 모르드개가 친족인 에스더에게 도움을 청하는데 에스더가 답하기를 왕이 부르지 않는데 왕에게 가면 죽을 수 있다고 말한 그다음이 먼저 읽은 성경 구절이에요. 에스더는 홀로 왕궁 안에 있으니 하만이 모든 유대민족을 죽여도 살아남을 것이라고 인간이라면 생각할 수 있죠. 감히 왕비를 건드릴 수는 없는 일이니까요. 그런데 유대민족이 살아남을 것인가의 여부는 하나님이 결정하는 것이지요. 하나님이 이때 바사 땅에서 유대인을 멸할 계획이라면 에스더 또한 홀로 면할 수가 없죠. 하만이 밖에서만 유대민족을 죽인다 해도 왕궁 안에 있는 에스더는 어떤 다른 이유로 사고가 나거나 병이 들거나 왕과의 불화로 죽게 될 것이죠. 하늘이 무슨 뜻을 정하면 인간의 상식으로는 확률이 희박하고 엉뚱한 일마저도 일어나서 그 예정된 결과가 이루어지는데 이때 에스더가 아무 말을 않고 잠잠하다면… 즉 유대민족을 죽일 음모가 있으니 중지시키라는 얘기를 왕에게 하지 않고 침묵한다면… 그러면 유대인은 에스더의 회피 결정에 의해 멸망하는 것인가 하면 그것 역시 아니란 것이죠. 하나님이 유대인을 멸할 계획이 아니라면 에스더가 잠잠하더라도 하나님의 어떤 기적으로 유대인은 구원될 것이지요. 그런데 마치 직장에서 아랫사람이 맡은 일을 안 해서 윗사람이 개입하고서야 문제가 해결되었다면 그 아랫사람은 징계를 받듯이 에스더의 노력이 없이 하나님의 기적이 개입하는 방법으로 유대민족이 구원된다면 에스더의 집안은 하나님의 징계를 받아 멸망한다는 것이지요. 큰 것은 하나님이 정하지만 그 안에서 인간 각자가 어떤 역할을 하느냐는 인간들 스스로에 달려 있다는 것이죠.”

강론을 마치고 나는 서희를 살짝 껴안았다. 우리 둘은 탁자에 다른 사람이 더 없는데도 여전히 나란히 앉아 있었다. 서희는 잠자코 포옹을 받아들였다.

“이것으로 강론에 대한 답례는 받았다고 볼 수 있네요.”

나는 멋쩍게 웃었다. 서희는 숙였던 고개를 잠시 후 올리고

“그런데 아저씨는 아이 안 갖고 싶나요?” 물었다.

나는 한동안 대답이 없다가 답했다.

“지금 둘의 생활도 힘든데… 아내도 아이를 안 낳으려 하고… 내가 충분히 번다면 요구할 수도 있지만… 내가 아무리 좀 배웠다 해도 어차피 경제적 하층민이고 아이의 미래는 주로 돈이 결정하는 것인데… 과거에는 신분이 상민이나 천민이라도 인간의 욕구를 벗어날 수 없어 성교를 했고 피임은 불가능하여 결국 성교의 쾌락의 대가로 자식을 길러야 했지만 이제는 자식을 기르고 말고는 선택이 되었죠. 남들 못지않게 유복(裕福)하게 기를 자신이 있는 경우가 아니라면… 남들보다 못한 환경에서 자식을 기르다 이윽고 자식으로부터 낳아준 것을 원망 받을 위험을 감수하면서까지 자식을 기르고 싶어 하지는 않지요.”

지난 일의 회한도 떠올랐다.

"내가 지금보다 십수 년 젊을 때 나보다 십여 년 연상의 여성분들과 교제할 기회가 많았어요. 이미 사회적 명성도 있는 미모의 선배 여류작가 혹은 독신의 유명 여교수 등과 개인적으로 만날 기회도 있었고… 마음으로는 그분들을 흠모하였기에 그런 자리도 있었던 것이지만… 그뿐이었어요. 그분들과는…. 결혼은 충분히 연하의 여성과 성사하여 아이도 낳고 온전한 가정을 갖고 싶었던 것이 그 때의 생각이었지요. 그러다 이제 겨우 결혼한 연하의 여성도 결국은 마찬가지의 결과가 되었죠. 일찍이 그분들 중 하나와 맺어졌다면 그분들의 사회적 명망과 생활 기반을 공유해서 진작 여유롭게 살 수 있었을 텐데… 문필가로서의 성장에도 도움이 되었을 테고… 최소한 뒤라스의 마지막 연인이었다는 사람 정도는 유명해질 수 있었겠지요. 둘의 인연만 있으면 다른 것을 안 따지는 유럽 남자들의 순수함이 부러워요. 생각나는 예도 오래전에 한국의 중년 이혼녀 닥종이 예술가와 결혼한 독일 청년이 있고, 지금의 프랑스 대통령 마크롱이 있죠. 사랑만 한다면 그녀로부터 얻을 것은 생각 안 하는 것이죠."

내가 영성인답지 않은 후회스런 생각을 말하자 서희는 "이번 사람과 맺어지라고 그때는 구태여 그런 생각이 들었던 것 아닐까요." 하고 위로했다.

"하기야 사람이 서로 맺어지지 않으려면 아무리 좋게 느껴져도… 자기로서는 차마 버릴 수 없는 두 사람이 동시에 나타나서 양쪽 모두에 우유부단한 태도를 보이다 결국 두 사람 다 놓치는 등 별의별 일이 다 있죠. 결국 꼭 한 사람을 선택해야 한다는 우리 사회의 관념이 사라지고 만나는 인연끼리 최대한의 사랑 교류를 두려워 말아야 사람들 사이의 후회스러운 일들이 최소화될 것이라고 봐요."

"하여튼 지금이 문제죠. 결국 지금 아저씨는 온전한 가정에의 집착을 놓으셨다는 건데… 학교 때 배운 기술로 직업을 가지면 충분히 중산층 이상 될 스펙이신데… 작가로서의 생활을 하고자 그런 보편적 행복을 포기했다는 얘기도 되겠네요."

"내 중학교 동기는 근래 우리 동네에 살아서 알게 되었는데… 문예 창작을 전공했는데 학생 때 '네놈은 여자 때문에 속물이 되거나 세상을 버리거나 둘 중에 하나야.'라는 지적을 들었대요. 그런데 그 후 장가는 정말 잘 갔어요. 내가 본 적도 있지만 아내도 미인이고 아들딸도 다 잘됐고…. 그런데 본인은 작가로서의 꿈을 이루지 못하고 있지요."

"지금 그냥 회사 다니나요."

"좋은 회사에서 성실히 자기의 일을 하고 있다면 단지 전향일 뿐이고 그것을 무슨 속물화가 되었다고 할 수 있겠어요. 지금도 글을 쓴다고는 하는데 자신의 글을 쓰지 못하고 어떤 용역 집필만 하고 다니지요. 생활에 쫓겨서…."

"그것도 직업이라고 할 수 있잖아요."

"음… 그런데 내 생각은요. 글은 누구나… 더구나 지성인을 자부하는 사람이면 쓰는 것이고요. 작가라는 사람은 앞서 말했듯이 지상에 있지 않은 다른 차원의 이야기를 가져오는 사람이지요. 누구나 써야 할 타인의 글을 대신 쓰면서 사는 인생은 보람이 적다고 볼 수 있지요."

"그러니까 그 사람은 작가로서의 소명 대신에 가정이라는 누구나 추구할만한 성취를 얻었고 아저씨는 가정을 일구는 노력 대신에 작가로서의 목표는 이룬 것이군요."

"대충 그렇다고 할 수 있지요. 물론 인기가 높은 성공한 작가이면 좋겠지만 굳이 그렇지 않아도 이런저런 상황 변화를 통해 어찌해서라도 글쓰기는 계속하게 되는 것을 보면 작가라는 소명의 운은 타고 있는 것 같아요."

"아저씨는 작가로서의 운명이 워낙 강해서 아무리 그래도 생계를 위해 글쓰기를 포기할 상황은 오지 않았다고 하셨죠. 그렇다면 아저씨가 운명의 눈치를 보지 말고 적극적으로 자기의 환경을 개척하면 거기에 다시 환경이 맞춰질 수 있잖아요. 그러니까… 아이들이 먼저 태어난다고 해도…."

아이는 자기 먹을 복은 물고 태어난다는 옛말이 있다. 내가 어릴 때 덮어놓고 낳으면 거지꼴을 못 면한다며 다산(多産) 어머니들과 그렇게 태어난 아이들을 나무라던 당시의 정부는 더 이상 그런 옛말을 믿지 말라고들 했지만 옛말은 한때의 캠페인 구호보다 진리에 가깝다. 아이들은 인생의 계획을 갖고 그에 적합한 환경에 태어나기 때문에 아이가 곧 그 가정의 흥망의 원동력이 될 수도 있다. 자폐아(自閉兒) 등의 장애아도 자기를 수용하여 함께 지낼 수 있는 가정을 골라 태어나지 극빈(極貧)하고 야박(野薄)한 가정에 태어나 어릴 때부터 집단 시설에 버려지는 경우는 별로 없다. 아이가 태어난 가정은 그 아이의 인생계획에 부합되게 앞날이 운행(運行)된다.

"창작 활동으로도 아이들을 부양할 수 있도록 글이 팔릴 수도 있었겠지요. 차라리 먼저 아이를 낳았다면… 하하. 부양가족을 먹여 살려야 하는 절박한 책임감으로 반드시 잘 팔릴 글을 써야 한다는 마음가짐이 강했을 것이고… 그래서 더 훌륭한 글들을 썼을지도 모르지요."

야릇한 허탈감도 느꼈다. 후회스러운 생각이 들 때의 그런 감정과 비슷하지만 구체성은 덜했다.

"잘 팔린다고 더 훌륭한 글은 아니지 않나요." 서희는 위로의 뜻을 곁들여 물었다.

"꼭 비례하는 건 아니지만… 주제의식은 어차피 마찬가지라고 해도… 아마도 많은 사람들이 공감하기에 좋도록 더 충실한 내용은 쓸 수 있었을 것 같아요."

작가로 운명 지어진 사람이 일찍 아이를 낳았다면 그리고 그 아이는 자기 먹을 것을 중위권 이상의 생활을 누리기로 타고 났다면 그러한 환경이 되기 위하여 부친의 작품이 잘 팔려야 한다. 작가로서 일반 지적 직업인의 소득을 상회하려면 보통의 정도로는 안 되고 특별히 유명한 수준이어야 한다. 태어난 아이의 운명 조건을 충족해야 하는데 부친의 작가로서의 운명 또한 강하면 그리될 수밖에 없다.

서희와 이런저런 교양물을 함께 공부하자는 관계를 맺었지만 이제 그 교재로 이문열의 작품을 사용하자는 생각이 들었다. 기왕에 『영웅시대』와 『변경』을 통해 나의 지나온 인생 그 이상의 시대 지식을 쌓고자 노력한 일이 있었는데 이제 서희와 함께 이문열의 다른 작품들을 천착(穿鑿)하고 싶어졌다.

"우리 앞으로 성경을 공부하듯이 이문열 작가의 작품들을 읽고 그 영성적 의미를 생각해 봐요."

"예, 저는 연장자를 향한 동경이 많은데 그분들 세대의 사고방식을 이해하는 계기도 될 것 같네요."

서희는 곧바로 동의했다.

둘의 깊이 있는 대화는 계속 이어가고 싶지만 마땅한 담론 소재가 고갈되어가는 느낌을 가졌던 우리 두 사람이었다. 이날 이후로 이문열의 소설을 교재로 삼아 담론을 이어가기로 했다.

작품에서 본 이문열

Photo by 단혜

부악문원

1

사람의 아들

– 마귀를 변호하는 용기

이미 거쳐 갔던 자전적 성격의 소설을 제외하고는 이문열에게서 가장 대표성을 가지는 작품은 『사람의 아들』이었다.

"이 책은 구도의 길은 神에 의지하지 않고 인간 스스로 걸어야 하지 않는가의 문제를 제기했다고 봐요. 오차원영성학교에서 주장하듯이 비종교 영성 수련이 중요시되는 지금을 볼 때 시대에 앞서 1979년에 인간 영혼 구원의 문제점을 살핀 작품이지요."

서희 일파의 행동 방향과 일맥상통하는 점이 있다는 것으로 나는 이문열 작품 탐구의 타당성을 강조했다.

"현대 한국과 고대 중동의 이야기가 막 섞여 있던데요."

"이 작품의 실질적 주인공은 소설 속의 소설의 주인공 아하스페르츠이지요."

"아하스페르츠는 어떤 역할을 하나요? 제목처럼 사람의 아들인가요? 사람의 아들은 예수님도 사람의 아들 아닌가요? 성경에 인자(人子)라고 하잖아요."

"우리 선조들은 자기를 가리킬 때 소인(小人)이라고 했지요. 왕이나 황제가 자기를 가리켜 말할 때 쓰이는 과인(寡人)이나 짐(朕)도 칭찬의 단어가 아니지요. 예수님은 하나님의 성령으로부터 나온 신(神)의 아들임과 동시에 인간의 배에서 나온 사람의 아들이기도 했지요. 그래서 스스로를 지칭할 때 자기를 낮추어 사람의 아들이라는 인자를 사용했지요. 그런데 소설에서는 예수를 사람들이 이르는 대로 신의 아들이라고 설정하고 아하스페르츠는 그에 맞서는 사람의 아들로서의 역할을 하고 있어요. 특히 성경에서 예수가 사십 일 동안 마귀에게 시험을 받을 때의 마귀이기도 하죠."

마귀는 인간에게 정서적으로 멀리 있는 존재다. 또 인간은 그렇게 생각하고 싶어 한다. 사악함 그 자체인 존재는 우리와는 별개의 것으로서 단지 유혹하는 힘일 뿐이라고.

그러나 인간은 간혹 자신이 그 마귀의 입장이 되어 보려는 과감한 시도를 한다. 존 가드너(John Gardner)의 『그렌델(Grendel)』에서는 영웅 베오울프에 의해 퇴치되는 마귀의 화신 괴물 그렌델 자신의 입장에서 소설이 진행된다.

마찬가지로 이문열은 신약성서로 대중에게 알려진 그 마귀의 입장을 대변하는 시도를 했다. 소설 『그렌델』에서처럼 일인칭으로 과감히 몰입하지 않은 것이 아쉬움으로 남지만 여하튼 마귀를 변호하려는 시도는 과감함을 인정받을 자격이 있다.

서희는 앞부분을 뒤적이며 질문했다. "처음에는 경찰관 남경사가 주인공 같던데요. 경찰이 주인공인 소설은 추리소설에도 많잖아요.

영화에도 투캅스 같은 것이 있고요.”

“김성종의 초기 대표작의 주인공이 경찰관이듯 이문열의 초기 대표작의 주인공도 경찰관이죠. 경찰관이 아무래도 흥미로운 별일들을 겪으면서 살아가니까 소설이나 영화의 주인공으로는 좋지요.”

“그런데 대개 대중 흥미 소설이나 영화 등에 그렇게 나오지 않나요.”

“일단은 그렇지요. 순수문학이라면 보편적 세계관으로 공동의 주제를 탐구해야 정상인데 흥미를 좇아 특정 직업에 편향된 소재를 주로 다룬다면 흥미를 위한 장르소설이지요. 하지만 특정 작품에서의 주인공을 두고서 굳이 그 작품의 성격을 한정할 필요는 없죠. 김성종과 이문열이 공히 경찰관을 주인공으로 하는 작품으로 시작했다고 해도 김성종은 이후 경찰관과 범죄자의 갈등이 주된 내용이 되는 추리소설을 전문으로 창작하였고, 이문열에게는 경찰관 주인공의 범죄 추적은 큰 주제를 다루기 위한 일회성 수단으로 그치게 되었지요. 그렇게 순수문단에로의 진입 여부가 갈라졌지요.”

“먼저 이문열님의 자전적 소설들을 탐구하신 것은 알아요. 그러면 이 작품은 작가와 별 관련 없는 사람이 주인공인가요. 작가가 경찰을 해본 적은 없으니까요. 아하스페르츠라는 사람은 말할 것 없고요.”

“여하튼간 이문열님은 순수문단 작가이잖아요. 순수문학이라는 것을 분별하는 기준으로 작가의 상처가 작품에 들어 있나를 보는 견해도 있어요.”

"자기 얘기보다는 남의 얘기가 더 묘사하기 힘든 거 아닌가요."

"물론 자기의 개인적인 특수성을 나열하거나 한풀이 넋두리에 그친다면 결코 좋은 문학이 아니죠. 작가를 연상하는 주인공 없이도 오히려 좋은 작품이 될 수 있지요. 다만 작품에 의미 있는 개성이 부여되어야 한다는 것을 그렇게 표현한 것이라고 봐요. 주인공 남경사는 얼핏 작가와 공통점이 없어 보이지만 타인의 인생을 탐구하고 사법 행사를 하는 것에서 소설가이며 사법고시를 공부했던 작가와 무관하지 않지요."

"뒤에 한 말이 이해가 안 가는데요."

"경찰도 수사 등을 통해 타인의 인생을 탐구하는 직종인데 이것은 소설가와 공통점이 있고요. 경찰은 사법적인 행사를 하는데 역시 사법고시를 공부했던 이문열 작가와 무관하지 않다는 것이죠. 좀 억지스럽지만."

설명이 명쾌하지 않는 상태에서 나와 그녀는 조금 어색하게 작품 본문의 탐구에 돌입했다.

"소설은 삼중(三重)으로 되어 있네요. 맨 바깥의 주인공이 남경사 맨 속알맹이의 주인공이 아하스페르츠 그리고 중간의 주인공에 민요섭이 있지요."

"세 주인공 다 작자와 관련이 있는 인물일까요."

"그렇지요. 특히 민요섭은 작자의 탄생 환경이 더욱 과장되어 작자의 사상을 행동으로 나타낸 인물이지요. 6·25전쟁의 피해 아동 출신임이 공통되는데 부친의 월북으로 어렵게 살아온 가정환경을 아예 과장하여 전쟁고아로 만들었죠. 민요섭이 신학대학을 다니고 기독교에 인간의 구원을 기대하다가 실망하는 과정은 신학을 공부하기를 동경하며 기독교를 더 알고 싶어 하다가 이윽고 실망하여 기독교를 향한 기대를 두지 않는 작자의 마음이 나타난 것이죠."

"민요섭이 결국에는 기독교로 돌아갔다고 하는데요."

"작자로서는 아직 기독교를 완전히 이해하지 못한 상태에서 결론은 낼 수 없다며 여운을 남긴 것이라고 봐야죠."

민요섭 말고 현실 사회에서 작자의 그런 사상과 닮은 인물이 도올 김용옥 박사이다. 신학대학을 다니다 중퇴한 바 있으며 비판적 기독교인(이며 지도자)의 행보를 보이고 있으니 그리하다.

책은 열여섯 단원으로 구성되어 있고 각 단원에는 제목이 없는데 각 단원마다 나름의 제목을 새로 붙여 보는 것도 재미있을 것 같았다.

(1) 민요섭의 피살

서희와 나는 본격적인 독회(讀會)를 진행했다.

"이제부터 서희를 큘훌라고 생각하기로 했어요."

"글의 기쁨이라는 것쯤은 저도 알죠."

둘이서 간단한 농담을 주고받으며 책을 펼쳤다.

역시 작가의 파생 인물로서 소설의 표피층의 주인공인 남경시는 해방 당시의 평범하고 어려운 가정에서 태어나 나름 성공의 노력도 했던 인물로서 문학 입문마저 시도한 것은 약간은 작가 자신과 유사하다. 사법고시라는 최우선의 성공 가도를 포기한 뒤 문학이라는 다소 특수한 대안적인 길 역시 포기하고는 법 지식의 자격시험이 덜 엄격한 대신 업무가 물리적으로 격(激)한 경찰을 택한다. 작자 또한 사법고시가 여의치 않고 문학의 길 역시 그러했다면 경찰의 길에 들어섰을지는 미지수이나 천만다행히도 문학의 길이 성공하여 이 책의 탄생에 이른 것이다.

"그런데 주인공 경찰관이 문학의 꿈을 가졌다는 게 좀 생뚱맞은 것 같은데요. 대중 흥미 소설 작가의 길에 당당히 들어선 작가의 경우에는 그런 일이 거의 없는데 순수문학입네 하는 작가들에게서 흔히 보는… 지나친 자기 현시욕(自己顯示欲)에 따른 자전 성분(自傳成分)의 과잉 아닐까요."

서희는 제법 지적인 깊이가 있는 비판적 안목으로 견해를 제시했다. 나는 서희를 이 일에 끌어들인 만큼 작자의 훌륭함을 변호해야 할 처지였다.

"그렇게만 볼 수는 없지요. 남경사의 문학 수업 과정에서 쌓은 잡학적인 지식과 진지한 탐구 의식은 사건의 해결에 중요한 역량으로 작용해요. 사건 수사에서 경찰은 흔해빠진 돈과 여자에 얽힌 사건 단서가 아닌 고상한 구세(救世) 철학을 접하게 되는데 이런 어려운 사건을 분석하며 대처하는데 있어서는 문학 수업을 통한 준작가적인 안목이 견인차가 되는 것이죠. 그리고 소설가와 경찰이 뭐 그리 이질적이지도 않잖아요. 가만히 앉아 글을 쓰는 사람과 뛰어다니며 도둑 잡는 사람이 얼핏 보기에는 많이 달라 보이지만 인간 세상의 여러 일들을 보면서 그중 특히나 강렬하고 사연이 깊은 일에 뛰어들어 관여하는 것은 마찬가지예요. 어느 쪽이 잘났다는 식으로 오해하면 안 되는 비유이지만 숯과 다이아몬드는 같은 성분이지만 나타나는 형태가 전혀 달라 보이는 것과 같은 현상이죠."

"그런가요. 아저씨는 그럼 경찰 같은 거 해볼 생각은 했었나요. 학벌을 보면 사법고시 정도는 전공과 무관하게 생각해 본 적 있을 것 같지만 얌전해 보이서서 경찰은 도무지…."

"글쎄요. 아무튼… 밑에서 윗사람이 시키는 일만 하면 되던 편안한 직장생활을 더 이상 계속하기 곤란한 삼십대 중반의 시절에 길에 써 붙여 있는 형사 모집 공고 앞에 한동안 서 있던 적은 있었어요."

"그 나이 되면 직장생활이 여러모로 피곤해지기 시작한다는 것은 많이 들어 봤어요. 그런데 직장의 책임감 있는 중간 간부의 직위도 힘겨워하셨을… 사실 얼마 안 되어 직장생활을 그만두셨으니까 … 아저씨가 남에게 강제력을 행사하며 책임감이 커야 할 경찰을 상상이라도 해봤다니 안 어울리네요."

"내 앞에 있는 관건은 사실 그런 개인적인 피로감이 아니었죠. 이익이 있어야 살아남는 기업에서 점차 총대 매는 자리로 떠밀려 올라가는 데에서 느끼는 본성과의 괴리감… 그렇다고 당장에 거창한 명분의 공익적 일에 들어설 자격은 갖추지 못한 상황에서 그나마 경찰은 사익이 아닌 공익을 위한 일이라는 것에서 한동안 상상이 되었던 것이죠. 당시 자격 조건이 안 되었다면 가볍게 지나칠 수도 있었겠지만 아직도 나이 제한이 안 걸렸던 때이니 마음속의 질문은 한동안 있었죠."

"그러면 한번 좀 투신하시지… 꼭 지금까지 하시진 않았다 해도 좋은 경험이 되었을 거 아녜요."

"나도 같은 생각이에요. 하지만 결국 발길을 돌리게 한 것은 나 자신의 부담감이라기보다는 세상과의 어울림이 어떨까 하는 것이었지요."

"그래도 들어가서 성공하면… 호호. 말처럼 간단치는 않았겠죠."

"소설의 분석을 위한 얘기가 신변잡기로 넘어가는 것은 우리가 이 학습을 계속하는 중에 경계해야 하는 것이죠."

하고 나는 제1장의 내용을 정리해 보았다.

남경사가 근무하는 지방 경찰서의 형사계에 지나가는 여자를 단지 비싼 부츠를 신었다고 폭행한 청년이 붙들려와 심문을 받는다. 그런 중 관내(管內)에 살인 사건이 발생했다는 신고가 들어온다.

피살자가 부근의 기도원에서 본 사람이라는 제보가 있어 남경사는 기도원을 방문하여 민요섭이란 신원을 확인한다. 민요섭의 친구 황전도사로부터 과거 신학교를 같이 다니던 친구라는 진술은 받았으나 근래까지 팔 년간의 행적은 모른다고 한다. 한 달 전쯤 들어와 깨달음을 얻은 듯이 기도와 성경 봉독만 했다는 것이었다.

시체는 칼로 난자당했어도 반항의 흔적이 없었다. 남경사는 민요섭이 다녔다는 서울의 신학교에서 민요섭의 옛 주소를 찾아내 행적 수사를 하라는 지시를 받는다.

(2) 민요섭의 신앙

神과의 관계 설정에서 방황했던 과거 민요섭의 행적이 전개된다.

남경사는 민요섭이 다녔던 신학교로 가서 민요섭의 인적사항을 조사하고 옛 지도교수를 만난다. 전쟁고아로서 선교사의 양자였으며 신학교에서는 뛰어난 성적이었으나 일본의 실천 신학자를 따르며 학교를 나갔다가 사탄 신격화 사상을 가지고 돌아온 뒤 지도교수와 다투고 자퇴한다.

양부가 본국으로 떠난 뒤 민요섭은 남겨준 재산을 자선에 쓰고 탕진했지만 양부의 가정부로서 실질적인 양모의 역할을 해주었던 노파는 계속 부양해 왔다. 그 양모의 집에서 민요섭의 노트 등 유품을 가져온다.

(3) 민요섭의 사랑

민요섭의 애인 관계가 드러난다. 남경사는 민요섭이 살았던 동네에서 민요섭이 목사의 비리를 들추며 분란을 일으켰던 이야기를 듣는다.

교회 개척 과정에서 신도를 노예처럼 부리다 교회 부지와 건물 명의를 자기 앞에 등기한 뒤 운영을 고용한 목사에게 맡기고는 새로운 교회 개척을 반복하는 목사가 있었다.

민요섭은 사람은 빵만으로는 살 수 없다는 설교 도중 뛰쳐나와 말씀이 무엇을 주냐 너에게 이용되어 우리 입에 마땅히 들어갈 빵마저 빼앗긴다며 목사의 비리를 폭로한다. 그 대응으로 목사는 민요섭의 문장로와 후처와의 간음을 들춰낸다. 신도들은 목사파와 민요섭파로 갈려 교회는 분열된다. 목사는 교회와 부지를 신도들에게 돌려주고 물러난다.

문장로는 후처와 헤어져 성남에서 살고 후처는 서울서 요정을 하는데 양쪽 다 민요섭과 그리 심각한 관계가 아니어서 민요섭의 죽음에는 관계없어 보였다.

⑷ 사람의 아들 아하스페르츠

아하스페르츠의 이야기는 소설의 핵심 부분이다. 민요섭이 쓴 소설에 아하스페르츠의 어릴 때부터의 비범함이 나타난다.

테도스는 예수 이전에 나타나 자신을 메시아로 칭했던 자들 중 하나인데 어린 아하스페르츠를 만나 유월절 축제 동안 빈민가 노예작업장 지하감옥 십자가골짜기 문둥이계곡 등에 데리고 돌아다니며 육신을 가진 인간의 비참함을 알리고 우리에게 오는 자는 빵과 기적과 권세를 가지고 와야만 진정한 메시아라고 가르친다.

같은 시간에 어린 예수는 성전에서 율법사들과 성서의 지식을 겨루었다.

⑸ 인간의 비극

성장한 아하스페르츠는 옆집에 사는 상인 아삽의 아내를 만난다.

자녀를 둔 어머니이며 아하스페르츠보다 연상이라는 것은 바깥 이
야기에서 민요섭과 문장로의 아내와의 관계와 같은 설정이다. 간음
과 징벌을 통해 육신을 가진 인간의 비참함이 다시 강조된다.

(6) 민요섭을 따르는 조동팔

조동팔은 부모의 기대를 받는 우등생이며 독실한 기독교 신자였
다. 민요섭의 새로운 교리에 미쳐서 부모를 버리고 가출했다가 집
이 그리워지자 집을 다시는 돌아올 수 없는 곳으로 만들기 위해 강
도를 가장하고 자기 집을 털었다.

조동팔의 신앙심으로는 부모의 재산을 정상적으로 물려받아 자
기의 안락을 위해 사용하기는 불가능했다. 그 재산이 남들에게서
'거저 얻은' 것이었으니 성경 말씀대로 거저 주어야 마땅했다. 조동
팔의 아버지는 전우라 불리는 동료에게 칼침을 맞을 정도로 배신하
며 돈을 모았고, 어머니는 포구의 창녀들을 상대로 고리대금하며
재산을 불렸다. 외아들 조동팔에 앞날을 기대했으나 종교에 미쳐
재산을 털어갔으니 남경사가 찾아갔을 때에는 여인숙을 운영하며
가난하게 살고 있었다.

부산에서 조동팔에 관한 많은 정보는 얻어내나 사건에 관한 결정
적인 것은 얻지 못한 남경사는 민요섭과 조동팔이 주민등록을 옮겨
간 대전으로 향한다.

"조동팔의 부모를 군이 부정직한 사람으로 만들 이유가 있었을까
요." 서희는 물었다.

"죄를 지어서 모은 돈은 거기 희생된 원혼이 실려 있어서 그 돈을 쓸 때에 돈의 가치만큼 힘을 쓰려하면 그 돈에 실린 원혼이 따라오게 되어 있지요. 그래서 남에게 거저 받았으면 거저주어야 하듯이 부정하게 모은 돈은 거저 받은 돈만도 못한 것이니 반드시 거저 날려 버려야 하는 것이지요. 민요섭은 거저 재산을 상속받았고 조동팔은 부모의 부정직한 재산을 거저 받을 입장에 있는데 둘 다 재산을 자기의 향락이 아닌 다른 방식으로 낭비하여 남들에게 거저 줌으로써 업을 풀었다고 할 수 있지요."

"그런데 민요섭도 조동팔도 인생의 결과가 좋지 않았잖아요."

"그건 현생의 복락을 목표로 삼는 기복신앙의 관점이지요. 민요섭과 조동팔이 자기에게 들어온 경제적 기회를 잘 살려서 부유하게 잘 먹고살려 했다면 그것이 그대로 가능했을지는 미지수이지만 어쩌면 민요섭과 조동팔에게 이번 생에 밀려온 업의 부채(負債)가 더 이상 미룰 수 없을 만큼 쌓여서 이번 생에는 부득이 가진 것을 몰아서 돌려주고 생을 파국에 이르도록 진리 추구에 바쳤다고 하겠지요."

말하고서 나는 내용 정리를 계속했다.

(7) 神들을 찾는 아하스페르츠

유대 땅에서 이단으로 버림받은 한 은수사(隱修士)의, 모세는 이집트인이고 이스라엘의 유일신도 모세 이후 달라졌다 말더듬이라는 것은 외국인이라는 증거이고 아론도 통역이라는 주장에 충격받은 아하스페르츠는 종교적 진리를 갈구하여 이집트에서 신들을 찾아본다.

이시스 신전의 늙은 사제(司祭) 밑에서 일한다. 이시스 신상을 가지고 놀던 아이와 어머니가 있었는데 말리려고 범접(犯接) 못 했다는 것. 아이에게 아버지를 물었더니 하늘을 가리켰다는 것. 엄마는 이시스가 호루스를 낳듯이 동정녀(童貞女)라는 것. 꿈에 아이가 이시스 신상의 손목을 끌고 가기에 신상을 붙잡았더니 돌아본 것은 아이의 어머니였고 아이는 자기는 이 땅을 떠나 세상 모든 민족에게로 간다고 말했다는 것 등을 듣는다.

사제는 아하스페르츠에게 혹시 당신이 그 아이냐고 묻지만 아하스페르츠는 자기는 사람인 아버지의 정기(精氣)를 받은 사람의 아들일 뿐이라고 하며 떠난다.

(8) 이집트를 떠나 고향으로 가는 아하스페르츠

멸망한 헤테(히타이트) 왕조의 후예 무와탈리슈는 조상들의 신을 찾는 것이 왕국 회복이라고 믿는다.

이는 한국에서도 조상들의 신을 찾는 것이 민족 정기의 회복이라고 믿는 사람들이 있음과 유사하다.

함께 여러 해 동안 옛 도시의 폐허에서 점토판과 벽돌 조각의 기록을 찾아 신들의 계보를 찾고 교의(敎義)를 복원하나 기대하던 참된 신은 아니었다. 실망하여 떠나려 하자 저주를 퍼붓다 결국 보내준다.

(9) 바벨론에서 신을 찾아내는 아하스페르츠

메소포타미아에서 히메루스와 그의 딸을 만나는데 바빌론의 옛 신을 섬기는 비밀조직원이다. 그들에게서 탐무즈 신의 화신으로 받들리지만 사실은 히메루스가 바빌론에 반역할 음모를 꾸미면서 자신의 대리왕(희생양)으로 아하스페르츠를 내세운 것이었다. 히메루스의 양녀는 이쉬타르 여신의 화신으로 받들어지며 아하스페르츠의 배필이 되는데 아하스페르츠를 진심으로 사랑하여 희생 의식 전날 사건의 계획을 고백하고 아하스페르츠를 도망시킨다. 이후 발각되어 히메루스는 양녀를 죽이고 자살한다.

(10) 배화교(拜火敎)

조동팔을 찾아다니는 남경사는 민요섭의 원고에서 아하스페르츠가 찾는 신이 배화교의 조로아스터임을 발견한다.

(11) 인도와 로마를 거쳐 고향으로 가는 아하스페르츠

페르시아와 인도를 지나 로마에서 그리스 철학을 공부하다가 태양을 연구하다 눈이 멀었다는 사람을 만난다. 그 사람은 태양이 뜨는 쪽과 모양에 관해 논쟁하던 사람들에게 사물의 겉모습은 그 이름에 걸친 넝마라는 논리를 편다. 위대한 이성(理性)으로 인식하여 오관(五官)으로부터 자유롭다면 모든 존재는 순수한 추상일 뿐이라고 주장하지만 그럼 지금 타오르고 있는 저 해는 무엇이냐는 질문에는 답하지 못한다.

지금의 영성학적 관점으로는 神의 광명의 물질계의 표상이라고 답할 수 있을 것이다.

신을 찾아다닌 자신도 태양을 연구한 저 사람과 다를 바 없다고 각성한 아하스페르츠는 고향으로 돌아간다.

(12) 사십 일 시험 주는 마귀가 된 아하스페르츠

민요섭과 조동팔의 행적을 찾기는 난항에 빠진다. 아하스페르츠는 광야에서 예수를 만나 사십 일의 시험을 주는 마귀 역할을 한다.

(13) 예수의 행적과 고난

시험하는 마귀를 쫓아내고 간음한 여인을 용서하는 등 예수의 행적과 십자가 고난이 전개된다.

이제 훗날 더해진 추가분이 시작된다. 물론 이제까지의 곳곳에도 묘사를 더하는 등으로 초판에 비해 늘어난 곳이 있지만, 뭉텅이로 더해져 있는 것은 이다음부터이다.

(14) 조동팔의 애인

남경사가 찾아낸 윤향순은 시골에서 상경하여 식모와 여공을 거쳐 윤락업소로 들어갔다가 병든 뒤에 죽을 날만 기다리고 있었는데 김동욱의 신분을 위장한 조동팔이 치료해 주고 결혼까지 했다.

진짜 김동욱은 민요섭과 조동팔이 보살피던 중증 정신박약자로서 그가 죽을 때 병원비를 마련하려고 민요섭과 조동팔이 백방으로 다니며 사회의 자비를 구했으나 허사였다. 여기서 교리의 한계를 절감한 조동팔은 김동욱의 신분으로 위장하고 자금 마련을 위한 범죄를 저지르기 시작했다.

민요섭은 해방신학을 상징하는 인물로서 지극히 도덕적이지만 아하스페르츠처럼 실천적 한계를 지닌 인물이다. 조동팔이 그의 활동을 지원하려고 범죄를 저지르자 반대했다.

(15) 위대한 지혜

위대한 지혜는 아하스페르츠의 신이다. 기독교의 신(거룩한 선)에 대극(對極)을 이루는 또 하나의 신으로서 민요섭과 조동팔의 신앙은 여기 기반을 두고 있다. 민요섭은 소설에서 위대한 지혜에 언급만 하고 넘어갔지만 조동팔이 이어받아 쿠아란타리아 서(書)를 완성한다. 그러나 남경사가 보기에는 그 화자(話者)를 신이라 부르는 것은 억지스러웠다.

조동팔의 노트에는 신앙적 대상을 찾는 열정이 있고 아하스페르츠를 동경한다. 그러나 민요섭은 기독교로 돌아가 있다.

여기까지가 중편 발표 이후 대폭 추가된 부분이다.

선(善)은 영계의 가치이다. 창조 분리되어 개별 존재가 경쟁적으로 존재를 강화하는 악(惡)의 과정을 거친 뒤 각기 개성을 얻은 존재들이 다시 우주 전체로 화합하고자 함이다. 이것이 기독교의 신이 추구하는 가치이다.

악에 기반하여 물질계에서 각자의 생존을 경쟁적으로 추구하는 과정에서 얻어지는 것이 지식(知識)이고 더 나아가 지혜(智慧)이다.

지혜는 물질계의 삶의 경험인 지식의 축적을 통하여 향상된다. 사람은 많은 윤생을 거치면서 더욱 많은 지식이 축적되어 더욱 지혜로워진다. 이러한 지혜가 극에 달한 존재가 위대한 지혜이며 이를 신으로 섬기고자 함이다.

지식은 지혜로 가는 길인데 현생의 경험 축적으로 얻는 지혜는 점차 인공지능이 대체되고 있다. 바둑에서 알파고가 인간을 이겼으며 사건의 재판과 병의 진단에서도 그 우수성이 드러나고 있다.

그렇다면 근래 모처에서 일어나고 있다는 인공지능을 신으로 섬기는 종교가 위대한 지혜를 섬기는 아하스페르츠의 종교와 공통점이 있을 것이다. 현생의 생존 능력의 극대화를 존재의 목표로 삼는 것이다.

⑯ 조동팔의 죽음

김동욱으로 위장한 조동팔은 대형 범죄를 일으키고 추적을 따돌리려고 곧바로 자잘한 범죄로 걸려드는 수법을 쓴다. 김동욱은 정신박약자라서 경찰은 주의를 기울이지 않았다.

민요섭의 변화 후 조동팔은 혼자 위대한 지혜에 대한 믿음을 지키며 쿠아란타리아서를 완성하지만 민요섭이 살아 있는 한 신앙이 완성되지 않는다고 보아 살해했다. 그리고도 먼저와 같은 수법을 사용했으니 부츠를 신었다고 길가는 여성을 폭행한 자가 조동팔이었다.

남경사는 김독욱을 찾아 김동욱으로 위장한 조동팔을 체포하려하나 조동팔은 음독 자살한다.

2부. 작품에서 본 이문열

2
젊은 날의 초상

『사람의 아들』은 신의 정체를 찾는 주제가 너무 무거운 듯 이런 문제에 관심은 많지만 관련 지식이 많다 할 수 없는 서희로서는 질의하는 일 없이 경청함이 당연했다. 그러나 다음에 선택한 책은 그다지 무거운 지식 없이 젊은이라도 의견을 낼 것으로 기대되었다.

"『젊은 날의 초상』은 제목 그대로 젊은 날에 읽어야 제멋일 듯도 하지만 군데군데 나오는 적어도 삼십대는 넘을 시기의 회상 장면을 감안하면 연령에 관계없이 젊은 날을 반추하고 싶은 자들이 읽을 만하다고 할 수 있어요."

"저에게 맞는 이야기일 것 같네요."

이제 머지않아 서른 살이 되는 서희로서는 이런 기대를 할 만했다.

"그렇겠지만 여기 나오는 방황하는 남자와의 공감이 얼마나 될지는 두고 봐야겠네요."

이렇게 답한 나는 서희에게 『젊은 날의 초상』을 읽게 한 뒤 다시 학습방(學習房)에서 만나기로 했다.

다시 만난 날 서희는 책에 관해 그다지 큰 감흥을 보이지는 않았다.

"역시 작가의 자서전 성격이라서 여자인 저하고는 관점이 많이 다른데요."

"재미가 없었나요?"

"아뇨. 그런 건 아닌데. 너무 내 생각과 동떨어진 것 같아서요. 그런 상황들에서 꼭 그렇게 행동해야 했는지. 주인공이나 다른 등장인물이나. 마치 현실 소설이 아니고 인간과는 다른 종족이 나오는 환타지를 읽는 것 같았어요."

"좀 과장되지만 그런대로 이유는 알 것 같네요. 세대마저도 차이가 많이 나니까. 하지만 나는 비교적 큰 세대 차이가 없었고 불안하고 방황했던 젊은 시절이 공통되었어요. 우선 책의 줄거리를 정리해 보지요."

『젊은 날의 초상』은 『하구』, 『우리 기쁜 젊은 날』, 『그해 겨울』의 세 부분 각각이 하나의 중편소설 같으면서도 시간이 이어지는 연작과도 같다. 중편 등단 출신 작가의 중편에의 강점이 나타난 것이었다. 각각이 젊은 시절의 정신적 방황을 나타냈는데 한 사람의 지나온 일처럼 묶여 장편처럼 되었다.

(1) 『하구』

나 이영훈은 하구에 와서 입시 준비를 하면서 형의 모래 채취 사업을 돕는다. 그러다 그곳 사람들의 집과는 다른 분위기의 별장 같은 곳에 사는 황이라는 병든 남자와 그 여동생을 알게 되어 친교를 가진다.

하구 사람 중에 모래 장사를 하는 박용칠과 최광탁은 친하게 지내다가도 툭하면 싸운다. 박용칠의 딸은 최광탁을, 최광탁의 아들은 박용칠을 닮았기 때문에 술만 마시면 그 이야기를 하다가 다투는데 워낙 함께 다니던 그 사람들은 과거에 두 쌍의 부부가 동거한 적도 있었으며 밤중에 함께 술취해 들어오는 적도 있었으니 그럴 만도 했다. 후에 최광탁이 암에 걸려 세상을 뜨는데 임종 자리에서 결국 화해하며 불문에 붙이기로 한다.

황은 그 집을 떠난다. 나는 대학에 합격하고 다시 강진에 와보니 요양원으로 간 황은 죽고 여동생은 찾아온 여자에게 시달리다 자해한다. 이듬해 형은 모래 채취 사업을 그만두니 더 강진에 갈 일은 없었다.

"왜 그렇게 간단하게 하세요." 서희는 줄거리를 기록하는 나를 제지했다.

"이 정도면 된 거 아닌가. 특별한 얘기가 있나요."

"그렇죠. 황씨 남매는 돈 많은 계모에게 돈을 받았던 것이 아니라 여동생이 관계 맺은 남자에게서 돈을 받았던 것이라서 황은 치욕스러워 떠난 것이죠. 오래잖아 황이 죽었는데 여동생에게는 내연남의 본처가 찾아와 행패를 부리는 중에 자해했던 것이죠."

"그랬던가."

황의 여동생에게 찾아온 조폭 같은 사내가 공손하고 그 여자의 차림이 패션모델인지 영화배우인지 할 정도로 화려하고 등등의 묘사가 있었지만 나는 그것이 어떤 내연남의 존재라고는 눈치 채지 못했다. 뒤에 찾아온 여자가 행패부리는 것도 그저 있을성 싶은 집안 친척의 불만 정도로 보았다.

"참으로 내가 둔감하다는 것을 느끼는군요. 쯧쯧."

내가 한탄하자 서희는

"그건 아마도 아저씨의 잠재심리에 내연의 처를 두고 즐기는 부류의 남자들과 그 종류의 에피소드들에 거부감을 가졌던 탓이라고 생각되어요. 자기가 해보지 못한 것을 하는 사람들에 대한 반항심과 아에 인정 않으려는 심리 같은 것." 하고 추측을 말했다.

"내가 안 했다고 그렇게 된단 말인가. 이문열 작가도 그런 관계를 즐겼으리라고는 상상하기 어려운데요. 요전에 그 혹심한 미투운동 중에 주최 측이 어쩌면 그들 여러 진보 문화 인사들보다도 더욱 쳐내고 싶을 만한 존재였을 텐데 전혀 걸리는 일이 없었던 것을 감안해도 그렇지요."

"실제로 했다 안 했다가 중요한 게 아니라 여건이 되면 그런 행위가 있을 수도 있는 일이란 관점과 그런 행위 자체를 부정하는 심리의 차이겠죠."

나의 경우는 한 여자도 제대로 얻지 못하며 살아왔던 입장에서 여분의 추가의 여자를 소유하는 마초적인 적극성은 상상조차 거부되었던 듯하다.

"아저씨가 그렇게 마초성이 없다면 안희정 전 지사의 성폭행죄 수감도 그리 무섭지 않으시겠네요. 그럴 일이 전혀 없으니까요."

"아니요. 오히려 많은 공감과 동정이 가요."

안희정과 같은 상황 가까이에는 가본 적도 없지만 한 여자도 변변히 얻지 못했던 그 오랜 시절 여성을 향한 해결 못하는 갈망은 절실히 느껴본 바 있다. 아내가 있다 한들 그만큼 더했을 남성적 욕구를 설정한다면 마찬가지의 처지가 되었을 것임은 능히 짐작할 수 있다.

그러고 보니 또 크게 빠진 이야기가 있다. 『젊은 날의 초상』에는 굳이 필요 없을 것 같은데도 예(例)의 그 이념 대립 시대의 희생자의 이야기가 나온다.

영훈이 친구로 지냈던 서동호의 집에는 어느 날 이복형이 찾아와서 아버지를 모셔가려고 한다. 그러나 아버지는 이념으로 인해 피를 묻힌 고향으로는 돌아갈 수 없다고 한다. 공소시효가 지나서 국가에서 용서한다고 해도 스스로는 용서할 수 없고 자기를 그때 죽은 자로 간주한다는 것이다. 서동호의 아버지는 빨치산으로서 가족을 버리고 바다로 도망쳐서 하구에서 정착하여 새로 결혼하여 서동호를 낳으며 숨어 지내왔다는 것이었다.

"빨치산으로서 우리 국민에 피해를 준 인생을 자책한다는 말이네요."

"서희씨는 보통의 상식으로 그렇게 평할 수 있고 작가의 집필의도 또한 그에 가깝다고 볼 수 있지요. 그런데 우리 문단의 풍토를 감안하면 정상적인 소설 장면은 아니에요."

"그게 무슨 소리예요. 상식이라면서 정상이 아니라니."

"우리 문단의 주된 흐름으로 보면 빨치산으로서 활동했던 것이 부끄럽거나 숨겨야 할 과거가 되어서는 안 되지요. 혁명을 위하여 젊음을 바친 것이 수치인 양 한다는 것은 우리 문단의 주류적 사상으로서는 용납되기 어려운 것이지요. 결국 순수문학의 평론 대상으로서 남아 있기가 곤란해지는 것이죠."

"사람들의 정치적인 생각은 여러 가지가 있는데 그것이 무슨 예술문학이 되고 안 되고의 잣대가 되나요."

"지금 다 설명하기는 지면상 곤란해요. 서희 씨는 도중에 합류했으니 먼저 번에 내가 썼던 이야기를 읽지 못했으니까 받아들이기 어려울 수 있어요. 하지만 독자들은 이미 다 알고 있으니까 그 얘기는 이만하기로 해요."

"좋아요. 나도 나중에 앞부분을 보면 되니까요."

서희는 끄덕이고 우리는 다시 책 이야기를 계속했다.

영훈이 훗날 돌아왔을 때는 강진은 없었고 생소한 도시가 있었다. 부동산 투기로 졸부가 된 옛 술친구를 만나 옛 강진 사람들의 소식을 알아보았다. 황의 여동생을 다시 만나니 중년에 이른 그녀는 룸살롱의 마담이 되어 있다.

(2) 『우리 기쁜 젊은 날』

이어서 『우리 기쁜 젊은 날』로 들어갔다. 나는 우선 젊음에 관한 나의 생각을 정리했다. 무엇을 연구하는데 있어서 용어의 정리만큼 중요한 게 없다. 젊은 날의 이야기를 연구하는데 있어서는 젊음이란 단어가 가지는 의미를 비록 주관적인 것이 될지라도 연구자는 분명히 설정해 두어야 한다.

젊음은 기쁘기만 한 것일까. 『우리 기쁜 젊은 날』은 아마도 기쁘고 싶어 하는 열망은 그 시절에 가장 크지만 그러하지 못했음을 빗대어 쓴 제목이 아닐까 한다.

사람들은 젊음을 오래도록 붙잡고 싶어 한다. 그러나 그것은 물리적 젊음을 연장하는 중에 바탕에 깔린 세월 동안의 정서적 성숙을 취하는 순수 이득을 갈망함이다. 젊음이란 것을 이루는 전형적인 요소들 그 자체만이라면 과연 끝끝내 가치를 두고 붙잡고 싶어 하는 그런 것이 될 것인가.

젊음은 말초적 쾌락을 탐닉하는 마음으로는 한 순간 한 순간 놓치고 싶지 않은 애절한 아쉬움의 연속이 될 수 있지만, 내면 가치를 추구하며 정신을 고행(苦行)하는 자에게는 거쳐야 할 고통과 방황의 혹독한 통과 의례로서 엄존할 뿐이다.

저 앞의 높은 산 너머 그리던 무엇이 있을 듯 여겨지는데 당장에 날랜 발걸음으로 산등성이에 오르지 못하는 안타까움 속에 힘거운 걸음을 더디게 내딛는 과정이다. 고난의 여행을 치열하게 거쳐 간 자가 산등성이에서 사물을 관조할 때 가지는 안목이 기대되기도 한다.

앞의 이야기에서 대학에 합격한 영훈은 드디어 대학에서 청춘 시절을 보낸다. 문학동인회에 들어가 온갖 과장된 행위로 회원들을 놀리다가 체호프의 소설을 한국을 무대로 번안하고서 놓고는 자기가 창작한 것인 양 발표하다 쫓겨난다.

"사실 쫓겨날 일이 아닌데. 번역도 아니라 번안, 즉 한국을 무대로 바꿔 썼다면 그것으로도 상당한 문학적 재능이 있다는 증거인데 지네들은 못 하는 것을 한 것을 칭찬하지는 못할망정 쫓아내다니. 참 그 문학동인회도 그저 문학동호회라고 해야 할 것인가 봐요. 그냥 문학을 좋아하는 독자 모임으로서 독서 토론을 한다면 그런대로 얘기가 되지만, 그런 식으로 하면서 무슨 문학 창작을 목표로 하는 동인회인 양 하다니."

문예지를 내고 작품을 책에 실으며 문인 행세를 하려 하지만 실상은 돈을 내고 인쇄 청탁을 한 것에 불과한 실상을 많이 본 나는 어쭙잖은 문인 행세를 하려 하는 집단에 짜증이 나 있는 바이기에 그 수십년 전의 학생들의 문인 흉내도 비판의 대상으로 삼았다.

"재능은 있더라도 남의 작품을 자기 작품인 양 발표해 속인 도덕성이 문제된 것이 아닌가 하네요."

서희는 학생사회의 특수성을 고려함은 없이 지극히 일반적인 세사(世事) 평론적 관점에서 보았다.

"글쎄요. 학생들의 사회는 바깥 사회보다 더 순수한 사회이고 그러해야 한다고 생각하는 것이 바깥세상의 생각이죠. 하지만 비록 큰 줄기는 사회인보다 순수한 것이 일반적이라고는 하더라도 학생이라고 해서 사회인보다 세세한 사항에 엄격한 도덕성이 요구된다는 것은 아니죠. 오히려 사회인으로서는 용납되기 어려운 비리가 있을지라도 학생이라면 아직 더 다듬어야 할 것이 있기에 용서될 수도 있으니 학생은 도덕 생활의 융통성을 더 발현하기도 하죠. 저만 해도 학생 때는 식당에서 요행히 식삿값을 안 내고 식사를 하게 되면 좋아했지요. 물론 식당 아줌마에게 눈치를 받아 사실상 발각되었다는 낌새를 느끼고 더 이상 그러지 않았지만 지금으로서는 생각 못 하는 일이죠."

"참 책에서도 주인공과 친구들이 도둑질을 교대로 했지요."

"그렇지요. 식당 밥 훔쳐먹은 것 가게 물건 도둑질한 것 등에 비하면 일정 범위 내의 모임에서 외국 유명 작가의 작품을 번역이 아닌 번안까지 하며 발표하면서 자기 작품이라고 한 것은 그리 죄가 되지 못하죠. 자기 것이라고 출판해서 돈을 받은 것도 아닌데 문학적 능력이라는 큰 스펙을 가진 동료를 쫓아내다니 참으로 동인회라 할 자격이 없지요. 문학동인회에서 가장 필요한 것을 갖춘 굵은 인재를 놓치고 만 것은 필연적으로 실패할 동인회라는 것이죠."

"그래요. 그렇다고 봐야죠."

서희는 내 말을 인정했다. 세상의 사람 관계의 가치 판단에서 더 중요한 것과 덜 중요한 것을 세심히 구분해야 한다는 나의 생각을 나는 그녀에게 설명한 것이고 그녀는 받아들인 것이다.

"하지만 학교에서 작은 바늘 도둑을 용서하지 않은 것이 훗날 잘 팔리는 작가에게 뻗치게 마련인 표절(剽竊)의 유혹을 물리칠 예방주사가 되었다고 할 수도 있죠."

문학동인회의 해프닝은 굳이 의미를 두자면 이렇게 두기로 했다.

사귀던 여학생 혜연은 중상류층이라 검정고시로 대학에 온 영훈은 출신 계급의 차이로 헤어진다. 혜연의 친구들과의 파티 자리에서 영훈은 이질감을 느끼다 그들에게 민중을 생각하라고 생뚱맞은 훈시까지 하고는 파국을 낸다.

비슷하면서도 더욱 생뚱맞은 실제의 경우를 내가 알기에 공감이 되었다. 학과수련회의 야간 여흥시간 중에 갑자기 소리 지르며 노동자가 핍박당하고 있는 지금 우리가 이렇게 놀 때냐 하고 화를 낸 후배 학생의 일화를 들은 바 있기 때문이다.

"이 책은 간혹 작가의 자서전의 성격이라지만 꼭 그렇지만은 않아요. 오히려 작가의 70년대보다는 우리 세대의 사람들이 겪은 80년대의 이야기들이 많이 반영된 듯해요."

나의 입장에서 공감되는 대학생활의 면면을 이 책에서 발견할 수 있었다.

"데모는 70년대나 80년대나 다 있었잖아요."

"물론 있었지요. 하지만 데모가 학생 대중화된 건 1980년 서울의 봄을 지나서였지요. 그 전에는 조금 모여도 최루탄을 쏘았기에 데모하는 사람 안 하는 사람이 따로 있었지요."

이문열은 자신의 대학생활을 소재로 사용했을 것이고 1980년대는 이미 삼십대에 이른 작가의 시점에서 그 시절의 대학을 관찰했다고 보기는 어렵다. 그런데 나는 80년대의 대학을 직접 겪은 입장에서 그 전까지는 대학의 일부 의식화 계층의 것이었던 시대적 문제의식이 보편적인 화두로 떠오른 80년대가 더욱 이 책에 나오는 시대적 갈등이 강렬히 펼쳐진 시대라고 보는 것이다. 책에서는 주인공의 친구 둘 중 김형(金兄)이 죽고 하가(河家)는 그대로 있다. 그런데 영화에서는 김형이 죽고 나서 하가마저도 교내 시위를 주동하다 건물에서 투신 자살하는데 이것이 내가 본 80년대의 대학가의 경험과 일치했다. 두 친한 친구가 모두 죽는 영화의 설정은 주인공 영훈이 그 뒤 겨울에 결심이 되면 자살하려고 극약을 넣고 다니는 것에 더욱 자연스럽게 이어지는 것이었다.

아무튼 책에서는 친구 김형의 죽음 그리고 긴 동화를 써서 바칠 정도로 사랑했던 여자 친구와의 헤어짐 등으로 상심하여 영훈은 슈베르트의 겨울 나그네(가사는 빌헬름 뮬러의 시집)에 나오는 방랑자와 같은 생활을 한다. 한국이란 땅이 넓지가 못하여 진짜의 방랑은 하지 못하고 술집 심부름을 하다 그만두고 이 마을 저 마을 몇 곳을 고난스럽게 거쳐 간다. 도중에 우연히 어떤 마을에서 친척 누나의 집을 방문해 인간의 정을 느끼고 안락한 시간을 누릴 수 있었지만, 이를 굳이 마다하고 떠나가는 것은 겨울 나그네의 첫머리에서 방랑자가 방문한 집에서 주인집 딸과 사랑을 느끼고 그 모친이 결혼을 예정하기도 하였으나 그 집을 떠나는 것과도 같다.

"아저씨가 학교 다닐 때에도 이 책에 나오는 것처럼 유흥의 분위기를 깨는 정의로운 연설을 하는 사람이 있었나요."

"80년대에는 그러한 의식이 보편화되었으니 더 많아졌다고 볼 수 있지요. 책에서는 정말 보통의 학생이라면 질투를 느낄만한 호사스런 잔치를 보는 중에 그러했으니 그럴 만도 할 특수 상황이었다고 하겠지만 꼭 그 정도의 상황이 아닌데도 굳이 자신의 정의로운 사회의식을 표출하는 친구들이 종종 나타났지요."

"그냥 술자리에서 그런 소리 하는 거야 늘 있지 않은가요."

"그냥 술자리도 아니죠. 졸업 후에 후배에게서 들은 얘기인데 학과의 수련회가 있었어요. 거기에는 교수님도 오고 학교에서 공식적으로 후원하는 자리이니까 특별한 의식을 끌어들이기에는 부적합한 자리이지요. 어쨌든 낮의 과정이 끝나고 저녁 식사도 마치고 밤에 여흥시간이 되어 그냥 보통 춤곡을 틀고 노는 분위기가 되었나 봐요. 한참을 그런 분위기에 있는데 갑자기 한 학생이 일어서며 우리가 지금 이럴 때냐 우리 노동자들은 열악한 환경에서 고생하는데 우리는 뻔뻔스럽게 여기서 놀 때냐 하며 분위기를 망친 일이 있었다고 해요."

"아저씨는 학생 때 데모 참여하는 쪽이었나요 구경하는 쪽이었나요."

"처음에는 고민하다 참여하는 스타일이었지만 삼학년 때 80년도 봄의 민주화 열기 이후 휴교의 좌절과 무료함을 거쳐 이를 악물고 학생의 본분으로 돌아가겠다고 결심했었죠. 그런데 다시 사학년 때 도서관 건물 투신 자살 사건을 겪고는 다시 참여하는 쪽으로 돌았지요. 인간적인 정에 따른 것이었죠."

그 전부터 학교는 늘 데모하는 쪽과 구경하는 쪽으로 나뉘어 있었다. 그때의 지식으로 데모하는 자들이 옳은가 구경하는 자들이 옳은가의 판단은 세울 수 없었다. 그러나 자신의 위험을 감수하고 행동하는 자들과 그렇지 않은 자들을 두고 볼 때 위험을 감수하는 자들이 더 정의로워 보이니 용감해 보이는 자들과 비겁해 보이는 자들의 사이를 (실제로)왔다 갔다 하며 고민하다가 데모하는 무리에 뛰어들곤 했다.

"하지만 이윽고 학생들을 자꾸 학업 외의 길로 내모는 어떤 힘에 반감은 가지게 되었지요. 저들이 강조하는 민중을 위한 세상이라면 그 작은 실천으로 되지 않을까 해서 술집에서 접대부로 만났던 여자를 축제에 청했지요. 파트너라기보다는 대학 외의 민중계급인 그녀와 대학 축제를 함께할 기회를 갖자는 것이었죠. 그 여자는 기꺼이 와주었지만 예정된 시각에 축제가 열려야 할 대운동장은 썰렁했고 학생들이 이른바 반민중성 퇴폐 자본주의 축제를 훼방 놓아 취소되었죠. 저로서는 민중과 함께함을 실천할 기회를 박탈당한 것이었죠."

회색인으로서의 내 대학생활에 의미를 두고자 덧붙인 이야기였다.

책의 중간에는 작중 화자가 창작한 동화가 나온다. 나그네가 해를 찾으려고 뛰지만 이룰 수 없었다며 헤어진 여자 친구에게 바치는 글이다. 상상과 묘사가 너무 자유로워 꿈처럼 모호하기도 한 그 내용은 좀 지루하기도 했지만 여하튼 해를 따 달라는 애인의 청을 들어주지 못한 주인공의 변명으로서는 성의 있는 것이었다.

헤어질 때 혜연에게서 빌린 노트를 돌려주면서 소원을 들어주겠다고 하니 혜연은 해를 따다 달라고 했다. 즉 너는 어차피 나의 소원을 들어줄 인물이 못 되니 기왕 안 되는 거 크게 한번 부탁해 보겠다는 것이었다.

영훈은 어떤 잘난 자도 못 들어주는 그 부탁을 자기도 마찬가지로 들어주진 못하지만 동화를 통해 못 들어주는 이유라도 충실히 설명해줌으로써 그저 한마디로 일축하며 불가능하다고 거절할 다른 자들과 차별화하려 했지만 이 역시 그녀의 사랑을 되돌려 얻는 도구나 선물이 되지는 못하였다.

"여기서도 공감 가는 게 있어요. 나는 한창 연애를 시도하던 시절에 여자에게 사랑에 관한 탁월한 이론을 설파하면 여자가 칭찬하며 다가오리라 기대했죠. 하지만 그 정성스런 사랑의 이론서들은 목적 달성에 아무 도움이 되지 못했어요. 기껏해야 그 편지들 내용의 메모가 남아 있어 그것들을 모아 시집을 내는 데 활용했던 것이 고작이었죠."

"시인은 원래 실연해야 하잖아요. 시인이 사랑에 성공하는 건 재미와 깊이가 없죠. 히히."

"시인이라고 실연하라는 것은 없지만 뛰어난 연애시라고 해도 그것이 사랑을 이루는 것하고는 아무 관계가 없다는 것만큼은 인정해야 하지요. 허허."

절망한 주인공은 결국 술에 빠져 인생을 허비한다고 하는데 무엇에 절망했을까. 아마도 자신의 문학적 재능이 원하는 여자를 자기 것으로 만드는데 아무 도움이 되지 못했음에 절망한 것이 아닐까 한다.

그러다 막판에 친하게 지내던 김형이 죽고 다음의 중편 『그해 겨울』로 넘어간다. 이 책에는 평론에 자주 인용되는 미문(美文)이 있다.

(3)『그해 겨울』

아아, 나는 아름다움의 실체를 보았다. 창수령을 넘는 동안의 세 시간을 나는 아마도 영원히 잊지 못하리라. 세계의 어떤 지방 어느 봉우리에서도 나는 지금의 감동을 다시 느끼지는 못하리라. 우리가 상정할 수 있는 완성된 아름다움이 있다면 그것을 나는 바로 거기서 보았다. 오, 그 아름다워서 위대하고 아름다워서 숭고하고 아름다워서 신성하던 그 모든 것들….

시에서 감탄사를 쓰는 것은 시 쓰기가 아주 숙달될 때나 허용된다. 초보자가 감탄사를 사용하면 시라는 형식을 구성하기조차 어렵게 된다. 마찬가지로 산문에서 그것도 대사가 아닌 지문에서 감탄사가 나온다는 것은 그 문장이 상당한 경지에 오르고 있기에 자연스레 튀어나오는 것이라는 조건하에서야 그 빛을 잃지 않는다. 감탄사가 자연스러운 것이 미문의 완성을 증명하는 것이라고 하겠다. 이어서 산속 풍경의 묘사가 전개된다.

그 눈 덮인 봉우리의 장려함, 푸르스름하게 그림자진 골짜기의 신비를 나는 잊지 못한다. 무겁게 쌓인 눈 때문에 가지가 찢겨버린 적송, 그 처절한 아름다움을 나는 잊지 못한다. 눈 녹은 물로 햇살에 번쩍이던 참나무 줄기의 억세고 당당한 모습, 섬세한 가지 위에 핀 설화로 면사포를 쓴 신부처럼 서 있던 낙엽송의 우아한 자태도 나는 잊지 못한다. 도전적이고 오만하던 노가주나무조차도 얼마나 자그마하고 겸손하게 서 있던가.

……중략(中略)

아름다움은 모든 가치의 출발이며, 끝이었고, 모든 개념의 집체인 동시에 절대적 공허였다. 아름다워서 진실할 수 있고 진실하여 아름다울 수 있다.

아름다워서 선할 수 있고, 선해서 아름다울 수 있다. 아름다워서 성스러울 수 있고 성스러워서 아름다울 수 있다……. 그러나 아름다움은 스스로는 아무것도 갖고 있지 않다. 그러면서도 모든 가치를 향해 열려 있고, 모든 개념을 부여하고 수용할 수 있는 것, 거기에 아름다움의 위대성이 있다.

눈 덮인 산의 광경. 나는 대학 시절 관악산 진입로에서 옆에 펼친 설경을 보았을 때 어릴 때부터 보아왔던 연하장 카드의 광경이 크게 확대되어 펼쳐졌다는 생각이 고작이었다. 서울의 마을에서만 살았으니 산, 더구나 겨울 산을 나가볼 기회는 없었고 다만 겨울 산의 광경은 매 연말연시의 카드 그림에서 익히 보아왔으니 그 그림이 거대하게 펼쳐졌다는 느낌도 나름 감격이라면 감격이었다.

그러나 다를 것이었다. 인적이 없는 산속에서 홀로 양쪽으로 펼친 설경을 보면서 풍경에 압도당하면서 현재의 처지를 잊게 하는 그 아름다움은 보이는 세계에서 가질 수 있는 하나의 극한의 모습이 되었을 것이다.

"아름다움이란 삼차원 물질계에서 찾을 수 있는 최고의 가치이죠."

나는 그런 생각을 서희와의 대화에서 자주 사용하는 말투로 표현했다.

"최고의 가치라니요. 정신적인 가치가 더 높은 것이 아닌가요."

2부. 작품에서 본 이문열

"물론 물질계에 육체를 가지고 있는 인간이 추구하는 가치라고해서 모두 물질계의 가치뿐만이 아니죠. 더 높은 가치는 정신적인 가치 즉 선(善)이란 것인데 그것은 비록 물질계에서 추구하는 행위가 관찰되는 것이라고 해도 물질계에 존재하는 것은 아니죠. 선은 영혼을 위해서 추구하는 것이고 영혼계의 존재이죠."

"지상의 물질계의 미를 찾아내 강조하는 것도 일종의 선 같은데요."

"그렇죠. 물질계에서 선을 추구하는 하나의 방법이죠. 물질계에 관한 충실하고 올바른 지식이 영혼의 상승으로 선을 이루는 밑바탕이 되듯이 이문열의 겨울 산 묘사는 지식이 영성 고양의 근원임을 나타내지요. 겨울 숲의 아름다움의 묘사도 이문열이 각각의 나무들의 이름을 알았기에 가능했던 것이지요."

"미와 선을 말하시니 진선미가 생각나는군요."

"그렇죠. 진선미(眞善美)는 각각 절대계의 가치 영혼계의 가치 물질계의 가치를 나타내는 것이지요."

"진선미는 미스코리아의 등급 아닌가요."

"거기서 인용해 사용할 뿐이죠."

"그런데 미스코리아는 미인대회이니 미가 최고의 것으로 간주되어야 할 것 같은데 진선미라는 세 단계의 가장 뒤에 있네요."

"진과 선은 미보다 상위에 있는 가치를 나타내니까 그런 것이죠."

"더 상위의 가치라면 아까 얘기대로 절대계와 영혼계의 가치라는 것인가 보네요."

"실존의 3단계에서 미적 실존(美的實存)은 미(美), 윤리적 실존은 선(善) 종교적 실존은 진(眞)에 따르는 것이죠. 덴마크의 철학자 키에르케고르는 실존의 삼단계를 얘기했어요. 제일 첫 단계는 미적 실존으로서 돈환과 같이 쾌락만을 좇아 생활하는 단계라고 하지요. 나는 처음에 이 말을 들을 때 어떻게 미적이라는 것, 즉 아름다움을 추구하는 것이 이런 식으로 설명되는가 의문이 났지요. 그러나 여기서 미라는 것은 단지 보기 좋다는 것이 아니라 우리의 감각기관으로 느낄 수 있는 최선의 것이라는 의미이지요. 그래서 육체 감각이 가장 쾌락과 만족을 느끼게 하는 것이 미적 실존의 목적이 되지요."

"미라는 것은 물질계에서 구할 수 있는 최고의 가치라는 의미가 아니라 물질계에서 구할 수 있는 최고의 물질계적 가치라는 의미로 군요."

"그렇지요. 미는 감각되는 존재인데 미의 추구에 국한하는 생활은 어느덧 그 한계를 맞이해요. 그리하여 모든 생활을 올바른 규범에 따라 자기를 절제하면서 살아가는 윤리적 실존의 생활을 택하게 되는데 말하자면 사람의 도덕적 판단에 의한 최선(最善)의 삶을 추구한다는 것이지요."

"선이란 물질계 밖의 가치인데 이것을 물질계의 인간은 추구할 수 있군요."

"이러한 생활도 인간의 한계에 부닥치게 되어 회의(懷疑)를 가져

오게 되지요. 그러다 마지막으로 택하는 길이 종교적 실존입니다. 자기의 도덕에 의한 판단을 모두 버리고 절대적으로 신에게 의존하는 것입니다. 즉 신에게의 믿음으로써 그 종착점을 삼는 것입니다. 이것을 종교적이라고 번역했지만 특정 종교를 말하는 것이 아니고 영계의 최상위의 절대 신의 존재에 의지해 믿음으로써 만족과 안정을 얻는 것이지요. 그리고 인간의 정신이 추구하는 물질계 위의 최고의 가치는 선인데 이것이 구현된 곳인 영계에서도 최상위계에 있는 절대신은 진실한 존재 그 자체이니까 진(眞)을 구현하지요. 진은 선의 잣대로 판단할 것이 아니라 본원적 존재 그 자체이니 인간의 정신으로도 왈가왈부할 수 있는 것이 아니지요. 그래서 그 절대 신에게 의지하여 자기의 판단을 벗어나는 것이 실존의 궁극적인 형태라는 것이지요. 성경의 마가복음에서 예수께서 길에 나가실새 한 사람이 달려와서 꿇어앉아 묻자오되 선한 선생님이여 내가 무엇을 하여야 영생(永生)을 얻으리이까 하니 예수께서 이르시되 네가 어찌하여 나를 선하다 일컫느냐 하나님 한 분 외에는 선한 이가 없느니라 했다지요. 오직 하나님만이 선하다는 말씀은 인간의 몸에 깃든 혼으로서는 완전한 선이라 말할 수 없음을 의미하지요. 영계의 존재인 하나님으로서만이 완전한 선을 구현함이고 인간의 몸을 입은 예수로서는 다만 추구할 뿐이지요."

주인공은 방우라는 시골 술집의 잡일꾼 노릇을 한다. 대학에는 휴학계를 제출한 것 같지는 않지만 마음이 떠나 있다. 졸업은 아직 멀다. 이학년쯤 다닌 것 같은 겨울방학 같다. 술집의 일도 이윽고 더 못하게 되고 바다를 향해 떠나간다. 겨울의 황량한 시골길을 걸으며 단기적 방랑을 한다. 도중의 한 마을에서는 집안 누나를 만나는데 교사로서 마침 그곳 시골에 발령을 자청해서 나와 있다고 한다.

"무작정 방문한 마을에서 첫사랑이라 할 만한 고향 누나를 만난다니 상당히 작위적인 설정 같은 데요."

서희는 구태여 만남을 설정해 놓고는 정작 아무런 흥미 있는 결말도 나오지 않는 그 장면에 불만이 있는 것 같았다.

"연극무대에서도 왜 하필 그 사람이 그때 나오냐고 따질 만은 하지만 그러지는 않죠. 겨울에 추워 고생하는 중에 아주 좋은 의탁처를 만났는데 이윽고 떠나죠. 마치 겨울 나그네의 첫 노래에서 나그네가 자기를 사랑하는 소녀가 있고 그 집에서는 혼인까지 생각하고 있는데 집을 나서는 것처럼 말이죠. 그다음엔 실제로 동사할 위험이 있는 고생을 했지요"

"토끼몰이하던 청년들을 만났는데 홀로 남은 건 군중 속의 고독 같아요. 기껏 길친구들을 만나고서는 아무도 자기를 보호해 주지 않았던 것이죠."

"다시 위험한 길을 떠나는데 먼저 보았던 칼갈이 아저씨를 만나게 되죠. 그 사람이 칼갈이를 하는 것은 과거 혁명 단체에 있었는데 자기들을 배신한 밀고자를 죽이러 찾아가며 칼을 들고 다니기 위함이죠."

"그 사람하고 같이 다니지도 않는데 우연히 자꾸 또 만나는 것 같아요."

"뭐 둘이 인연이 있었다고밖에는 설명 못 하죠. 더구나 둘의 계속적인 만남이 두 사람의 앞길에 영향을 주니까요. 읍이 보이는 곳에 이르러서 함께 있는 것이 마을 사람들에게 보이지 않는 것이 네게 좋다며 그 아저씨가 일부러 먼저 가면서 헤어졌는데 나중에 다시 바닷가에서 만나지요. 영훈은 원래부터 목적지가 바다였지만 칼갈이 아저씨는 우연히 거기 있게 된 것인데 그 사람의 고백인즉 막상 죽일 자를 찾고 보니 너무 비참한 생활을 하고 있고 죽여 봤댔자 별로 복수도 되지 못할 것 같아 포기했다는 것이지요. 죽임은 삶에 애착을 갖는 자에게는 큰 복수가 될 만하겠지만 말 그대로 죽지 못해 사는 지경의 자로서는 오히려 누가 죽여주면 세상에서 자기의 책임도 면해지니 죽여주면 좋겠다는 요구도 하게 되는데 그런 사람을 죽여 봐야 복수의 후련함도 없게 마련이죠."

"칼갈이는 가지고 있던 큰 목표가 허망한 것에 불과하게 되어 허탈해진 것이로군요."

"배신자가 그 행위의 값으로 행복하게 잘살고 있다면 복수의 목표가 되었겠지만 그렇지 않은 것이죠. 칼갈이가 복수의 도구인 칼을 바다에 던지자 영훈도 이제까지 그다지 중시하지 않아도 될 가치에 그동안 매여 살아왔던 것이 깨달아져서 오랫동안 고려해온 자살을 포기하고 약병과 유서를 바다에 던져 버리는데 결국 삶은 살 가치가 있느냐 없느냐 하는 고민이 그다지 중요하지 않은 주제라는 것이지요. 훗날 칼갈이 아저씨를 우연히 만나보니 젊은 미인 아내와 귀여운 아이와 함께 행복한 가정을 꾸리며 살고 있음을 구태여 부언(附言)했는데 배신자가 비참한 생활을 하고 있듯이 결국 업보는 현생에도 돌고 도는 것임을 표현한 것이죠.[5] 칼갈이 아저씨가 가졌던 목표에 관해서 인간의 행위에 따른 보상은 운명이 알아서 해결해 주는데 인간이 개입할 것이 무엇인가 하는 화두를 던져주는 결말인데 그에 따라 주인공 영훈이 가졌던 고민에 관해서도 자기의 삶의 진행 여부 또한 운명이 알아서 해줄 것인데 굳이 고민할 필요가 있는 것인가 하며 정리해 주는 것이죠."

(4) 우리 세대의 자화상

이렇게 이문열의 세대의 젊은이들의 세태의 단면을 들여다보았다. 그것의 상당 부분은 이어지고 어느 면에서는 증폭되어 나의 세대의 집단혼의식에도 영향이 드리워진 것이었다.

우리 세대의 역정(歷程)은 시대 발전의 자양분이 되었다. 그것은 질적으로보다는 양적으로 두드러졌다고 볼 수 있다. 이미 건국과 산업화 그리고 민주 회복이라는 과제를 수행하고 기초를 닦은 전세대에 이어 후세대의 가치는 아직 불투명한 중에 과도기적 혼란을 세대 인구의 양적 팽창으로 수용하며 전세대의 출세를 도와주는 하부 피라미드의 역할도 해냈고 386으로 대표되는 후세대의 약진을

---

5) 영화에서는 칼갈이가 뒤에 행복하더라는 장면은 없다. 한편 『우리들의 일그러진 영웅』에서도 소설은 마지막에 엄석대가 체포되는 결말이 있지만 영화에는 없다. 두 경우 공히 영화에서의 설정이 극으로서 자연스러우며 소설 말미의 장면은 오히려 사족으로 보일 수 있다. 그러나 이문열은 그만큼 선한 자는 복을 받고 악한 자는 벌을 받는다는 관념이 평소에 강하다고 볼 수 있다.

위한 터다지기의 역할도 해주었다.

　20대에 취직은 잘되었는데 우리가 취업했을 당시 우리보다 10여 살 위의 세대는 30대에 20여 명의 부하를 거느리는 실장 과장 등의 관리 직책을 가졌다. 하지만 우리 세대는 30대 중반이 되어도 관리자의 위치는 얻기 어려웠다.

　작가 세계도 그러하다. 우리보다 십여 세 위의 세대로서 앞서 문화사회의 주요 자리에 들어선 작가 중에 이문열은 그 막내 격이었다. 인접 연령대에는 기라성 같은 유명 작가들이 즐비하다.

　"근데 솔직히 아저씨하고 같거나 어린 세대에도 유명한 작가들은 있잖아요."

　서희는 내 설명에 반문했다. 그러나 그에 대한 내 대답은 단호했다.

　"있기야 있지요. 하지만 상업 권력에 의한 기획의 산물에 불과하다고 단언하고 싶어요. 자생력 있는 독립적인 창작가라고 볼 수가 없지요. 후원하는 문화권력이 손을 떼면 몰락하고 말 그것이지요."

　나는 내 생각을 나타내는 논설 몇 편을 제시했다.

(5) 작가와 행복

　흔히들 꿈을 이룬 사람은 행복하다고 한다. 작가로서의 길을 걷게 되었다면 꿈을 이룬 사람이니 행복하다고 해야 할까. 물론 자신이 추구해 왔던 가치를 펼치기 위해 자신에게 고여 있었던 정신적 자산을 세상을 위해 베풀 기회를 갖게 되니 적어도 최소한의 정신적 행복은 확보한 자라고 할 수 있다.

그런데 이러한 어려운 의미 말고 작가에게 일반인으로서 생각할 수 있는 보통 의미의 행복은 어느만큼 있을 수 있을까. 물론 베스트셀러를 낸 이후 명성을 얻어 사회적 대우를 받으며 부유한 환경에 한가한 시간도 많이 갖게 된 작가는 분명 (일반적 관점에서) 행복하다고 할 수 있다.

그러나 작가로서의 진정한 정체성은 작품 창작 후 여가를 갖는 시절보다는 작품 창작을 위한 노력의 과정 그리고 그 작품을 창작하는 동기를 갖게 되기까지의 인격 형성 과정에 진정한 의미가 담겨 있다고 볼 수 있다.

문학작품은 실상이 아닌 허구이다. 세상의 주된 움직임에서 모순되거나 부족한 것을 허구로나마 보충하여 사람들에게 들려줌으로써 세상의 실재(實在) 요소만으로는 정신적 만족을 얻기 어려운 사람들에게 가상의 만족을 주기 위함이다. 이와 같이 세상의 모순과 결핍을 보충할 이야기를 만드는 사람은 당연히 그러한 문제를 일반 사람보다 더 심각하게 겪었을 것이리라고 보는 것이 자연스러운 추정이다.

실제로 세계의 주요 작품 중에는 작가의 절실한 경험이 밑바탕이 되었던 예가 많으며 국내의 작가들도 직전 세대라고 볼 수 있는 황석영, 이문열, 신경숙 등은 개인적인 절실한 경험을 숨기지 않음으로써 적어도 작가로서의 형성 과정이 '행복한 작가'는 아닐 것임을 짐작케 하고 있다.

여기서 변화가 일어난 것이 1990년대 중반부터 형성된 신세대 작가군이다. 당시 경제 발전이 이룩되고 일제강점기, 해방 후의 혼란, 전쟁, 가난, 군사혁명, 민주화 등의 사회 갈등 요소가 어느 정도 정리 되었다고 판단한 한국문학계는 이제는 새로운 작가 세대 형성의 필요성을 갖게 되었다.

한편 국가 경제의 안정(?)과 함께 상업 자본의 효과적인 운용도 문학계의 중요한 과제가 되었다. 생산성의 효율이 생명인 일반 기업에서 임직원의 조직 체계상 질서가 안정되어야 생산성을 낼 수 있듯이 문학 일반도 어느 정도의 예측 가능한 행동 양태의 구성원을 필요로 하게 되었다. 즉 문학계 주체는 더 이상 야생마를 포획하러 다니는 카우보이와 같은 불안정한 경영을 지양하고 마굿간의 순마(馴馬)를 길러야 할 필요성을 갖게 된 것이다.

그런데 작가의 정체성의 중심이 그 작가 특유의 생성 배경에 있다면 순마를 길러낼 목장주의 목적은 이뤄지기 어렵다. 작가 생성의 관건이 그 작가 고유에 말미암지 않고 운영 주체가 정한 비교적 객관적인 기준에 따른다면 작가군(群)은 한층 원만한 교섭 대상이 될 수 있는 것이다.

즉 이제는 어떤 특별한 경험이나 절실한 사정이 배경에 있지 않은 일반인 중에서 글쓰기의 실력이 가장 우수한 자를 작가로 선발하는 시스템이 요구되었던 것이다. 고시 선발하듯이 폭넓은 대상 중에서 최우수자를 뽑으니 어찌 보면 과거보다 더욱 우수한 작가를 선발할 수 있는 시스템이다.

이러한 시스템의 효과성에 대한 의문은 당시에도 충분히 가질 수 있는 것이었지만 의사나 약사와는 달리 선발 방식이 어긋났더라도 당장에 심각한 결과는 나오지 않는 문단에서 섣불리 예단하여 목소리를 높일 여지는 누구에게도 없었다. 다만 이십여 년이 지난 오늘날에 있어 그 결과를 두고 조심스럽게 평할 수 있을 뿐이다.

"행복한 중에 더 좋은 글을 쓸 수 있다."

"작가는 어떤 심각한 경험이 있는 것으로들 알기도 하는데 나는 전혀 고생이나 고민 같은 것 없이 살아왔다."

하며 자신의 행복을 과시하였던 그 신세대 작가들이 결코 주류사회 구성원으로서의 우월감을 과시하는 마음에서 그러한 것으로는 보이지 않는다. 다만 新문학 세대 형성의 의무감에서 이탈하지 않고 흐름을 거스르지 않았을 뿐이리라고 본다.

물론 인간 경험의 절실함은 상대적인 것으로서 어떤 기구한 운명이 작가로서의 요건은 아니다. 일반적 기준으로는 본래부터 행복하였던 자도 얼마든지, 쉽사리 보이지 않는 세상의 개선점을 발굴하여 작품으로 승화시킬 수 있다.

그러나 창작품은 독자의 정신적인 향상을 위한 것이지 작가 자신의 정신적 행복을 위한 것이 아니다. 우리가 아름다운 음악을 듣게 하기 위하여 바이올린 주자는 목을 삐뚜로 하고 양팔이 균형 없이 왜곡된 자세로 팔과 손가락 근육의 올바른 성장과 유지에 도움되지 않는 반복 운동을 한다. 마찬가지로 독자에게 정신적 공감을 일으킬 문학작품의 탄생은 창작자의 행복에는 그다지 보탬 되지 않는 많은 과정을 거쳐 이루어진다는 사실을 우리는 담담히 받아들여야 하겠다. 오래전 동인문학상 심사위원들에 보냈던 공개 서신을 보자.

(6) 작가와 경험

아무리 겪지 않았다 한들 그렇게 모르십니까 (동인문학상 심사위원님들께)

사람들은 흔히 작가의 작품은 경험을 통해 창작된다고 여긴다. 근래 들어 경험보다는 많은 독서량을 통해 창작의 원천을 찾는다는 젊은 작가군이 조명을 받은 적도 있으나 간접 경험에 의한 창작은 마치 상영되는 영화를 촬영한 것과 같이 생생함을 잃기 쉬움도 널리 수긍되고 있다.

그러나 역시 문학작품은 실록이나 수기가 아닌 영적 가공인 만큼 결코 경험이 절대적인 요소는 아니다. 단적인 예로 H.헤세는 『지와 사랑』 등 많은 작품에서 현실 이상(以上)의 이상(理想)을 찾아 방황하는 주인공을 그려냈다. 특히 『크눌프』에서는 촉망받던 젊은이가 사랑에 빠져 인생을 방황하고 결국 사십이 넘도록 자신의 가정과 안정된 생활기반을 갖지 못한 채 '실패한 인생'을 사는 사연을 그리고 있다.

그러나 다 알듯이 헤세 자신이 그러한 인생을 살지는 않았다. 『크눌프』를 쓴 나이는 40세 이전이었고, 그의 사회적 성공을 거론하지 않더라도 자연인으로서의 그는 이미 적령기인 27세에 결혼하여 세 자녀를 둔 바 있다.

요는 작가의 역량은 군이 작품에 인용될만한 모든 과정을 구체적으로 겪지는 않았다 하더라도 자신의 한때 체험을 강한 소화력으로 자양분화하여 생에 대한 일관된 비전을 체계화하는 데 있을 것이다.

지난번 IMF 시대로부터 어쩌면 지금(2006년 당시)까지도 이어져 오는 경제 난국에서, 한창 가정과 주변에 책임이 많은 중년 가장이 청춘을 바쳐왔던 회사로부터 해고당하여 어려움을 겪는 이야기는 분명 소설가들에게 많은 소재를 제공해 주었을 것이다.

　그러나 그들 모두가 회사로부터 정식으로 정리 해고를 당한 것은 아니다. 사직 권고를 받은 사람도 많지는 않고 오히려 사직 만류를 인사치레로 받은 사람도 적지 않을 것이다.

　회사는 어려워지고 자기가 맡은 분야의 실적은 안 오르고… 젊은 신입사원보다 생산성을 올리지 못하는데 그들보다 높은 봉급으로 회사에 부담을 주고… 동료와 부하들에게 나이에 걸맞은 존경과 대접을 받아야 하는데 그들의 눈치는 싸늘해져 가기만 하고 은연중에 당한 무시와 굴욕으로 기분 상하는 일이 한두 번이 아니지만 그걸 해소할 길도 없고….

　회사에 다녀 보지 않은 사람으로서는 '좀 불만스럽다 해도 처자식들을 위해서 참고 다녀 보지 그러느냐' 할 수 있지만 도저히 버티지 못하는 것이 당사자들인 것이다.

　작가 중에는 이러한 입장을 겪어본 사람도 있고 아닌 사람도 있을 것이다. 특히 젊었을 때부터 문단에 당당한 자리를 차지했던 작가는 남의 의중에 휘둘리는 처지를 겪지 않았을 것이다. 그럼에도 불구하고 통찰력 있는 세계관으로 자신이 겪지 않은 세상을 그릴 수 있는 것이 바로 작가이다.

　기업의 경우 큰 목적을 가지고 출발한 사업부가 수년이 넘도록 아무 결과를 내지 못하고 오히려 갈수록 상황이 악화되고 있다면 책임자들은 문책을 기다리기도 전에 벌써 낙엽 지듯이 사직하고 떠나는 것이 상례이다.

동인문학상이 우리 문학을 중흥하고 미래의 길을 제시한다는 목적을 두고 확대 개편되어 출발한 지 수년째이지만 우리 문학은 갈수록 내리막길을 걷고 미래도 불투명하다. 계속 이와 같은 체제로는 사회적 역량만 소모시킬 것은 분명하다.

물론 조선일보 관계자의 정중한 대우는 아직도 당사자들에게 분위기를 파악하기 어렵게 할 것이다. 관계가 얽혀 있는 담당자들로서는 다분히 진심일 수도 있다.

그러나 사회적으로 비중 있는 문학상은 조선일보 회사 하나를 위한 것이 아니다. 사회의 공기(公器)로서의 문제이다. 어떻게 해야 문학 전반의 누적된 문제를 해결할 수 있나 판단하기는 상식인으로서 그리 어렵지 않다.

아무리 겪지 않았다 한들 그렇게 모르십니까.

"작가, 즉 여기서 소설가는 현생에서 직접 경험을 하지 않더라도 마치 자기 일처럼 기록해 낼 수 있는 사람이란 의미가 있군요."

"소설가는 영혼의 윤생 경험이 많아서 여러 사람의 인생을 겪었다거나 영계에서 맡았던 일이 지상에 내려보낼 사람의 생애 구상(生涯構想, life design) 담당이었던 그런 영혼의 사람이라고 봐요. 요즘 들어 더해지는 생각은 빙의(憑依)한 존재가 많아서 여러 입장의 혼들에게 간섭받는 사람도 해당되는가 이죠."

"그런데 어느 분을 향한 글이었나요. 문학상 심사위원이라면 아저씨도 꽤 어려워할 정도의 대선배님들이실 텐데."

"세월이 많이 지난 지금에 와서 굳이 어느 분을 향한 것이라고 고백하기는 부적절하다고 봐요."

"혹시 이문열 님에게 한 말은 아닌가요."

"그렇게는 얘기하기 곤란하죠. 나하고는 하고 싶은 주장을 털어놓을 수 있는 사이였고 이문열 님은 이 글 당시에는 심사위원 중에서 가장 젊은 막내였으니 굳이 우선 책임을 지어보라고 촉구할 대상은 아니었죠."

"지금은 어찌 되었는지 모르겠네요. 이문열 님은 계속하는지도."

내가 동인문학상에 그 뒤로 관심이 없었기에 소식을 모르듯이 문학계의 추이에 큰 관심을 두는 입장이 아니었던 서희도 역시 모르는 것이었지만 인터넷을 뒤져 그 후의 소식을 찾아낼 수 있었다.

"동인문학상 심사위원도 그만뒀어요. 친일파인 김동인을 기념하는 상을 받지 않겠다고 선언한 작가가 있었어요. 상을 받지 않겠다는 작가가 나오는데 내가 열심히 심사를 해서 뭐하나 하는 생각이 들어서 그만뒀어요."

이문열 (2019/7 엄상익의 인터뷰)

다시 나는 소설에 관한 나의 생각을 말하는 글을 보여줬다.

(7) 소설은 그저 거짓말인가

요즘 시정(市井)은 물론이고 언론에서도 어떤 황당무계한 이야기가 나오면 "소설 쓰냐?"하며 빈정대는 경우가 많다. 소설가라면 참으로 기분 나쁜 표현이고 심지어는, 기자들 상당수가 글쓰기 하면서 문학을 꿈꿔 왔는데 안 되니까 소설가에 대한 억하심정으로 비하하려는 것은 아닌가 하는, 소아병적인 생각도 하게 된다.

과거와 달리 이렇게 소설이란 말이 가볍게 쓰이게 된 것은 무엇보다도 우리 문단의 퇴보로 소설가의 사회적 위상이 낮아진 것이 이유일 것이다. 물론 컴퓨터 통신의 발달로 누구나 인터넷에 작품을 발표할 수 있으니 소설가란 말에 어떤 특정한 지위의 의미는 없다. 다만 소설을 쓰고자 하는 자의 마음이 진실로 무엇인가가 제대로 알려져야 하는 것이다.

소설은 거짓말을 하기 위해 쓰는 것이 아니다. 연기자가 사기(詐欺)치기에 능한 사람이 아니듯 소설가 또한 거짓말을 잘하는 사람이 아니다.

소설을 쓰게 되는 동기는 알리고자 하는 것이 있기 때문이다. 그런데 있는 그대로를 전하는 것은 물론 중요하지만 당초 매우 의미 깊은 사건도 눈에 보이는 실제만을 전달하다 보면 사람들 사이를 전해져 가면서 점차 그 의미가 감소해 나간다. 이것은 음성 및 영상의 정보통신도 수신자에게 도달하면 본래 정보의 손실이 있는 것과 마찬가지다.

그로므로 본래 사건의 참의미를 유지할 목적으로 전달자의 사실 전달 능력의 부족함이나 수신자의 부주의 등으로 인한 사실 정보의 손실을 보완하기 위하여 인간에 의한 창작을 더한 것이 소설이다. 여기서 본래의 사건이란 반드시 한 개의 특정 사건을 말하는 것이 아니라 유사한 공통점을 가진 복수의 사건들을 지칭할 수도 있다. 이러한 복수의 사건을 종합하여 공통점을 가진 배경으로 꾸며나가는 것이 (어느 실재했던 특정 사건에 근거하지 않은) 순수 창작 소설이 되는 것이다.

진리에 대한 인간의 무지와 부정확을 보완해 주는 의미에서 소설이 전달하고자 하는 주제는 어쩌면 평이한 서술문으로 단번에 설파(說破)하기는 어려울 것이다. 아무튼 서둘러 단정적으로 말하자면 소설은 거짓말이 아니라 참말을 보완해 주는 것이다.

⑻ 제3세대 한국문학

나는 이번 만남에서 오래된 전집에 속한 책 중의 한 권을 들고 나왔다. 다음 독회에서 사용하기 위한 것인데 제3세대 한국문학(삼성출판사) 전집이었다.

처음 이 책을 접했을 때는 1980년대 초였다. 내가 다니던 회사에 방문 판매가 들어왔다. 회사 측과 정식으로 협의하여 식당에서 전집류를 전시하는 것이었다.

점심 식사를 마치고 동료들과 책들을 구경했다. 큰 화집이 펼쳐 있는데 주부 연령대의 여성 판촉사원도 함께 있었다.

"이것 보세요. 하하."

나는 페이지를 넘겨 여성 나체화가 크게 그려진 페이지를 동료와 그 여성 사원 앞에서 보았다. 여성 사원을 놀려서 당황시키려 했다면 망상이었을 것이다. 그들이 전시하는 책을 펼쳐 보인 것뿐이니 성희롱의 혐의로부터는 자유로웠다.

여성 사원은 짧은 미소 후 태연히 책 설명을 계속했다.

"저도 여자이지만 여자의 몸은 아름답잖아요. 그 모습을 본 자기의 감동을 더해서 사람들에게 널리 길이 전하기 위해 명화가 탄생한 것이지요."

여성 사원의 재치 있는 응대에 나는 그 자리에서 여러 전집을 구매했고 거기에는 제3세대 한국문학 전 24권이 포함되었다. 그리고는 처음 읽었던 몇 편중의 하나가 『황제를 위하여』였다.

이 전집의 취지는 신문학의 초창기 세대에서 일제 및 6·25전쟁 체험세대에 이은 한글 세대의 문학을 표방한 것이었다. 이청준의 『이어도』, 이문구의 『관촌수필』, 김승옥의 『무진기행』 등 명작 중 단편은 물론이고 이후로도 오랫동안 단행본으로 판매된 바 있는 박범신의 『풀잎처럼 눕다』 그리고 『황제를 위하여』 등이 수록되어 있다.

"그렇게 오랫동안 이 전집을 가지고 있다가 이제 관심을 두게 되었나요."

오래된 책을 본 서희가 물었다.

"이 전집에 관심이 다시 간 것은 2003년도였죠. 이문구 님이 돌아가셨을 때이죠. 구매 당시에 몇 작가의 권만을 읽고 오랫동안 묵혀

둔 채로 있었는데 이들 작가들을 재인식하면서 먼지를 털고 다시 탐독하기 시작했어요. 이 좋은 자료들을 왜 여태 완독하지 않고 놔두었는지 후회하는 마음에서요."

생각해 보니 이 전집을 구입한 때는 1984년이었고 다시 이 전집의 의미를 회고하며 인터넷 매체에 글을 썼을 때[6]가 2003년도이니 19년의 시간 간격이 있었다. 꽤 오랜 시간 이후의 회고였다.

그런데 그때로부터 지금 2020년 … 그 간격만 해도 17년이다. 먼저의 시간 간격과 별로 차이가 나지 않는다. 물론 지금의 느낌은 2003년도라고 해서 그리 큰 옛날로 느껴지지는 않는다. 새삼 나이에 따른 시간의 무상(無常)해짐이 실감나는 것이다.

서희의 질문에 답을 이어 나는 전집에 얽힌 감회를 털어놓았다.

"지금도 별다를 게 없지만 그때는 나는 더욱 작가 생활의 방향과 의미를 잃고 암담하던 시절이었지요. 그런데 이미 80년대 초에 출간된 서적인데 출간 당시 이미 40세 안팎의 중진들이었던 작가들이 그때까지 모두들 무사히 생존하고 있다는 것도 특기할 만한 일이었어요. 작가라는 직업에 일반적인 불안정성을 감안하면 참 복 받은 건강한 세대라고도 생각되었지요."

지금은 워낙 세월이 지났으니 작가들 중에 유명(幽明)을 달리한 분

---

6) 李文求 씨의 別世와 第三世代 韓國文學 - 한국문학 최고의 부흥기 누리고 퇴락의 시초 제공
   2003.06.18 <뉴스타운>
   "문학평론가 이어령 씨의 제3세대문학 선언문, 그들은 한글세대를 자처하나 선대의 교육으로 인해 이렇듯 평상시의 문장에서는 자연스럽게 한자를 혼용할 능력을 가진 세대였다."
   출처 : 뉴스타운(http://www.newstown.co.kr)

들이 있지만 정말 그때 2003년도에는 이문구 선생을 제외하곤 모두들 건강히 잘 지내고 있었다. (그런 생각이 들었던 것은 당시 이미 나보다 같거나 젊은 연령대 중에 채영주, 김소진 등 유명을 달리한 이들이 있었기 때문이었다.) 그들은 앞선 세대로부터 대대로의 문화 계승을 받고 젊은 시절에 이미 앞선 지적 능력을 배양받은 세대였다. 해당되는 작가들은 당시까지 모두가 잘 나가는 작가이거나 최소한 대학 문예창작과의 교수 자리는 갖고 있었다.

아직 사회에서 통용되는 서적은 세로쓰기가 보편적인 시절에 접한 가로쓰기 글은 생소하기도 했지만 우리가 학교에서 배웠던 방식대로 글을 읽을 수 있다는 것이 일면 편안히 느껴지기도 했다.

출판 기획이 좋았든지 독자들이 세로쓰기 글의 시선 집중의 부담에서 해방되어 편안한 안구 운동이 가능하도록 해서 그런지 이 전집은 높은 판매고를 기록했다.

그러나 또한 이 전집의 발간 시기는 우리나라 문학 전집의 몰락을 예고하는 분수령이 되기도 했다.

"이후 이른바 제3세대 작가의 막내 격인 이문열 님의 문학적 비중이 독보적으로 높은 것은 그의 이후로 비슷한 비중을 차지하는 후배 문학인이 없으니 후대가 차지할 몫이 쌓인 때문이라 할 수 있지요."

"그 이유가 뭐라 생각하세요? 문학인의 성장이 단절된 건."

"여러 이유가 있겠지만 결정적으로 책의 크기가 대형화되면서 문학 서적의 인기가 퇴조된 것이라고 봐요. 제3세대 문학전집 출판 무렵 이후 출판 양식이 가로쓰기로 되면서 책 크기는 대형화되어 갔지요. 독서를 하는 시선이 편안하게 풀어짐에 따라 글씨를 향한 집중이 덜 되기 때문에 글씨는 커져갔지요."

"그래도 다들 잘 읽잖아요. 지금 우리가 보는 책들도 그렇고."

"읽어야 할 동기가 확실한 경우에는 큰 영향이 없겠지요. 그런데 교과서처럼 꼭 읽어야 할 책도 아닌 문학 서적을 무겁고 거대한 책을 들고 다니며 읽을 필요는 적어서 문학서의 인기는 퇴조되어 갔지요."

"그렇겠군요. 지금 우리가 문학서를 읽고는 있지만 대개는 이미 알려진 것을 상황에 따른 필요로 읽고 있지 심심풀이로 쉽게 쉽게 책을 아무 데서나 집어들지는 않고 있죠."

"전집에는 이미 현재의 상황을 예언한 조해일(趙海一) 작가의 『1998년』이 있어요."

"1998년이라… 옛날이잖아요."

"하지만 그 소설이 써진 때를 기준으로는 이십 년이 가까운 먼 훗날이죠. 세월 무상을 또 느끼네요. 허허. 이 작품은 미래 공상 과학 소설을 표방하지는 않았지만 미래의 예언을 하고야만 예언소설이죠. 서기 1990년대에 이르러 대기권은 사람의 어깨 정도까지 만으로 한정된다고 해요. 사람들은 모두 고개를 숙이고 다녀야만 하게 되었죠. 어린이와 난장이 그리고 곱사등이만이 아무런 불편을 느끼지 않으며 살아가지요."

"그런 게 어딨어요? 아무리 작은 사람도 이층집만 올라가면 큰 사람 어깨보다 더 높이 올라가는데."

"하하. 문학작품에서 지나치게 논리를 따지지는 않는 것이 좋아요. 그냥 사람이 딛고 있는 층의 어깨높이까지 대기권이 있다고 보면 되겠지요. 주제를 표현하기 위한 상황 설정은 그대로 받아들여야 해요. 카프카의 『변신』에서 사람이 어떻게 갑자기 벌레로 변할 수 있냐고 따질 수 없는 것과 같지요."

"그런 무리한 상황 설정이 무슨 의미가 있을까요."

"할 얘기가 있었죠. 그러나 내가 지금 강조하는 것은 그 작가의 집필 당시의 표면의식을 넘어선 주제가 담겨 있다는 것이죠. 그렇게 된 세상은 섣불리 고개를 들다간 질식해서 쓰러지고 마는 세상이죠. 기어 다니는 것이 더 안전해요. 1998년에 이것을 극복하려는 노력이 일어났지만 아직 요원하다는 것이죠."

"잘난 사람들을 억압하는 세상을 풍자하는 건가요."

"바로 오늘날의 우리 정신문화를 그대로 예언한 것이지요. 어린이와 어른이나 비슷한 크기의 글씨로 독서하고 있으며 엎드린 글씨 즉 지적 수준을 일부러 낮춘 글쓰기만을 요구하는 사회가 되고 만 것이지요."

"1998년에 극복하려는 노력이 있었다는 것은 뭐지요?"

"바로 그 해에 내가 그 문제를 지적한 바 있지요."

"호호호."

서희는 바람 웃음 후에는 다시 깔깔 웃어댔다.

"이 작품 마지막에 나오는 곱사등이의 통쾌한 웃음이 바로 우리의 천민 자본주의 문화체제 속에서 이득을 얻은 부류의 그것이 아닐까 생각되지요."

"그래서 어떻다는 것이지요? 문학적인 비유보다 구체적인 제안을 내놔야지요."

"선대로부터 받을 것은 다 받고 후대를 위해 남기지는 않은 이들이 제3세대 문학인들이라는 비판이지요. 선배가 후배에게서 공경을 받는 근거는 앞장서서 길을 개척하여 후에 오는 자로 하여금 비교적 평탄한 길을 걷도록 한 공헌을 기리는 것에서인데 이렇듯 앞에서 과실을 다 따먹고 새로 심지도 않고 뒤에 오는 자로 하여금 허기에 지치게 하는 선배들을 우리는 과연 존경할 수 있을까요. 선대의 공적에 의해 문학의 황금기를 누렸던 제3세대 문학인들이 다음 세대의 번성을 억누르면서 장기적인 득세를 누리고 있다는 것이 2003년도의 주장이었는데 이미 세월이 한참 지난 지금도 큰 차이가 없지요. 물론 물리적인 불가항력에 의하여 언젠가는 퇴장할 것이지만 그때 되면 바로 후의 세대도 이미 기력이 없어진 이후이죠."

"이후 세대에도 김진명 작가 같은 경우는 큰 작가 행세하지 않나요."

"그렇군요. 차라리 그 선배들과 별도의 길이면 좋은데 순수문학계의 후배로서 인정받고 싶은 생각은 있으면서 선배들의 길을 군말 없이 따라가는 부류도 되지 못하니 어정쩡하여 무시당하는 건 당연한가 봐요."

"선배들의 길을 군말 없이 따라서 순수문학의 후배들로 인정받은 사람들도 있나요?"

"그 사람들은 언급할 필요도 없다고 봐요. 그러려면 공무원이든 회사든 조직에 잘 순응하여 사회적으로 성공하는 것이 낫지. 하기야 비단 작가의 세계 말고도 우리 세대는 나이를 먹어도 대체로 아랫사람으로 떠받쳐줄 후세대 사람은 좀처럼 드물죠. 지도자적인 것과 권력적인 것은 포기해야 해요. 우리의 세대는… ."

"저희의 세대는 가능할까요?" 서희는 살며시 웃었다.

"우리의 젊을 때는 윗세대의 수효보다 많은 우리들이 피라미드처럼 든든히 받쳐주었는데 지금 서희 씨 세대의 수효보다 오히려 우리 쪽이 많은 것이 미안하게 느껴지고 있지요. 비록 큰 차이는 아니지만…. 그런데 서희 씨의 세대는 지금 그리 적지는 않은데 현재 유아기와 초등학생 세대의 수효가 현저하게 적지 않나요."

"정말 그렇군요. 저희 세대는 더 큰일 나게 생겼네요. 호호."

"큰일이 아니죠. 그 상황에 맞는 사회 시스템을 우리는 연구해야 하지요."

새삼스러운 문학 전반에 관한 토론을 거친 우리는 드디어 『황제를 위하여』의 독회에 들어갔다.

3

황제를 위하여
– 실현 못 한 국가의 역사 기록

"보니까 그냥 미친 사람 일대기 써놓은 소설 같던데요." 서희는 기초지식을 가졌다면 있었을 진지함이 없이 첫 소감을 말했다.

"『황제를 위하여』는 현실을 착각한 광인의 일대기 같지만 우주에서 설계한 인생 청사진의 구현으로서는 실제 황제의 지위를 누렸던 경우와 동종의 것이죠. 주인공 황제는 미치지 않았다고 말할 수 있지만 어쩌면 사실이 삼차원 세계의 인간으로서 그 혼이 영성의 차원에 미친(到達) 경우라고 할 수도 있죠. 인간으로서 다만 하늘에서의 영적 기획에 충실한 삶을 살았을 뿐이죠. 동양의 구체제와 서양의 신체제와의 갈등을 통해 대립 에너지를 극대화하여 본인과 주변인의 영적 성장을 이루었는데 이러한 삶이야말로 영성적 가치관에서 가장 모범적인 삶이죠. 단지 현실에 무난히 적응하는 삶은 영혼수련 경력이 적은 어린 영혼에게나 적합한 것이에요."

"정감록의 내용이 엉터리라는 것은 판명 났잖아요?"

"정감록의 예언이 실현되지 않은 것은 당시 예측되었던 우리 민족의 미래 경로와는 달리 오늘날 한국 사회가 서양문화 지배하에 놓여서 혼선이 빚어진 때문이지요. 내가 『황제를 위하여』를 처음 읽었을 때는 직장생활 초엽인데 이공계 졸업생이었던 데다가 집안이 학문적 분위기와는 담을 쌓고 있어서 한문학(漢文學)은 거의 공부하지 못했고 영어와 서양 학문의 지식뿐이었죠. 그럼에도 재미있게 읽었었는데 이제 배경지식을 좀 아는 상태에서 다시 배경 분석을 하며 읽고 싶어요."

정감록(鄭鑑錄)에 의해 계획된 역사는 서양 문물의 침입으로 인해 실질적인 국가 체제로 실현되지는 못했다. 비록 착각과 혼동으로 보일지라도 황제의 국가 경영의 이상(理想)은 실현되었으며 그 국가 남조선(南朝鮮)의 실록은 역사 기록으로서의 교훈적 가치가 충분하다.

교회 목사가 비신자에게서 흔히 받는 질문이 있다. 왜 우리나라 역사는 제대로 알지 못하면서 남의 나라인 이스라엘의 역사는 그리도 깊이 파헤치느냐고. 그러나 역사물을 읽는 주목적은 거기서 교훈을 얻으려는 것이다. 물론 신앙의 전제가 있어야 하지만 교훈을 얻을 목적으로 공부하는 역사로서의 가치에서 구약성서는 지구상의 여느 역사물 중에 독보적인 위치를 차지하고 있다.

우리가 중국의 역사를 읽을 때도 춘추전국시대 그리고 초한(楚漢)과 삼국시대의 지적 담론을 즐기며 배우려하지 남북조시대의 살육전을 배우려고 그 시대의 역사물을 파헤치지는 않는다. 그러므로 실제 역사의 규모와 융성함의 정도를 떠나 역사적 기록의 교훈적 가치를 기준으로 볼 때 『황제를 위하여』의 실록은 충분히 열독할 만한 교훈적 역사물이 되는 것이다.

(1) 1권 소명(召命) - 정(鄭)이 두려워 한(韓)을 세우게 하다

갑오사월(甲午四月) 황고(皇考) 고경(古鏡)을 얻으시다. 동학(東學)의 무리가 삼남(三南)을 휩쓸 적에 황고(皇考)께서는 소백산 바위틈에서 청록(靑綠)이 자욱한 고경(古鏡)을 얻으시니 '목자망존읍흥(木子亡尊邑興)'이라 씌어있어 李(木子)씨는 망하고 鄭(尊邑)씨는 흥하리라 하니 오늘날은 색목인(色目人)의 합리주의가 지배하여 양서(洋書)의 지식과 고시(考試)와 투표로 지위를 얻어 다스리는 형편이나 황제가 태어날 때까지만 해도 이인(異人)과 술사(術士)가 예지(豫知)를 뿌리던 시대라.

"동학을 배경으로 이야기가 시작되는 것은 중화의 진보 형태로서의 동학이 이 땅에 꽃피우지 못한 아쉬움을 강조하고 있어요." 나는 작자의 뜻과는 별도로 나름의 소감 피력을 시작했다.

"동학은 서학에 대응하여 나타난 사상이 아닌가요?"

"중화의 세계가 지속된 봉건제도로 말미암아 각 영혼의 지상에서의 자기실현 기회가 불균형이 되어 집단별로 어떤 영류은 성취지향의 상급과정 영혼성장 단계를 반복하는 반면 어떤 영류(靈侖)은 이제 규율순종의 수련 단계를 넘어설 때도 되었는데 신분제의 굴레에 매여 영혼의 진보를 향하지 못하고 생존노력과 규율순종이라는 누대(累代)의 전생(前生)에 겪어온 하급 과정을 고통스레 반복하는 지경이 되었죠."

"서양에도 봉건제도는 있었잖아요?"

"수백 년 전까지는 구화(歐華:유럽) 또한 다를 바 없었죠. 중화이든 구화이든 한동안을 특정 영류이 나라를 다스려 가문의 대(代)를 이은 과업(課業), 즉 기업(基業)을 치르는데 기업을 우주 관점에서 시간 축을 초월하여 본다면 유사한 성향의 영혼들, 즉 한 영류의 구성원들이 협력하여 교대로 세상에 태어나와 지상에서 공동의 의지를 성취하는 것이죠. 그러한 기업의 대표적인 것이 왕조에 의한 국가 경영인데 함께 어떤 국가 지도 이념을 지구상에서 실천하기로 한 영류의 핵심 구성원의 수효만큼 왕조는 이어지고 핵심 구성원으로서 왕이 될 영혼들이 모두 지상을 다녀왔고 간혹 중복해서 다시 태어난다 해도 그들이 지구상에서 해당 과업을 위하여 다시 태어날 필요성이 한계에 다다르면 왕조는 끝나죠. 새 왕조를 여는 것은 사회를 주도하는 영류을 교체하여 새로운 영류의 영혼이 더 세상에 많이 태어나고 큰 영향력을 가지고 번성하도록 세상을 바꾸는 겁니다. 왕조가 바뀌면 새로운 영류의 사람이 지도층에 오를 수 있고 과거 지도층의 영류은 더 이상 태어나지 않거나 태어나더라도 영향력 있는 자리를 얻기 어렵게 되죠. 이렇게 시대에 따라 바뀌왔지만 왕조만 바뀌어본들 인민 전체의 업을 효과적으로 정리하지는 못했죠. 그래서 민중혁명으로서 다수의 하급 과정에 있는 영류이 왕조와 귀족으로 태어나는 영류의 상급과정 독점을 해제하고 저들과 저들의 후손도 상급의 영혼성장 과정을 밟을 기회를 얻도록 세상을 바꾸는 방법으로 구화(歐華)의 사회는 발전했지요. 그 결과 산업혁명 등으로 물리적 힘이 자라나서 중화를 억누르고 그들의 사회를 중화 지역에 심기 시작한 것이죠."

"영류들이 서로 지구상의 환경을 자기네 성향대로 만들어서 자기네가 더 지구상에 번성하고 높은 지위를 얻으려는 것이 지구상 싸움의 원인이 된다고 전에도 아저씨가 얘기했었죠."

"높은 지위를 얻으려 하는 것은 그들 영류의 발달 과정이 규율순종 단계에서 자기성취 단계로 변화하니까 생기는 필요성이죠. 반면에 아직 생존경쟁의 단계에서 영적 단련을 해야 하는데 지구상이 너무 평화롭고 화합과 배려의 고수준 과정만을 제공한다면 초급 영혼들로서는 설자리가 없어지죠. 그래서 아이에스(IS)같은 집단에서는 일부러 분쟁을 일으키려고 하는 것이죠."

"구화에서 시민혁명으로 각 영류의 기회평등이 이루어졌다면 중화에서도 그런 일이 일어나야 마땅할 텐데요."

"시기가 늦었을 뿐 중화에서도 자각은 일어나고 있었죠. 구화의 봉건시대 이후 지도 이념을 서학이라고 한다면 중화의 봉건시대 이후 지도 이념이 동학이죠. 동학이 서학과 다른 것은 서양이 하느님 즉 'God'[7]에게 인간의 신성(神性)을 맡기는 데에 비하여 동양은 신성이 인간 개개인에게 모두 있음을 神이라는 단어 그 자체에서 인정하기 때문에 '사람이 神이다'가 성립되고 사람의 神은 통일적인

---

7) 유일신을 뜻하는 고유명사를 'God'이라고 보고 인간 각자의 神이란 뜻으로 'god'이라고 할 수도 있으나 서양은 줄곧 고유명사 'God'만을 사용한 바 있다.

우주 존재에 연결되기에 '사람이 God이다'가 성립되고 'God' 즉 하느님을 표상하는 한자는 '하늘 天'이기 때문에 '사람이 하늘이다' 즉 '人是天(인시천)'이 되지요."

"우리가 학교에서 배운 동학의 이념은 人乃天(인내천)인데요."

"당시에는 하도 서학의 위세가 중화를 압도하고 있었으니 중화도 시민혁명의 길로 발전하여 서학 못지않게 각 영류에 골고루 기회를 주면서도 중화의 전통과 연속성이 있는 이념이 필요하게 된 것이죠. 神이라는 단어에서 보듯이 서학의 하느님 중심 이념에 견주어 사람이 곧 하늘을 나누어 가지고 있다는 것을 강조하게 된 것이지요. 그래서 '사람이야말로 하늘이다'라는 인내천(人乃天)이란 말이 더 강조되었던 것이죠."

"자꾸 동학을 중화의 연속성으로 보시는데 기존의 주류 세력에 반발한 혁명이 아닌가요? 명백히 중화 주류의 입장에서는 동학은 탄압의 대상이었고…."

"그때로 보면 반대 세력으로 보이지만 오늘의 관점에서 보면 동학은 참으로 중화의 전통을 잇고 있어요. 중화문화에서 가장 중요한 한자를 이념 표현 수단으로 사용하고 있으니 뿌리까지 서양 것에 점령당한 오늘날의 상황에 비하면 생생한 중화의 후계자가 될 수 있었죠."

"동학이 성공했다면 중화 지역이 구화(歐華) 못지않은 선진 사회가 될 수 있었다는 말이군요."

"그렇죠. 동학은 소중화(小中華)에서 일어난 일이지만 대중화(大中

華) 즉 중국도 태평천국(太平天國)이 성공했다면 역시 중화의 연속성을 가지고 선진 사회로 진입했을 테니 뒷날 공산 문화혁명에 의한 중화문화 파괴를 겪지 않아도 되었죠."

"구화 세력은 이들을 경계했겠네요."

"그래서 소중화나 대중화나 새로운 이념 정립에 의한 연속성 있는 발전을 저지하고자 외세가 들어와서 혁명을 진압했지요. 특히 태평천국은 직접 서양세력이 들어와 진압했죠."

"서양이 태평천국 진압에 가담한 건 교리의 이단성 때문이 아닌가요."

"역사에서 순수한 종교를 가지고 싸우는 일이 어디 있어요. 다 구실이지. 중요한 것은 교리가 아니라 여성도 관리(官吏)가 될 수 있는 등 봉건제도를 타파한 사회제도인데 이렇게 해서 중화가 스스로 개혁하고 성장하는 것을 그대로 보아주지 않은 것이죠."

"그렇게 해서 기회평등과 합리주의란 것이 서양세력의 전매특허가 되어버린 것이군요."

"소설에서 말하는 예언을 경시하는 색목인의 합리주의란 것은 유물론적 사고방식으로 지상의 혼자(魂自)들의 관점에서 세상을 보는 것을 말하죠. 상황을 상세히 분석할 수는 있지만 하위의 관점에 고정되어 있기 때문에 전체적이고 근본적인 것은 볼 수가 없지요."

"혼자들이라니요? 사람들 개개인은 다 혼자가 아닌가요?" 내가 종종 써왔던 용어이지만 서희는 다시 물었다.

"요즘은 영어 표현이 더 흔히 쓰이는 경우가 많지만 우리는 문학적 토론을 하고자 되도록 우리말로 하자는 것이죠. 영어로는 에고 (ego)라 하고 심리학 용어로는 표면의식인데 인간의 영혼 중에서 현재 지상에 태어난 육체에 깃든 부분을 말하죠."

"그렇다면 세상의 일을 구체적으로 책임지려는 관점이니 문제가 없겠네요." 서희는 말하지만 뭔가 보충해 주는 반론을 기대하는 눈치였다.

"아시다시피 우리의 존재는 현시(顯示)되는 각각의 인간 몸체가 전부가 아니죠. 우리 각각의 존재는 다차원에 걸쳐 있으며 현시되는 삼차원 물질계의 육체에는 영혼의 일부가 깃들어 육체를 제어하지만 그 또한 상위 차원으로부터 제어를 받고 있죠. 우리의 모든 움직임과 행위 그리고 그에 따른 세상의 운행은 우리가 스스로 감지하는 의식보다 높은 차원으로부터의 통제에 따르죠. 그래서 흔히 말하는 합리주의란 것은 세상에서 느끼는 오감(五感)으로 명확히 원인과 결과를 설명할 수 있는 편리함이 있지만 물질세계의 한계 안에서 정립된 이론 체계이기 때문에 세상의 현상을 온전히 설명하기에는 역부족입니다. 인형극에서 인형만을 보고 인형 움직임의 원리를 알아내기는 불가능하죠. 무대 밑에서 조종하는 사람들의 손놀림도 다 살펴보아야 합니다. 理는 세상에 통하지만 세상에서 오감으로 느끼는 理가 理의 전부는 아니죠. 합리주의(合理主義)라는 말도 어폐(語弊)가 있는 거예요. 합감주의(合感主義)라고나 할까요. 감각에 따르는 추론 방식은 가장 확실히 증명되고 진리를 알아가는 과정상에서 필수적이긴 하지만 이것만으로는 안 되죠."

"그런데 서양에서도 예언은 많이 있었지 않나요? 노스트라다무스 같이."

"그렇지요. 이야기에서 말하는 색목인의 합리주의라는 것은 근대 과학이 발달한 이후의 서양 과학 문화를 말하죠."

"아무튼 예언의 많은 부분이 제대로 성취되지 않았으니 중화의 술법에 따른 예언이 불합리한 것은 맞네요."

"예언이 성취되지 않은 것은 이미 서양문화의 유입으로 기존에 진행되던 흐름이 뒤틀어졌기 때문이죠. 반면에 성경은 일점일획까지도 다 성취된다는데 이스라엘 건국 등 근세의 사건들이 그 증거로 인정되고 있어요. 그 원동력은 성경과 이를 받치고 있는 서양문화는 다른 문화에 의해 뒤틀리지 않은 세계 주류문화의 자리를 유지하고 있기 때문이죠."

"이야기의 구리거울은 황고(皇考)가 스스로 만든 것일까요?"

"아마도 조선시대 사람 정여립(鄭汝立)이 만든 것일 거예요. 스스로 정씨가 이 땅을 다스리게 되리라는 예언을 실현시킬 야심이 큰 사람이었으니까요. 하지만 정여립이 어떤 의도로 제작했든 간에… 의도하지 않았거나 확신하지 않은 예언도 들어맞는 일이 있다는 것을 알아야 해요. 중요한 것은 그 예언을 나타낸 영적작용이지 그 예언을 발설하고 기록한 자의 생각이 아니지요."

十月 山僧이 내려와 聖誕(성탄)을 誥(고)하다. 황제의 선비(先妣) 임신한 몸으로 우물에서 산승(山僧)에게 물을 시주하는데 산승은 선비의 배에 눈길을 멈추

다 향하고 절하다. 황고(皇考) 산승을 집으로 모시니 산승은 선비 태중의 아이
가 태일전자미대제(太一殿紫微大帝)의 현신(現身)이라고 이르며 이집이 존읍(尊
邑)의 정(鄭)씨 가문이라면 천년비기(千年祕記)를 이루리라고 이르다.

"성탄은 크리스마스인가요." 서희는 전혀 한자 본연의 뜻을 새기
지 않았다.

"고유명사가 아니라 보통명사죠. 영계 최상급의 자색(紫色) 영이
천상의 영광을 뒤로하고 중생을 구제하고자 지상에 강림함이 성탄
의 보통명사적인 의미죠."

"성숙도 높은 영혼은 지상에서 상쇄해야 할 업보는 적지만 다른
사람들을 가르치러 내려온다고 해요."

"황제의 신아(神我)는 천상의 자미대제인데 이미 계획된 예언에
따라 한국에서의 과업을 수행하고자 혼(魂)을 생성하여 한국의 정씨
문중 며느리에게 임했지요. 아직 태아일 때는 영혼이 작은 몸에만
머물지 않고 주위를 돌아다니곤 하니 신시력(神視力)이 있는 산승이
알아보기에 좋았지요."

"산승은 어떤 사람인가요. 산에 있는 승려인가요. 승려는 대개 산
에 있지 않나요."

"어느 절에 속하지 않고 홀로 산을 정처 없이 다니는 수도자이지
요."

"보통 승려보다 더 수도의 깊이가 있을까요."

"고명한 주지스님보다는 어떤지 모르지만 혼자서도 자기의 도(道)

를 주장할 수 있으니 웬만한 승려보다는 높다고 봐야죠. 그리고 반드시 불교의 교리를 지킨다기보다는 속세를 떠난 승려의 차림새로 세상보다 높은 진리를 찾아다니고 또 볼 줄 안다고 봐야죠."

"그런데 이야기에는 산승이 재물을 탐하고 부녀를 희롱했다는 얘기도 있다고 하는데요. 그 사람은 아마도 다른 곳에서도 임신한 여인을 만나면 똑같은 말을 하면서 재물을 받아갔을 거 같아요."

"씨를 넓은 곳에 뿌려서 그중 하나를 거둘 수가 있죠. 설령 산승이 어느 임신부에게도 과잉된 축복의 절을 했다 할지라도 황제가 산승과 만난 인연에 의해 축복이 된 것은 사실이고 산승은 황고(皇考)의 집안에 맞는 축복의 예언을 하고 갔다는 사실이 중요하지요."

"그건 그렇고 자미대제란 뭘까요? 하나님이나 상제(上帝)도 아닌 것 같고."

내가 황제 이야기의 서술자 입장에서 황제의 비범함과 신성함을 양보하지 않자 서희는 더 문제 삼지 않았다. 서희 또한 굳이 적대자의 편을 들 이유는 없었다. 그녀 또한 세상의 비물질성 진상(眞相)을 추구하는 입장이었다. 황제의 적대자의 주장은 모두가 유물론에 근거한다.

"자미성(紫微星)은 북극성을 말하는데 다른 별이 모두 주위를 도니까 한가운데 있는 제왕의 별이에요. 모든 사람은 명궁(命宮)의 주성(主星), 즉 운명을 관장(管掌)하는 별이 있는데 그 별이 자미인 사람은 제왕(帝王)의 상(相)을 가졌다고 하지요."

"명궁의 주성이란 인간의 신아(神我)를 별이 상징하는 것이로군요. 그런데 왜 이름이 자미(紫微)이죠? 자주색이 옅게 퍼져 있다는 뜻밖에는 안 되는데." 서희는 일본 미인도의 얼굴 같은 홑까풀 눈매 아래 길고 통통한 양 볼을 우물거리며 물었다.

"영혼이 격상하면 빛의 파장과도 같이 주파수가 올라가서 고주파의 잔잔한 파형을 가지게 되죠. 그래서 영적 세계에서 가장 고수준의 영혼은 보랏빛을 띠죠. 그 색이 세미(細微)하게 존재한다는 것이니 자미는 영혼의 가장 높은 경지를 뜻하죠."

나는 서희의 허벅지를 지그시 누르며 강론을 이었다.

"산승의 역할은 단지 예고가 아니라 엄청난 것일 수 있어요. 태아 때는 육체와의 긴밀한 연결이 형성되지 않아서 아직 어느 영혼이 자리하고 있는지는 유동적이에요. 태아에 영혼이 깃드는 시기는 잉태 후 보름이라고도 하지만 정확한 것이 없어요. 영육의 결합이 불완전한 시기이니 도중에 바뀔 수도 있고 영혼이 왔다가도 적합한 곳이 아니라고 판단되어 도로 갈 수도 있으니까요. 태아의 정서 순화를 하여 태어날 아이의 인성을 좋게 한다는 태교도 태아를 교육시킨다기보다는 가정의 분위기를 가족과 화합할 업보를 가진 영혼에게 적합하게 하여 그런 영혼을 부르고 머무르게 하려는 목적이지요. 산승은 자미대제의 혼을 불러 정처사의 부인에게 오도록 한 것이에요. 설령 산승이 다른 임신부에게도 비슷한 말을 해서 시주를 받아먹었다고 하더라도 자미대제는 정처사의 가문을 현신할 마당으로 택한 것이지요."

을미년 이월 사흘 검은 구름에 누른 안개 십리에 뻗다. 황제가 태어나기 사흘 전부터 검은 구름이 마을을 덮었고 탄신일 아침부터는 누른 안개가 황제의 집 주위를 종일 맴돌다. 혜성이 북두칠성을 지나가니 자미궁(紫微宮)을 범했음이라 기록된바 이왕가(李王家) 말년에 궁중의 과부가 국사를 전횡하고 어린아이 손에 나라일이 글러지매 진성(軫星)에서 혜성(彗星)이 나와 은하간(銀河間)을 지나 자미궁을 범하기까지의 경위와 같더라.

"검은 구름에 누른 안개가 뻗어서 그게 어떻다는 얘기인가요."

서희는 해당되는 페이지의 종잇장을 잡아 흔들었다.

"성인이 태어나는 날에 상서(祥瑞)로운 분위기가 만들어졌다는 것이지요."

"신빙성이 있는 것인가요."

"반대자들도 그 사실은 모두 인정하고 있어요."

"하지만 그게 저절로 된 것이 아니고 봄장마가 나서 검은 구름이 깔리고 생솔가지로 군불을 땠기 때문에 일어난 현상이라고 하잖아요. 그러니까 생솔가지는 아직 물기와 각종 유기물이 함유되어 있기 때문에 불완전 연소로 인해 색깔 있는 연기가 났고 바람이 없는 흐린 날이었기 때문에 연기가 오랫동안 머물렀다고 과학적인 설명을 하잖아요."

"과학적인 설명을 해서 뭐가 달라지나요. 자동차가 진행하는 것이 바퀴가 구르기 때문이었다는 것을 밝혔다고 해서 그 자동차에 엔진과 운전자가 있다는 것을 부정할 수 있나요. 현상이 어떻게 하여 만들어진 것이냐는 중요하지 않아요. 사관(史官)이나 반대자나 흑운(黑雲)과 황무(黃霧)의 존재를 인정하는데 중요한 것은 성탄에 어울리는 상서로운 분위기가 만들어졌다는 사실이지요. 이 세상은 상위의 차원에서 보면 만들어진 영화와 같아요. 영화를 두고 그 내용을 봐야지 세트장이 어떻게 되었는가를 따지는 것은 무의미해요. 벼락이 일어나서 많은 피해가 났는데 벼락은 양전기와 음전기의 충돌로 일어났으니 아무것도 아니라고 말하는 것이나 같아요. 신하를 상징하는 별인 진성(軫星)에서 혜성을 쏘아 보내 자미궁(紫微宮)을 범(犯)하니 자미궁의 궁주 자미대제의 신명(神明)에 파문(波紋)이 일어나 혼(魂)이 형성되어 지상에 강림하게 되었던 것이에요. 황제가 형제가 없이 정처사의 외아들로 태어나기로 했던 것은 형제는 지상의 생활을 함께하는 동반령(同伴靈)이 될 운명이지만 각 영륜(靈倫)의 정상령(頂上靈)에게는 세속으로 내려끄는 비탈길과 같은 작용을 하여 천명을 따르는데 부담을 주어 소명(召命)의 이행(履行)을 흔들 뿐이니 그러한 가능성을 배제하기 위함이지요. 정상령에게 형제는 같은 산맥의 낮은 지대이니 정상령의 높은 이상(理想)을 모르면서 정상령의 삶을 현실로 끌어내리려는 존재일 뿐이니까요. 물론 시험의 단련을 위해서는 형제가 유용할 수는 있지만 황제는 시험의 단련이 아니라 완성을 위해 지상에 왔기 때문에 형제가 필요 없었지요."

"생소한 용어가 많은데요."

"영륜이란 유사한 인연을 가진 영혼들의 집단을 말하죠. 인륜(人倫), 즉 인간들끼리의 모임 질서에 대비되는 개념이라고 생각하면 돼요. 인류의 륜(倫) 자는 사람인변(人邊)이 들어 있어서 인륜 륜 자이니 인륜이란 말에는 굳이 사람인이 앞에 있지 않아도 륜(倫) 하나만으로 사람들의 관계 엮임을 말하죠. 사람인 변이 없는 륜(侖) 자는 사람보다도 더욱 본질적인 존재를 가리키는 것이고 그것은 지상에 육화(肉化)되기 전의 영적 존재들끼리의 뭉치이자 동아리를 가리키는 것이죠. 영어로 더 쉽게 표현되는데 소울 그룹(soul group)이라고 하죠. 한 영혼 집단 안에서는 각각의 영혼의 수준이 다를 수밖에 없는데 한 집단에서 가장 영적 수준이 높은 영혼을 정상령이라고 부른 것이죠. 마치 산이 있으면 정상(頂上)을 비롯한 여러 봉우리들이 있고 그 산을 이루는 지역 각각에는 높은 곳 낮은 곳들이 있듯이 성인(聖人)은 그 영륜의 정상령인데 태어날 전후에 형제들이 태어나면 하위의 영혼들이 지상의 생활을 함께하게 되지요. 그러면 지상의 가치에 매일 수밖에 없는 형제들은 가족이라는 동등 혹은 우월적 지위를 이용하여 성인에게 물질 가치의 유혹을 하고 성인의 지혜를 자기와 집안의 부요(富饒)를 위한 물질 창조에 전용(轉用)하도록 요구하게 마련이죠. 성인의 일생에 이 과정을 견디어 내도록 시험하는 과정이 있었다면 하위령(下位靈)의 형제들이 함께 살아가도록 되었겠지만 우리의 황제는 오직 지상에서의 대업 성취를 위한 탄생이니 형제라는 장애물이 없도록 한 것이지요."

"예수도 형제가 있었잖아요."

"있었지만 공생(公生)에 방해는 안 됐죠. 석가도 자식을 낳았지만 공생 활동에 방해가 안 되었듯이…."

"예, 공자도 자식을 낳았는데 제자의 수준이 되지 못했지만 공생을 방해하지는 않았죠."

"소크라테스는 아내가 있었지만 공생을 도와주지 않았어요. 그럼에도 그의 성인으로서의 위상에 방해가 되지 않은 것은 악처에 대처하는 모범을 보여 주었기 때문이지요. 그러고 보니 꼭 성인의 가족만 얘기할 게 아니라 사람들 누구나 다 자기의 지상의 본분에 맞게 가족이 조성되었으니 탓할 것이 없다는 결론에 달하는군요."

화제가 멀리 나가는 느낌이 들자 우리는 다시 교재의 이야기로 돌아왔다. 나는 서희에게 당시의 시대배경을 이야기로 들려주었다.

황제의 탄생은 당초 흰돌머리와 그 주변의 사람들 사이에서의 소문이었으나 성탄의 기쁜 소식이 널리 번져나가지 않을 리는 만무했다. 두 해가 안 되어 그 소문은 입에서 입으로 전해졌고 마침내 꺼져가는 천운을 소진하고 있던 조선 왕실에게도 전해졌다. 이미 갑오년 1894년에 관상감(觀象監)을 통해 별자리의 이동으로 자미성 대제의 강림이 보고되어 있었다. 왕은 관상감이 쓸데없는 미신을 퍼뜨린다고 관상소(觀象所)로 격하하고 규모를 축소시켰다.

심상치 않은 별이 나타나고 성인의 탄생이 있다는 소문이 돌자 조선 왕은 당황하여 두엇 측근 신하만을 데리고 대책을 숙의했다.

"이씨 다음은 정씨가 나라를 다스릴 것이라고는 이미 정감록에 예언되어 알려진 바 있고 태어난 자는 황제에 즉위하여 우리 왕국을 앞으로 팔백 년 다스릴 것이라는데 이를 어찌하면 좋겠소."

왕은 착잡했다. 자기 하나 물러나는 것이라면 천명을 못 따를 것도 없지만 역사에서도 봤듯이 왕조의 교체기에는 피의 살육이 없었던 적이 드물었고 동학란으로 민중의 불만도 적지 않았음을 보았으니 이씨 왕가가 곱게 퇴장하기는 기대하기 어려운 것이었다.

"지금 두 살 아래의 정(鄭)씨 사내아이들을 죽이라 하는 것은 어떻겠습니까."

측근 신하 갑(甲)이 말했다. 별다른 대책이 떠오르지 않는 중에 궁여지책도 될 수 없는 안(案)을 내놓은 것이었다.

"소용없는 일. 야소(耶蘇)가 태어날 때 그곳 왕 헤롯이 베들레헴의 두 살 아래의 아이를 죽이라고 했지만 실패했소. 하늘의 목적을 타고난 자는 인간의 물리적 노력을 벗어나기는 쉬운 것이오."

동학란까지 겪은 당시는 이미 백성을 함부로 대할 수 없는 시대이니 어차피 그러한 극한의 탄압은 불가능한 것이지만 왕은 그래도 중화의 맥을 이은 군주로서 백성에게 밀리기 때문이 아니라 천명을 존중한다는 것으로 불가함의 이유를 댔다.

"그렇다면 하늘의 설계를 달리하는 방법이 있습니다. 정(鄭)을 누르는 것은 한(韓)입니다. 춘추시대에 정(鄭)나라는 한(韓)나라에 의해 망했습니다. 한으로 정을 누르십시오."

다른 측근 신하 을(乙)이 말했다.

왕은 충격을 받은 듯 잠시 멍하니 있다가 물었다.

"한이 정을 누르도록 하는 것이 어찌하여 하늘의 설계를 달리하는 것이 되겠소?"

"춘추시대의 한나라는 정나라를 멸하고 정나라의 도읍마저 자신들의 새로운 도읍으로 삼아 정나라의 기업(基業)을 완전히 병탄(倂呑)하였습니다. 鄭씨가 李씨의 조선을 무너뜨릴 하늘의 설계는 되어 있어도 저들의 선조의 나라를 멸한 한(韓)나라를 무너뜨릴 설계는 하늘에서 전혀 마련되어 있지 못할 것입니다."

"정나라를 멸한 한나라로 나라를 삼는다면 되레 그 업보를 받아 정나라로부터 보복을 받는 것은 아닌가 하오."

"업보에 따른 보응은 개개의 영혼 사이에서 일어나는 일이고 그것이 모여 영류끼리의 업보가 된다 해도 왕실이 전생에 춘추시대 정국(鄭國)을 멸하는 데 참여한 적이 없다면 걱정할 것이 없습니다. 나라 이름을 하늘로부터 위임(委任)받은 위세(威勢)가 정국보다 강한 한국(韓國)으로 바꾸면 정씨의 찬탈은 일어나지 못할 것입니다."

"그러면 어서 나라 이름을 한으로 개명해야겠소. 정(鄭)이 감히 넘보지 못하도록…." 왕은 결심하고 조서(詔書)를 쓰고자 붓을 찾았다.

"그리고 황제의 위(位)를 미리 굳건히 하셔야 하옵니다. 이제 청나라도 쇠약하여 우리의 제국 선언을 막지 못합니다."

자신의 건의가 받아들여져 흥분한 신하 을(乙)은 필구(筆具)를 챙겨 바치며 더욱 진언(進言)했다.

그리하여 조선 왕 고종(高宗)은 국호를 대한제국(大韓帝國)으로 개칭하고 황제의 자리에 올라 한나라로 정나라의 기운을 누르고자 하였다.

황제가 태어난 해는 양력으로 1895년인데 고종왕은 황제가 태어나고 정씨가 나라를 접수한다는 계시를 받고 선수(先手)를 쳐서 1897년에 鄭을 韓으로 누르기 위해 대한제국을 세운 것이다.

한편 이태조가 계룡산에서 도읍터를 닦으려 할 때 노파가 나타나서 여긴 정씨의 터이니 한양으로 가라고 하고 사라진 일이 있었다. 후에 한양에 터를 닦은 태조는 노파의 모습으로 계시를 내린 지신(地神)의 은혜를 기리고자 계룡산에 절을 세워 신은사(神恩寺)라 한 바 있었다. 고종은 이에 대해서도 조칙을 내려 신원사(新元寺)로 개명토록 했다.

"인터넷을 찾아보니 신원사로 개명한 때는 1866년이니 훨씬 앞이네요." 서희는 노트북의 화면을 가리키며 이의를 제기했다.

"글쎄요. 신원(新元)… 새로운 으뜸의 뜻이라면 오히려 정씨의 천명받기를 부추기는 것 같고… 오히려 당시는 고종이 상황을 잘 몰랐을 때이니 하늘의 정씨의 나라 준비하기가 은연중에 계속되었던 것 같네요."

서희와는 토론 후에 시간이 차서 학습실을 나왔다. 저녁 여섯 시가 되었는데 해가 짧은 십일월이라 거리는 어두웠다. 아직 초순이니 그리 쌀쌀하지는 않았다.

"저쪽 자리가 좋겠는데요."

서희는 오르막 언덕길 막바지의 문 닫은 의상실 앞의 기다란 돌단을 가리켰다.

거리는 한적했다. 대로에서 상당히 올라와 있기 때문에 비록 강남 한복판이라도 지나는 사람이 많지 않았다. 우리 둘이는 작은 돌계단에 앉았다.

서희는 가져온 김밥 도시락을 꺼냈다. 이러한 노식(露食)은 함께 식사하는 비용을 최소화하는 방도 중의 하나가 되었다.

"저는 남자 친구에게 도시락을 싸주는 것을 좋아했어요."

서희는 가로등 빛에 눈을 반짝였다.

차가운 바닥에서 느끼는 따스한 정을 더 발전시킬 수는 없을 것인가. 이대로 서희와 함께 골목 조금 깊숙한 곳의 붉은 네온사인 간판 건물로 들어가자면 과연 안 될 것인가.

물론 쉽지는 않을 것이다. 쇠뿔은 단김에 빼라는 말은 특히 남자의 여자와의 관계에 많이 적용된다. 여자가 운을 떼었는데 그때 적절히 대처하지 못하다가 뒤늦게 그녀의 의도를 알아차리고 나중에 반응적 요구를 하면 십의 팔구 거절된다. 하지만 안 되라는 것도 없다. 적어도 애초에 여자의 그 동기가 일시적 감흥에 따른 것이 아닌 경우라면 그렇다. 단호한 결심을 보인다면 아마도 오늘 저녁 어느 선까지 가능할 것이다.

그러한 그것 역시 세속의 잣대이다. 남녀가 맺어지고 특히 두 사람 사이에 아이가 생겨나고 하는 것은 여자의 결정이다. 하늘의 설계를 두고 보면 그렇다. 이런 유형의 사건의 방향을 남자가 결정하려 하는 것은 가능하지도 않을뿐더러 설사 그리될 수 있는 것처럼 보여도 그것은 세속적인 범주 안에서의 해석일 뿐이다.

여자가 그때그때 원하는 분위기만 따르면 그것이 최선으로 생각
되었다. 그것이 하늘이 설계한 두 사람의 관계의 목적을 가장 충실
히 이루는 길이다.

다음번 만남에서 다시 교재의 이야기로 들어갔다.

구월에 산왕(山王)이 이마에 황제의 표식을 새겼다. 병신(丙申)에서 갑진(甲辰)
년까지 백 스승이 놀라고 천 이웃이 우러러 문 앞이 성시(盛市)를 이루고 인재
가 구름처럼 모이다. 아기 황제 들에서 선비의 품에서 잠시 나와 있으니 산왕
이 다가와 황제와 노닐다가 황제의 이마에 皇을 새기고 달아나더라. 아홉 살에
는 동리에 찾아든 노루를 먹으려는 이(伊)들을 설복하여 놓아주게 하고 춘궁(春
窮)으로 마을이 굶주릴 때에는 식사를 삼가며 백성의 고초를 함께하니 황제의
인품에 감화하여 해물장수 화전민 점장이 동학잔당 부랑민이 모여들고 큰 선
생이라는 자 황제에게 사서삼경 십팔사략 그리고 무예를 가르치더라.

"황(皇)자를 호랑이가 새겼는지 단지 찔레 넝쿨이 만든 상처인지
불확실하다는데요."

"호랑이가 황자(皇字)를 새겼든 찔레 넝쿨이 새겼든 하늘이 뜻을
표하는 방식은 중요하지 않지요. 하늘이 사역하여 쓰는 도구가 호
랑이가 되었든 찔레 넝쿨이 되었든 중요한 것은 황(皇)자가 황제의
이마에 새겨졌다는 것이죠."

드디어 황제에게 추종자들이 집결한다. 본래 같은 영류에서 세상
에 태어나온 사람들은 영계에서의 함께 있던 시절을 재현하고자 모

여서 함께 생활하고자 한다. 그 무리들이 지상의 시류를 타면 군신(君臣) 관계가 되어 천하를 호령하는 것이고 그렇지 않으면 중간 계층이나 낭인 무리 혹은 종교 집단으로 함께 지내게 된다. 현세에 운세가 얼마나 형통하고 잘사는 위치를 가지느냐 함은 개개인뿐만 아니라 영류이 한데 뭉쳐 집단으로도 함께 변한다.

"황제는 노루에게도 동정의 마음을 가지는데 세상에서도 영혼이 순결한 사람이 동물과 잘 교감한다고들 그러잖아요. 동물은 영혼의 주파수가 낮은데 어째서 주파수가 높은 고수준 영혼의 사람과 공감이 잘 될까요."

"우리가 소리를 봐도 주파수의 공명은 비슷하게 조금만 차이나는 주파수끼리는 안 일어나지요. 두 배 세 배의 충분히 차이 나는 주파수끼리라야 공명이 일어나지요."

소리는 파형으로써 분별이 된다. 소리가 구(具)라면 파형은 본(本)이다. 세상에 일어나는 사건이 구(具)라면 그것은 우주의 본질에 따른 설계가 있다. 소리는 세상사와 그 근원의 관계를 인간의 혼자(魂自)가 느끼는 오감(五感)으로 확인이 가능한 가장 단순한 모범이다.

"황제가 마을에 내려온 노루를 애써서 살려주었는데 스스로 찾아온 동물을 구해 주고 싶은 마음은 이해되지만 마을 사람들이 모두 잡아먹으려고 하는 와중에 나서서 구하려 하기는 참 어려울 거 같아요. 동물과 뭇 생물을 동정하고 사랑하는 것이 고상한 영혼의 필연인가 봐요." 서희는 요즈음 지인이 장기간 출장 간 중에 수컷 강아지를 위탁받아 보호하고 있다고 한다. "그런데 강아지를 데리고 있어 보니까 강아지에게 해줄 것은 많은데 그런 것을 계속 챙겨줄 자신이 없다 보니 역시 나는 계속 강아지를 기를 타입은 아닌 것 같아요. 사람을 위한 동물이 아니라 서로 호혜의 균형을 느낄 수 있어야 요즘 강조되는 동물 애호와 동물 복지의 요구 수준을 맞출 수 있는 것 같아요."

"동물과의 함께함도 당연히 인연의 얽힘에 따른 것이죠. 아무나 마음대로 동물과 연을 맺기는 어려워지고 있지요. 경제력도 있어야 요즘 말하는 반려견 애호의 요구 수준에 맞출 수 있지요. 그런데 요즈음 인터넷에서 동물의 미담 뉴스를 보다 보면 꼭 우려되는 게 있어요. 세상에는 동물보다 못한 인간이 있다느니 하며 사람을 욕하고 저주하는 댓글이 달리는 것이죠. 동물을 빙자하여 사람을 증오하는 것이 흔한 경우가 되어 버렸어요. 어느 쪽을 사랑하고 어느 쪽을 증오하는 것은 자유이지만 우주에서의 영적인 비중을 따져볼 때 동물을 사랑한다 해도 동시에 인간을 증오한다면 결코 우주에 긍정적 영향을 주는 정신상태라고는 볼 수 없지요."

"그런 사람들은 어떤 순수하지 못한 의도가 있는 것이 아닐까요."

"어떤 사회적 목적에서 우러나온 것일 수도 있죠. 어찌해서라도 세상에 뭔가 변화를 주려는 사람들이 그간 약자의 편에 선다는 과선(誇善)에 바탕을 두고 여성과 어린이를 수단으로 삼아 남녀 역할의 동일화 그리고 어린이와 청소년의 뜻에 따르는 교육 등을 주장하곤 했지요. 근래에는 동물이 지렛대로 이용되기도 하죠. 동물 사랑을

2부. 작품에서 본 이문열

실천한다는 사람들은 도살 돼지를 싣는 트럭을 막고 돼지에게 물을 주기도 하죠. 트럭 운전하는 사람과 싸우고…. 동물을 사랑한다면서 관련된 일을 생업으로 하는 사람들을 미워하면 선(善)의 총합이 플러스라 보기 어렵죠. 한 동물 교신자(動物交信者)[8]는 이에 대해 그 동물들의 불행을 만드는 사람들도 마찬가지로 사랑해야 한다고 말합니다. 이야기에서도 황제는 노루를 잡아먹으려고 하는 사람들을 결코 비난하지 않았어요. 단지 그들이 자기의 말에 따라 노루를 잡아먹을 욕구를 절제한다면 그 대신에 상을 주고자 했던 것이지요. 고상한 영혼만이 가질 수 있는 태도이죠. 흉년이 들어 가난한 백성이 주림을 당할 때도 기아를 공감하고자 했지요. 황제에게는 우주 뭇 존재와 함께하는 마음이 있기에 그러합니다."

사람이 선함을 추구하는 데에도 다른 양상이 있다. 어떤 이(伊)는 자신이 진심으로 선한 행위를 추구하나 자신의 선도(善度)에 미달하는 다른 이들을 비난하고 증오한다. 반면에 어떤 이는 비록 자신보다 덜한 수준의 선을 행하는 자들에게도 그 수준에서의 선한 행실을 칭찬하고 축복한다. 이는 영적 성장의 단계에 따른 현상이다.

"영적 성장의 단계는 종종 한 인생의 진행 단계에도 비유되지요. 한 인생에서 인격이 자라날 때는 자기와 같은 수준의 친구들만 이해할 수 있으나 인격 성숙이 되면 자기가 거쳐 간 모든 수준의 사람들을 이해하게 되죠. 개구리로서 올챙이적을 알아야 성숙한 개구리

---

8) 『Animals in Spirit』, Penelope Smith

이죠."

"그런 성숙이 모든 사람에게서 관찰되지는 않으니까 이런 화제가 생기는 것이 아닌가요? 한 인생은 어차피 물상의 지배를 받는 과정이고…." 서희는 보다 적확(的確)한 비유를 요구했다.

"그렇죠. 한 인간의 일생은 영적 성장 과정에서는 일부에 불과하고 육체에 깃든 혼자(魂自)의 물상관(物象觀)의 변화만이 관찰 가능한 것이죠. 남자는 한 생애에서 어릴 때와 성장기에는 같은 연령의 여자만 이성(異性)으로 보이죠. 고등학생 때는 동급생인 여학생만 여자로 보이고 여간해서는 중학생이나 대학생 연령의 여성은 동생이나 누나로만 보이죠. 나 또한 대학생 때 어떤 여고생과 대화를 하면 까마득한 여동생으로만 느껴졌어요. 그러다가 나이를 먹으면… 어느 나이의 여자도 다 이성, 즉 여자로 보이게 되죠. 흔히는 원조교제(援助交際)니 미성년자 성추행이니 하며 좋지 않은 현상으로 나타나지만 엄연히 세상의 경험이 쌓이며 더 넓은 관점을 가지게 되는 것으로써 이렇게 나이를 먹을수록 육욕의 시야가 넓어지는 것은 영혼이 윤생 수련과 영적 수업을 거듭할수록 우주적 시야가 넓어지는 것과 비유될 수 있지요. 영혼이 성숙하는 도중에서는 비슷한 수준의 영혼하고만 서로 잘 통하고 자기보다 더 낮은 수준의 영혼은 경멸하고 증오하지만 성숙에 이르렀을 때에는 자기보다 낮은 수준의 각 단계의 영혼에게도 그들의 처지를 고려하여 동정의 마음을 가지는 것이죠."

乙巳十月 天命 먼저 皇考께 이르시다. 황고(皇考) 유현(幽玄)한 벌판에서 월궁천자(月宮天子)를 만나니 월궁천자 가로되 태일천존께서 북극진군 자미대제를 네게 보내었으니 李氏에게 맡겼던 삼한의 왕홀(王笏)을 거두고 네 자식으로 현신한 진군(眞君)은 네게 넘길 터인즉 하늘이 정한 성사(成事)를 이뤄가는 데 있어서 모사(謀事)가 부족함을 없이하라 당부하니 을사년 그해 李氏가 국권을 잃었더라.

정처사는 유현(幽玄)한 곳, 즉 유계(幽界)를 방문했다. 구어(口語)로는 아스트랄계라고 불리는 곳이다. 그곳을 유사체(幽射體) 즉 아스트랄 프로젝션의 자격으로 방문했던 정처사는 월궁천자를 만났다. 유계에서는 이씨의 왕조가 끝날 것이 분명히 결정되어 지상에서는 을사보호조약이 체결되었다.

"이(李)씨 다음에는 정(鄭)씨가 나라를 다스릴 것으로 하늘에서는 계획한 바가 있었죠. 이제까지는 이가(李家) 성을 가지는 영륜(靈侖)이 한반도의 땅에서 그들 영혼의 진화 과정 중의 성취지향 과정의 절정을 경험할 수 있었지만 앞으로는 정씨(鄭氏)의 영륜이 성취지향 과정의 절정기에 다다르게 한다는 것이죠."

"성취지향 과정은 모든 영혼들이 거치는 것이지만 왕조를 겪기는 아주 드문 것일 텐데요. 왕조를 이루는 영륜이 단지 성취지향 과정의 영륜이라고만 설명될 수 있을까요?"

"물론 중화의 요순(堯舜)시대라든가 고대 이집트 왕조 시대에는 신인(神人)들이 직접 지구를 통치했으니까 그들은 성취지향 과정의 수준을 뛰어넘는 영혼들이죠. 하지만 이후 영혼이 비록 왕가에 태어났더라도 왕위를 얻거나 자기 생명을 지키려면 갖은 술수를 부리고 권력 투쟁을 해야 했으니 이것은 상위 영혼들에게는 겪을 필요 없는 인생이죠."

"지상에서 큰일을 성취하기 위해서 왕족으로 태어날 수도 있잖아요?"

"평범한 신분으로도 큰일을 성취하기 위해 태어나는데 왕족은 당연하지요. 하지만 영류 집단의 차원에서는 그 강렬한 성취지향의 과정을 충분히 지냈다고 보아지면 이윽고 세상 경영의 자리로부터의 철수를 기획하지요. 그러니까 적제(赤帝)의 자손에게 맡겼던 삼한(三韓)을 거두어 준다는 것은 지상에서의 가치관으로는 적제의 자손, 즉 이씨 왕가는 가졌던 소중한 것을 잃는 것이지만 천상에서는 서로가 합의 하에 주고받기를 결정한 것이죠."

"일본의 경우 천황가(天皇家)가 이천 년을 이어왔다 잖아요."

"말로는 만세일계(萬世一系)라고 하지만 어느 천황까지는 황족끼리 상간(相姦)하고 죽이는 온갖 추문이 『일본서기(日本書紀)』에 기록되어 있다가 어느 천황 이후로 갑자기 덕망 높은 성군으로 기록되기 시작하는 것은 왕조가 바뀐 것이라고 하지요. 이집트도 그냥 왕조 변화만 얘기하고 국호나 파라오라는 호칭이나 변했다는 얘기가 없죠. 마찬가지로 일본(日本)이란 것보다 좋은 국호를 찾지 못했던 것이지요. 그래서 왕조가 바뀌었다 해도 나라의 형태는 그대로 유지되어 온 것이죠. 각설(却說)하고… 천황의 권력은 일정하지 못했

2부. 작품에서 본 이문열

고 그것은 천황이 일본사회에서 가지는 역할이 시대에 따라 달라졌다는 것이지요. 그러니 설령 황가의 혈통이 일계(一系)로 내려왔다고 가정한다 하더라도 탄생하는 황가 사람들에 깃드는 영혼은 점점 교체되어 황가의 영류이 변화해 왔던 것은 충분히 추정할 수 있지요."

"맞아요. 한 인간도 빙의가 된다고 하고 깃든 영혼이 바뀌는 이야기들이 있는데 한 집안의 혈통이 계속된다고 해서 같은 영류이 그 집안을 언제까지나 점유한다고는 볼 수 없겠죠."

"이 땅을 관리했던 이왕가의 영류에는 이씨 성을 가진 왕가사람 뿐만 아니라 왕가로 출가했던 비빈(妃嬪)과 왕실 외척 그리고 왕의 측근 신하 들이 포함되어 있지요. 지상에서의 효과적인 역할을 위해 같은 영류이지만 다른 집안의 사람으로 태어나 생애 중에 왕가의 사람과 밀접한 관계를 가지는 것이지요."

"이 땅의 관리권이 정씨로 넘어간다면 그 과정상에서는 이씨와 정씨도 같은 영류의 밀접한 인연의 영혼들이 들어와서 세상에서의 겉껍데기, 즉 성씨와 집안을 바꾸는 것일 수도 있겠네요."

"중국 한(漢)나라의 전한(前漢)이 외척 왕망(王莽)에게 넘어갔다 하더라도 그가 한나라 왕조와 전혀 다른 영류이라고는 볼 수 없는 것이죠. 전쟁에 의한 싸움 상대도 밀접한 인연의 사람들인데 춘추시대에 정(鄭)나라는 한(韓)나라에 의해 멸망되고 한나라는 정나라의 도읍을 자기네 도읍으로 삼았으니 정나라 땅의 정기(精氣)가 그대로 한나라에게로 승계되었죠."

"그 정나라가 정씨를 상징하나요?'

"나라 이름은 정(鄭)이지만 주(周)왕실과 동성(同姓)의 제후(諸侯)이고 주왕실의 성(姓)은 희(姬)씨였으니 나라 이름과 그 나라 지배 가문의 성씨는 관계가 없죠. 특히 우리나라 정(鄭)씨는 수많은 본이 있고 시조가 제각기 다른데 당연히 정나라는 직접 상관이 없죠. 하지만 글자 그 자체가 가지는 부적(符籍)과 같은 힘이에요. 황제가 태어나니 응당 정씨에 의한 국가 경영의 차례였으나 당시의 고종왕은 정씨에게로 나라가 넘어갈 것을 막기 위해 나라 이름을 대한제국으로 개칭하여 한(韓)으로 정(鄭)의 기운을 누르고자 한 것이죠. 여기에 한(韓)씨는 상관이 없죠. 그리고 스스로 서둘러 황제로 즉위하여 훗날 정씨의 황제 즉위에도 대비해 미리 쐐기를 박았지요. 정(鄭)보다 한(韓)이 강한 근거는 정(鄭)은 추장(酋長)이 대(大)자로 쉬고 있는 모양이니 무방비 상태의 원시적인 작은 마을(邑, 阝)의 정경을 나타내지요. 그런데 한(韓)의 오른쪽 위(韋)자는 다듬은 가죽을 말하는데 이 글자가 붙으면 훌륭하다는 뜻이 돼요. 위인(偉人)은 훌륭한 사람이고 위(暐)는 햇살이 빛난다는 것이죠. 마찬가지로 십(十)은 선비 사(士)에서 보듯 땅 위에서 활을 쏘는 무사(武士)의 무기인데 십(十)자가 해(日)를 가운데 두고 빛난다는 것은 창검이 번쩍이는 군대를 말하고 여기에 위(韋)가 더하면 훌륭한 군대가 되어 한(韓)은 평화로운 작은 마을에 불과한 정(鄭)을 이기게 되죠."

헤롯이 베들레헴의 두 살 아래의 아이를 죽이라 한 것처럼 조선왕 고종은 주인공 황제가 두 살이 안 되었을 때 정씨의 운세를 죽이기 위해 한(韓)으로 억누른 것이었다.

"황제가 태어난 해는 1895년이죠. 고종왕은 황제가 태어나고 정씨가 나라를 접수한다는 소문을 듣고 선수(先手)를 쳐서 1897년에 정을 한으로 누르기 위해 대한제국을 세우고 황제의 자리를 앞서 지칭하여 예언의 실현을 혼란시켰지요. 그 결과 일제 지배와 혼란의 역사를 겪게 되었던 것이죠. 하늘의 계획을 억지로 바꾸어 뒤틀린 설계도에 의해 이끌어지는 나라가 물밀 듯이 들어오는 서양세력의 물결을 견뎌내기는 어려웠지요. 일본 또한 중화를 교란하는 서양세력의 연장이었으니까요."

"너무 정감록과 주인공 황제의 편에 서시는 것 아닌가요. 조선이 일본에 넘어간 것이 예언을 교란시켰기 때문이라지만 증산(甑山)은 마치 성경에서 이스라엘 민족을 바빌론에 붙이듯이 우리 민족을 일본에 위탁했다고도 하는데요."

"어차피 우리의 토론 모임이 정감록과 주인공 황제의 의미를 최대화하는 것이니까 양해(諒解)해야지요. 다차원 설계에 따라 구현된 삼차원 세계의 역사를 해석하면서 삼차원 세계에서 본질을 완전히 파악하기는 불가능해요. 정육면체를 이차원 평면에서 나타내려면 보는 각도에 따라 다를 수밖에 없듯이 이 땅의 근대사는 여러 각도에서 볼 수 있는데 여기서는 중화문화의 온전한 승계를 예상했고 갈망했던 정감록과 주인공 황제의 관점에서 보는 것이죠."

"어차피 사회과학은 객관적인 진리가 없다고 하는 것이 생각나네요."

"대학 시절에 자연과학은 객관적인 진리가 있어서 옳고 그른 것이 있는 반면에 사회과학은 진위(眞僞)를 판단하지 않고 학설을 공부한다는 것을 두고 그게 무슨 학문이냐고 생각한 적이 있었지요. 내가 탄생 이전의 영계에서 인간사회의 현상을 다차원 관점에서 객관적으로 본 기억 때문에 현실에서의 겨냥도(圖)에만 의존한 진리 탐구를 냉소적으로 보았던 것 같아요. 자연과학은 분석 탐구의 대상을 물질계라는 하위 차원에 국한하니까 오감에 의해 분명히 인식이 가능한 결론을 얻을 수 있지만요."

순수자연과학은 인간의 사고(思考)에서 이론(理論)을 결성한다. 생물학 공학 등 응용자연과학은 이들 이론을 하위의 물질계 차원에서 궁구(窮究)하여 객관적 결론이 없는 여러 학설의 학문 체계를 만든다. 어떤 생물이 가장 좋은 생물인가 어떤 건축물이 가장 우수한 건축물인가 결정된 사실은 없다.

인문 및 사회과학은 인간 사고보다 상위의 영계 차원에 존재한 이론이 인간의 사고에 응용되어 인간의 사회생활 즉 업보 교류의 마당에서 궁구되어 인간 상호 간의 업보 관리에 효과적인 방법 즉 이념을 역시 객관적 결론이 없는 여러 학설로 주장한다. 어느 이념이 가장 좋은 것인가 결정된 사실은 없다.

학습실을 나오니 짧은 늦가을 해가 지고 저녁의 어둠이 깔렸다. 점포에서 옆으로 비쳐 나오는 불빛에 서희의 얼굴 윤곽이 강조되었다. 희뿌연 뺨은 닿으면 서늘하리라 느꼈지만 진홍 입술은 따스할 것만 같았다. 어쩌면 온기를 넘은 열기를 내뿜을지도 모르는 그 입술과 한 뼘 간격으로 나는 마주섰다.

서희를 끌어안았다. 겨울옷의 두터운 차림새 너머 간접의 감각이지만 그녀 몸의 나긋함이 전해져 왔다. 두 손을 내리며 모직물에 마찰하면서 여체가 주는 요철(凹凸)의 변화를 느꼈다.

서로의 입김을 교환하는 부위는 더 접근하지 않았다. 내가 서희에게 주는 것은 유익한 지식이다. 만약 서희의 위치에 남성 젊은이가 있었다면 선생의 대우를 받아 마땅했을 것이다. 그러나 여성의 존재가 주는 우주 본질에로의 접근감(接近感)은 남성으로 하여금 여성에게 굴(屈)하도록 만든다. 서희가 주는 그것은 내가 서희에게 해 주는 것과 상쇄되어 우리 두 사람은 서로 평등한 관계가 된다. 만약 내가 대학교수처럼 서희에게 지식을 주는 대가로 선생의 위치에서 존숭(尊崇)받는 입장이라면 서희에게의 행위는 부적절한 것이라고 지탄받아 마땅하다. 그러나 나는 서희에게 관용을 받는 만큼 자기의 위상을 내렸다.

내가 서희에게 도움을 준다한들 생존과 생활의 관점에서는 장식물에 불과하다. 내가 서희의 생존과 생활에 얽혀 책임과 의무를 행하는 입장은 아니다. (그런 정도의 것을 줄 것이라는 전제하에 관계를 가지다가 주지 않게 되어 파국에 이르는 관계가 적지 않다!) 그 한계를 인식하며 나는 서희를 포용하면서도 관계의 균형을 지켰다.

丁未四月 燕雀(연작)이 어찌 鴻鵠(홍곡)의 뜻을 알리요. 큰 선생 떠나다. 이조(李朝)의 무관 박지초(朴志超)가 왜군과 함께 동학도(東學徒)를 진멸하고서 이왕

가에 충성을 거두고 참회의 유랑을 하던 중 흰돌머리에 이르러 황고의 영접을 받더라 큰 스승으로 있으면서 학문과 무예를 가르치나 삼 년만에 떠나며 황제에게 왕조 개창(王朝開創)의 꿈을 버리고 신학문을 접하라 하니 황고 분개하여 배척하더라.

"난세를 헤쳐나갈 간흉계독이 없고 모사는 치밀하지 못하며 판단은 무디고 때에 대하여 대처함이 느리다는 것은 우리 영성인들에게 해당되네요." 서희는 잔잔한 웃음과 함께 본문을 다시 읽었다.

"진짜 먼저 오차원행복학교에서 만난 사람들이 대개 그렇더군요." 나는 동의했다.

"저도 그런가요?"

서희의 질문에 나는 끄덕였다.

"그렇지 않다면 서희 씨는 지금쯤 나 같은 사람과 이런 토론을 하고 있지를 않았겠죠. 아마 도지사나 국회의원 정도 되는 사람과 함께 해외여행을 하고 있었겠죠. 이제는 비록 하늘이 점지한 지도자일지라도 땅에서 그 위치를 구현하는 시대가 되었어요. 탄생부터 지위를 예약하지는 않고 인민이 선거로 지도자를 뽑지요. 황제에게 학문을 가르치던 큰 스승이라 지칭하는 이(伊)는 떠나면서 황제에게 현실에 적응하여 살라는 충고를 했어요. 그 말인즉 황제에게 새로이 바뀐 세상에 맞게 출세하여 세상의 이익 체계에 적응된 삶을 살라는 것이죠."

"그러면 뭐가 문제가 될까요. 정말 황제가 그 능력으로 신학문을

2부. 작품에서 본 이문열

했다면 상당히 성공했을 텐데요."

"그래봤자 자신의 영적 수준에 해당되는 삶보다 낮은 단계의 생활을 하는 것이지요. 세상의 일회성 안목으로 보면 성공한 삶으로 보이겠지만 이미 전생에 수없이 해봤던 삶을 반복한 것에 불과하니 영적으로 보면 의미가 없는 삶이지요."

"황제가 신학문을 익혀 지도자가 되고 이상(理想) 정치를 펴면 좋잖아요?"

"현재 세상의 나라들을 보면 역치(力治)의 국가들은 줄어들고 있고 법치(法治)를 따르는 나라들이 대부분이에요. 그러면서 몇몇 진보적인 정권이 들어선 국가의 지도자들은 저네들이 현자연(賢者然)하면서 수다하게 인의(仁義)를 말하고 까다롭게 예악(禮樂)을 따져…"

"진보 정권이 인의를 말하고 예악을 따지나요? 그런 거 모르겠는데…."

"표현이 다를 뿐 옛말은 하나도 다르지 않죠. 국민의 형편을 고려하지 아니하고 살인 강절도 범죄자에 대한 관용을 베풀자고 형벌을 가볍게 하는 것이 수다스러운 인(仁)이고, 저네들과 생각의 지향이 다른 상대방의 허물은 집요하게 파헤치고 엄중히 응징하여 스스로 지극히 정의롭다 주장하는 것이 수다스러운 의(義)이고, 시중의 뭇 남녀상열지사(男女相悅之事)를 저네들의 예의범절에 따르라며 혹이라도 요조숙녀(窈窕淑女)를 대(待)함에 미흡함이 있다면 부녀자들로 하여금 통정한 남정네를 고발케하여 이것을 미투(美鬪)라며 미투(迷妒)

를 부추기는 것이 까다롭게 예(禮)를 따지는 것이고, 인간의 정서에 넘침이 있을 때 자연히 흘러나올 예술의 창작을 나라의 지원하에 공무원 제도처럼 육성하려 하는 것이 또한 까다롭게 악(樂)을 따지는 것이니 이렇게 백성을 마소 몰 듯 끌고 가는 하덕(下德)의 통치를 오늘날의 진보 정권은 하고 있는 것이죠."

"법치보다 더 좋은 것 아닌가요."

"법치가 완전한 다음에 덕치가 있는 것이죠. 법치가 완성된 다음 덕치로 진입하는 것이 순리인데 이렇게 법치 없이 억지로 덕치로 진입하고자 하는 것이 하덕의 치(治)라고 보겠는데 백성의 형편을 과대평가했거나 저네 통치 계급의 도덕성을 과장하려 했던 것이 이유가 될 수 있죠. 한편으로는 저네 통치 계급을 위협할 타 세력의 성장을 막기 위해서 객관성을 가진 능력 경쟁을 억누르고 관치(官治) 예술을 장려하고 여성의 미투를 조장한다고 하겠죠."

"그래서 황제의 상덕(上德)의 치가 더욱 필요한 것이 아닐까요."

"역사를 봐도 훌륭한 지도자가 될 자질을 가졌는데 이미 국운이 기울어져서 치세(治世)를 이루지 못한 군주의 사례들이 있지요. 사람들은 국운이 기울었다는 지극히 추상적인 표현을 아무런 의문 없이 사용하곤 하는데 이것은 이미 그 땅에서 영혼성장 수업을 받아야 할 영혼들의 영류 구성이 달라지고 있다는 것이에요. 즉 이제까지 그 나라에서 영혼 수련을 받던 영혼들이 더 이상 그 교과목에서의 영혼 수련을 필요로 하지 않아서 거듭 태어나지 않고자 예정하고 있고 혹은 다른 영류의 구성원들이 그 지역을 새로 점유하여 저

2부. 작품에서 본 이문열

네들의 학교로 만들고자 계획하고 있는 상황이지요."

"이미 이조(李朝)의 국운이 기울어져서 새로운 통치 체제가 필요하게 된 것은 황제가 상덕을 펼치기에 나쁜 여건이 아니잖아요."

"이제까지 이조의 환경에서 수업을 받던 영혼들이 그대로 더 높은 수준의 수업을 받고자 새로운 국가 체제를 필요로 하는 것이라면 비록 이조가 법치도 제대로 구현하지 못했던 나라이지만 연속성을 가지면서 덕치로 나아가는 국가를 열 수가 있었겠죠. 하지만 나라의 권력이 바뀌는 것은 더 발전된 영혼성장 단계의 교육과정이 조성되는 건 아니고 그저 그 나라를 점유할 영혼 집단의 수평적 교체뿐일 경우가 많아요. 특히 춘추전국시대에서 한(漢)나라를 거쳐 남북조시대에 이르러서는 구성 영혼들의 타락 현상이 두드러졌는데 이 시기에는 서양의 경우도 마찬가지로 그리스 로마시대보다 문화가 후퇴했죠. 이후 중세가 지나면서 영혼들의 학습이 누적되어 지구의 문화 수준이 회복세로 돌아섰지만 중화는 서양보다 속도가 느려졌죠. 특히 송(宋)시대의 발달된 문화가 지도층의 부패로 무너지고 원(元) 명(明) 청(淸)을 거치며 제자리걸음을 하게 되니 중화의 발달한 영혼들은 더 이상 이곳에 반복해서 태어날 필요성을 상실하여 지구와 우주의 각지로 흩어지기 시작했죠. 반면에 서양은 지속적인 발전으로 고수준 영혼을 유치(留置)했고 기존의 영혼들에게 윤생의 기회를 확대하고자 자체 내 영혼 수련 환경을 지구상에 확장하는 서세동점(西勢東占)을 시도했죠. 이조가 패망하고 이 땅은 서양세력이 점유하여 서양의 영혼성장 교과목을 심고자 했기 때문에 이 땅의 새 나라는 중화문화의 연속성을 가지고 상위 과정에 진입할 수가 없었죠. 결국 서양의 이념을 따라 다시 시작하는 것이었으니 상덕(上德)의 치(治)는커녕 이 땅에는 법치나 완전히 자리 잡는 것이 급선무가 되었죠. 백성의 영혼 구성이 어떻게 변화해 나아가느냐 하는 것이 바로 국운일진대 지도자는 백성의 영혼 수준과 궁합이 맞아야 국운을 타고 성공할 수 있는 것이지요. 책에서 슬프다며 한탄하는 구절이 많이 나오는데 백성의 수준이 황제가 펼칠 국가의 체제에 걸맞은 수준이 안 되어 있음을 한탄하는 것이죠. 만약 중화문명이 그대로 이어져서 이 땅에 태어났던 중화의 백성이 계속 이 땅에 태어났다면 당연히 먼저의 나라보다 더 높은 영혼성장 과정을 국가에서 제공하고 백성은 받아들였을 터인데 서구문명 침략으로 인해 새로 태어나는 백성의 영혼들은 기존에 이 땅에서 중화문명의 교육과정을 거치지 않은 수준미달 영혼이 다수이기 때문에 황제의 발전된 중화주의에 따른 국가 이념이 먹히지 않는 것이죠. 만약 황제가 신학문을 배워 새로운 체제하에서 관직이나 지도자 자리를 얻는다면 그것은 황제의 영혼 수련 수준에 맞는 구세제민(救世濟民)의 뜻을 펼침이 아니고 한 평범한 삶에 불과한 것으로서 그럴 작정이었다면 큰 선생이 떠나가고 얼마 후에 황제가 가사(假死) 체험을 했을 때 영영 돌아오지 않았을 겁니다. 황제의 가사 상태가 지상에서 얼마 동안의 시간이건 간에 유계(幽界)와 영계(靈界)에서의 시간은 한정이 없을 것인데 그동안에 황제에게 들려주었던 계시가 어디 한둘이었겠어요. 큰 선생의 말대로 이 땅의 새로운 조류에 적응해 출세하여 살아가라는 권(勸)도 있고 주어진 환경의 여유를 이용해 지주로서 안락한 삶을 살면서 학문과 수도에만 힘쓰라는 권(勸)도 있었겠지요. 그럼에도 황제에게는 오직 삼한(三韓)을 거두어 네게 준다는 그 명령이 기억되어 혼자 의식(魂自意識)에 심어졌음은 그 길만이 황제의 탄생과 그의 영혼여정(靈魂旅程)을 의미 있게 하는 것이었기 때문이죠. 서양문명의 득세로 단절될 운명에 처해 있는 중화문명의 발전적 계승을 모형(模型)으로나마 실천해 보이는 것이 황제의 소명(召命)이었고 이 삼한을 위해 할 일이었죠. 유비가 삼국 통일에 실패했더라도 돗자리를 짜다가 지방의 지도자의 자리에 올랐으니 어찌 실패한 인생이라고 할 수 있겠어요. 황제는 보잘것없는 시골의 중류 가정에서 태어나 뒤에 만주의 지도자를 거쳐 중화문명의 연장선상에 있는 현대 선진국의 모형을 제시했으니 성공적인 삶을 살았지요."

庚戌五月 尾生의 信義 비록 아름다우나 王者의 길은 험하여라. 七月天命 드디어 황제에게 직접 이르시다. 황제 장성하여 혼기에 다다랐는데 우정을 나누었던 윤산인(尹山人)의 딸을 두고 부친의 명에 따라 황진사(黃進士)의 딸과 정혼(定婚)하니 황제 상심 중에 병을 얻어 혼절한 중에 신계(神界)로부터 삼한(三韓)을 거두어 준다는 계시를 받을 때 오백년 이씨(李氏)의 왕맥(王脈)이 끊기다.

심리학에 정통한 어떤 친구는 이것을 환청(幻聽)이라고 무의미한 것이라고 한다지만 환청이란 단어 자체가 의미 없는 것이다. 없는 소리를 들었다는 것은 세상에 없는 것이 있다고 하는 것만큼이나 불합리한 주장이다. 소리는 있었기 때문에 들리는 것이다. 다만 생시에는 삼차원 물질세계 내의 감각이 워낙 거세기 때문에 들리지 않다가 혼이 신체를 나와서 신체 감각으로부터 독립했을 때 비로소 들리는 것이다.

황제의 아버지가 우려를 한 것은 자신은 사업의 관점에서 황제의 천명을 사람들에게 알리고 원하는 것을 얻었던 것인데 황제 본인이 스스로 천명을 행하려 하면 앞으로의 일이 순수한 이득의 차원에서 진행되지 않으리라 예감되었기 때문이다.

辛亥正月 황제 擧兵하시다. 一敗塗地하셧으되 敵仇 감히 어쩌지 못하다. 한일합방으로 이조가 패망하니 왜병을 치나 패배하다. 황제가 왜병대장과 타협하여 포로가 된 부하들을 데려오다.

황제는 왜병으로부터 나라를 찾고자 거병하였다. 일본이 중화를 침략함은 주변으로 밀려난 나라로서 중원을 회복하려는 당연한 욕구에 의한 것이다. 춘추시대 오왕(吳王) 부차(夫差)와 월왕(越王) 구천(句踐)도 중원에서 밀려나 동남부에서 일으킨 나라로서 중원 회복을 원했다.

방량(房亮)의 계책은 고전적인 전술에 치중했기에 트럭을 생각하지 못했다. 여러 병력이 그토록 급히 지나가는 것은 상상할 수 없었다.

　방량이 적군이 용변 때 공격하자고 했으나 황제는 옳지 않다고 했다. 황제는 남의 약점이 있는 틈을 타 이기는 것을 허락하지 않았다. 결국 황제의 군대는 신무기와 대결해 패전했다.

　"정감록에는 신인(神人)이 탈의(脫衣)하고 기타 여러 현상이 벌어진 이후에 소중화와 대중화가 망하리라 하는 구절이 있어요. 뒤에 신인의 탈의가 나온 부분의 한자를 분해하고 조립하여 임신년(壬申年)에 기병(起兵)하라는 말로 비약해서 해석하는 부분이 나오는데 아마도 항일운동을 북돋으려는 곳에서 만든 말 같아요. 이야기에서도 황제는 결국 그 말을 따르지 않았지요. 그런데 여기서 이야기는 신인(神人)인 황제가 옷을 벗기움으로써 이미 중화 멸망의 수순을 밟아감을 암시하고 있지요."

　학습회를 마치고 밖으로 나와 서희와 걸었다.

　"아저씨와 나의 사이는 학교에서 만났다면 교수님과 학생… 저는 기껏해야 대학원생쯤일 텐데 이렇게 학습실에서 자주 마주 대하면서 토의하니까 좀 미안하기도 한데요."

　"남자의 욕망은 선천적이고 여자의 욕망은 후천적이라는 얘기가 있지요. 같은 젊은이들끼리 연애할 때 남자는 욕망으로 나서지만 여자는 삼가는 경향이 있죠. 여자는 상대방에게서 신뢰성을 기대하지만 남자는 어서 빨리 육체적 관계를 맺고 싶어 합니다. 사회의 거래 계약에서도 부유한 측에서는 상대방의 신용을 살펴보지만 가난한 측에서는 어서 돈을 받고 싶어 하듯이 말입니다. 여자는 비교적 영적 존재로서의 안정감이 더 있지만 남자는 신체의 강렬한 동물적 욕구의 지배를 더 받기 때문이죠. 그러다가 남자는 중년이 되어야 동물적 욕구를 조금씩 제어하며 정신적 사랑의 가치를 깨달아 갑니다. 그러므로 정신적 사랑을 갈망하는 사랑 연령에서 중년 남성과 아가씨는 눈높이가 같은 동종(同種)의 생물이죠. 그래서 중년 남자는 아가씨에게서 어른 대접받기보다는 친구로서 가까이 해주는 것에 더 고마워하지요."

(2) 卷二 大氏의 꿈-발해를 꿈꾸며 만주로 향하다

壬子癸丑 天下를 舟遊하시다.

왜군과의 전투에서 패한 이후 변심하여 떠나는 자들도 있으나 대개는 한번 황제와 맺은 인연을 벗어날 수 없어 돌아온다. 황제는 넓은 세상에 나가 경험을 쌓고 오리라 결심하고 집을 떠난다.

황제의 패배는 중화문화에만 숙달한 지도자 휘하의 세력 조직이 서양의 신학문이 조성한 새로운 사회환경 아래서 신학문을 익힌 세력과 맞부딪혀 무너지는 현상이었다. 물론 황제의 조직은 온전한 재래식 군대도 아니었지만 싸움의 대상인 일본군도 작은 규모의 병력일 뿐이었다. 피차 규모가 크고 온전한 군대였더라도 그 승부는 마찬가지였을 것이다.

아무튼 이번의 화두는 황제의 세상 경험이었다.

"궁중에서 자란 왕자가 평생 흙 한 번 물 한 번 묻혀 보지 않은 손으로 백성의 고충을 헤아리며 그들의 삶을 지도할 수 있을까 우리는 항상 의문을 가질 수 있죠."

나는 방금 카운터에서 받아온 커피잔을 들었다. 아메리카노는 아무것도 안 타는 게 좋다는 생각이었다.

"왕위에 오르기 전에 백성의 생활을 겪은 왕만이 반드시 훌륭한 국왕이 되었다고는 할 수 없지 않은가요."

서희는 설탕을 넣어 저었다.

"민중의 삶을 겪어 보지 않은 군주가 성군이 될 수 있었던 것에는 그가 세상을 지도하는 신분으로 태어나기까지 이전에 충분한 윤생의 수련을 쌓아왔다고 볼 수 있죠."

"그렇다고 해서 민중의 삶의 경험이 소용없는 것이라고는 할 수 없겠지요. 그런 수련 과정이 기록에 없는 왕이라도 은밀히 비슷한 경험을 했을지 모르고요."

"비록 전생에 민중의 삶의 경험이 있다고 하더라도 그것을 다시 생생하게 인식하려면 현생에서 복습을 해두는 것이 좋지요. 공부도 처음 할 때는 많은 분량을 이해하고 문제를 풀고 외워야 하지만 복습할 때는 슬쩍 훑어보는 것만으로도 내용을 상기(想起)할 수 있잖아요. 황제가 민중의 삶을 현생에서 얼마간이라도 복습하기로 한 것은 장한 결정이지요."

서양기계문명 대면하시다.

황제는 부친이 염려하여 마련해 준 넉넉한 노자를 지니고 길을 떠났다. 대전에서 수천 명을 태우고 하루에 천릿길을 간다는 철마를 만났으나 흉형괴성(凶形怪聲)에 질려 멀리하고 나그네 걸음으로 상경길에 주막 모녀를 만나 하룻밤을 지나며 가진 것 태반(太半)을 내주고 수원에 이르러 일본군 순사와 친할 요량으로 말을 걸었으나 통하지 않아 곤욕을 더한다.

"황제가 술에 취해 주막 모녀에게 엄청난 돈을 쓴 것은 어처구니없지만 남자로서 있을 수 있는 일이죠. 나는 다이소에서 찻잔을 살 때는 이천 원이냐 삼천 원이냐 하는 가격을 우선해서 선택해요. 한번 사면 몇 년 이상을 쓸 것을 단지 천 원 차이로 품질이 덜할지도 모르는 것을 사지요. 알뜰 주부의 경우는 더하겠지요. 그런데 하루 먹는 술자리에서는 수만 원 넘게 사용해도 남자들은 그다지 아까워하지 않지요."

"술이 판단의 기준을 다르게 하는가 보지요."

"술은 두뇌를 포함한 신체의 기능을 저하시켜서 인간이 그대로 영혼에 의한 정서적 충만(充滿)에 싸이게 하여 쾌감을 주지요. 영혼이 술 취한 신체를 지상에서 사용하여 다른 영혼과 교류할 때는 그때까지 신체의 활동을 통하여 익혀진 세상의 행동 절차를 따르지 않고 마치 신체 성장 과정을 거치지 않고 곧바로 세상에 내려온 사람처럼 영혼이 가진 업보의 정보가 그대로 반영된 행위를 하게 하니 음주자로 하여금 이번 생에 베풀 사람에게는 현생의 타당한 절차를 거치지 않고 베풀고 가해(加害)할 사람에게는 역시 현생의 타당한 절차를 거치지 않고 가해하게 하지요."

"술은 신체의 영향을 덜 받게 하고 그대로 영혼의 지배를 받게 하는 거라고 하셨는데 술 때문에 이성(理性)을 잃고 육욕(肉慾)에 사로잡혀 사고를 쳤다는 얘기는 많이 있지 않나요."

"남자가 술에 취해 여자를 성추행하거나 그 이상의 경우 등을 말하는가 본데 그 남자가 그 여자를 접촉했다는 그 자체는 영적 관점에서 보아 잘못된 것이 없어요. 그 남자는 그 여자와 만나고 접촉할 인연을 가지고 있으니까요. 하지만 세상에서는 남자가 여자를 만나 행위의 허락을 얻기까지 소정의 절차가 필요한데 그 과정을 무시하고 그냥 거시적 인연 설계에만 따라서 여자와 접촉을 했으니 세상의 법률에는 위배되지요. 어차피 만나고 접촉할 인연인 그 여자에의 접근을 삼가고 절제하는 것은 일시적인 정지 상태에 불과한 것으로서 세상의 물리적 질서 논리에 따른 것이지 인연 법칙에 따른 것은 아니지요. 물론 가장 좋은 것은 베풀 인연에게는 합리적 절차와 명분을 가지고 행함으로써 세상에 모범을 보이고 가해할 인연에게는 현실 윤리의 통제하에서 대체 보응의 길을 찾는 등 지상의 물리적 질서 내에서 인연 관리를 따름으로써 영혼이 지상에 육화하는 근본 목적인 천사지성(天事地成)… 하늘의 일이 땅에도 이루어지는데 힘을 보태는 것이지요. 그러기에 종교에서는 술을 삼가도록 하고 있지요."

"하늘의 일이 땅에서 이루어진다는 의미가 무엇일까요. 그냥 영계의 일을 지상 세계에 옮겨 오는 의미라고밖에 말하지 못할까요."

"옮겨 오는 것은 맞지만 확장의 의미가 있지요. 인생의 이야기도 하늘에서 핵심적 줄거리를 지정하면 지상에서 여러 장면의 연속을 통해 구현하는 것처럼 하늘의 일이 지상에서 이루어진다는 것은 확장의 효과가 있지요. 아직 지상에 이루어지지 않은 많은 천상의 일이 지상에서 이루어져 가면 우주는 훨씬 풍부해져 가는 것이지요."

나는 다시 교재를 펼치고 황제의 이야기를 해설했다.

"황제가 기차를 두려워하고 빠가야로만을 반복하며 일본 순사와 단순하게 소통하려 했다는 것은 뼛속 깊은 중화주의 관념 같아요. 중화 이외의 높은 문명은 없다고 생각하다 보니 기차는 괴물로만 보였고 섬 오랑캐인 일본인은 간단한 대화로 소통할 수 있으리라 착각했죠."

甲寅六月 마숙아(馬叔牙)를 얻어 귀환하시다. 서울에서 부랑인 마숙아에게 속아 나머지 가진 것을 모두 잃고 걸인과 같은 신세로 전국을 유랑하다 서양인의 재주를 인정하고 민중의 고초를 몸소 겪어 알게 되다 서울역에서 마숙아를 다시 만나 흰돌머리로 데리고 돌아와 충성을 다짐받다.

"황제가 가진 여비를 모두 잃은 것은 그의 신명(神明), 즉 잠재심리에서는 고의적이지요. 백성의 궁색을 겪으려고 의도한 것이었으니까요."

역시 영성적 재해석으로 강론을 시작했다. 서희는 살짝 끄덕이기만 할 뿐 큰 흥미는 보이지 않았다. 행동의 기원을 에고라고 불리는 혼자(魂自)와 신명이라고 불리는 신아(神我)로 나누어 설명하는 것은

2부. 작품에서 본 이문열

익히 반복되어 왔다.

　서희는 검은색 외투를 벗어 의자 등받이에 걸쳐 놓고 앉아 있었다. 속의 웃옷은 그다지 패션을 신경 쓰지 않은 검은색 털옷이었는데 하의는 짙은 회색 단군(短裙)에 굽 있는 검은색 광택의 혁장화(革長靴)였다. 어두운 차림새 중에 올올이 투명한 광택의 장양말(長洋襪)이 양 무릎과 허벅지를 환히 드러냈다.

　"그런데 중화의 이야기는 옛사람을 본받는 인용이 많이 나오는데요…, 반면에 서양의 이야기는 그리스 로마의 신화 이야기가 많이 인용되거든요. 허황된 신화를 인간사회의 모범으로 삼는 서양의 이야기보다는 중화의 이야기 전개가 더 현실적이라는 말이 될까요?"

　"중화의 이야기에서의 옛사람은 서양의 신(神)들이나 다를 바가 없다는 말이 되네요. 사실 처음에는 신들의 이야기가 나오다가 사람의 이야기로 바뀌는 것은 동서양의 역사가 다 마찬가지이지만 서양의 인용은 신화시대에 집중해 있고 중화의 인용은 옛사람들에게 집중되어 있지요. 서양은 신이 모범이지만 중화는 옛사람이 모범이지요."

　서양과 동양이란 용어는 세계를 반분(半分)하지 않는다. 근대에 세력을 떨친 유럽을 제외하고 인도, 중동까지 동양이라 하지만, 여타(餘他)의 지역이란 의미가 강하고 한중일의 문화권을 서양처럼 주체적으로 구분하자면 중화라 부름이 타탕하다.

　나는 앉아 있는 서희의 치마 속의 허벅지를 살짝 쓰다듬었다. 인간은 역할을 분담하여 서로가 도우며 더불어 함께 살아가라고 되어 있다. 남자는 상대적으로 세상에서 살아갈 능력을 더 가지고 있지만 그만큼 세상의 물리적 법칙에 특화되어 있어서 영계의 원초적 본질에서 멀리 있는 존재이다. 그 때문에 비교적 영계의 원형질에 가까운 육체를 가진 여자를 동경(憧憬)하여 가까이하고 싶어 한다. 그러다 남자의 추구(追求)가 여자에게 부담이 되어 죄가 될 수 있다. 여자 스스로 느끼는 부담이나 피해 때문일 수도 있지만 여자를 소유하고자 하는 다른 남자의 소유욕도 그 죄를 확대한다.

서희와는 동등한 관계다. 내가 상대적으로 경륜과 학식이 있어서 서희를 가르치고는 있지만 서희는 여성으로서의 존재의 미덕을 내게 제공한다. 남성의 태생상의 불안정을 여성성으로 보완해 주는 것이나 젊은이의 지적 활동의 미숙을 연륜의 지식으로 보충해 주는 것이나 둘 다 지상의 불완전한 존재로서 천상의 완전함에 다가서는 효과를 준다.

만약에 돈을 받고 학문을 가르치고 그만큼의 존경을 받고 권위를 유지하는 자가 배우는 여학생의 몸을 내가 서희에게 그랬듯이 하였다면 성추행으로 단죄되어 마땅할 것이다. 여성의 존재를 제공하는 것에 대한 응분의 보상을 주는 계약 관계가 아니기 때문이다.

한편 성행위를 하는 관계라면 여하튼 여자의 생활을 책임지는 남편 혹은 그에 준하는 역할을 남자는 해야 할 것이다. 내가 서희로부터 제공받는 것은 남편이 아내로부터 얻는 것보다 무게는 훨씬 덜한 것이지만 고상하고 애틋한 여성의 정을 느끼는 데는 부족하지 않은 접촉이었다. 여기에는 제공자의 정신을 일깨우는 지식과 진리의 가르침만으로 좋은 보상이 된다.

을묘(乙卯)년에 황제 실사구시(實事求是)하시고 궁구이치(窮究理致)하시니 황제는 백성의 의식주를 향상하는데 쓰이는 기술을 상민이나 천민들에게 맡겨온 중화의 역사를 반성하여 몸소 그 원리를 체득하고자 기차를 움직이는 증기의 힘을 실험하고 철선의 부력을 상고(詳考)하여 수조선(水鳥船)을 실험하고 기류(氣流)를 타는 비기(飛機)를 제조하여 시승하는 등 했으나 만족할 성과는 얻지 못하다. 각각의 재주는 그 각각의 달인에게 맡기고 왕재(王才)는 제왕의 길을 가야함을 다시 깨닫다.

"황제가 실학에 마음을 두어 기차, 배, 비행기를 실험했다는 것은 놀라운 이야기인데요."

서희는 단지 고리타분하게 옛 중화문화에만 집착하는 인물인 줄로 알았던 황제가 이런 실험 정신까지 가졌다는 것을 알고 놀라는 눈치였다.

"고수준의 영혼이 기술까지 맡을 것인가 통치만을 할 것인가는 중요한 문제이지요. 서양은 고수준의 영혼이 생산 기술 개발을 한 것까지는 좋았는데 게다가 남을 해하는 무기까지 연구했어요. 중화 뿐 아니라 유럽인이 침략한 아메리카 대륙에도 이미 발달된 인간의 문명이 있었죠. 그러나 지금은 거의 전해져 있지 않아요. 지구상에는 여러 문명이 있었지만 지금은 서양인의 문명만이 현대의 문명으로서 이어지고 있지요. 다른 문명은 최상의 현인들이 저네들 사회의 번영을 위해서만 지혜를 짜내는 것이 보통이었죠. 선한 일에는 깊은 생각이 자연스럽게 따라올 수 있지만 남을 해하는 일을 깊이 궁리하기는 양심의 가책의 방해 때문에 어려운 것이죠. 다른 문명권에서는 그들 중의 현인(賢人)들은 올바른 삶의 길을 찾는데 지혜를 썼고 싸우는 일은 그보다 아래에 위치한 용자(勇者)들의 몫이었는데 서양인들은 뛰어난 현인의 지혜를 싸움에도 이용했던 것이죠. 최고 수준의 지혜를 가진 자가 그에 어울리는 양심을 가지지 않은 것이 본래 그들의 특성이었는지도 모르죠. 황제는 그들의 무기를 배우겠다는 것에 앞서 그들의 실용 기술을 배우고자 했는데 기차와 철선과 비행기가 놀라운 힘을 가지고 있음이 확인되니 통치자의 마음을 가진 황제로서는 몸소 그것을 만들어 자기 치하의 나라에서도 그런 힘을 갖도록 하고 싶었지만 하늘의 역할 분배는 그렇지 않음을 깨닫고 철회했죠."

나는 서희의 가슴 아래에는 눈길을 주지 않고 강론을 이어나갔다.

"애초에 황제가 서양의 기술을 직접 해보려 했던 것은 무리였어요. 서양의 기술 개발품들도 지도자가 직접 만들지는 않았기 때문이죠. 서양의 우수한 기계가 만들어지도록 그들의 군주가 한 일은 그러한 물건이 개발될 환경을 조성하는 통치를 한 것이죠. 나도 기술개발회사에 있을 때 직위가 올라가도 늘 하위직에서 작성되어야 할 프로그램 코딩이 걱정되었어요. 그러나 지위가 오르면 상위의 차원에서 일해야 하는 것이었어요. 비록 아래 수준에서의 일이 더 재미있다고 하더라도 그것은 그 일을 할 사람들에게 맡기고 자기는 상위의 차원에서 방향을 잡아야 하는 것이죠. 그것은 한 인생에서나 영혼의 발달 과정에서나 마찬가지예요. 영혼 발달의 수준이 높은 노령(老靈)은 자신의 경제적 이익을 얻기에 유리한 다른 일을 할 수 있다 해도 자기 소명을 따라 더 큰 의(義)를 추구하려 일해야 하는 것이죠."

"서양식 문화에 익숙한 전생을 가진 영혼은 한국에 태어나도 이미 서양식으로 개편된 한국의 교육제도를 잘 따르겠지만 이 땅의 전통적 교육의 인상이 짙게 배인 영혼이라면 이 땅에서의 서양식 교육을 받는 데에 거부감이 들었을 것 같아요."

"이문열 작가가 학교를 자꾸 중퇴했다는 것도 서양 학문에 따른 교육 체계를 거듭 거부했다는 것이죠. 물론 결국 대학 입학에 성공한 것은 서양 학문의 바탕도 있었기에 가능한 것이지만 이문열의 윤생 경력에서 근자(近者)에 더 익숙한 것은 소학과 사서삼경 등을 배워가는 전통 교육이었던 듯싶지요."

정사(丁巳)년에 비육(髀肉)을 탄(嘆)하시니 오호라 백석리(白石里)의 일주도(一酒徒)로다. 세상을 알고 신기술을 아니 세상을 바꾸기에는 자신이 무력함을 알게 된 황제는 한동안 필부와 같은 인생관마저 가져보나 이윽고 소명을 벗어나 살고 있는 자신을 알아차리고는 가정과 전답을 향한 필부의 애착을 버리고 차라리 때를 기다리는 일주도(一酒徒)로서 지낸다.

무오(戊午)년에 연삼년(連三年) 척사감양(斥邪滅洋)하시니 기독교를 전파하러

온 자들을 논파(論破)했다. 황제는 기독교의 가르침이 중화의 옛 성현의 가르침을 넘지 못함을 지적하고 물리쳤다.

"소설에서 황제는 기독교의 가르침이란 것이 전부 중화의 고전에 있는 것뿐이지 않느냐고 일축했는데 사실 기독교에서 중요한 것은 가르치는 내용이 아니고 실천의 방법론이지요. 도덕적 가르침을 따르되 지식으로 학습하는 정도를 넘어 몸에 배게 암송하며 자기의 혼자에 이끌리는 삶을 지양하고 신아의 인생 설계 실현에 따르도록 끊임없이 신아와 교류하는 기도를 하도록 하고 그 모범은 예수님이 하나님께 취했던 태도를 본받으라고 하는 것이죠."

황제는 교훈의 자구(字句)의 가치 범위에서 기독교를 평했던 것이나 나는 기독교의 방법론적 의미에 대한 나름의 견해를 설명했다.

"술이 안 좋다는 기독교인의 얘기를 황제가 반박했는데 중화에서는 술을 주성(酒聖)이니 주천(酒泉)이니 해서 옹호했었나요?"

"그것을 중화와 서양의 차이라고 볼 수는 없죠. 서양에도 주신(酒神) 박카스가 있었으니까요. 술을 절제하라는 가르침은 일찍이 중화에 있었죠. 하(夏)의 우(禹)왕이 근자에 발명되었다는 술을 맛본 후 자꾸 마셔 버릇하다가는 대의(大義)를 그르칠 수 있다며 멀리했다는 고사(故事)를 들며 기독교인이 반박했다면 좋았을 텐데 말하지 못했군요. 유교에서는 아쉽게도 그러한 성현의 가르침을 발전시키지 못했음을 지적하며…. 상대방의 지식을 알아야 자기의 주장을 펼쳐 나갈 수 있는데 선교하러 온 자들은 그것이 부족했죠. 하긴 기독교인의 목적이 술을 삼가라는 등의 가르침의 전파보다는 전통을 덮는 새 문화의 주입에 있었으니 중화의 성현의 말씀을 본받고자할 리가 없지요."

무오(戊午)년 시월(十月)에 문창후(文昌候) 신기죽(申沂竹)을 얻는다. 황제가 술꾼으로 장터를 다니다 술꾼 신기죽을 만나 천하대사를 논하고 합류를 청하니 신기죽은 술김에 황제를 따라 흰돌머리로 온다. 부친 정처사는 신기죽의 술벽을 고친다. 신기죽은 맑은 정신에서 취중에서 했던 자신의 결정을 확인하고 군자의 신의를 지키기로 한다.

"취중의 약속을 중히 여김은 육체의 지배를 벗어나며 현실의 타산을 중히 여기지 않는 상황에서의 신적인 계시를 중히 여긴다는 것이죠."

기미(己未)년 이월(二月) 황제는 신력(神力)으로 왜(倭)를 참(斬)하시니 유월(六月)에 대씨(大氏)의 꿈을 좇아 북천(北遷)한다. 삼일운동이 일어나고 민중이 황제 폐하 만세를 부르자 황제는 민중이 자기를 맞으러 오는 것으로 착각한다. 인물이 두드러진 황제를 일본 순사가 주동자로 간주하여 체포하려 하니 황제가 반격하여 순사가 쓰러지고 소동은 끝났으나 이후 장터 사람들에게는 황제의 이름이 높이우고 일본 경찰의 수사가 진행되어 황제는 안온히 흰돌머리에 있기가 어려워졌다. 신기죽이 권북천표(拳北遷表)를 올리니 황제는 이를 받아들여 대조영(大祚榮)이 꿈을 펼쳤던 북천을 단행한다.

"형식은 다르지만 하늘의 뜻을 따름은 아브라함이 본토 친척 아비 집을 떠나라는 하나님의 명령에 따른 것이나 마찬가지죠."

서희를 살짝 끌어안으며 허리에서 허벅지로 향하는 굴곡(屈曲)의 포근함을 느꼈다. 서희는 적극 즐기는 것은 아니었으나 받아들였다. 서로 동등 관계에서의 호혜(互惠)의 약정(約定)이기 때문이었다. 남녀의 동등 지위 여부는 성추행 판별의 중요 변수이다.

"만주의 우리 민족의 고토를 다물하자는 얘기는 많이 들었는데 황제는 상징적으로 실현했군요."

"고대에 하늘의 계시를 받은 중화의 지배 계급은 주변 민족이 깨어나면서 북쪽에서 힘을 기른 종족에 밀려 남하했어요. 진(秦)나라 때는 만리장성이 더 북쪽에 있었지만 후에 남쪽으로 내려왔는데 마찬가지로 동쪽의 소중화도 점차 남하하여 반도로 들어왔고 한수(漢水)까지 이른 것이지요."

소중화로 분리된 고대 문명인 즉 신인들은 고구려에서 말갈족을 다스렸다. 그러나 당나라에게 망한 뒤에 반도로 내려와 통일신라에서 비주류 귀족으로 살다가 후고구려를 세워 후삼국을 통일했다. 다시 고려에서는 북쪽으로 영토를 넓혀 옛 땅을 찾고자 했다. 조선에 들어와서는 더욱 북쪽으로 영토를 넓혔다. 기실 함경도와 평안북도는 반도가 아니라 대륙의 일부분이다. 만주 지방을 도모하는 것은 한반도 민족이 가진 오랜 꿈이다.

(3) 卷三 開國 - 하늘의 계획에 따른 나라 세우다

경신(庚申)년에 동북(東北)의 호지(胡地)에서 기화(奇貨)를 기다리시니

동북의 지역에서 머물 곳을 찾던 황제의 일행은 마숙아의 계책에 따라 음식점을 인수하여 황제일행의 생활을 해결하고 황제는 독서로 지내었다.

"근대 서양의 도(道)는 하늘의 선택에 의존하지 않고 인간의 자율로 세상의 권력을 만들고 견제하자는 것이었고 이것이 민주 정치로 나타났는데 황제는 하늘의 위임을 받은 자가 민중에 아첨하는 것을 한탄했지요. 서양도 본래는 왕권신수설(王權神授說)이 있고 하늘의 뜻에 의존했던 것은 마찬가지였지만 근대에 들어오면서 하늘의 뜻이 땅에 내려오도록 하려는 기도문대로 하늘에서 결정되었던 많은 과업을 점차 지상에서 분담하는 노력을 하게 된 것이죠. 지상에서 하늘의 이상적인 생각, 즉 이념(理念)을 실현하자는 것이니 현대의 정치에서 이념을 추구하는 목적은 하늘의 뜻이 땅에 내려오는 나라를 건설하기 위함이지요."

임술(壬戌)년에 홀연히 녹림(綠林)에 드시어 뭇 호걸(豪傑)을 수하(手下)에 거두시더라.

음식점에서 평온한 생활을 하던 황제는 비적(匪賊) 무리의 습격을 당하여 그들의 인질로 잡혀간다. 그러나 두령을 비롯한 비적 무리는 황제의 비범함을 알고 호의를 베푼다.

비적 무리는 은신처에서 일본군에게 토벌당한다. 황제는 비적들과 함께 그들의 본거지인 척가장(戚家莊)으로 갔다. 비적들은 황제의 인품에 반(盼)하여 예우하니 황제가 뭇 호걸을 수하에 거두었다는 서술이 무리가 없었다.

"비적에게 잡혀가 인질이 되고 감당할 수 없는 몸값을 요구받고… 정말 아득한 상황인데 이것이 새로운 도약의 계기가 되다니 정말 묘한 인연이군요. 물론 픽션이지만…."

서희도 이야기 전개의 오묘함에 빠져들었다.

계해(癸亥)년에 척소구(戚小舅)의 지우(知遇)를 입어 동장주(東莊主)가 되니 황제가 만주에서 민족의 영광을 재현하도록 기다리는 사람 척대야(戚大耶)가 있었다. 만청(滿淸)에 대항하고 패주해 만주로 피신해온 척대야는 황제를 자기의 산채(山寨)인 척가장에 머물도록 하며 황제는 이곳에서 국가 경영의 모범을 보인다.

"황제는 천자를 폐하고 백성의 대표자로 나라를 다스린다는 것은 하늘이 내린 사람을 무시하고 우매한 백성의 손에 천하의 일을 부치는 것이니 세상이 타락했다고 하네요."

"세상의 일에 하늘의 뜻 아닌 것이 어디 있겠어요. 다만 그 구현 방식에 차이가 있는데 유감스럽다면 이 세상이 중화문명의 가치를 계승하고 발전시키는 방향으로 가지 못하고 있다는 것이죠. 서양문명의 중심 세력은 번영 일로(繁榮—路)에 있는데 중화문명의 중심 세력은 지금 실체조차 모호한 지경이니까 말이죠. 천명(天命)에 의해 지도자가 세워진다는 것은 예로부터 내려오는 얘기지만 역사 시대에 이르러서는 모두가 전쟁과 세력 다툼에서 승리해서 지도자의 자리를 얻은 것이지 하늘에서 내려온 사람이 나라를 다스린 것은 아니었죠. 나라를 다스릴 지도자를 계속 전쟁으로 뽑으면 그 손실이 엄청나기 때문에 사람들이 고안해낸 것이 세습 왕조인데 이것은 다음에 세울 지도자를 지금 지도자의 아들로 태어나게 해달라고 하늘에 맡긴 것이지요. 그런데 이런 왕조 국가에서는 초기에는 유능한 왕들이 나라를 잘 다스리다가도 후기로 갈수록 무능과 부패가 많아져서 결국 백성들이 많은 고통과 희생을 당한 후에야 왕조가 교체되지요. 그런 만큼 왕조가 자주 바뀌어야 백성이 살기 좋아진다는 셈인데 왕조의 교체를 때마다 전쟁으로 할 수는 없으니까 고안해낸 것이 투표이고 오늘날 전 세계에 퍼진 것이죠."

"황제가 가까이하는 사람마다 사기꾼 아니면 반편(半偏) 몽상가 알콜중독자 또는 미치광이라는 적대자들의 주장은 단지 그런 기막힌 우연이 있을 수 없다는 것만으로 부정할 수 있을까요."

"이야기가 황제의 모든 행적을 찬양하면서 일반적인 상식을 무시하고만 있는 것은 아니잖아요. 황제가 가까이하는 사람마다 사기꾼 아니면 반편 몽상가 알콜중독자 또는 미치광이라는 것은 황제를 미치광이로 본다면 충분히 가능한 일이죠. 사람이 일생 동안 만나는 사람의 구성은 그 사람의 인생 설계에 따라 이루어지는데 그러니까 그 사람과 만나는 사람은 뭔가 공통점을 가지게 되죠. 그 원리를 우리가 쉽게 이해하려면 연애 관계를 보면 돼요. 어떤 여자는 무난히 남편을 맞이하지만 어떤 여자는 자꾸 몸 뺏고 내빼는 나쁜 남자만 만나고… 나쁜 남자만 만나는 것을 그 여자의 인간관계가 잘못되었다고만 볼 수는 없어요."

갑자(甲子)년에 동장(東莊)을 일으키시고 척부인(戚夫人)을 맞다. 배신한 줄 알았던 마숙아가 황제를 위하여 준비했던 재산을 바치고 합류한다. 마숙아의 주도로 만주 지역을 개간하고 만주의 조선인 유민들이 모여들어 생활 공동체를 형성하고 척대인 가문의 후처를 얻는다.

"황제는 옛날 왕처럼 후처를 얻었네요."
"현대에서 후처 얻기는 이슬람에만 남아 있는 교리이죠. 일부일처제에서 남자는 자기가 원하는 여자와 결혼하면 인생의 가장 큰 성취를 이룬 것이나 다름없지요. 이 상황에서 더 이상의 성취 동기를 얻지 못하니 많은 남자들이 중년 이후 목표를 잃고 방황하거나 분에 넘치는 허황된 목표로 그릇된 삶을 살기도 하지요. 인생에서는 아내를 얻는 것 이상의 중요하고 높은 목표가 있음을 이해하는 영적 수준의 자라야 일부일처제하에서도 평생 인생 목표를 향한 긴장을 유지하며 살아갈 수 있어요. 그렇지 않다면 일부다처제하에서 혼인 이후에도 계속 자기관리를 잘하고 모범적인 생활을 하면 더욱 좋은 후처를 얻을 수 있다는 희망을 가지며 사는 것이 차라리 영적 수련에 더 효과적일 거예요. 황제는 자기 발전을 이루었기 때문에 본처보다 더 격상된 후처를 얻게 되었으니 발전적 인생의 모범을 보였죠."

"저는 황제가 백성을 위해 절제하는 사람이 아니고 그냥 호색하는 사람과 다르지 않냐고 말하려 했는데 아저씨는 무조건 좋은 쪽으로만 해석하는군요. 졌어요. 호호."

"허허, 황제가 여색을 탐하며 여성을 향한 정복욕에 사로잡힌 자가 아니란 것은 나중에 나와요."

을축(乙丑)년에서 신미(辛未)년까지 동북(東北)을 파촉(巴蜀)으로 삼아 교훈생취(敎訓生聚)하시다. 마숙아의 건의에 따라 흰돌머리 사람 중 장정들을 만주로 오게 한다. 흰돌머리 사람들은 동장(東莊)의 풍성함을 보고 황제에게 더욱 충성을 바치고 먼저 있던 조선 사람들은 그들의 충성을 보고 다시 황제를 우러른다.

"사이비 종교의 맹신과 복종 현상이 상호 간 상승작용을 했다고 보는 사람이 있군요."

"그런 식으로 말하면 기성 종교의 집회 예배도 마찬가지이죠. 사람들이 모이면 집단적 상승작용이 나타나요. 오십 명의 부대원을 거느린 소대장이 있다고 해봐요. 소대장이 부대원을 데리고 작전을 수행하려는데 만약 부대원 다수가 외출이나 휴가로 여러 곳에 있다면… 오늘날에는 물론 어디에 있든 즉시 전달 사항을 전달하고 필요하면 소집 명령을 내리겠죠. 하지만 모두가 한데 모여 동일한 행동을 할 여건이 되지 않으면 작전 명령을 내리고 작전 수행을 할 수가 없죠. 관점의 차원을 높여도 마찬가지예요. 개개의 혼자를 제어하는 신아가 있는데 신끼리는' 서로 연결되어 있죠. 그러므로 영류을 형성하는 신들의 통합체인 상위의 신을 생각할 수 있죠. 그 상위의 신은 스스로 관장(管掌)하는 여러 혼자들을 공동의 목표를 향하여 움직이게 하려는데 혼자들이 각자 떨어져 있으면 지상에서 동일 목적을 향해 움직이기 어렵지요. 그러나 한 장소에 있으면 그대로 동일 목적을 위해 통일된 행위를 하도록 지시할 수 있기 때문에 집단 상승작용이 나타나지요. 신의 관점에서 삼차원 공간의 장소는 소통 환경과 무관하니 관할하의 혼자들이 각자 흩어져 있어도 전달이야 되지만 각각이 놓인 여건이 다르니 즉각 통일된 행동을 지시한다 한들 소용이 없죠."

"요즘은 인터넷으로 한꺼번에 집단 행동하기도 하잖아요. 국민청원이란 것도 있고…."

"여하튼간 다중이 동일한 행위를 취할 환경이 되면 그들 다수의 공통 신은 실행을 지시할 수가 있죠. 여러 사람의 신아가 모여 큰 목적 달성을 위해 혼자들을 조종하니 혼자들 중의 일부는 현실적 타산과 상식으로 보기에는 불합리한 행위를 감행할 수 있게 되어 군중 집회에서는 과감한 행위가 나오는 것이죠."

"사람의 행위는 항상 지상 세계에 적합하게 나타나는 것이 아닌데 적합성에 어긋났다고 해서 섣불리 미친 행위라며 무시하는 건 안일한 사고방식 같아요. 다 저변에 이유가 있는 것인데…."

서희는 설명을 알아들었다는 것이었다.

모사(謀士)이자 행정가인 김광국(金光國:필자의 추정)을 얻었다. 을축년에서 신미년까지의 여섯 해는 황제의 전성기였다. 신학문을 수학한 젊은 사람으로서 인민의 인민을 위한 인민에 의한 나라를 주장하는 김광국을 황제는 당초에는 마뜩치 않아 했으나 마숙아가 설득하여 수하에 두었다.

"김광국의 등장은 작위성이 있어요. 뒷날 변약유의 등장처럼 그냥 재난에 빠진 사람을 구해주니 그 사람은 은혜를 받은 처지가 되고 그러다 보니 은혜를 갚을 방도와 자연스레 연결되어 눌러앉아 살게 되는 것이죠. 우연히 구해낸 사람이 보통 사람이 아닌 특별한 재주가 있는 사람이라는 것도 이야기를 위한 설정이고요."

"마숙아가 후계자를 세우기 위해 붙잡아 두었다고 하네요."

"후에 마숙아가 일찍 죽지만 이때는 건강했는데 자기의 후계를 미리 세우려 노력했다는 것은 그의 신아가 그의 역할이 곧 마무리될 것임을 인지하고 준비를 했다는 의미이죠. 황제의 나라는 신학문의 가치에 의해 세워지는 나라에 대하여 어떤 명분을 가지고 정당성을 주장할 것인가 대비해야 하는데 김광국을 비롯한 신학문의 수학자(修學者)들과 마주해야 할 시기가 온 것이죠."

"그런데 황제도 이미 신학문의 주장하는 바를 상당히 알고 있네요."

"그러면서 신학문 신봉자로 여겨지는 김광국을 향한 질타가 이어지죠. 특히 주목할 만한 것이 민주(民主)라는 것도 왕을 대신하여 백성 위에 군림하려는 사특한 자의 술수이거나 동방을 침노하기에 앞서 그 군주를 내몰고 자기들의 앞잡이를 대신 세우려는 양이(洋夷)의 간교로운 계략에 불과하다는 발언이죠. 이십세기에 들어서 세계에는 많은 이념과 주의주장이 등장했고 이십세기의 중심을 관통한 동서 냉전시대에는 이념의 대립이 갈등의 원인(原因)인양 포장되었죠. 우리나라에서도 반공(反共)이란 것으로 마치 특정한 사상 이념이 대한민국 수호에 저해가 되는 주범으로 인식이 되어 왔죠. 하지만 동서 냉전 구도가 해체되었다고 해서 중로(中露)의 대륙 세력과 미구(美歐)의 서방 세력의 대립이 사라지지는 않았어요. 지금은 반공을 주장하는 색깔론이 낡은 생각이라는 인식이 오히려 지배적인 것이 되었죠. 결국 인간사회의 세력 대립은 인연이 가까이 얽힌 영류 집단들이 서로 저희들이 더 지구상에서의 윤생 권리를 획득하여 지구상에 번성하기 위한 경쟁일 뿐인데 기존의 점유 세력을 몰아낼 수단으로 생소한 체제를 인민을 위한다는 명분으로 들고 나와 저들이 정의로운 양 위선(僞善)하는 자들을 황제는 일찍이 간파한 것이죠. 흔히 말하는 종교 전쟁도 인연이 뭉친 종족끼리의 싸움에 불과한데 종교로 포장한 것이지요. 어리석은 자들은 종교 때문에 전쟁이 나고 사람들이 죽었다며 반종교 주장을 펼치고들 있지만."

"황제의 세상에서의 소명이라는 것이 결국 꺼져가는 중화문명의 잔영(殘影)을 세상에 보이는 것이었군요."

"우리는 지금 중화(中華)이니 한(漢)이니 하는 개념을 중국의 전유물(專有物)로 돌리고 있지만 그것은 오랑캐 세력에 의한 중화문화 단절의 의도에 따른 것임은 『황제를 위하여』 이야기를 상세히 살피면 알 수 있어요. 사실 한족(漢族)이라는 칭호는 한(漢)나라 이후 한자를 쓰는 민족 연합체나 다름없는 것으로서 한족이 중국 내의 특정 민족을 의미하는 것은 아니라는 설은 이미 많이 제기되어 왔지요. 한반도에는 한나라 이전의 춘추전국시대에도 이주해 왔으니 한자를 쓰는 문화 공동체의 개념은 우리가 이미 일찍부터 공유해 왔다고 할 것이지요."

"한자는 우리 민족인 동이족이 만든 거라고 하는 주장도 들었는데요."

"우리 고대사를 강조하는 사람들이 자주 쓰는 용어인 동이족은 한족에 대응하는 말이 아니에요. 동이족(東夷族)이란 말은 춘추전국시대에도 있던 말로서 한족이란 말보다 먼저부터 있었던 것이지요. 삼국지위지동이전(三國志魏志東夷傳)이 쓰였던 당시의 시대에는 중화문화의 중심은 대륙 내부의 서안(西安)과 낙양(洛陽)이었고 한반도는 변방이었을 것이지만 이후 중국의 수도와 중화문화의 중심은 동쪽으로 이동하여 근대 이후로는 황해(黃海)를 접한 북경(北京)과 상해(上海) 그리고 서울 즉 한성(漢城)이 동북아 문화의 중심지이지요. 한(漢)을 우리 민족과 동떨어진 것으로 보는 시각(視角)이 우리에게 형성된 것은 오랑캐 세력 측의 의도에 의해 진행되어 온 것이지요. 한양(漢陽)이 있고 한성(漢城)이 있지만 지금도 불리는 한강(漢江)과 북한산(北漢山)은 또 무엇인가요. 그리고 덕수궁의 대한문(大漢門)은 본래 대안문(大安門)이었는데 이것은 중국의 천안문(天安門)에 한 획이 적은 것으로서 중국의 속국을 의미할 수 있었는데 이것을 고종 시대에 대한문(大漢門)으로 고쳐서 중국의 천안문(天安門)과는 무관하게 자주

독립의 상징이 되게 했어요. 漢藥(한약)을 韓藥(한약)으로 바꾸는 것
등도 의미 없는 일이죠."

임신(壬申)년 마침내 천병(天兵)을 일으키셨으되 때가 이르지 않음이여 마숙
아(馬叔牙) 죽으면서 황제의 거병을 만류하고 김광국에 뒷일을 부탁하고 무기
를 사러간 동(董)을 떠나가게 한다.

"마숙아는 당초 황제를 따르는 이상한 행운에 자기 인생을 편승
하려 했다가 진심으로 황제를 숭종(崇從)하게 되었다는데요."
"처음의 마숙아로서는 황제에게서 절도한 재물도 다 써버리고 어
차피 막장에 다다른 인생이니 황제를 따라가면 무슨 살길이 있으리
라고 흰돌머리로 따라간 것이죠. 사람의 행동 양식을 결정하는 동
기(動機)의 낮은 수준인 이익을 취하기 위하여 마숙아는 황제를 따
라갔지만 결국 자신의 지력(知力)으로는 이해(理解)할 수도 없었던 도
(道)를 황제의 마음이 바탕이 되어 나타나는 거룩하고 깨끗한 흐름
으로 인해 깨닫게 되었던 것이지요."
"마숙아는 감결(鑑訣)과 비기(祕記)가 세대에 부응하여 변할 수 있
다고 하네요."
"서양문화의 이입(移入)으로 기존의 예언은 이미 뒤틀리고 있음은
얘기된 바 있죠. 그러니 감결의 자구(字句) 해석에 너무 매달리지 말
라고 충고했죠."
"애초에 임신기병(壬申起兵)이란 말도 없는 것 아닌가요."

"그렇죠. 한자의 구조에 매달려 者橫冠 神人脫衣 走邊橫己 聖諱加八(사자횡관 신인탈의 주변횡기 성휘가팔)이란 구절을 비약해석 한 것이라고 봐요. 이 말은 정감록 감결에서 소중화와 대중화가 함께 망할 때의 징조들을 설명하는 중에 있는 것인데 임신기병, 즉 임신년에 군사를 일으킨다는 것으로 해석한다면 그때 소중화(한국)도 이미 왕조가 망했고 대중화(중국 명나라 한족 정권)는 왕조가 망한지 아예 수백 년이 지났죠. 그러니 소중화가 망하게 하려고 황제가 군사를 일으킨다는 것이 말이 안 되고 더구나 황제는 중화문명의 적통(嫡統) 후계자를 자처하고 있어요. 임신기병이라는 해석은 본래부터 문제가 있는 것이니 황제의 일생 중에도 비록 다른 보잘것없는 기병(起兵)은 있었지만 1932년 임신년은 무사히 넘어갔죠."

"소중화 대중화가 망한다는 것이 단지 왕조는 아니겠네요. 사실 근세 서양세력에 의한 격변의 시대에 한국과 중국의 왕조가 모두 망하긴 했지만 중국 청나라 왕조는 황제와 같은 정통 중화문명의 후계자 입장에서 보면 만청(滿淸) 오랑캐 왕조에 불과한 것이고…."

"문제의 구절을 다시 살펴보죠. 일단 사(士)부터 보면 우리는 흔히 선비 사라고 해서 학자나 관료 혹은 책상물림 등을 생각하기 쉬운데 士는 무사(武士) 등 수렵 채집 시절부터 무리를 이끌던 직분을 말하죠."

"그렇겠군요. 글자 모양을 봐도 땅 위에서 활을 쏘는 게 연상돼요."

"무리를 지도하는 것은 농공상의 1차 2차 3차 산업이 발달하기 전부터 동물과 공통으로 있었던 가장 오래된 직업이죠. 간혹 우리 고유의 사농공상의 서열이 잘못된 것이고 타파해야 할 악습이라고 하는 소리가 있어요. 그러나 사농공상(士農工商)은 인간의 직업 분화를 나타내는 좋은 의미이죠. 농공상(農工商)은 1차 2차 3차 산업인데 이것을 두고 단지 놓인 순서에 따라 차별이라는 시선을 갖는다면 1차 2차 3차 산업이란 말로 농공상을 구분하는 것도 편견에 따른 서열 구분이니 쓰지 말아야 하겠죠."

"예, 알겠어요. 그런데 士가 흔히 쓰는 선비의 뜻이 아님을 강조하시는 데는 무슨 의미가 있죠? 혹시 병사(兵士)라는 말이 있듯이 군인을 가리킬까요?"

나는 가볍게 끄덕이고는 백판에 글씨를 쓰며 설명을 시작했다.

"士者橫冠(사자횡관)… 사자(士者)가 관(冠)을 옆으로 친다(橫)는 것은 군인이 벼슬아치를 후려친다는 것이니 군사 쿠데타를 말함이죠.

신인탈의(神人脫衣)… 신이나 사람이나 옷을 벗긴다는 것은 이제까지 백성들 앞에서 권위를 유지했던 신적인 존재나 귀인(貴人)이나 권위를 땅에 떨어뜨린다는 뜻일 수도 있고 신인(神人) 즉 숭고한 사람이 옷을 벗긴다는 뜻이 될 수도 있지요. 그래서 이야기에서는 황제가 왜경에게서 옷을 벗기운 사건을 삽입시킨 것이었고….

走邊橫己(주변횡기)… 새로이 권력을 얻은 그들은 달리면서(走) 주변(邊)을 사납게(橫) 다스린다(己)는 것이고

聖諱加八(성위가팔)… 성인(聖)의 이름(諱)과 같은 표상(十字)에 팔(八)을 더해서 사람들이 욕설을 자주하게 되고 언어의 품격이 떨어

지니 소중화와 대중화, 즉 중화문명이 망한다는 것이죠. 군사 쿠데타 이후 사농공상이 잘못되었다는 등 기존의 권위 체계를 무너뜨리기 시작했죠. 통치의 방식이 사나운 것은 말할 나위 없고…. 사실 소중화 국가인 조선의 왕조가 망하고 일제가 들어왔다가 망하고 다시 이승만의 대한민국이 신문명의 방식을 따라 세워졌어도 중화문명을 상징하는 한자 위주의 글 표기는 계속 이어졌어요. 그러다 박정희의 쿠데타 이후 한자를 못 쓰게 하는 중화문명 탄압이 노골적으로 생겨났고 그 뒤의 정권도 계속 오랑캐의 문화정책을 따르니 감정을 언어로 표현하는 수단이 줄어든 민중은 억눌린 심정의 표현을 욕설로 대체하기를 즐겨하면서 소중화는 망하고 만 것이지요. 그 즈음에 중국에서도 문화혁명이 일어나 청나라 왕조 때에도 이어왔던 전통 중화문명을 다수 격하하고 파괴했고 한자의 지나친 간략화로 중화문명을 온전히 표기하지 못할 지경에 이르렀으니 비록 왕조는 일찍이 망했어도 대중화의 문명은 역시 그때에 망했다고 봐야 하죠. 중화문명의 정신이 지상에서 위축되니 중화의 연(緣)을 가진 영륜의 영혼은 더 이상 소중화와 대중화의 지역에 태어나기도 어렵고 태어난다 해도 뜻을 펼칠 환경이 되지 않으니 비로소 중화라는 영혼 교육 과정 즉 국가 이념이 망한 것이죠."

"이야기에서는 여기에 이르러 황제의 집사를 마숙아에서 김광국으로 교체했군요."서희는 황제의 이야기 속으로 다시 들어가 대화를 이었다.

"일제시대 만주의 무법천지에 적합한 인물을 쓰다가 해방 전후

복잡한 정국(政局)의 사상 이념을 논할 지식인이 필요했던 것이죠."

핵심은 있지만 간단한 답으로 갈음했다.

계유(癸酉)년에 드디어 백석리(白石里)의 기업(基業)을 폐(廢)하여 정처사 일족이 만주로 들어오는데 우발산이 황씨 부인과 간통한 아이를 데려왔으나 황제는 용서한다.

이번 구절은 내가 즐겨하는 남녀 관련 담론을 마음껏 펼칠 기회라고 생각되어 우선 부인의 간통을 용서한 황제의 덕망을 칭찬했다.

"황제가 여색을 탐하며 남성적 정복욕에 사로잡힌 사람이 아니란 것이 여기서 증명되지요. 아내와 우발산의 간통을 뻔히 알 수 있었는데도 덮었던 것은 남성의 생식 본능에 휘둘리는 보통 사람의 영적수준을 이미 초월해 있기 때문이지요."

"황씨 부인의 입장을 이해할 수 있다면 충분히 용서될 수 있는 일이지요. 윤생의 경력이 높은 노령(老靈)은 남자일지라도 여자로서의 생도 충분히 겪었기 때문에 여자의 입장을 이해할 수 있다고 봐요. 물론 황제는 영혼의 나이의 기준으로도 평가할 수 없는 자미대제의 현신이지만… 히." 서희 또한 남녀 문제를 영적 관점에서 보는 것은 어느 정도 숙달되어 있었다.

"여성으로 태어난 사람도 노령이라면 마찬가지이죠. 남자의 형편을 이해하니까…."

의자에 앉았지만 아직 벗지 않은 서희의 겨울 외투를 벗겨주었다.

외투에 두소매를 뒤로 밀쳐 의자에 걸치고 서희의 어깨를 잡아당겨 일어나게 했다. 자연스럽게 서희는 품에 안길 듯 접촉되어 외투 속에 뭉쳐 있던 체향(體香)이 포근한 속털옷 너머의 물컹한 따스함을 느끼기도 전에 퍼져 나왔다.

남자는 늘 여자를 원하고 가까이하고 싶어 한다. 그것을 서희가 이해하여 줄 것을 믿기에 가능한 정경(情景)이었다.

"작가도 여자의 입장을 이해하니까 굳이 이런 장면을 삽입했겠지요." 서희는 물었다.

"황제의 가상 국가를 마지막으로 중화는 멸망한 것이잖아요. 같은 땅에서 문화의 판도가 바뀐다는 것은 곧 그 땅에서 우위를 점했던 영류의 지상에서의 활동이 위축된다는 것인데 가장 우선적으로 나타나는 것이 문화 전반이죠. 그 땅의 문화의 연속성이 있다면 그 땅에서 혹은 유사한 문화 지역에서의 전생(前生)을 겪은 영혼의 현신(現身)이 문화 활동을 하기에 유리하죠. 사상도 보수적인 입장을 가지고요. 그래서 과거 이 땅에서 양반의 전생을 가진 영혼이 환생하면 보수적인 입장을 가지며 문화 활동을 하는 것이 정상이죠. 하지만 지금의 바뀐 문화환경에서는 그것이 곤란해요. 이 땅에서의 지식인의 전생을 가진 영혼은 한문(漢文)에만 익숙하지 지금 쓰이는 한글 문장에는 그리 숙달하지 않았으니까요. 문열공(文烈公) 김부식(金富軾)이나 연암(燕巖) 박지원(朴趾源)이 오늘날의 한국에 다시 태어난다고 해도 문인 활동을 하기에는 불리하죠. 그래서 문학 분야에는 특히 보수적인 작가가 각광을 받기가 어려운 것이죠. 한국의 작가

중에는 전생에 남사당놀이의 취바리를 했던 듯한 작가도 있는데 그런 전생 경력이 풍부한 영혼은 한글 문장에 탁월하게 되죠. 하지만 한국 땅에서의 윤생 경력 기간 동안 사회 주류에 있지 않으면서 사회 구조에 불만을 품어왔으니 진보적 성향을 취하게 되죠. 한국에서 보수성을 발현하게 되는 윤생 경력을 가지면서도 지금 통용되는 한글 문장에 탁월하기가 어려운 듯싶은데 그런데도 그런 작가가 있다는 것은 지식인의 전생을 가졌다고 해도 여성으로서 한글 문장을 익힌 경험이 더해져 있다면 가능하기 때문이죠. 소설 『선택』은 당초에는 조선시대 양반여인의 혼령이 나와서 이야기를 전개하는 설정이 좀 생뚱맞다고 생각했는데 가짜를 꾸며낸 것이 아니라 그냥 발설자가 그대로 자신의 영에 속한 과거의 혼을 불러내어 그 입장에서 지난 생의 이야기를 말하는 것이라고 보면 간단해요."

"그 책도 보고 싶네요."

"다음 기회가 있을 거예요."

다시 교재 『황제를 위하여』의 책장을 넘겼다.

"흰돌머리에 남아서 기업(基業)을 지키려던 사람들이 견디지 못하고 황제가 있는 만주로 몸을 의탁하고자 왔는데요. 이야기에서 흰돌머리는 초반부터 후반까지 계속 중심 근거지가 되어 있는데 왜 도중에 단절을 시켰는가 하는 의문이 들지 않나요."

"남은 사람들은 생활 능력이 안되니까 그럴 수밖에 없었겠지요."

"흰돌머리의 사람들이 모두 만주로 들어왔을 때 그것도 그 사람들의 자발적인 계획으로 온 것도 아니고 서신으로 황제와 상의한

2부. 작품에서 본 이문열

것도 아니고 마치 피난 와서 걸식을 하듯이 찾아왔을 때 흰돌머리의 기업을 중히 여기는 입장에서는 사태의 심각성을 느끼고 부랴부랴 대책을 강구했겠지요. 그런데 황제가 그것을 걱정한 구절이 없어요. 부인과 우발산의 통정을 감싼 사실만 있을 뿐이지. 이것은 황제가 삼차원 물질계에 구속되지 않는 우주적 인격을 가졌기 때문이지요. 흰돌머리의 기업은 하늘이 기획한 것이니 잠시 쉬고 접어 두어도 괜찮다는 것을 황제는 알고 있는 것이지요. 지상에서 일어나는 일이 우주의 시나리오에 따른다는 믿음이 있고 그 진행의 양상을 이해하는 지식이 있다면 당장 보이는 현실이 형통하지 않아도 불안해할 이유가 없어요. 자기의 쌍염(雙炎)이 존재하고 세상에 와 있음을 믿는다면 배우자를 찾기 위해 안달하고 불안해할 이유도 없겠지요. 연극에도 막간이 있고 긴 영화에도 휴식 시간이 있지요. 연극이 어떻게 해서 상연되고 영화가 어떻게 해서 상영된다는 것을 알면 중간에 극이 중단되어도 좌절하거나 허탈해할 일이 아니죠. 이미 시나리오가 있음을 모르는 어린 사람이 가끔 자포자기할 수는 있지만."

"황씨 부인과 우발산의 통정을 황제가 감싼 것은 대인으로서 있을 수 있는 일이지만 여러 사람들 앞에서 그 사실을 접했을 때의 의연한 대처와 임기응변은 탄복할 만했어요. 그런데 그다음에 황제의 셋째 아들에 관한 언급이 없다가 나중에 그냥 병들어 죽는 걸로 나와 있네요."

"그 아들은 황부인이 후반생을 현모양처가 되게 하고 우발산을 충신으로 만드는 것에 역할을 다한 것입니다. 이렇게 가끔은 주변 사람들의 인생을 엮어 주는 역할을 하고는 어린이로서 세상을 왔다 가는 영혼도 있지요."

신천일년(新天一年) 갑술(甲戌) 남조선(南朝鮮)을 개창(開創)하시다. 정처사가 죽으면서 일본인의 독살이라고 하니 황제가 거병하려 하나 이를 만류할 겸 김광국과 신기죽 등이 건의하여 나라를 세워 고조선의 남쪽 땅을 다스린다 하여 남조선이라 칭하고 황제는 일단 왕으로 칭하고 측근과 선고(先考)에게는 벼슬과 시호를 내린다.

"남조선이라는 말은 북한이 남한을 지칭할 때 쓰는 말이라서 선입감이 있지만 나라 이름에 방위가 들어간 것에 대한 의미를 따져 봐야겠군요. 중국에서도 당(唐)이 망한 다음에 남당이 있었고, 송(宋)이 있은 다음에 남송이 있었죠. 남송은 영토가 현저히 줄어든 것이 아니고 먼저의 송나라와 비슷하게 지속되었기 때문에 거의 동급으로 간주해서 그냥 송을 북송과 남송으로 부르기도 하지요. 마찬가지로 훨씬 먼저 있었던 한나라도 전한(前漢) 후한(後漢)이라고도 하지만 서한(西漢) 동한(東漢)이라고도 하지요. 영토도 같고 지속 기간도 거의 같았으니까. 송 이후의 원(元)이 망한 후에도 잔존 세력은 그들의 근거지로 돌아가 북원(北元)을 지속했지만 규모는 대폭 축소되었지요. 명(明)의 멸망 후에도 남명(南明)이 짧은 기간 동안 있었고."

"그렇다면 방위가 들어 있는 나라 명은 먼저의 나라가 망한 다음의 잔존 세력을 말하는 것인가요. 특히 먼저의 나라에는 전혀 상대적 방위명을 붙여 부르지 않는 경우는요."

"지금의 영토는 완전한 영토가 아닌 일부에 불과하고 훗날 되찾을 땅이 상대 방위(方位) 쪽에 있다는 의미를 갖죠. 황제의 나라가 만주에 있음에도 남조선이라 이른 것은 일제로부터 나라를 찾을 땐 우선 반도부터 찾아야 하고 그다음 한반도의 남조선이 만주까지도 병합하여 완전한 조선을 만든다는 계획이 숨어 있죠."

"그러면 한반도를 찾은 다음에 개국을 해야 하는 것이 아닐까요."

"그게 순리이지만 황제의 무모한 거병을 막기 위해서 김광국과 신기죽이 서두른 것이지요. 실질적으로 마음은 이미 한반도에 있다고 봐야 하지요."

"나라를 표방해서 달라진 것이 무엇일까요. 마을 유지들의 호칭을 달리한 것 말고⋯."

"이야기 속에도 나라를 표방한 것에 대해 자체 내에서 황당해하는 분위기가 일부 있지만 사실 그 당시 만주에 있는 한 세력이라면 그럴 자격이 있다 해도 과언이 아니에요. 당시는 만주 군벌시대이고 황제의 장원(莊園)은 어떤 안정된 국가로부터의 행정 지도를 받지 않았으니까요. 스스로 국가라고 주장해도 제지받지 않았음은 이야기를 살펴도 증명되잖아요. 실제로도 황제의 세력은 무기고 등 국가로서 필요한 방위 능력을 가지고 있었지요. 세상의 역사책으로 서술하자면 황제의 세력은 그 당시 만주의 한 군벌이라고 보면 되겠네요."

"황제는 개국의 자격이 있다는 말이죠."

"그 자격이 있음은 단지 영토와 방위력이 있다는 물적인 것이 아니죠. 어차피 나라라 하기에는 한없이 초라한 것이니까요. 그러나 더 중요한 건 자체적인 영혼성장 교과목이 있다는 것이에요. 황제는 백성을 어느 방향으로 이끌어가야 하고 그들이 지상에 태어난 목적대로 영적으로 단련되고 성장하기 위해서는 어떻게 해야 한다는 것을 알고 있었죠. 이것이 국가를 결성하는 정당성을 위한 첫 번째 요소이지요."

신천사년(新天四年) 잠입(潛入)한 공산비(共産匪)를 출척(黜陟)하시다. 국저(國儲) 융(隆) 동장(東莊)을 떠나다. 황제의 백성을 위하여 학교를 세우며 교사가 부족하여 김광국은 이현웅(李鉉雄)을 끌어들이는데 그는 공산주의자로서 학생과 주민을 선동하여 장원 내에서 혁명을 일으키려 한다. 발각되어 처형을 예정해 두었으나 세자 융이 구출하여 함께 도망친다.

(4) 卷四 風雲萬里 – 日帝패망으로 基業회복하다

신천칠년(新天七年) 법술(法術)로 나라를 정비하시고 백석리(白石里)의 기업(基業)을 되살리시다. 황제가 공산주의자 이현웅을 내친 일은 옛날 강태공이 명망 있던 아나키스트 형제를 죽인 일에 비유되는 일이었다. 김광국의 건의로 흰돌머리를 살리기로 하여 늙은 부부들과 둘째 휘와 우발산을 보낸다.

"강태공이라면 낚시를 하는 조용한 사람인 줄 알았는데 사람을 처형하기도 했다니 의외군요. 그것도 서로 싸운 사람도 아니라 그 냥 현자로서 명망 있는 사람을…. 그런데 황제가 공산주의자를 내보낸 것이 어떻게 이것과 비교될 수 있나요. 공산주의자가 그렇게 고상한 현자가 되는 건가요?"

독서 토론을 통해 얼마간 사상 이념을 배운 서희는 질문했다.

"좀 견강부회(牽強附會)한 비유 같기는 하죠. 하지만 본질을 보면 공산주의가 가지는 강성 진보 이념은 곧 극단적 진보 이념인 아나키즘 즉 무정부주의 혹은 절대 자유주의에 연결되지요."

"자유주의는 보수 이념에 쓰이는 말 아닌가요."

"보통 자유주의라고 하면 개인이 능력을 최대한 발휘할 기회를 준다는 것이지요. 그렇게 되다 보면 성공한 자만이 자유롭다 하는 말이 있듯이 능력이나 힘에 따라 누릴 수 있는 자유에 차이가 있지요. 엄밀히 말하면 상대적 자유주의이지요. 그러나 절대 자유주의라 하면 구성원 모두가 어떠한 자유의 침해도 없이 자유를 누릴 수 있는 사회환경을 추구하는 이념으로서 다스리는 자도 다스림을 받는 자도 없는 무정부의 사회를 추구한다는 것이죠."

"그게 현실적으로 가능키나 한가요."

"그러니까 극단적인 진보주의이죠. 사람들의 인격을 실제보다 후하게 보아주는 것이 진보주의인데 아나키즘은 사람들이 모두 법 없이도 살 사람, 즉 성인군자가 되어야 실현 가능한 것이지요. 공산주의도 사람들이 생산물을 똑같이 나누어 가진다고 해도 각자가 모두 꾀를 피우지 않고 타인들을 위해 열심히 일하는 군자가 되어야 실현 가능한 것인데 거기서 더 나아간 것이지요."

"사람들의 영적 수준이 사회제도와 어떤 관계를 가지고 있는지 알고 싶어요."

"앞에서도 얘기된 바 있지만 제1단계는 생존 지향의 삶이에요. 동물과 마찬가지로 지상에 살아남으려는 노력으로 영혼을 단련하는 삶이죠. 원시시대는 대부분 사람들의 영혼이 이 단계에 있는 시대이죠."

"지금은 그 단계에 있는 사람들이 적나요."

"많지 않으니까 공공질서가 유지되죠. 만약 우리 주위 사람 다수가 이 수준에 머물러 있어서 생존의 이익을 위해서는 동네 가게에서 도둑질이나 강도질을 일삼는다고 해봐요. 몇 사람 안 되는 경찰로 다스릴 수가 있을까요."

"경찰이 많아져야겠지요. 그리고 경찰이라고 해도 믿기 어려운 경우가 많을 테고, 호호."

"단위 사회가 크다는 것은 유지하기 위한 행정력의 절약이 된다는 것이지요. 국가도 큰 나라는 군대 유지를 위한 국민 부담이 적지요. 그런데 구성원들의 영적 수준이 기초적이면 적은 수의 인력으로 많은 사람을 다스리기가 어렵죠. 결국 소수의 사람들을 단위로 해서 그들을 힘으로 다스리는 사회가 되어야 하고, 구조적으로 동물의 사회와 큰 차이가 없게 가장 힘센 자인 추장(酋長)이 다스리는 원시사회가 되어야 하죠. 현대 사회에서도 소수의 사람들의 단위인 가족 내에서 아직 인간으로서의 기초가 부족한 어린이들을 가장(家長)이 힘으로 다스리는 것을 볼 수 있는데 가정(家庭)은 원시사회의 형태를 가진 인간사회의 기본 단위이죠. 진보적인 사람들은 가정도 민주적이어야 즉 원시사회를 벗어나야 한다고 주장하고 있지만요."

"가정이 반드시 가부장제에 따른 냉엄한 곳은 아니잖아요. 여성적인 사랑이 가정의 지도 체제가 된다면 오히려 가정의 체제가 그대로 국가 체제로 발전되는 것도 바람직하잖아요."

"남성적 권력은 불복종 자에 대한 응징으로 유지되었지만 여성적 능력인 출산과 아름다움으로 통치하는 나라를 그린 소설(『천년여황』, 1995)도 있죠. 거기서도 통치자인 여황의 출산력의 한계에서 나라의 규모가 만들어지죠. 즉 통치자인 모친과 피통치자인 자녀의 두 계층만 존재할 뿐 다단계의 통치 구조는 있지를 못하죠. 역시 가족 단위에 머무는 사회이니까요. 다단계의 통치 구조로 많은 사람들을 통합적으로 다스리는 영적 훈련 프로그램은 구성원이 기초적인 생존의 가치관보다는 그다음 단계의 가치를 추구해야 실시 가능한 것이죠. 바로 제2단계인 규율형의 삶을 추구해야 하는데 지상의 권세가 만든 규율에 충실히 따르며 절제하는 중에 영적 성장을 추구하는 단계이죠. 대부분의 사람들의 영혼이 이 단계에 있었던 시대가 봉건시대이죠."

"지금도 봉건시대와 다름없는 사회제도를 가진 나라들도 많잖아요."

"현대에도 아직 이들 1, 2단계에 머물러 있는 영혼이 다수를 차지하는 국가 사회에서는 권위주의 통치 혹은 회교(回敎) 규범에 의한 국민 통제의 방식으로 나타나죠. 그다음 제3단계가 성취지향의 삶인데 자기의 노력으로 재물과 명예 등을 추구하여 인생 중에 성취감을 얻는 것을 목표로 하는 삶이죠. 그런데 다른 사람들을 지도하는 지위를 추구하는 목표는 그 기회에 한계가 있으니 모두에게 가능한 성취 목표는 충분한 재화를 획득하여 스스로 행복한 삶을 살 기반을 만드는 것이죠. 국가에 이 단계에 이르는 영혼들이 많아지는 시기에 자본주의는 태동하죠."

"요즘은 한국 같은 데서도 자본주의는 비판의 대상이 되지 않나요."

"자본주의를 이상사회와 비교하면 냉정함의 대명사이지만 그 이전의 봉건 신분제도를 벗어나는 과정임을 생각해야죠. 다음 제4의 단계가 관계 지향의 삶이죠. 물질보다는 사람들 사이의 인연을 중시하고 그들과의 관계를 향상하는 목표를 가진 인생을 살아요. 과거 생존경쟁의 과정과 성취 경쟁의 과정에서 쌓았던 악업을 해소하는 것도 이 과정(過程)에서 할 일이죠. 사람들이 자기의 이익에 초연하고 타자본위의 함께 나누어 사는 삶의 사고방식을 가진다면 공산주의는 이러한 가치하에 모두가 함께 생산하고 나누어 가져서 의식주의 필요한 생활물품을 보장받고 구성원은 물질추구 그 이상의 가치를 함께 추구하자는 것이죠."

"먹고살고 성공하고… 세상의 세속적 가치를 다 해보고 초월한 영혼이 지구상에 또 태어났다면 추구할 것은 하늘의 뜻을 지상에 구현하는 생활철학일 텐데 그러면서도 의식주는 필요하니 공산체제하에서 생존에 필요한 물자만을 생산하고 남은 시간에는 도(道)를 닦으면 만족스러운 삶이겠군요."

"이렇게 인간의 영혼은 그 성숙 단계가 분류되는데 위의 첫 번째 생존 지향의 삶을 사는 영혼을 유아 영혼(infant soul)이라 하고 계속해서 어린 영혼(child soul), 젊은 영혼(young soul), 성숙한 영혼(mature soul)으로 분류하여 한 인생에서 사람이 나이를 먹고 성숙하는 것에 비유하여 설명할 수 있어요. 이 네 가지 단계를 지난 영혼은 노령 혹은 오래된영혼(old soul)이라 하여 세상을 넓은 시야로 관조(觀照)하며 세속의 가치를 중히 여기지 않는 초세(超世)의 성향을 가지죠."

"그 정도 되는 사람은 사회주의니 공산주의니 하는 정부도 필요 없겠군요."

"현실적으로는 존재하지 않지만 노령인이 다수가 되는 사회라면 지상은 하나님의 나라가 도래한 지상 천국으로서 아나키즘의 적용이 가능하니 다스리는 정부도 없고 다스림 받는 인민도 없는 삶이 가능하죠. 인간이 행사하는 강제력에 의한 국민 통제가 필요하지 않으니 정부가 필요 없는 사회가 되지요."

"그래서 무정부 상태를 목표로 하는 좌파 이념인 아나키즘이란 게 있는 것이군요."

"아나키즘은 그것을 주장하며 사회제도를 고쳐 나가서 가능한 것이 아니라 인간의 영혼이 고양(高揚)되는 선행 과정(先行過程)을 거쳐야 이루어질 수 있는 것이죠."

신천십일년칠월(新天十一年七月) 마침내 대적(大敵)을 파(破)하시고 국화(國華)를 회복하시다.

갑신(甲申)년이 오고 을유(乙酉)년이 왔다. 김광국은 양인(洋人)들의 기계인 라디오를 통해 일제가 패망할 것을 예고 받았다. 황제는 일제가 패망하기 전에 출병하려 노력한다. 마침내 김광국을 군사령관으로 출병한다. 일본군을 발견하여 공격하나 이미 일본군은 항복하고 전쟁은 끝난 상태였다. 황제 일행이 포로 학살의 전범(戰犯)으로 처벌받을 위기에 소련군에게 중공 팔로군으로 위장하여 처벌을 면하고 무기를 지원받는다.

신천십일년시월(新天十一年十月) 요동의 소슬한 삭풍(朔風)이여 만리(萬里)의 외로운 나그네로다.

해방의 기쁨에 황제는 망명 정부를 거두고 잃었던 흰돌머리의 기업을 찾고자 환국한다. 그러나 만주를 지나오면서 모택동의 군대와 장개석의 군대에 인원과 재물을 잃고 십여 명만이 남았다. 김광국은 무사히 일행을 인도해 주는 큰일을 했으나 보름 걸릴 지름길을 놔두고 우회해서 황제의 일행은 석달을 넘게 만주 벌판을 방황하는 신세가 되었다. 늦여름에 출발하여 초겨울이 되어서 안동(安東), 즉 지금의 단동(丹東)에 도착했다. 왜군은 물러갔으나 삼한은 회복되지 않았다.

"왜 지름길을 놔두고 돌아서 왔나 진짜 수수께끼네요. 김광국이 자기 편의를 위해 들러볼 곳을 들러보느라고 그랬나 상상도 되지만 감광국은 일행을 위해 헌신했는데 자기의 일을 위해 여러 사람을 힘들게 했다고는 생각이 안 돼요."

서희는 이미 이야기의 많은 부분을 이해하고 있었다.

"후에 김광국이 황제와 헤어지면서 말하기를 황제와 만나기 전부터 엮여진 일이 너무 많아서 그것부터 해결하려고 떠난다고 했지요. 한국 땅에서도 풀어야 할 일이 많은데 그가 있었던 만주 땅에도 들러보고 확인해야 할 일이 있었을 것이라고는 짐작할 수 있어요. 하지만 그렇다고 김광국이 자기의 일을 위해 일행을 힘들게 했다고 탓할 수는 없죠. 김광국 혼자 다녔더라면 훨씬 가뿐하게 만주를 지나왔으리라고 이야기에서도 말하니까요. 중요한 것은 황제가 만주를 더 방황하게 된 것도 하늘이 예정한 과정이라는 것이죠."

나는 광활한 중국 대륙에서 막연히 무언가를 성취하려고 자주 들어가 여행하곤 했으나 공산 체제의 경직성에 부딪쳐 포기했던 내 경험을 떠올려 보았다.

"고대에 만주 지방에서 일어나서 한민족을 영도(領導)했던 신인(神人)들은 이후 남쪽 반도의 토인(土人)들의 삶을 지도하고자 반도에 들어와 삼한의 기업을 개척했지요. 황제의 전생에 만주에서 지은 업(業)을 보상해야 할 것이 남아 있고 그 줄기는 척가장에서 대강 해소했지만 그러고도 남은 잔챙이들은 만주 곳곳을 돌아다니며 처리해야 하는 것이었죠. 김광국이 지름길인 북간도와 회령(會寧)을 지나지 않고 경박호(鏡泊湖)를 돌아 돈화(敦化)로 접어들며 보름 걸릴 여행길을 석 달로 늘린 것은 김광국에 물을 길이 없다고 수수께끼로 남는 것이 아니라 황제의 자투리 업보 해소의 필수 과정이지요. 우리의 일상생활 중에도 길을 가다 방향을 몰라 헤매든가 버스를 잘못된 노선을 타든가 하는 일이 있는데 그렇게 예정치 않은 길을 가며 마주치는 사람들이나 잘못 탄 버스에 함께 타고 가는 사람들이나 다 해소해야할 인연의 잔재들이 있기에 우리를 끌어들인 것이지요."

신천십이년정월(新天十二年正月) 참오장(斬五將)의 기세로 천리적진(千里賊陳)을 돌파하시다.

황제 일행은 신의주에서 인민군 보안대에 잡혔다. 보안대에 이현웅이 있어 김광국은 이현웅에게 부탁하고 이현웅은 아들 융을 데리고 있어 그들의 도움으로 황제 일행은 풀려난다. 북쪽은 오랑캐의 땅이 된다는 예언이 실현되었다.

이현웅은 황제의 관대한 성품 덕분에 지난번 살아서 나올 수 있었다. 황제는 보응을 받는 것이었다. 황제는 아들을 이현웅에게 빼앗긴 셈이지만 대신에 아들은 위기에서 역할을 해주었다.

『삼한산림비기(三韓山林祕記)』에 "三國統合之後 一千餘年 土又派分 西自渤海 南至熊津 再爲靺鞨之境"(삼국통합지후 일천여년 토우파분 서자발해 남지웅진 재위말갈지경)이라 했으니, 삼국이 통합하고서 천여 년이 지난 다음에 이 땅은 다시 나뉘어져서 서쪽의 발해로부터 남쪽의 웅진(熊津)까지 다시 말갈(靺鞨)의 지경(地境)이 되니라 한 바 있다.

"웅진까지 말갈의 영역이 된다는데요. 웅진은 지금의 공주(公州)이잖아요?"

"말갈은 발해 때까지 고구려인 지배층 밑에 있다가 이후 고구려인이 남쪽으로 내려온 뒤 만주에 남아 있던 비중화권 민족으로서 오랑캐의 조상이지요. 그들의 후예가 한반도의 북쪽까지 차지한다는 것은 예언대로 나왔는데 그게 아직 풀이가 안 되었네요. 그런데 우리나라는 근래 충남 지역의 세종시로 수도 이전을 하려는 움직임이 있었잖아요. 그것도 건국부터의 국가 주류 세력이 아니라 건국 과정에서는 소외되어 비주류로 있었던 정치 세력이 주도했지요. 사실 남동쪽 해양보다는 북서쪽 대륙 지향인 건국 비주류 정치 세력이 왜 수도를 더 남쪽으로 옮기고 싶어 하나 의문이 났었는데 이제 설명이 되는군요. 집권하여 웅진 지역까지 직할 영역을 넓히려는 것이죠."

삼팔선 통과하며 척귀비 죽고 서울에서 김광국 떠나다. 황제는 북한 지역의 땅을 무난하게 통과했으나 삼팔선에서 업고 가던 척부인이 뒤에서 총을 맞아 황제 대신 죽고 말았다. 황제는 슬픔에 좌절하나 이것이 지나치자 신기죽은 꾸짖는다. 신기죽은 황제로 하여금 아내를 잃은 슬픔으로 타지마할 무덤을 짓다 몰락한 인도 군주의 전철을 밟지 않게 했다.

서울에 도착해서 김광국이 황제의 곁을 떠난다. 김광국은 자기는 쓸데없는 것을 너무 알아버린 바람에 해야 할 것이 밀려 있어서 어쩔 수 없이 떠나간다는 것이었다.

"어르신네는 확실히 하늘이 내신 분입니다. 천명(天命)을 받으신 왕자(王者)이십니다. 그러나 어르신네의 왕토와 백성은 어르신네의 밝고 어지신 마음속의 것이 가장 큰 것입니다. 부디 혼탁한 세상과 간악한 백성을 탐내지 마십시오. 이 세상은 역시 저희 같은 무리에게 맡기시고 조용히 흰돌머리에 머무시어 마음속의 크고 거룩한 왕국을 가꾸십시오.' … 김광국의 이 말은 이 소설의 가장 핵심이라고 할 수 있죠. 황제의 나라가 비록 천상에서 기획된 바 있어서 그 청사진이 그려 있다고 해도 지상은 이미 서양문화가 점유하여 계획된 나라를 건설하기에는 토양이 적합지 못하게 변해 있으니 어찌하겠어요. 우리의 보통 삶에서도 마당에 꽃밭을 꾸미려고 꽃씨를 잔뜩 준비했어도 그 마당이 아스팔트 바닥이 되어 있다면 한쪽 자리에 화분 가꾸기로 대신할 수밖에 없잖아요."

"화분 속의 꽃이라도 집안을 환하게 해준다면 의미가 있겠죠."

"김광국이 말하는 자기의 쓸데없는 지식들이란 당시 좌익이니 우익이니 하며 싸우는 분파의 주의주장과 서로에 대한 증오심 따위겠지요. 비유하면 아스팔트 바닥에서 주차 금지 팻말 옮기는 것 같은 일이죠. 꽃을 가꾸는 것과 같은 생명 본질적인 것이 아니라 그 본질 가치에서 벗어난 인간 사이의 소유권 다투기 방법이죠. 황제는 오늘날에도 변함없는 이 땅에서의 문제를 지적하고 올바른 길을 제시했어요. 삼국시대 말기의 친당(親唐)과 친일(親日)의 대립, 고려조에 이르러서의 친송(親宋)과 친금(親金) 그리고 친원(親元)과 친명(親明)의 대립, 이조 때의 친명과 친청(親淸) 그리고 친청과 친일의 대립에서 각 분파는 신의와 실리 혹은 개화와 수구의 명분이나 이념을 내세웠지만 황제는 그것이 본인들의 영달을 위한 것에 지나지 않았다며 공산당 또한 다를 바 없다고 했지요."

중광일년(重光一年) 백석리(白石里) 비록 구방(舊邦)이나 그 명(命)은 새롭도다. 국저(國儲)를 폐서인(廢庶人)하시고 개원(改元)하시다.

황제가 흰돌머리로 돌아오면서 이미 마을이 많이 변한 와중에 황제를 알아봐 주지 않는 자들과 소동이 생기나 흰돌머리의 기업을 회복할 과업을 충실히 이행한 둘째 아들 휘(輝)의 덕에 무사히 안착한다. 공산주의에 빠져 가출한 맏아들 융(隆)은 폐세자한다.

"같은 집안의 같은 유전자를 가지고 같은 환경에서 자란 사람들끼리는 사상이 닮아야 정상일까요."

"같은 집안에서 자란 형제가 사상이 대립되는 이야기는 많아요. 소설 『태백산맥』에서는 우리 현대사에 흔한 사건이었던 형제간에 좌우로 나뉘어 싸운 이야기가 나오고 영문학의 자매 소설가 샤롯브론테와 에밀리브론테의 경우 『제인 에어』에는 자유로운 교육 환경을 선호하며 평범한 여주인공을 내세우는 좌파적 사상이 담겨 있고 『폭풍의 언덕』 … 내 생각에는 『풍우의 고원(風雨의 高原)』(Wuthering Heights)이라 해야 맞지만… 에는 주워온 아이라는 운명 속에 난관을 뚫고 치열한 삶을 사는 주인공을 보이는 우파적 사상이 담겨 있지요."

"사상의 분화는 결국 선천적인 것이라는 말씀인가요."

"개인의 좌우파의 분화는 영혼의 개성이 현생에서 자기의 탄생

환경에 어울리면 우파 그렇지 않으면 좌파로 나아가지요. 부유한 환경에 익숙한 영혼이 가난한 환경에 태어나면 현실에 불만을 갖고 세상을 바꾸고 싶어 해요. 가난한 환경에 익숙한 영혼이 부유한 환경에 태어나면 자기가 누리는 부유함에 미안함을 가지며 가난한 사람들을 위한 운동을 하고 싶어 하지요. 이런 두 경우를 진보 좌파적 성향이라고 하지요."

"그러면 황제의 맏아들 융은 어떤 영혼 개성을 가진 사람일까요."

"중화의 문화와 왕조에 대한 충성에 익숙한 조선 양반이나 중국 지식층으로서의 윤생 경력은 그다지 없었다고 볼 수 있죠. 황제의 가족이 이루어놓은 분위기에 동화할 겨를도 없이 떠나갔으니까요."

"정상적인 생각을 가진 사람은 황제의 후계자니 하는 허황된 계획에 동의하지 않는 것은 당연하지 않나요."

"그래도 둘째 아들은 황제의 집안에서 취할 것을 얻어서 자기의 임무와 권리를 행사하기도 했잖아요. 비록 그도 결말을 잘 보지는 못했지만…."

"둘째 휘는 자기의 태어난 환경에서 주어지는 역할에 충실했군요."

"적어도 그가 피치 못해 황제의 곁을 떠나갈 때까지는 그랬죠. 이것이 보수적인 혹은 우파적인 태도라고 하는 것이죠. 과거로부터 익숙한 환경에 태어나면 이미 그 환경에 대처하는데 경륜이 누적되어 있으니 가난하든 부유하든 현실에서 자기의 본분과 인생 개척에 힘쓰지요. 우리가 유물론적 사고를 벗어나서 한 부모에서 같은 유전자를 바탕으로 태어났어도 그들의 정신, 즉 영혼은 각기 깃드는 것이라는 인식을 가지면 한 가족이라도 성격이 다르듯이 한 가족이라 해도 이념 성향은 다를 수 있음을 자연스럽게 받아들이게 되지요."

(5) 卷五 謀叛의 세월—변화된 현실계는 다스리기 어려워라

중광오년오월(重光五年五月) 영웅(英雄)이 서로 다투니 풍우(風雨)가 심하도다. 북적(北賊) 마침내 남쪽을 침노하니 창생(蒼生)이 가련하구나.

병술(丙戌)년 중광(重光) 유신 후에 이 땅은 예언대로 여러 중대사가 일어난다. 청나라 시절 조선은 청나라의 속국이었으니 조선 또한 오랑캐의 땅이었다. 대한제국으로 독립을 선언하였으나 일제에 빼앗겨 섬나라 오랑캐의 땅이 되었다가 해방으로 되찾았는데 분단으로 임진(臨津) 이북은 다시 오랑캐의 땅이 될 것임이 예언대로 되었다.

황제는 흰돌머리에 새로운 세력을 구축하여 성세(盛世)를 맞이한다. 황제의 명망이 높아져 제헌의원 출마의 권유가 들어오나 격에 맞지 않은 지위일 뿐더러 백성에게 아첨하는 것이 도리가 아니어서 거절한다.

환속 승려 두충이 황제의 모사(謀士)로 들어온다. 해물장수 배서방의 아들 배대기가 지난날 마숙아의 역할로 들어온다. 신기죽을 이을 방사(方士) 변약유를 얻는다.

인용된 『무학비결(無學祕訣)』을 살피니

갑신년과 을유년에 군사가 사방에서 일어나고
병술년과 정해년에 사람이 많이 죽고
무자년과 기축년에 유미정(猶未定)이요
경인년과 신묘년에 사방지(事方知)하다
임진년과 계사년에 성인(聖人)이 나오니
갑오년과 을미년에 행복한 나라가 될 것이다

했는데 갑신년과 을유년은 소설 배경 시절의 연도 말고도 근래 다시 반복되는 것이었다.

"근래에는 어떤 일이 일어났는지 살펴보지요."

우리는 인터넷을 검색하여 관련 자료들을 찾아 메모했다.

2004년과 2005년에 군사가 사방에서 일어나고
2006년과 2007년에 사람이 많이 죽고
2008년과 2009년에 유미정(猶未定)이요
2010년과 2011년에 사방지(事方知)하다
2012년과 2013년에 성인(聖人)이 나오니
2014년과 2015년에 행복한 나라가 될 것이다

"아무리 봐도 근래 우리나라와는 맞지 않는데요."

아쉬움을 보이는 서희에게 나는 손을 젓고는 공책의 메모를 보여주었다.

"2004년에 노무현 대통령 탄핵 사건이 일어나니까 촛불 시위라 하여 이에 저항하는 운동이 일어났고, 그 영향을 받아 노무현 대통령은 복위했고 결국 군사가 일어나는 것이나 마찬가지의 효과가 있었지요."

"그럼 그다음도 설명해 주세요. 두 해 단위로 있으니까 두 해 중 한 사건만 설명해도 되겠네요."

"2006년과 2007년에는 북한의 핵실험이 있었는데 그 광경을 우주 기록소에서 영상으로 미리 본 예언자는 큰 폭발이 일어났으니 사람이 많이 죽는다고 말할 수밖에 없었죠. 2008년과 2009년에는 세상이 혼란하여 앞으로 어떻게 될지 모른다는 건데 광화문에서 이명박 정부 반대 촛불문화제가 격렬하게 일어났으니 앞으로 어떻게 될지 모르는 것이죠. 2010년과 2011년에 이르러 비로소 일어날 일을 안다는 것인데 천안함 침몰과 연평도 포격으로 남북 간의 긴장 고조가 큰일이었는데 마침내 김정일의 사망을 맞아 비로소 일어날 가장 큰 일을 알게 되는 것이지요."

"그다음 해피 엔딩으로 예언은 끝나는데 그렇게 되었나요?"

"허. 지금이 그 정권이라면 성인(聖人)이 나와서 행복한 나라가 되었다고 권력에 아첨해도 될 것인데 그럴 형편이 못 되는군요. 하지만 우주의 설계도는 한반도가 이제 그렇게 될 시기에 도달한 것이지요. 서양문화의 영향과 외세의 힘으로 실현의 형태가 뒤틀리거나 초라해져서 만약 제대로 되었다면 성인으로서 신망을 받아야 할 사람이 무명의 은사(隱士)로 남고 말았는지도 모르죠. 그 은사가 2012

년에 사회 관계망을 통해 조금 더 알려졌고 2014년에는 사회적으로 인정받는 지위가 되었다는 뜻일 수 있죠. 비록 시운이 크게 뒤틀려 원래의 계획보다는 형편없이 초라한 규모로 민중을 가르치게 된 것인지는 몰라도."

나는 『무학비결』의 책장을 덮었다.

"다시 본문 얘기나 하지요. 변약유가 나타나는 과정은 상당히 작위적이에요. 마치 톨스토이의 『사람은 무엇으로 사는가』에서 천사라는 젊은이가 길에 뜬금없이 나타나는 것을 연상케 해요. 사람들은 어떤 중요한 변화가 생길 때 정상적인 상황에서 자연스럽게 성사되는 걸 기대하지요. 여기서도 뭐 제헌의원 출마 권유를 하러 온 사람들 중에 누군가 황제의 인품에 탄복하여 혼탁한 현실 정치를 따라다니는 대신에 황제를 보좌해야겠다고 결심했다면 더 자연스럽죠. 하지만 그것은 가식이 있는 설정이죠. 당시엔 정치 깡패들도 많았는데 애초부터 정치판 주위를 기웃거리는 모리배(謀利輩)들 중에서 황제의 뜻을 따를 사람이 나온다는 것은 남산에서 조약돌을 던져 맞을 사람을 뽑는 것보다 더 가능성 없는 일이죠. 그러기에 차라리 하늘에서 그냥 떨어진 것이나 다름없는 방식으로 나타난 것입니다. 하늘이 이미 결정해 둔 일을 실행하고자 할 때 지상의 물리적 현상이 정상적 진행을 방해해서 그 실현이 지체되고 있으면 다소 무리가 있는 설정을 해서라도 그것이 이루어지게 만들죠."

황제의 모사의 역할을 할 자가 없으니 하늘은 서둘러 점지하는 것이었다. 젊었을 때부터 모사를 해주었던 신기죽이 늙으니 황제의 후반생에서 보좌를 해줄 사람이 필요한데 세월도 흘러 황제의 초년 시절보다는 세상 사람들도 많이 명민(明敏)해진 까닭에 세상의 이른바 정상적인 사람이라면 합류하기 어려운 형편이었으니 작위성 있는 합류가 있을 수밖에 없는 것이다. 이미 주변 지역을 맴돌던 환속승 두충을 연결시켜 주었지만 황제가 지략을 의지할 수준은 되지 못하니 완전한 신기죽의 대치자(代置者)를 하늘은 자연스러운 현실에서는 일어날 확률이 적은 사건을 일으켜서라도 맺어 주었던 것이다.

"변약유가 자의(自意)로 찾아온 형식을 취하지 않은 것은 어떤 의미가 있을까요."

"황제에게 필요한 것은 그가 하늘의 예정된 설계를 실천하는데 있어서의 상호보완적인 지식이죠. 변약유의 선술(仙術)은 황제가 미처 접한 바가 아니고 두 사람의 관심사가 다른데 의도적으로 만나기는 어렵죠. 두충과 같이 계룡산 진인에 애초 관심이 있었다면 가능하겠지만…. 사람의 인연이 혼자(魂自)의 선택으로 인위적으로 맺어진다면 지상에서의 소명이 밀접하고 유사하다는 의미도 되지만 영성적 차원에서 상호보완 성장의 폭은 크지 않은 것이죠. 혼자는 그다지 서로를 찾지 않았지만 하늘이 맺어 주는 사이가 영혼의 상호보완적인 인연으로서의 의미가 크죠."

"혼자는 의도하지 않았지만 신아가 맺어 주는 인연이 영적 성장의 의미가 크다면 마음이 맞지 않는 가족과의 관계가 영적 성장에 중요하다는 의미네요."

"혼자가 의도적으로 맺은 친구나 배우자 사이라도 도중에 관계가 괴로워져도 피치 못할 사이인 경우는 마찬가지 의미가 있죠."

"그럼 함께 편하고 마음 맞는 사이는 덜 중요하다는 말인가요. 친구 연인은 물론이고 가족도 그런 사이가 될 수 있는데."

"마음 맞는 사이끼리는 함께 지상에서 이룩할 일이 중요하죠. 당사자 두 사람 말고도 다른 사람에게도 영향을 미칠 업적을 이 땅에서 이룩하고자 함께 세상에 온 것이죠. 가장 기본적인 예를 들면 금슬 좋은 부부가 함께 행복하게 백년해로하면서 많은 자식들을 세상에 내놓는 일이죠."

흰돌머리에 동란의 소식이 전해진다. 황제는 예언이 실현됨을 담담히 받아들이되 공산비가 자신의 나라 남조선을 도모하고자 한다는 소식에 백성을 무장시킨다.

"경인년에 동란이 일어남은 예언되었지만 그 경인년이 1950년인가 하는 것은 특정되지 않아요."

"왜 옛사람들은 연도를 특정하지 않고 육십갑자로만 예언을 했을까요."

"같은 팔자의 사람이 닮은꼴의 인생을 사는 것처럼 우주의 시운(時運)도 반복된다는 것을 알기 때문이죠. 그러니까 근래의 같은 갑자에 해당하는 연도에도 어떤 예언의 실현이 있는지 살펴볼 만하겠어요."

『남사고 비결(南師古秘決)』을 펼쳐 해당하는 근래의 연도를 알아보았다.

2010년	庚寅에 金狗隨卵하고 玉牒生塵하고 白衣封靑하면 梨花無光하리라
2011년	辛卯에 長君이 御極하면 治化可見이라 魚鹽이 至賤하고 虎傷人民이라
2012, 2013년	壬辰癸巳에 九年大水라
2014년	甲午에 汾水秋風이요 牛山落照라
2015년	乙未에 宮中之事는 宦官이 主焉하고 嬪妃가 與焉이라 三更燭下에 玉璽往來하고 五月川邊 金魚出沒이라
2016, 2017년	丙申丁酉에 王孫이 立極하여 削平禍亂이라 凶荒殺命하고 兵燹不息하여 人民이 半生半死라 兩西騷擾하고 三南兵起하리라
2018, 2019년	戊戌己亥에 蟬殼이 入宮하고 山鳥登庭이라
2010년	경인에 금구수란하고 옥첩생진하고 백의봉청하면 이화무광하리라
2011년	신묘에 장군이 어극하면 치화가견이라 어염이 지천하고 호상인민이라
2012, 2013년	임진계사에 구년대수라
2014년	갑오에 분수추풍이요 우산낙조라
2015년	을미에 궁중지사는 환관이 주언하고 상비가 여언이라 삼경촉하에 옥새왕래하고 오월천변 금어출몰이라
2016, 2017년	병신정유에 왕손이 립극하여 삭평화란이라 흉황살명하고 병선불식하여 인민이 반생반사라 량서소요하고 삼남병기하리라
2018, 2019년	무술기해에 선각이 입궁하고 산조등정이라

육십갑자로 보아 근래의 연도에도 해당하는 예언이 나열되어 있었다. 나는 글귀를 가리키며 휘젓는 손동작으로 의미를 강조하며 설명했다. 서희는 들으면서 끄덕이기만 했다. 한 구절이 끝날 때마

다 내 손짓은 서희의 어깨를 지나 가슴 위의 언덕을 스치다 거두어졌다.

2010년 庚寅에 金狗隨卵하고 玉牒生塵하고 白衣封靑하면 梨花無光하리라
경인년에 금 개가 알을 떨구고 옥첩에 티끌이 생기고 흰옷이 푸르게 덮이면 배꽃은 빛을 잃는다

"중화문화의 예언자들이 볼 때 북쪽 오랑캐 왕조는 짐승같이 멸시할 만하니 북쪽 김씨 왕조를 개(狗)로 볼 만도 하군요. 김(金)이 알을 떨어뜨린다는 것은 김정일이 김정은을 후계자로 세우는 것이고 옥첩에 티끌이 생긴다는 것은 이 나라의 황통(皇統)에 김씨 왕조가 포함되니 황실의 계보가 더럽혀졌다는 것이죠. 흰 옷을 푸르게 덮는다는 것은 흰 내의에 푸른 겉옷을 입는다는 것이니 외출을 한다는 것이고, 사람에 일생 중에 가장 큰 외출은 수험생이 입시 날에 응시하러 가는 것이고, 그런 중에 이화(梨花)대학의 빛, 즉 커트라인이 낮아져 간다는 것이지요."

"이화대학의 얘기까지 나오나요. 설마. 히이."

"그렇다고 봐요. 실제로 후에 이화대학이 전국적으로 동네북이 되기도 했으니까요."

"할 수 없죠. 전 한문의 내용을 짐작도 못 하니 아저씨 말씀하는 대로 따라 믿을 수밖에."

이른바 최순실 정유라 입시 비리 사건으로 이화대학의 평판이 그

즈음 이후 낮아지는 것은 사실이었다.

2011년 辛卯에 長君이 御極하면 治化可見이라 魚鹽이 至賤하고 虎傷人民이라

신묘년에 장군(長君)이 등극(登極)하면 다스림이 볼만할 것이라 어염(魚鹽) 즉 재물이 흔할 것인데 호랑이가 사람을 상하는 일이 일어난다.

"장군(長君), 즉 맏세자가 등극한다는 것인데 이 해 2011년에는 한국에는 아무런 정권의 변화가 없었지요. 반면에 북한에서는 김정일이 죽고 김정은이 왕위를 이어서 등극했지요."

"김정은은 맏아들이 아니지 않나요."

"그렇지만 장자(長子)라고 하지는 않았으니까 김정은 말고 다른 세자는 없었으니 김정은이 장군(長君)이라고 봐줘야지요. 그런데 다스림을 잘하고 재물이 흔해져 소득이 높아진다는 것인데 그 뒤 예상과는 달리 김정은의 북한이 망하지 않고 오히려 김정일 때보다 생활이 나아졌다는 것을 보면 대강은 성립되네요. 문제는 한국의 일이죠. 북조선의 일에 예언의 초점이 있다고는 생각하기 어려우니까요."

"장군이 꼭 맏아들이 아니라면 결국 왕위에 근접한 사람 중에 세력이 가장 강한 자라고 보아도 되고… 그때 남한에 대통령감으로 세력이 가장 강한 이(伊)가 있었지요. 안철수 신드롬이라고…."

"그러네요. 허허. 실질적 장군인 안철수가 등극했더라면 나라 소

득이 더욱 높아졌으리라는 가정이 가능하네요. 하지만 서구 제도를 모방한 임기제 때문에 자연스러운 천명(天命)의 이전(移轉)이 어려운 것이 서양문명에 의해 국통(國統)이 뒤틀린 남조선 즉 대한민국이죠."

"마지막 호상(虎傷)의 퍼즐을 풀어야죠."

"호랑이가 사람을 상하게 한 사건이 생긴 건 다음다음 해 2013 계사년에 서울대공원에서 호랑이가 사육사를 죽인 사건이에요. 그런데 그해에 해당하는 세세한 예언은 없으니 두 해 앞서 예언한 것이라고 봐야죠. 예언이란 게 정밀하게 측정되어 발표되는 건 아니니까요."

서희는 고개를 끄덕였다.

2012년과 2013년 壬辰癸巳에 九年大水라
임진년과 계사년에 9년 동안의 홍수가 있다

"2012년과 2013년부터 9년 동안의 홍수가 있다고 그러는데 사대강 공사를 했으니 홍수의 예정은 무색해졌다고 봐야죠. 공사의 정당성에 관해서는 논란이 많지만 홍수를 조절하는 효과는 결과적으로 인정되는 것이니까요."

2014년 甲午에 汾水秋風이요 牛山落照라
갑오년에 큰물이 돌아 가을이요 우산(牛山)에 빛이 내린다.

"2014년에는 진도 앞바다의 소용돌이 물로 인하여 일어난 세월호 침몰 사건으로 인하여 추풍낙엽처럼 박근혜 대통령 쪽의 세력이 쓰러지고 우공이산(愚公移山)이란 말을 즐겨 썼던 노무현 대통령 쪽의 사람들에게 빛이 내리기 시작한다는 것이지요."

"우공이산의 우(愚)하고 우산의 우(牛)는 다르잖아요."

"예언은 한자의 부수(部首)를 떼고 붙이고 하면서 나타내기도 하는데 하물며 같은 음을 쓰는 것은 더욱 자연스럽죠. 한자는 뜻글자라는 단순하고 경직된 관념 때문에 같은 음의 한자를 연관이 없는 것처럼 생각할 수는 없어요."

2015년 乙未에 宮中之事는 宦官이 主焉하고 孀妃가 與焉이라 三更燭下에 玉璽往來하고 五月川邊 金魚出沒이라

을미년에 궁중의 일은 환관과 과부 왕비가 주도하는 지경에 이른다. 밤중의 촛불 아래 옥새가 왕래하고 오월의 물가에는 금어(金魚)가 오가니라

"2015년 을미년에는 환관이나 과부 왕비들이나 마찬가지로 국가의 정식 관료의 직함을 가지지 않은 사람들이 나라의 일을 주관하게 된다니 이때가 바로 국정 농단이라 불리는 사건이 한창 일어나던 때이군요. 한밤중까지 촛불을 들고 다니는 사람들에 의해 옥새, 즉 국가의 권력이 오락가락하게 되었다는 것이군요."

"촛불 시위는 2016년에 일어나지 않았나요."

"대중적인 모임은 그때이지만 이미 2015년에 핵심적인 사람들이

강력하게 시위를 하면서 준비를 하고 있었죠. 냇가는 아낙네들의 빨래터이니 여성들의 모임을 말하는데 펄떡펄떡 뛰는 금어(金魚)는 무엇인가를 연상시키잖아요. 간통죄가 폐지되어서 그것이 여자들 사이에 마음대로 출몰하게 되었다는 것이죠."

2016년과 2017년 丙申丁酉에 王孫이 立極하여 削平禍亂이라 凶荒殺命하고 兵燹不息하여 人民이 半生半死라 兩西騷擾하고 三南兵起하리라

병신정유년에 왕손이 등극하여 난리를 평정하니 흉년이 사람을 죽이고 병선(兵燹), 즉 양쪽의 싸움이 그치지 않으니 인민의 반은 살고 반은 죽으리라 황해도와 평안도가 시끄럽고 충청도 경상도 전라도에 군사가 일어나리라

"정유년에 이르러 새 대통령이 들어서긴 했는데 왕손(王孫)이라니… 오히려 흙수저 출신을 자처하는 지도자 아닌가요."

"예, 더구나 문(文)씨는 우리나라 역대 왕조에도 없었고… 난해하군요."

한참의 생각이 필요했다.

"예언서에 구태여 왕손이라고 적은 것은 곧 정상적으로 평온하게 왕위 승계가 되지 않았다는 뜻이죠. 왕조시대의 관점에서 본다면 왕통이 끊어지고 환관과 과부의 정치가 행해지고 있다가 숨어 있던 왕손을 찾아서 대통을 잇게 한 것이죠. 2017년 집권 세력의 입장은 적폐 세력이라 하여 그 이전 정권의 정통성을 부정하는 것이나 마찬가지였으니 새 대통령은 자기네 세력의 정통성을 다시 잇는다

고… 그야말로 왕손이 다시 온 것이나 다름없게 생각하고 있지요. 본래 왕정이 계속될 때를 가정해서 있는 예언인데 왕정이 없는 현실에서는 그 핵심 개념만 유지되고 구체적 실현은 거의 이루어지지 않게 마련이죠. 비유하면 요즘의 유럽 고전음악 공연계에서는 신화시대와 왕조시대를 배경으로 했던 본래의 가극(歌劇)을 출연자는 현대적인 복장을 하고 간단한 현대 감각의 배경으로 상연하는 일이 많아요. 가극의 핵심은 음악인데 그 음악만 제대로 재생하면 되는 것이고 여타의 제작비는 대폭 절감이 되니까요. 그러면서도 무대에 올리는 장면은 일종의 현대 전위(前衛) 무언극(無言劇)처럼 연출하여 본래 음악과의 조화는 유지하려고하지요. 옛 예언들의 현대적 성취는 이런 방식으로 해석해야 납득이 가능할 거예요."

"왕조시대의 혈족 계승 관념을 버리고 본질만을 보면서 현시대의 사건들을 해석해야겠네요. 그렇다면 예언에 나오는 왕손의 현대적 의미는 결국 혈족의 왕손이 아닌 영적인 의미의 왕손이라는 것일까요."

"그렇죠. 먼저의 집권 세력을 비정통적인 적폐로 간주하는 그들 세력과 같은 영륜(靈侖)의 사람들이 다시 집권하게 된 것이죠. 양쪽 진영의 대립이 격화되어 결국 이긴 쪽의 사람들은 살았지만 진 쪽의 사람들은 자기들의 뜻대로 나라가 돌아가지 않으니 죽은 것이나 다름없게 되죠. 사실 예언서가 고려하지 못한 평화시위와 선거제도가 아니었다면 패한 쪽의 많은 사람이 죽었겠지요. 황해도 평안도에 소요가 일어남은 북한이 자주 도발하는 것이고, 삼남에 군사가 일어남은 충청도 경상도 전라도가 지방자치를 강화하여 스스로 강성하기를 도모한다는 것이죠."

2018년과 2019년 戊戌己亥에 蟬殼이 入宮하고 山鳥登庭이라
무술년 기해년에 선각(蟬殼) 즉 매미껍질이 입궁하고 산새가 등정(登庭)하여 조정의 일에 참여한다

"요란한 매미의 허물 벗은 껍질과 같은 인물이 청와대에 일하러 들어가고 산새와 같이 자유로이 노니며 목소리 큰 인물이 각료가 된다는 것인데 정치적인 견해에 따라 관점은 다르겠지만 이미 유명 인사로서 목소리 내며 활동하던 중 청와대에 들어갔다가 장관을 지낸 한 인물에 관련하여 나라가 들썩인 바 있었으니 풀이가 되겠는데요."

중광오년유월(重光五年六月) 적구(敵仇) 비록 강성하되 천병(天兵)을 당하랴 한소리 사자후(獅子吼)에 두 도적이 일시에 무너지다. 천명을 모르는 두 도적의 무리가 서로 싸우는 것을 두고 그들이 싸움에 지쳐 황제의 휘하로 들어오기를 기다리다가 더 이상 백성의 피를 두고 볼 수 없어 황제는 그들의 싸움을 꾸짖어 중지시켰다. 「용비어천가」에서 태조 이성계는 큰 소 두 마리가 서로 싸우는 것을 보고 양손으로 두 짐승의 뿔을 잡아 말렸지만 황제는 사람들끼리의 전투를 멎게 한 것이다. 태자는 국군 낙오병을 수용하여 당장에 인민군 치하에서의 어려움에 증인이 되어 달라고 부탁한다.

"이태조의 소싸움 만류(挽留)는 그저 용맹스러운 힘을 과시하는 것이었지만 황제의 전투 만류는 더 깊은 뜻이 있어요. 단지 보이는 위세로 그들을 퇴각시켰다는 설명만으로는 부족하지요. 그 당시 양측의 싸움은 예정된 작전에 따른 공격과 방어의 상황이 아니라 예기치 않게 마주친 것이었지요. 그 싸움에서 피를 흘린다는 것은 이 나라의 향방, 즉 휴전선의 판도를 결정지어 이 땅의 주민들의 삶의 방향을 인도하는 역할을 맡는 것이 아니었지요. 하늘이 인간에게 지극히 불행한 전쟁의 참화를 겪게 하는 것은 그만한 이유가 있어서인데 하늘의 설계를 구현하는 데 불필요한 희생은 없이 해야 하기에 황제는 그 싸움을 중지시키는 것으로써 소명(召命)의 단편(斷片)을 이행(履行)했던 것이지요."

"국군 낙오병을 대접하고 숨겨 주는 것은 대한민국 입장에서 미담이지만 이야기의 다음을 보면 남은 두 사람도 이내 헤어져 버렸는데 그러면 이 장면은 내용상 필요가 없는 것이 아닐까요? 이야기라면 모든 장면에 복선이 깔려야 묘미가 있는데."

"황제의 일행이 먼저 척가장에서 학병을 구해 주어 훗날 그 학병에게서 도움을 받게 되거든요. 즉 현생에서 보응을 받은 것이죠. 여기서의 낙오병은 뒤에 다시 안 나와요. 그러니까 대접만 받고 끝난 것이죠. 그러나 비슷한 경우가 반복되고 그 한 경우는 보응을 얻는다는 것이 주목되어야죠. 다른 한 경우도 결국 먼저와 같은 효과를 보게 되리라는 암시이고 그러한 하늘의 법칙에 따라 황제의 일행이 행동한다는 것이죠. 비록 황제와 태자들이 그들이 도와준 낙오병들에게서 현생에서의 보응을 받지는 못했지만 마찬가지로 후생에서의 보응을 받기가 예약되어 있는 것이죠. 황제의 주변에서 일어나는 모든 일은 이 세상의 물질계의 테두리에서 벌어지는 것이 아니고 다차원 우주의 순환 법칙을 따라 큰 설계도에 따라 움직이는 것이죠. 다만 우리는 삼차원 물질세계의 고정된 창문에서 보이는 단편만을 취하여 우리 나름대로 해석하려 할 뿐이죠."

중광오년팔월(重光五年八月) 침입한 적구(赤寇)를 물리치셨으나 천시(天時) 불리하여 다시 파천(播遷)길에 오르시다. 적구, 즉 북한군은 황제의 흰돌머리 마을이 저들에게 협조적인 줄 알다가 실익이 없자 내무서원은 마을 사람들을 사상교육 시키려 했는데 황제가 분개하여 싸움이 일어나 우발산 등의 충신이 그들을 두들겨 내쫓았다. 흰돌머리 마을이 북한군이 보복하리라 예상하고 대비하던 중 북한군에 속한 장자 융이 태자 휘에게 퇴각하는 북한군의 잔인한 보복이 우려되니 피하라고 전한다. 신기죽이 꿈을 구실로 황제에게 피신을 권하며 파천(播遷) 중에 죽는다. 황제는 오래전 이루지 못한 사랑이었던 윤규수(尹閨秀)와 조우(遭遇)한다.

황제의 맏아들 융(隆)이 기업(基業)을 이으려 하지 않고 공산주의자 대열에 들어선 것은 당초에는 낭패한 일이었으나 황제의 월남(越南) 때와 더불어 두 번을 위기에서 구해준 결과가 되었다. 이렇게 하늘의 운명 설계는 먼 앞날을 예비하니 사람은 당장의 일이 뜻대로 안 되었다고 낙담하지 말아야 할 것이다.

윤산인의 딸의 인생이 속세에서 안 풀려왔던 것은 황제에 관한 설계 이외에는 지상에 설계된 바가 없기 때문이다. 어느 여자가 파혼한다고 다 그렇게 되는 것은 아니다. 황제와 같은 큰 천명을 가진 연분과의 파혼이니 큰 어긋남이 연장되는 것이다.

중광오년구월(重光五年九月) 남(南)에서 사람이오니 왜(倭)도 아니고 호(胡)도 아니로다. 양이(洋夷)의 군대를 접견하시고 주육(酒肉)을 내어 호궤(犒饋)하시다.

남쪽에서 오는 왜구도 아니고 오랑캐도 아닌 자들의 정체를 예언자는 밝히지 못했는데 그들은 예언자가 살아 있을 동안에는 삼한 땅에 와 본적이 없는 양이(洋夷), 즉 미군이었으니 그들의 분홍빛 혹은 간간이 검은빛의 얼굴을 예언자는 예지몽(豫知夢)에서 보았다고 하더라도 도무지 정체를 알 수는 없었을 것이다.

남과 북의 도당들이 모두 천명을 모르고 있는 상황에서 황제는 새로운 군대에게 일말의 희망을 걸 수 있었으나 양이는 그저 남쪽의 편을 드는 또 하나의 반적(叛賊)일 뿐이었다.

그러나 황제는 고립무원의 처지에서도 정세를 파악하고 이이제이(以夷制夷)의 방책(方策)을 차용(借用)하여 양이를 호궤(犒饋)하고 격려하고자 태자를 시켜 그들에게 물자를 보내고 답례품을 받아오게 했다.

"태자가 혹 양이가 북적(北賊)과 그들을 돕는 호로(胡虜)들을 물리치고 이 땅을 차지하면 어쩌냐고 양이를 도우려는 황제를 말렸으나 황제는 걱정 없다고 물리쳤지요. 황제가 양이를 이렇게 포용하는 것은 어떤 연유가 있을까요. 양이야말로 황제가 소중히 여기는 중화(中華) 가치의 파괴자인데."

"미군과 유엔군이 북한과 중공군을 물리쳐도 그들은 이미 피곤하여 만신창이가 될 것이니 이 땅을 차지하려 들지는 못할 것이라는 주장은 사실 미군과 유엔군이 이 땅을 차지할 욕심이 있다고 가정할 경우에는 현실적으로 억지스럽지요. 미군과 유엔군이 싸우고 있는 동안에 한국군이 싸우지 않고 힘을 비축하는 것도 아닌데. 물론 황제는 스스로의 군대로 지친 여러 반역의 군대들을 몰아내리라 계획했겠지만 당연히 얼토당토않은 것이고. 하지만 여기에는 세상의 사리(事理)를 넘어서는 황제의 영적 교감이 작용했다고 봐야 하죠."

"황제가 어떻게 미군과 영적 교감을 가질까요. 배운 것은 중화의 전통 학문뿐이고 서양 학문에는 거의 무지에 가까운데."

"황제의 영감(靈感)은 지상에서의 지식으로 설명될 것이 아니죠. 미군과 유엔군이 이 땅을 차지할 욕심이 없음을 알아야 그들을 믿고 도와줄 마음이 생기는 것이죠. 우주에서 지구상의 영륜(靈侖)의 흐름을 파악하고 있기 때문에 진정 우호적인 영혼 집단을 분별할 수 있었던 것이죠."

회의실의 벽에는 세계지도가 있었다.

"여기 보면 바다에 해류의 흐름이 화살표로 그려 있죠. 바닷물이 한곳에 머물지 않고 대양의 각 곳을 도는 것처럼, 지구에 태어나는 영혼들도 한 곳에만 태어나지 않고 시대를 따라 지역을 옮겨가며 태어나죠. 이집트 등 고대 문명의 발상지에 과거에는 고수준 영혼이 많이 태어났지만 지금은 세계 문명을 주도하는 곳이 다른 지역이라는 것이 단적인 증거이죠."

"영혼의 흐름이라, 그럼 영류(靈流)라고 해야겠네요. 흐흐."

"하흐, 또 용어 하나가 만들어졌군요. 하지만 어려운 용어를 너무 빈번히 쓸 필요는 없을 것 같아요. 그냥 영혼이 이동했다고 하면 되니까요. 동북아에는 오래전부터 농경세력과 유목세력의 대립이 있었지요. 농경세력은 이야기에서 자주 강조하는 선진 중화문화 세력이고 유목세력은 오랑캐라고 불리는 후진 외곽문화 세력이죠."

"요즘은 유목민 문화를 좋게 얘기하려는 사람들이 많은데…."

"유목민이 몇 번 중화문화 지역을 점령했지만 결국은 중화문화에 흡수되고 말았는데 중화문화도 결국 서양문화에 굴복했으니 가치가 폄하될 근거가 생긴 것이지요. 중화문화가 이동 지향적인 서양문화에 패배했으니 동양권도 이동 지향적인 유목민 문화를 중심으로 발전해 왔다면 좋았지 않았냐는 생각인데 그런 것이야말로 이곳에 고정된 시야로 보는 것이지요."

"이곳에 고정된 시야라… 우리 집에 있어서 방문한 손님을 맞이하면 방문한 그 손님의 방문하는 모습만 보이고 그 손님의 집은 알 수가 없겠지요. 극단적으로 생각하면 방문하는 손님은 집이 없다고 생각할 수도 있고… 호옷."

"서양문명 세력이 비록 멀리 원정을 오며 이동하곤 했지만 그들은 또한 굳건한 자기들의 근거지도 가지고 있었지요. 정주(定住) 문화냐 이동(移動) 문화냐 하는 것은 큰 관점에서는 의미가 없고 문화에는 중심 세력이 있고 그 주위를 맴도는 주변 세력이 있는 것이지요. 정주 문화인 중화문화권의 주변에는 유목민의 이동 세력이 있고 이동 세력은 늘 중화문화권에 들어가 그 자리를 차지하려고 애썼지요."

"그런데 아까 영류라는 말까지 만들면서 영혼들의 이동을 얘기하려 했는데 아직 그 얘기는 없나요."

"땅 위의 물은 높은 곳에서 낮은 곳으로 흐르고 바람은 기압이 높은 곳에서 낮은 곳으로 흐르고 해류는 수면이 높은 곳에서 낮은 곳으로 흐르고… 그런 법칙과 대조되어 영혼은 영성 진화가 덜 된 집단이 영성 진화가 앞선 집단에 접근하고 인연을 맺어 저들의 영성 진화를 꾀하는 방향으로 흐르지요. 중화문화권 주변에서 싸움과 약탈로 생활하며 맴돌던 유목세력이 중화 지역을 침략해서 이윽고 중화문화에 흡수되는 것은 저들이 원시적인 생존경쟁의 과정을 벗어나 중화문화 아래서의 더 높은 영혼 교과 과정을 이수하기 위한 절차이지요."

"주변 문화권의 영혼들이 중화 지역으로 들어온다면 기존의 중화문화권의 영혼들은요."

"아직 더 수련이 필요한 영혼은 그대로 있지만 충분히 진화한 영혼은 더 이상 지구에 안 태어나거나 하늘로부터의 필요한 사명이 있을 때만 드물게 태어나지요. 그래서 제자백가의 사상이 풍부했던 춘추전국시대 혹은 노점상도 논어를 외웠던 남송시대의 상위 영혼들은 그리 다시 태어나지를 않고 대신에 주변의 비주류 문화 지역에서 이동 생활을 했던 영혼들이 많이 중화문화 지역에 태어나게 되었지요."

"어떤 문화 지역 즉 어떤 영성 수련 학교의 중심에 들어가지 못하고 그 주변에서 맴돌던 영혼이 먼저 그 학교에 있던 영혼들을 서둘러 졸업시키고 대신 그 학교를 다니고자 하는 데서 영혼의 흐름이 일어나는 것이군요."

"중화뿐 아니라 유럽 문화에서도 그 중심은 정주 문화이죠. 중심의 자리를 얻지 못한 세력이 더 이상 중심을 빼앗아 점령하고자 하는 욕구를 거두고 밖으로 눈을 돌렸다는 것이 중화 지역과의 큰 차이이죠. 중화의 주변 세력은 남북조시대와 당시대를 통해 어느 정도 중심에 파고들었는데 다시 송나라에서 원나라 그리고 명나라에서 청나라 등으로 중화권에서 중심 세력과 주변 세력이 지리한 공방을 반복하는 사이에 유럽권은 주변 세력이 밖으로 아메리카 대륙을 개척하여 더 크고 강해진 것이죠."

"예. 주변 세력이 미국을 세워서 더 커진 것이죠."

"그렇게 주변 사회를 맴돌던 영혼들이 새로운 곳에서 능력을 발휘할 기회를 찾으니까 본래 그들의 뿌리인 지역의 발전을 방해하지 않게 되었고 그 때문에 영국을 비롯해서 근세 유럽은 창조적 영혼의 집중지가 되어서 발전했고 그래서 십팔에서 십구 세기에 유럽의 황금시대를 불러 올 수 있었죠."

"그러고 보니 영국에서 미국을 만들고 미국이 곧바로 발전한 게 아니라 미국이 개척된 이후에 영국이 세계를 지배했네요."

"중화문화권 같으면 주변 세력이 자꾸 중심 세력을 차지하려고 들어와서 중화문화의 발전에 단절이 있었지만 영국을 비롯한 유럽은 주변 세력이 아예 미국 등으로 떠나가 버렸으니 발전의 연속성이 있었던 것이죠."

"자기들끼리의 전쟁은 중화권보다 유럽이 더 많았지 않았나요."

"전쟁으로 인한 점령과 피점령은 있었지만 그것이 오래 지속되지 않아서 영국이건 프랑스건 독일이건 고유의 문화 발전이 단절되지 않았죠. 중화권의 경우 삼백 년의 피점령이 있으면서 기존의 사회 문화 발전이 완전히 단절되었지만."

"송나라 명나라 등은 말년에 부패해서 망한 것 아닌가요. 문화발전 단절의 책임을 원나라 청나라에 물을 수 있을까요."

"나라가 부패되어 쇄신이 필요했어도 문화를 단절시키지 않으면서 정권이 바뀌어야 하는데 그렇지를 못했죠."

"중국 문화는 잘 보존되어 이어지고 있지 않나요."

"문화의 줄기를 지키는 것은 그 보존이 목적이 아니라 순리에 따른 발전이 있어야 하는데 국통(國統)이 이어지지 않으니까 다음 단계의 발전이 없이 제자리걸음을 하는 것이죠. 송에서 원 그리고 명에서 청의 반복은 정말 큰 시간 낭비였죠. 그것은 근대에도 있었지요. 중화민국이 세워진 다음 역시 또 중국 내 비주류 세력인 공산당에 의해 나라가 바뀌니까 역사 발전의 연속성이 없어서 중국은 자유와 인권 등의 현대적 가치가 그다지 발전하지 못하고 있죠."

"중국 공산당을 유목민 정권처럼 보시는가요."

"당연히 과거의 유목민처럼 중심 문화의 주변을 맴돌던 영혼 집단이 공산당이지요. 문화혁명은 그대로 전통 중화문화를 파괴하는 것이었으니까요."

"공산혁명은 유럽 지역에 속하는 러시아에서도 일어났잖아요."

"하. 뭐 축구할 때 유럽축구협회에 속하는 그런 걸로 역사와 영혼 흐름의 특징을 규정지을 순 없고요. 러시아는 중국과 다를 바 없이 넓은 지역을 하나의 문화 세력이 차지하고 있으니까 비주류 세력이 얼른 배를 타고 멀리 떠날 생각을 못 했죠. 다만 변방에 있다가 언제 중심 권력을 차지할까 벼르기만 할 뿐. 중국처럼 빈번히 교대하지는 않았겠지만 러시아의 공산혁명 역시 비주류 민족 세력이 역사를 단절시키고 나라를 차지한 것이죠. 스탈린(그루지아 출신)과 흐루시초프(우크라이나 출신) 등 소련의 지도자에 의외로 비러시아 출신이 많았던 것도 우연이 아니죠. 나라의 연속성이 없으니 역시 선진 사회로의 진전이 더딘 것이고."

"대륙 국가의 사회가 비교적 후진화된 것의 본질은 역사의 단절이지 공산화가 아니군요."

"그렇죠. 공산주의는 진보주의를 명분으로 하는 것인데 자유와 인권이 제한되는 사회인 것은 모순이지요. 그들 나라의 공산혁명은 비주류의 주류화 수단일 뿐이었지요. 진정한 진보에 가까운 쪽은 아무래도 북유럽 복지 국가들이고."

"그런데 중화와 다른 문화권이고 본래 유럽의 비주류 집단으로 출발한 미국이 어째서 중화권 측의 편을 들게 되는 것일까요."

서희는 대화 중에 벗어나간 곳에서 돌아와서 본래의 질문을 다시 했다. 황제가 어째서 미군과 유엔군을 믿었는가의 근원을 묻고 싶은 것이었다.

"중화 그리고 러시아는 국가 권력 즉 영적 성장을 위한 학교의 교과 편성의 권한이 교체되고 문화의 연속성이 없어지자 더 상위의 영적 성장 과정의 가치를 찾는 영혼은 대체로 더 이상 중국이나 소련 땅에 오지 않게 되었어요. 그들 영혼이 더 발전된 과정을 겪기 위하여 선택한 곳이 그들에게 맞는 교과목을 제공할 여건이 되는 미국과 서유럽 등이 되었죠."

"결국 중화권의 농경세력의 영혼이 바다를 건너 퍼졌다고 보아야겠네요. 과거의 농경문화 세력이 해양 세력으로 바뀌고 유목민 세력이 대륙 세력으로 바뀌었다는 학설은 인터넷에서도 들은 것 같애요."

서희는 상당히 이해한 듯하였다.

"유목민 세력 즉 과거 중화문화의 비주류 세력은 그들의 영혼성장 패턴에 맞는 수준으로 중국과 러시아의 대륙을 점유하고 있지요. 한국에서도 북방 여진족의 영적 후예들은 저들이 주류 세력으로 번성하려면 중화문화를 없애야 한다고 여기고 있는데 그들은 그만큼 중화문화인으로서의 전생 경력이 없기 때문이죠. 대륙에서 영혼 구성의 변화가 대세가 되니 동북아에서는 미국이나 영국에 가까이하려는 쪽이 더 보수적으로 전통을 지키고 있는 게 현실이죠. 영국의 지배를 받은 홍콩과 미국의 보호를 받는 대만이 중국 대륙에서 쇠락한 정체 한자(正體漢字)와 종서(縱書)를 지키고 있음이 특이하죠. 중화문명이 위축된 것은 소중화나 대중화 즉 한국이나 중국이나 마찬가지의 현상인데 특히 한국은 해양세력권으로부터 전통 문화의 보호를 받은 지역이긴 하지만 근세에 중국이 중화라는 명칭을 국명으로 독점한 이후 중화로부터의 이탈이 가속되었죠. 한국에서는 비한자 문화권 오랑캐 족속으로서의 전생에 익숙한 영혼들이 지난번 한국 땅에서 멸시받았던 삶을 보상받으려는 목적으로 한국을 비한자 문화권의 땅으로 바꾸고자 하죠. 특히 기막힌 것은 해양 세력권의 영향을 받은 영혼까지도 아예 한국 땅을 중화문화권에서 이탈시켜 저네들의 알파벳 문화권으로 편입시키려 하고 있는 것이지요. 그래서 한국은 비록 해양 세력권의 보호를 받아 급격한 사회 변화를 면한 지역이라고 해도 문화적으로는 서양문화권으로의 흡수가 가속화되고 있죠. 그러면 서양에서 전생을 살았다가 한국에 태어난 영혼들에게 유리한 것은 있지만 모든 분야에서 다 그런 것은 아니에요. 서양에서 전생에 작가를 했다가 한국으로 태어나서 역시 작가 생활을 하려는 경우에는 비록 창작 능력은 있어도 한글 문장을 매끄럽게 쓰는 것에는 그다지 익숙하지 못하죠. 기술이나 학문 분야는 서양 윤생 경력의 영혼이 유리하지만 문학은 이 땅에서 한글 사용에 익숙한 영혼이 맡게 되는데 사용의 역사도 오백 년 남짓이고 문자 의미도 얕아서 한글 문장에 익숙한 영혼은 본원적 창작력은 뒤떨어질 수밖에 없죠. 이런 문제가 생기는 이유는 중국이나 러시아와 마찬가지로 비주류 민족이 얼른 전통적인 주류 민족을 몰아내고 나라의 주도권을 교대하려는 상황에 한국이 처해 있기 때문이에요. 정치적으로 보수 진보 진영을 막론하고 애초에 한국에 소명이 있어 자원해서 태어난 경우가 아니라 원래는 유럽 등 더 살기 좋은 곳에서 태어나고 싶었는데 전생의 업적으로 추리는 우선순위에 밀려서 한국에서 태어난 떨거지 영혼들은 한국을 서양문화권으로 편입시키려고 애쓰지요. 그들로서는 한국에 태어난 것은 아무 의미가 없고 순전히 손해일 뿐이지요. 그래서 미국이나 유럽의 생활을 동경하지요. 이런 것은 나중에 『추락하는 것은 날개가 있다』에서 살펴보기로 해요."

중광육년정월(重光六年正月) 장송(長松)이 홀로 의연하고자 하되 모진 바람이 비켜가지 않는구나. 남당(南黨) 마침내 용납되지 않으니 태자휘(太子輝) 지향 없는 망명길에 오르다.

황제에게는 대한민국마저도 남비(南匪) 혹은 백적(白賊)이라고 불렸지만 우리가 통치받는 국가의 존엄을 위해 남당(南黨) 정도로 완화해 부른다.

남당 군대의 장교가 황제를 만나고도 천명을 알아보지 못하고 조롱하자 이에 분개한 황제가 남당 군대와 분쟁(紛爭)하는 중에 효명태자 휘가 남당 군대에게 붙잡혀갔다.

"사람이 먼저 섬기던 주인을 바꾼 뒤의 운명은 대체로 좋지 않은 가 봐요."

"팽월(彭越) 경포(黥布) 오삼계(吳三桂)가 본래의 주인을 배반하다 좋지 않은 최후를 맞았다고 소설에서는 나오고 있지만 그런 경우가 아니어도 싸움 후의 부귀 영화를 누리다 평안히 죽지 못한 경우는 많아요. 칼로 일어선 자는 칼로 망하게 되는 업보의 법칙은 후생에 일어날 수도 있지만 현생에 곧바로 닥쳐오기도 하니까요. 모든 것을 얻은 창업 군주가 된 자 혹은 마음을 비우고 물러난 자 말고는 권력의 견제 속에 최후를 맞곤 하죠. 창업을 도우는 일에 참여함으로써 자기 소명의 본분을 다하고 그 이후의 삶에 대해서는 분에 넘치는 욕심은 부리지 않는 것이 여생을 평온하게 사는 길이었죠."

"근래에 성분쟁(性紛爭)으로 성공한 지도층 인사가 성분쟁으로 망하는 사례를 보았으니 무엇으로 출세한 자는 항상 그 무엇을 조심해야 한다는 것은 인정해요. 그렇지만 창업에 큰 공을 세웠는데 그에 따른 부귀 영화를 누리는 것이 어떻게 분에 넘친다고 할 수 있나요."

"창업을 위한 자기의 소명을 다하는 것과 그 후의 부귀영화를 누리는 것은 영적성장 교과목의 관점에서 보면 별개의 교과목이거든요. 한 인생의 플랜에서 두 가지를 다 겪으려는 것은 영적 관점에서는 자연스러운 것이 아니죠."

"한 일생에서 노력과 보상이라는 두 가지를 다 얻으려는 것도 결국은 생애를 일관되지 않게 하는 부담을 주는 것인가 봐요. 그렇지만 어떤 가치 지향적인 일관성이 있다면 구체적인 대상을 도중에 바뀌어도 인생의 가치 성취에 그리 문제되지는 않을 것 같아요. 일생 중에 먼저 인연을 맺은 영류과의 관계가 반드시 후에 인연을 맺은 영류과의 관계보다 우선되어야 한다고 볼 수는 없을 것 같아요. 특히 여자는 태어나서 먼저 맺은 친가와의 인연보다 후에 시집가서 맺은 시가와의 인연이 더 깊은 경우가 많지 않나요. 공인된 배반이죠."

"남자도 자라면서 맺어온 부모 형제와의 인연보다 결혼 후의 아내와 깊은 인연을 가지는 경우가 많고 여자보다 덜한지 어떤지 모르지만 본가보다 처가의 영향이 커지는 경우도 있지요. 어차피 인간은 태어나서 외곬수의 인연 관계만으로는 살 수 없고 변화를 주어야 하는 운명이지만 그 바꿔가는 영류(靈侖)이 서로들 싸우고 있는 상황에서는 인륜(人倫)을 옮겨 타서 인연의 친밀도를 바꾸는 것이 간단한 문제는 아니죠."

"바꾸는 데 있어서의 명분이 바른가에 있지 않나요."

"영혼의 여정에서 합당한 이유가 되어야 하지요. 사람이 자라서 부모 곁을 떠난다거나 결혼해서 시가와 더 밀접하게 지낸다든가 하는 것은 지상에서의 영혼 교류가 외곬수로서 단순하지 않고 정반합(正反合)의 효과를 얻는 다양함을 추구하는 과정이죠. 그런데 서로 싸우는 진영에서 먼저의 주인을 버리고 다른 주인을 섬긴다는 것은 그렇게 설명하기에는 너무 무거운 주제이죠. 여기에는 어느 진영이 더 의(義)를 실현할 수 있고 천명(天命)이 주어지는가의 비교로 그 정당성을 판단할 수가 있죠. 한신(韓信)이 항우(項羽)에게 있다가 유방(劉邦)에게로 간 것이나 조자룡(趙子龍)이 공손찬(公孫瓚)에게 있다가 유비(劉備)에게로 간 것은 아무도 비방하지 않죠."

한 달도 안 되어 돌아왔지만 흰돌머리는 파괴되었다. 경찰이 흰돌머리 사람들을 부역(附逆) 혐의로 조사했다. 황제와 신민(臣民)이 가장 미워했던 자들이 공산비(共産匪)인데도 신민을 그리 몰려는 경찰에 황제는 노한다.

배대기의 진술로 황제의 가족의 사정이 경찰에게 알려졌다. 황제와 측근들은 경찰에게 심한 취조를 당한다.

제주도로 입영 가려던 효명태자 정휘는 탈출하여 떠돌다 이듬해 중광 6년 곧 1951년 2월 밤에 황제를 찾아왔다. 먼저 배대기를 만난 정휘는 붙잡히면 즉결 처분감이라며 배대기가 사태를 과장해 말하는데 겁을 먹고 황제와 기약 없는 이별을 하고 망명길에 오른다. 황제와 태자와의 만남은 이것이 마지막이 되었다.

"6·25전쟁 때 억울하게 부역자로 몰려 처벌받거나 죽은 사람들의 얘기가 많이 있는데 황제의 나라 사람도 예외가 아니었군요."

"황제는 우리 현대사의 가장 격동적인 시대를 지내왔기 때문이지요. 이씨조선 대한제국 일제치하 미군정 대한민국 그리고 6·25전쟁까지 나라의 체제가 변하고 굵직한 역사상의 사건들을 겪으면서 변화의 중심에 있었지요. 물론 같은 세대로 살았던 한국인들이 다 마찬가지였지만 황제는 애초에 그러한 변화를 감안하지 않고 이씨조선 이후 이 땅의 훗날을 관리하려고 예정된 영혼이었는데 하늘에서 작성된 청사진에 따른 인생 시나리오를 그대로 펼치려 하자니 너무도 변화한 세태에 제대로 적용되지가 않는 것이었죠."

"그것이 바로 소설에 나오는 숱한 갈등과 오해와 촌극의 원인이었군요."

"정도의 차이는 있지만 인생이 원래 그런 것이지요. 자기의 본령(本靈)이 취향에 따라 하늘에서 설계해 보고 원했던 세상과 태어난 세상이 꼭 들어맞는 사람이 어디 있겠어요. 그 차이를 지상에서 확인하고 체험해 보고 자기 영혼의 보완할 것을 찾아 성장하는 것이 인생이지요. 그러면서도 하늘에서 설정한 자기의 본성은 유지하면서 세상과 부딪쳐야지 그냥 세상에 그대로 흡수 통합해버리는 영혼이라면 영혼으로서의 존재 가치가 덜할 것이 아니겠어요. 그냥 지상의 가치에 휩쓸려 살다가 지상의 물질체의 수명이 다하면 돌아갈 자리가 난감한 그런 영혼은 되지 않아야 하는 것이지요."

중광 팔년(重光八年) 다할 줄 모르는 모반(謀叛)의 세월이여 배대기(裵大基) 끝내 남당(南黨)과 내통하여 천명(天命)에 역(逆)하다.

배대기가 황제의 재산을 가로채는데 주민들이 눈감아주거나 협조한 것은 배대기가 재산을 관리하는 것이 주민들 자신의 생활을 위해 더 효율적이기 때문이었다. "토지를 인위적으로 분배하는 것은 기존에 이 땅에 두었던 기반을 없애고 새로운 세력이 이 땅을 지배하려는 수단인데 황제가 보기에는 그런 면에서는 남한 정부도 북한 정부와 다를 것이 없다고 보았지요. 땅의 주인이 바뀐다는 것은 곧 지상에서 세력을 가지는 영륜이 바뀐다는 것이고 그 상징적 역할을 흰돌머리에서 배대기가 했죠."

"황제의 입장에서는 남한이나 북한이나 다 전통 파괴 세력이군요. 지금 한국에서의 보수 진보 정치 대결도 급진파들의 도토리 키재기 싸움으로만 보이겠어요."

"사실 황제와 같은 입장의 세력이 소멸 혹은 약화된 것이 이 나라 정치 이념의 혼란을 불러온 것이지요. 이 땅에서 보수 세력을 자처하는 세력이 이 나라의 전통의 기반위에서 이어온 세력이 아니라 해방 전후 서세동점(西勢東占)의 분위기에 따라 서양의 풍습을 따르려는 세력이었다는 데에서 이 땅의 이념의 혼란은 조성된 것이었죠. 보수 세력이 되는 집단은 본래 그 나라 사회에서 먼저 자리 잡은 세력이라서 그 나라 사회의 전통 문화와 가치를 존중함이 당연하지요. 반면에 그 나라 그 사회의 전통 문화와 가치가 영혼에 익숙하지 않아 마음에 안 들거나 적응이 어려워서 이대로의 환경에서는 그 나라에서 신분 개척이 어려워 보이는 입장에 있는 집단은 진보 좌파 세력을 형성하고 저들의 세력을 확장하여 새로 나라의 지배 계층으로 진입할 발판을 만들기 위해 그 나라의 전통 문화와 가치를 바꾸려고 하죠. 과거 조선시대에 하층민으로 살았던 여진몽고족 출신의 오랑캐 후예가 이에 해당하죠. 그런데 이 나라에서 보수를 자처하는 세력은 대륙 오랑ㄴ캐세력과 극한 대립은 하지만 전통

문화 가치의 보전에는 관심이 없고 단지 이 나라를 해양 세력권으로 이끄는 데에만 목매달고 있으니 안정된 세력 기반이 없이 진보 좌파 측과 공방만을 벌이게 되는 것이죠. 항간에 떠도는 말대로 끝없이 계속되는 오랑캐와 토착 왜구의 싸움을 중재하고 대한민국을 안정시키려면 정통의 한민족(韓民族)이 주권을 회복해야 해요."

(6) 卷六 최후의 승리-통치는 없었으나 역사는 남다

중광십년(重光十年) 하늘의 그물이 넓고 넓으나 성기어 새어남은 없느니라. 교활한 도적 마침내 천주(天誅)를 당하다.

"황제의 집안은 몰락한 것이라고 봐야겠네요. 자식도 흩어지고 땅도 잃었으니."

"보통 인생의 성취를 말할 때는 자식들 그리고 땅으로 대표되는 일구어 놓은 재산을 말하지요. 그것들이 떠나갔으니 세상의 관점에서는 그렇게 볼 수 있지만 중요한 것은 황제의 세상에서의 소명을 성취하기에 더 이상 그것들이 필요가 없게 된 것이지요."

"배대기가 황제 일행의 저주를 받아 죽고 말았는데 저주의 효과는 있는 것일까요?"

"꼭 나쁘게 되라고 바라는 것이 그대로 되는 경우만이 아니라 영적 차원에서의 지향이 물질적 차원에서 실현되는 것은 자연스러운 일이죠. 지상에서 일어나는 모든 일은 상위 차원에서의 설계로 말미암은 것이니까요."

"아무리 바라고 애원해도 되지 않는 일이 많잖아요."

"기도하는 주체의 우주에서의 위상이 관건이지요."

나는 성경구절을 펼쳐 보여주었다

의인(義人)의 간구(懇求)는 역사(役事)하는 힘이 많으니라 엘리야는 우리와 성정(性情)이 같은 사람이로되 저가 비오지 않기를 간절히 기도한즉 3년 6개월 동안 땅에 비가 아니 오고 다시 기도한즉 하늘이 비를 주고 땅이 열매를 내었느니라(야고보서 5:16~19)

"지상에서 일어나는 일은 상위차원의 우주에서 의도하는 것이 실현되는 것인데 즉 우리 인간사회에서 혼자(魂自)가 되어 살아가는 영혼들보다 상위의 영들이 유계(幽界)등 상위 차원의 우주에서 기도하여 이 세상을 조종하지요. 그런데 그들 상위에서 조종하는 영혼 중의 누가 역시 혼자가 되어 이 땅에 태어난다면 그 사람이 간절히 바라며 기도하는 것 또한 역사하는 힘이 큰 것이지요."

"결국 기도의 주체가 현실계에 있든 유계에 있든 기도하는 자의 영성적 힘에 의해 성사가 이루어지는 것이군요."

"우리 현실계에서 저주가 쉽사리 통하지 않는 것은 대개 저주를 하는 영혼은 성정의 급이 낮기 때문에 역사하는 힘이 약해 성사되지가 않지요. 드물게 상대적으로 의로운 자가 우주의 조화에 어긋나는 행위를 하는 자를 통제하기 위하여 그자의 일이 형통치 못하게 막으려는 간구를 한다면 그대로 실현될 가능성이 높은 것이죠. 성경에서도 의인의 간구는 역사하는 힘이 많으니라 엘리야는 우리와 성정이 같은 사람이로되 저가 비오지 않기를 간절히 기도한즉 3

년 6개월 비가 안 왔다고 했지요."

"하지만 소설에서는 배대기가 건강검진을 하지 않은 것이 원인이라고 말하고 있잖아요."

"하늘은 결과를 정하고 어떤 방법으로든 실현하지요. 배대기가 건강을 돌보지 않은 것은 세상의 일이 예정된 결과를 향해 운행하도록 하는 여러 보조적 현상의 일부분이죠."

중광 십일년(重光十一年) 천리 험해(險海)를 건너 국저(國儲)의 밀사(密使)가 이르니 마침내 도읍을 옮기시다. 일본에서 아들이 보낸 사람이 찾아와 흰돌머리에서 이사할 것을 권하고 금전을 지원했다. 황제는 신도안(新都安)으로 천도(遷都)했다. 새 도읍 건설 중에 산림 훼손으로 군청에 끌려갔으나 군수가 척가장(寂家莊) 시절 동장(東莊)에서 구해준 학병(學兵)이었기에 조용히 도와줘 은혜를 되받다.

"세상 사람들을 보다 보면 어떻게 해서 살아가나 이해가 안 될 만한 사람들이 있어요. 하지만 살펴보면 그 사람들도 굶지 않고 그럭저럭 살아가게 하는 작용이 있는 것 같아요."

"보통은 형편이 좋았을 때 남에게 베푼 실적이 나중에 보상을 받는 것으로 설명하죠. 자식이라도 결국 어릴 때 생활 능력이 없는 동안 어찌해서라도 길러 주었으니까 다시 갚게 마련이고요. 사람들은 대개 생업을 가지는 목적이 생계를 꾸릴 재화를 생산하기 위함이라고 생각하지만 한 사람의 생 즉 그 사람이 일생을 거쳐 종사하는 직

2부. 작품에서 본 이문열

업 활동은 그 사람이 그 활동을 통해서 영적 성장과 업보 상쇄를 하려는 것이죠."

"영업 직원이나 정치인처럼 사람을 많이 만나는 직종은 그만큼 주거나 받을 업보가 많다는 것이겠네요."

"업보가 많지 않은 사람이 있겠나요. 글을 써서 얼굴을 모르는 사람에게까지 생각을 전해서 독자의 삶에 영향을 미치는 사람도 그렇고 노래를 발표해서 모르는 사람의 정서에 영향을 주는 사람도 그렇고 비록 사람을 덜 만나는 것 같아도 기계를 만들어 내보내는 사람도 그 기계를 사용하는 사람에게 영향을 미치고… 또 복잡한 인간관계는 덜한 것 같아도 매일 환자를 상대하며 삶에 큰 영향을 미치는 의료인도 그렇고…. 그 과정에서 오가는 금전은 현실에서 새로 생기는 업보의 완충 역할을 하지요. 만약 돈을 안 받고 무엇을 해주었으면 일방적인 은혜이겠지만 돈을 받음으로써 양쪽 사람은 현생에서 훗날 해소하기 어려운 큰 업적(業績)을 쌓지는 않을 수 있죠. 황제가 그의 일생을 통해서 할 일은 비록 이 땅이 서양문명의 침범으로 이미 뒤틀린 환경이 되었지만 정씨 왕조의 국가를 이 땅에 건립하기로 예정했던 대로 하늘의 청사진을 이 땅에 투영하여 사람들이 그 윤곽이나마 인식하게 하여 하늘의 설계 노력의 체면을 세워주는 것이었지요. 사람에 비유하면 고등학교를 다니기로 예정되어 있는데 가정 형편으로 다니지 못했다면 검정고시로 대신할 수가 있는데 그러면 비록 고등학교를 제대로 다니지는 않았어도 고등학교 졸업 자격은 인정받지요. 황제의 남조선도 비록 실제로 제대로 된 나라를 다스리지는 않았지만 실록으로는 어느 나라 못지않게 남아서 역사상의 나라가 되는 것이지요."

"황제의 지상에서의 업보는 많지 않았다는 것일까요. 생업에 종사를 하지 않고 살았으니."

"그렇게도 볼 수 있지요. 영혼의 빛이 자미(紫微)색을 띠는 고수준의 영혼은 지상에 업보 해소의 목적보다는 사람들에게 가치를 가르치러 내려오는 목적이 크지요. 황제의 일생을 통하여 하늘의 예언의 준엄함을 보이고 서양문화에 의해 무너진 중화의 가치를 사람들에게 일깨우는 것은 우선적으로 예정이 되어 있지요. 그러면 그다음 황제와 그 일행이 어떻게 지상에서 생계를 이어 가냐 하는 것은 먼저 설정된 우선적인 인생 목적에 지장이 없도록 맞춰져서 실현되는 것이지요. 일본에서 태자가 생활비를 준 것도 황제의 활동이 계속되게 하는 작용이었지요. 그 이후 태자가 다시 나타나지도 않고 황제와의 관계가 없었던 것을 보면 태자의 지원(支援)이 황제의 삶을 도와줄 목적 이외에는 아무런 업보 작용이 없었다는 것이지요. 새 도읍 건설 중에 황제가 산림 훼손으로 군청에 끌려가는 것은 황제의 예정된 국가의 권력체계가 예언이 뒤틀려 현실에 등장한 국가의 권력 체계와 상호 부조화가 되는 것이었지만 그로 인해 황제의 여정이 중단되면 안 되겠기에 기왕에 가지고 있었던 동장(東莊)에서의 학병 구해주기 업적이 사용되었던 것이지요."

중광 십이년(重光十二年) 불씨(佛氏)를 배척하시고 삼청전(三淸殿) 궐내(闕內)에

설(設)하시다.

나라가 위급하거나 중요한 계기에 있을 때 지도자가 하늘에 간절히 기도하는 것은 결코 애처로운 상황이 아니다. 오히려 나라에 별다른 탈이 없을 때 하늘의 은덕을 잊고 지내 왔다면 그것이 애석할 따름이다.

황제의 남조선의 출발이 불교적이었다가 도교적으로 바뀌는 것은 예정된 것으로써 비록 불교의 승려와 같은 행색의 산승의 입을 빌렸지만 황제가 북극진군(北極眞君) 자미대제(紫微大帝)의 현신임을 알려 도교적 메시아의 강림을 예고했다.

승려나 사찰 같은 것은 불교에서 쓰는 도구일 뿐이고 이들이 곧 배타적으로 불교의 조직이 되지는 않는다. 민족종교의 강중산 계열의 대순진리회에서도 모악산(母岳山) 금산사(金山寺)를 성지로 삼고 있다. 배타적인 교리를 가진 유대교 기독교 회교들도 예수살렘 성지를 공유하고 있는데 그보다 융통성이 있는 불교에서 지역적 배타주의를 가질 이유는 없다.

"불교를 대표하는 두충이 황제와 변약유로부터 집중 공격을 당하네요. 사실 이씨 조선도 고려시대에 불교의 폐해를 절실히 보았기 때문에 불교를 배척하고 유교를 국가 지도 이념으로 했다고 했잖아요."

"그렇다고 불교가 국가에 폐해를 주었다고는 볼 수 없지요. 신라와 통일신라시대에도 불교가 성행했지만 고려는 이를 그대로 받아들였듯이. 중요한 건 불교는 개인의 수도 이념은 될 수 있어도 국가 사회를 다스리는 집단적인 가르침은 되지 못한다는 것이지요."

"대승(大乘)불교가 있잖아요. 중생 즉 인류 전체를 구원하고자 하는…."

"대승불교는 민중을 진보적인 자비의 마음으로 포용하는 것이지 민중에게 본분과 의무를 요구하며 나라 체제를 지키기 위한 데에는 쓰임새가 없지요. 정치적인 역할로 보면 중화(소중화와 대중화)의 역사에서 불교는 왕정 봉건시대 즉 진보 정파가 없던 시대에 진보 세력의 역할을 했다고 볼 수 있지요. 진보적인 가치는 사람들의 인격을 후하게 높이 평가하고 사람들을 믿고 처벌하지 않으려는 데에 있는데 중생이 다 부처라는 불교는 만인을 자비로써 대하니 그럴 밖에요. 하지만 국가를 유지하려면 아직 군자의 수준에 오르지 않은 대다수의 민중에게 본분을 일깨워주고 의무 수행을 강권하는 가치 체계가 필요해요. 불교는 욕심을 버리고 무(無)를 추구하는 성향이 있어 현실 세상에서 재물과 권력을 추구하는 주력(主力) 체제를 견제하는 이념은 될 수 있더라도 그 자체가 인류의 지상에서의 생활공동체를 이끌 독립적인 이념은 되지 못하지요."

"만약 불교의 이념 그 자체가 지배하는 세상이라면 어떻게 될까요?"

"궁극적으로 인간 세상의 소멸로 향한다고 볼 수 있죠. 해탈이 되어 우주로 돌아가니 지구상의 삼차원 물질계가 필요가 없어지죠. 그런데 해탈을 시켜 지구를 떠나게 한 그 수많은 영혼이 모두 그럴

2부. 작품에서 본 이문열

자격을 갖추었느냐가 의문이죠. 아직은 지상에서 중생의 살육을 감수하는 생존경쟁을 거쳐 영혼의 각성에 이르러야 할 영혼들이 절대 다수인데 말이에요."

불교를 향한 황제의 비판은 종교적인 관점에서 보면 다차원의 비물질 세상을 보지 않고 지구상에서의 성패(成敗)만을 보며 가치를 논한다는 점에서 좁은 시야내의 편협한 독선이라고 폄하할 수가 있지만 기실 불교 그 자체로서 국가의 주류 지도 이념을 삼기는 곤란하다는 사정을 지적하는 것이었다.

중광십삼년(重光十三年) 삼청전(三淸殿)에 태일전(太一殿)과 직숙전(直宿殿)을 더하시니 태일전과 직숙전은 천상에 있는 전각이라 이를 본떠 지상에 세움은 하늘의 뜻을 땅에 이루기 위함이다.

이 땅의 역사에는 도교에 의한 국가 경영이 없었으니 황제는 예정되었던 도교 국가를 비록 규모가 없다 하더라도 세운 것이다. 세상에는 정국(鄭國)이 이루어야 할 도교의 국가를 한국(韓國)이 빼앗아 기독교의 나라를 만들고 말았다.

황제가 지상에 태일전과 직숙전을 조촐하게 세운 것을 가벼이 여겨서는 안 되는 것이 천상의 존재를 지상에 세우는 데 있어서는 지상의 규모가 중한 것이 아니기 때문이다. 천상의 예루살렘 성을 본떠 지상에 만든 기독교 예배당도 정도의 차이는 있으나 모두가 천상의 본성전(本聖殿)의 장려함에 비교가 안 될진대 하물며 기독교에

밀려 지상에서의 구현이 뒤틀리고 위축된 도교의 성전이 이렇게나마 존재했었다는 것만으로도 큰 성과였다.

중국의 제후국처럼 지낸 이조 오백 년 동안은 조선의 왕은 하늘에 제사를 지낼 수 없었다. 이씨의 운이 다한 이후의 나라에서는 천자국이 되어 하늘에 제사 지내도록 되어 있었는데 이씨의 왕조가 그대로 대한제국이 되어 황제를 자처하며 하늘에 제사를 지내었으니 하늘의 예정은 이미 뒤틀린 것이었다.

"도교가 무엇인지는 인터넷에서 검색도 해봤지만 잘 감이 안 잡히던데요."

"섬기는 신이 워낙 많으니까 혼동이 될 수밖에 없지요. 그리고 수련의 길도 단순하게 어느 방향으로 믿는 것이 아니라 어떻게 하면 불로장생이 된다느니 어떻게 하면 신선이 된다느니 좀 황당하게 보일 수 있으니까요."

"우리의 물질계보다 높은 차원의 우주를 나름 설명한 것이 아닐까요."

"그렇다고 봐야지요. 불교도 누구를 믿고 따르라는 것보다는 우주 삼라만상의 원리와 수련의 길을 말했듯이 도교는 설명의 체계가 다를 뿐이지 중국 고유의 방식으로 물질계 그 이상의 우주를 설명한 것이라고 봐야죠."

"결국 신앙 체계보다는 개인적 수련의 성격이 강하네요."

"불교나 도교나 전문 수련자에게는 수련의 길을 가르치는 것이고 일반 신도는 그저 신앙의 대상을 숭배하는 것인데 일반 신도를 강력히 인도할 신앙 체계는 갖춰 있지 않아서 사실상 전문 수련자를 위한 종교라고 볼 수 있지요. 그 시대에서 있어서는 오늘날의 영성학이나 심령학으로 불리는 것이나 마찬가지이지요."

"전문 수련자는 믿고 따른다기보다는 어느 정도 이해하고 의식하며 공부하며 수련한다고 봐야 하지 않을까요."

"그러니까 불교도 불도(佛道)라고도 하지요. 따지고 보면 불교보다도 도교야말로 도(道)라고 해야겠군요. 도도(道道)…."

함께 미소 지으며 살짝 안으며 포근한 감촉을 맛보았다.

인근의 뭇 사악한 것들을 토멸(討滅)하시니 황제는 금룡교(金龍敎)를 토멸(討滅)했다.

"기독교에서는 잡신(雜神)이나 조상을 섬기는 것을 금기시하지요."

"인간이 욕구의 해소를 빌고자 무절제하게 잡신이나 조상신을 섬기는 것을 막기 위해 모든 신을 하나님으로 통일하는 것이죠. 우리의 운명을 제어하는 신아(神我)나 우리를 올바른 소명 실현의 길로 인도하는 상위 지도령이나 모두 우주 발전을 위한 통어적(統御的) 섭리(攝理)를 따르는 공통점을 가지며 조화롭게 연동(連動)하고 있으니 근원은 하나라고 보아도 무방하죠. 그래서 신아를 통한 모든 우주적 상위령들과의 관계를 하나님과의 관계로 통일하여 지칭하여 복잡한 영성 이론을 따지고 공부하기 어려운 일반 민중에게 영적 수련의 길을 인도하는 방법론이 되고 있죠."

"불교나 힌두교 같은데 보면 우리에게 도움을 주는 좋은 신도 많던데…. 그런데 일반 회사에서도 어떤 일을 누구에게 문의하면 담당부서로 가라고 돌려보내는 일이 잦은데 섬기는 신들을 여럿으로 하면 무엇을 어떤 신 무엇을 어떤 신에게 빌어야 할지 혼동될 수도 있을 것 같아요. 틀리게 찾아가 빌 수도 있고."

서희는 끄덕이며 웃음을 지었다.

"확실히 모르면서 부정확하게 추측하는 것은 구분을 아니함만 못한 것이지요. 제사장의 지시를 따라 어느 신에게 빌까를 진단해 볼 수는 있겠지만 방금도 말했듯이 우리에게 올바른 길을 인도하는 신의 섭리는 통일적인 원칙에 의하여 작용하기 때문에 구태여 구분을 하지 않고 하나로 통칭하는 것이 효율적이죠."

요즘의 국가 청원도 어느 부서 장관에게 청원하라 하지는 않고 심지어 입법부 사법부에 건의할 것까지도 국민은 무조건 청와대에 청원하라고 되어 있다. 사안이 어느 부서의 관할인가를 국민 개개인이 판단할 수고를 하지 말고 정부에서 분류해 주는 것이 효과적이기 때문이다. 하물며 더욱 추상적인 사안인 기도 제목을 신도가 어느 신에게 빌까 판단하는 것은 수고로울뿐더러 위험하기도 한 것이다.

"그런데 황제의 행적과는 관계가 있는 얘기인가요. 황제는 이미 서양 종교인 기독교를 배척한 바 있지만 우상 숭배라고 할 수 있는 금룡교를 배척한 것을 보면 기독교인이라도 같은 입장이라면 취했을 태도 같네요."

"황제는 비록 세상 사람들이 보기에는 계룡산의 여러 잡교주(雜敎主)의 하나로 보였을지 모르지만 미물을 우상으로 섬기며 잡신의 힘을 빌려 사람들로 하여금 물질적 복락을 빌게 하는 금룡교의 사특(邪慝)함은 좌시(坐視)하기 불가능한 것이었죠."

중광십오년(重光十五年) 백성의 어리석고 어리석음이여. 이미 거짓왕을 내쳤거든 어찌 참 주군을 알아보지 못하는가. 그 앞날이 심히 근심되는 도다. 가왕(假王) 이승만을 폐위하고자 4·19가 일어나니 황제는 민중의 뜻과 함께하고자 거병하려 했으나 군비가 부족하여 무산되었다. 거짓 왕이 내쳐졌으나 군웅이 할거하는 중에 윤모(尹某)가 자리를 차지하고 마니 천명의 실현은 멀어져 갔다.

고려가 불교의 나라였고 조선이 유교의 나라였다면 그다음 이어지는 정국(鄭國) 남조선은 도교(道敎)의 나라가 예정되었던 것이었다. 그리하여 황제는 도교 국가로서의 체계를 갖추고자 과거의 도교 관련서를 전해지는 것이건 아니건 구비하고자 했다.

중광이십년(重光二十年) 범법(犯禁)한 자들을 징치(懲治)하시어 왕법(王法)이 엄함을 보이시고 드디어 검(劍)을 봉(封)하시다.

황제의 인생 청사진을 구축할 세상 환경이 미비한 실정을 감안하여 황제의 주변에는 늘 현실과의 완충작용을 맡아하는 자가 있었다. 마숙아 김광국 신기죽 같은 충신들이 있었지만 황제와 일생을 같이하지는 못했다. 그럼에도 그들의 역할을 대신 맡을 자는 늘 필요했다. 황제의 학문적 동반자로는 변약유가 일부러 나타나긴 했지만 마숙아 김광국 같은 현실 감각은 있질 못했다.

이제 또 변약유처럼 하늘에서 떨어지는 인물이 있음직도 하지만 황제의 인생 여정도 마감을 향하고 있는데 얼마 되지 않은 동안의 역할을 위하여 하늘이 또 한 사람을 태어나게 하기는 너무 번거로운 일이다.

이럴 때 천사(天使)가 소용(所用)된다. 아이로 태어나 지상에서의 생육 과정을 거치고 때를 기다려 비로소 제 할 일을 하는 인간들과 달리 천사는 지상에 수행(遂行) 능력이 있는 채로 내려와 자기의 일을 마치고 다시 하늘로 돌아간다. 야곱이 도피 생활을 끝내고 형 에서에게 돌아갈 때 밤길에 맞서다 축복해준 이가 그리고 소돔의 재앙을 롯에게 미리 알린 자들도 그리하였다.

황제에게도 단시간에 역할을 해주고 갈 천사가 필요하다. 그러나 엄격한 실사구시(實事求是)를 추구하는 남조선에서 불확실한 신앙적 존재가 사료(史料)가 될 수는 없다. 신앙에 의하여 움직이는 나라가 아닌 지식에 의하여 운영되는 남조선에서 천사에 대응되는 존재는 식자(識者)이다.

신앙의 나라에서 천사가 하늘의 뜻을 전하여 주인공의 마음을 움직이듯 지식의 나라에서는 비록 등장이 뜬금없고 퇴장이 홀연함은 마찬가지이지만 식자가 나타나 지식을 전하여 주인공의 마음을 움직인다.

지식의 나라의 지도자는 지식에 근거하여 명철한 이성(理性)으로 행동에 옮기나 따르는 근본은 역시 천명(天命)이다. 하늘이 천하를 다스리라고 계획된 시기(時機)에 천하를 도모하고자 함은 정당하다. 그러나 그 시기가 아님에도 지상에서의 물리적 충돌 반사 현상으로 인하여 자신에게 천하의 운임(運任)이 주어진다면 이를 어느 방법을 사용해서라도 피하는 것이 천리(天理)를 따르는 자의 취할 바이다.

"그래도 옛날에 무광(務光) 기타(紀他) 신도적(申徒狄)이 왕이 되지 않기 위해 자살했다는 얘기는 너무한 것 같아요. 왕이 될 수 있었다는 건 그만큼 존경과 신망을 받았다는 것이니까 그냥 산속에서 따르는 사람들과 스승 노릇하며 살면 되지 않을까요."

"행동의 기준을 삼기를 세상에서의 만족과 쾌락으로 한다면 굴러들어온 복을 차버린다는 것이 이해가 안 될 수밖에 없죠. 하지만 세상에서의 만족이나 쾌락과는 무관하게 오직 천명만을 행동의 기준으로 삼는다면 자기의 천운에 맞지 않은 것은 그것이 현실에서 고통을 주든 쾌락을 주든 상관없이 거부하는 것이 온당하죠. 훗날의 시대에 와서도 왕위를 얻을 반란이 실패하여 사형을 당하든가 고려 공양왕이나 조선의 단종처럼 세력 기반 없이 왕위에 오르다 살해를 당하든가 하는 일이 있죠. 하늘의 순리에 따른 왕위가 아닌 것은 앞의 경우들도 마찬가지이죠. 스스로 역리(逆理)를 깨닫고 대처한 것과 파국을 겪어 봐야 알게 되는 것의 차이가 있을 뿐이죠. 오늘날에도 사업이 크게 실패하든가 사회적 명성을 가진 자가 추문으로 나락에 떨어지면 그 변화를 감당할 수 없어 자살하는 경우가 있죠. 다만 지상의 생활이 갑자기 추락하면 혼자에 의해 그 삶을 중지하는 경우가 있지만 갑자기 혹은 부당하게 상승이 될 때 혼자가 이를 중지시키는 일은 오늘날에는 드물죠. 신아가 이를 중지시키는 일이 있을 뿐이고요. 주원장의 아들이 갑자기 죽은 것이나 오늘날에도 재벌의 아들이 먼저 죽는 경우가 일반인에 비해 두드러지듯이. 혼자가 신아와 배치(背馳)되지 않는 신인(神人)은 오직 우주의 순리에 맞는가만을 걱정하지요. 말미에 가서 황제의 조력자 역할을 맡을 인력이 고갈되어 단지 식자(識者)라고 부르는 익명의 인물마저 동원되는 것은 이야기 흐름의 주제의 규모는 우주의 계획에 따라 시종 한결같지만 등장인물은 어차피 죽거나 헤어지는 세상의 법칙을 따를 수밖에 없기 때문에 그 빈자리를 메우기 위한 땜질이 필요했기 때문이지요. 정체를 제대로 밝히지는 않았지만 그 식자는 마숙아 김광국 효명태자 등과 같은 신류(神類)이지요. 인간으로 태어나 육신의 성장 과정을 거쳤든 혹은 하늘로부터 임시로 내려와 사명만을 끝내고 돌아갔든 간에."

"따지고 보면 야유회 나왔다가 황제 일행에게 꾸짖음을 받은 대학생들은 황제의 나라 남조선의 마지막 백성이었다고 봐야겠네요."

"중요한 건 그들 마지막 백성들이 남조선의 법도에 어긋나는 행실을 보인 것에 대해 처음에는 엄히 처벌하려 하였으나 그들이 잘

못을 뉘우치고 법도에 맞는 태도를 보이니 황제는 그들이 스스로 벌하려던 것도 만류하고 용서했지요. 그 이후 대학생들은 황제의 덕에 감화되어 진정으로 따르게 되었죠. 이것으로 황제는 칼보다 힘이 센 덕으로 다스리는 길을 연 것이죠."

"대학생들이 진정으로 따르다니요. 그들은 황제 일행이 협박을 해오니 기분을 맞춰준 것 아닌가요."

"황제가 그들을 모두 용서한다고 했을 때 그들은 냉큼 도망가지를 않았고 오히려 여학생들도 우발산 등에게 술을 대접하며 함께 시간을 즐겼어요. 엇나간 백성이 나라의 법도를 따르도록 덕으로 감화시키니 신민(臣民)이 함께 어우러져 화평(和平)한 나라를 실현했지요. 이로써 황제의 나라는 검(劍) 즉 강제력에 의한 통치가 소용없음이 확인되어 봉검령(封劍令)을 내리고 덕치의 길로 들어섰지요."

중광이십이년(重光二十二年) 적막강산에 일월(日月)이 홀로 외롭구나. 문숙공(文肅公) 떠나가고 무강후(武康候)마저 죽다. 쓸쓸한 바람에 미망(迷妄)의 안개가 걷히도다.

황제는 말년을 함께한 측근들과도 이별한다. 변약유가 떠나면서 황제의 나라는 해체의 수순을 밟는다. 황제는 변약유를 달래면서 물질계의 나라에 집착하지 말기를 권한다. 황제는 영성적인 국가관을 보이고 있다. 인생은 영혼 진화 과정의 한 단계이고 축소판이다. 인생은 다시 하루로 비유될 수 있다. 종일 즐겁게 놀던 어린아이가 날이 지면 어머니의 부름에 따라 집으로 돌아가야 한다. 어머니의 말을 듣지 않고 늦게까지 남아서 노는 아이들은 어둠 속에 지치며 추한 꼴을 본다.

명나라 태조가 자기와 생년 일시 즉 사주팔자가 같은 사람을 불러 오라 했다. 한 사람은 시골에 살며 밭 한 이랑도 없는 가난한 자이지만 벌을 열 세 통 치고 있었다. 명 태조가 십삼 성(十三省)을 다스리는 것처럼 그 사람의 열셋 벌통에도 각각 왕이 있어서 열셋의 지방 정부들을 통합해 다스리는 위치는 마찬가지였다.

또 한 사람을 만나니 그야말로 아무것도 없는 거지였다. 허나 밤마다 꿈에 천자가 되어서 궁궐과 성곽 그리고 종묘와 백관아(百官衙)를 시찰하며 즐긴다고 했다.

이렇게 같은 하늘의 설계를 바탕으로 태어난 자는 그것이 크건 작건 낮이든 밤이든 설계대로 살 게 되는 것이다.

"열세 개의 벌통을 기르는 것은 십삼 성을 다스리는 것의 축소판이라고 쉽게 이해가 되는데 천자가 되기를 낮에 겪는 것과 밤에 겪는 것이 같은 설계에 의한 삶이라고 보기에는 무리가 있지 않을까요."

"명 태조와 거지는 바로 앞 전생에서 세상을 떠났을 당시에 영혼에 인쇄된 별자리가 이후 다시 구성되었을 때 태어났지요. 그들 둘이 먼저의 생을 마치면서 그들의 영혼에는 당시의 별자리에 따라 같은 후생의 설계도가 그려졌어요. 이윽고 둘이 태어나서 명 태조는 천자의 목적을 이루었지만 거지는 이루지 못한 것은 앞의 양봉

업자와 마찬가지인데 워낙 비참하니 알지를 못해서 그렇지 아마도 거지 생활 중에도 양봉업자처럼 천자와 비슷한 운명 구조가 있을 거예요. 가령 기거하는 움막 속에 열세 쥐구멍이 있든가 하는 식으로. 하지만 꿈에서는 천상에서 계획했던 시나리오를 열람하니까 천자의 경험을 할 수가 있지요. 그 거지는 계획되어 있는 천자의 삶을 꿈에 계속 열람했던 것이죠."

"꿈에는 전생 혹은 후생이 보인다고들 하는데 사실 대부분의 꿈은 우리 현실과 같은 시대 배경이잖아요. 현실에 겪는 일과 비슷한 것이 그 앞에나 후에 나타나기도 하고."

"꿈은 천상에 있는 삶의 설계도 혹은 기록물을 열람하는 것이죠. 우리는 우리가 현재 겪는 삶과 비슷한 장면을 배경보다는 주제가 강조되어 꿈에서 겪는데 우리가 우리 현실의 배경이라고 미루어지는 꿈을 주로 꾸는 것은 현생의 미실현된 청사진의 열람이기도 하지만 비록 전생이나 후생의 경험 혹은 계획일지라도 그 주제만이 강조되었을 뿐 구체적 배경은 중요하지 않아 편의대로 구성되었기 때문이죠. 마치 고대 배경의 가극을 현대의 복식 차림의 가수가 간략화된 배경에서 상연하는 것이나 마찬가지이죠."

태시원년(太始元年) 마침내 대위(大位)로 나아가니 땅에서는 왕 중의 왕이요. 하늘에서는 천신(天神)의 우두머리로다.

주인공 황제가 늦게야 황제 즉위식을 올린 것은 올바른 경로를 거친 것이었다. 일찍이 장량(張良)이 말하듯 제(帝)란 하늘의 호(號)로서 덕이 천지에 고루 미치고 전쟁을 하지 않고 사람을 죽이지 않고 공손하면서도 천하를 다스릴 수 있는 이(伊)이다. 인간세상의 세력 경쟁에 휘둘리며 남을 이기고 해(害)하기를 도모하는 자가 제를 칭함은 참람(僭濫)된 일이다. 주인공 황제는 세상의 갈등을 극복하고 스스로 걸맞은 덕을 갖춘 후에야 제위(帝位)에 올랐다.

"황제는 중국이 이천 년 동안 써온 이름 아녜요? 그 칭호의 사용이 그렇게 까다롭나요?"

"그 이천 년간의 황제 칭호가 사실 인간으로서 참람된 것이었죠."

하나라의 시조 우왕(禹王)은 요순(堯舜)과 같은 제위에 오르기로 되어 있는데 거듭 사양했다가 백성 모두의 청원(請援)이 너무도 간절하고 대안도 없었기에 결국 우는 타협안으로 더 이상 제사로 홍수와 같은 세상사를 다스릴 수는 없으니 제사는 각 나라와 각 고을의 제사장들에게 맡기기로 하고 자기는 천하의 물정을 다스리는 일만을 맡아 그냥 왕으로 자리하겠다고 했다.

나라를 다스리는데 제정(祭政)이 분리되었다. 제(祭)와 정(政)을 모두 관장(管掌)하는 제(帝)는 새로운 시대에 맞지 않기에 통치자가 인민의 정서 생활까지 다스리지는 않겠다는 우의 겸허한 처신은 시의적절한 것이었다.

은(殷)나라와 주(周)나라 이후 진시황(秦始皇)에 이르러 천자(天子)는 다시 제(帝)를 칭하고 시대를 거슬러 하나라 이전의 제정일치 시대를 시늉하게 되었다. 군주가 옛 하나라 우왕의 인간 선언을 번복하고 다시 지상의 신을 자처함에 따라 천하는 인의예지(仁義禮智)의 법도보다는 인욕(人慾)과 패도(覇道)가 우선되는 시대로 접어들어 갔다.

"황제는 참람한 칭호이니 늦은 감은 있지만 말미에 중국이 서양 열강에게서 징벌을 받은 것은 당연한 귀결이지요. 남송시대의 주자(朱子)도 천자를 왕으로 두었던 하(夏) 은(殷) 주(周)의 봉건제(封建制) 시대에는 왕이 천자의 자리를 하늘이 내려준 공물(公物)로 여기며 하늘을 두려워하는 통치를 하였지만 이후의 한당(漢唐)의 군현제(郡縣制)에서는 황제 자신을 인간 그 이상의 존재로 여기고 천하를 자신의 사유물(私有物)로 여기며 하늘을 두려워 않고 통치하여 도덕이 후퇴된 시대로 보았죠. 그러다 당대(當代)인 남송시대는 덕이 회복된 시대로 보았는데 아마도 금나라를 형국(兄國)으로 섬기니 사실상 황제의 지위를 잃은 상태에서 황제가 오만할 수도 없었겠지요."

황제의 제국 남조선이 충분한 영화를 이루지 못한 것을 비웃지 말아야 할 것이다. 정국(鄭國)을 막기 위해 세운 한국(韓國) 즉 대한제국도 제국에 걸맞은 물적 성과는 이루지 못했다. 중요한건 시대가 지나간 지금 그 정신의 유산이 유효한가에 있다.

황제는 자신의 영적 수준에 맞는 세계관으로 돌아온 것이다. 아직 성숙이 덜된 영혼으로서는 조금이라도 남을 다스리거나 가르칠 구실이 생기면 그 자체에 목적을 두고 우월적인 관계를 만들고 싶어하지만 고상한 영혼은 순수하게 뜻을 펼치는 것을 우선하니 황제의 통치는 실록을 남겨 후세에 귀감을 주었으므로 뜻을 이룬 것이다.

태시삼년(太始三年) 황제 붕(崩)하니 덕릉(德陵)에 장(葬)하고 묘호(廟號)를 태조 광덕대비백성제(太祖光德大悲白聖帝)로 올리다.

영혼이 지상에 육화되어 지상의 각종의 한계 상황에 부딪치면서 영혼은 각성하고 완성을 향해 나아간다. 그 성장 과정을 이루는 재료는 하고자 하는 목표와 이를 가능하지 못하게 하는 현실이 조성하는 갈등이다.

갈등의 폭이 클수록 이를 극복하기가 어려운 것이 당연한데 인생 중에 이 갈등의 간극의 존재 이유를 깨닫는다면 그 인생은 그만큼의 영적 진보를 이룬 것이다.

황제는 중화문화의 적통자(嫡統者)로서 근세 서양문화가 중화문화의 예정된 진로를 뒤틀리게 하는 상황을 체험하고 목도하면서 어지간하면 이 버거운 거대한 갈등의 긴장을 포기하고 쇠붙이가 자석의 한쪽 끝에 달라붙듯이 편의로운 흐름에 몸을 맡길 수도 있건만 끝끝내 그 긴장 상황을 유지하면서 그러면서도 그 온과정의 인생을 승리라고 자평한 것은 그 거대한 갈등의 본질을 그의 영혼이 소화하였다는 것이다.

"황제가 아내에게 그 아이 즉 아들이 정녕 짐의 피를 이었다면 이 길도 마땅히 이어서 가게 해달라고 했는데 그 아이는 분명히 황제의 피를 잇지 않았나요. 혹시 셋째 아이처럼 다른 아이들도 우발산과의 관계가 있어 진정 황제의 아이인지 의심되는 것인가요?"

"그렇지 않죠. 처음부터 황제의 아내가 우발산과 모사(某事)가 있었다면 이야기의 설정은 저급 불륜 소설이 되고 말죠. 셋째 아이의 탄생은 단지 황제가 만주로 떠나고 백석리에 우발산과 황씨 부인 두 사람이 함께 남아 있던 중에 두 사람이 홀몸 생활을 견디다 못해 일어난 사건이지요. 태자가 된 둘째 아이가 황제의 유전적 피를 이은 것은 명백하고 황제가 의심하는 것도 아니죠. 다만 그 아이의 영혼이 황제와 동무(同務)의 운을 가지고 나왔는가가 관건이죠. 왕조를 이어받는 것처럼 선대의 기업(基業)을 물려받아 계승 발전시키는 것은 동무령(同務靈)들끼리 하는 일이죠. 가까운 영륜(靈侖)의 영혼이기도 해야지요. 그런 면에서는 그 아이가 정녕 황제의 피를 이었냐는 물음에 대한 답은 부정에 가까울 수밖에 없죠."

"황제의 삶이 구체화한 인물이 실제로 존재한다면 그 사람의 소명은 무엇일까요."

"중화문화와 서양문화의 결합을 바탕으로 하는 앞으로의 새로운 가치 정립이 소명이라 하겠죠."

이렇게 하여 『황제를 위하여』의 독회가 끝나고 황제의 국가 남조선의 역사를 역사 교과서의 연대표처럼 구성해 보았다.

4
/
레테의 연가

(1) 중년 기혼 남성과 혼기 여성 간의 플라토닉한 관계

"그동안 무겁고 진지한 얘기가 많았던 것 같아요. 주제의 스케일도 너무 컸던 것 같고요. 이제 분위기 전환을 위해『추락하는 것엔 날개가 있다』와『레테의 연가』를 읽어 보도록 하지요."

"『레테의 연가』는 저와 같은 입장의 여자의 이야기네요."

"그렇기도 하고 어쩌면 우리 둘과 같은 사람들의 이야기이지요."

중년 기혼 남성과 혼기 여성 간의 플라토닉한 관계 이야기라고 보면 대강 우리의 현실과 들어맞는 것이었다.

"민 선생은 아내 이외의 여자로서 교류하는 희원의 위치를 오래전에 죽은 자기 누이를 대신하는 존재라고 규정했었죠. 하지만 그것은 사실이 아니었어요. 민 선생은 희원의 몸을 가지고 싶어 하는 욕망을 인정하면서 자기가 세운 명분에 따라 취하지 않은 결과였으니까요. 하지만 관계의 순수성을 평가하면서 몸을 취하고 안 취하고의 여부로 이분화하는 것은 불필요하다고 생각돼요. 가족에게서 성욕을 느끼지 않는 것은 이미 다른 매개체로 인연의 교류가 밀접한 관계에서 중복된 관계를 맺기보다는 또 다른 인연을 찾으라는 신아(神我)의 명령에 따른 것이니까요."

"『레테의 연가』의 희원이는 자기가 노처녀가 되어 쫓기는 입장인 것처럼 말했지만 내 나이도 안 되는 데요."

"그때와 지금은 이미 다르지요. 구십년대는 아직 남녀는 이십대에 결혼을 하는 것이 거의 필수로 여겨지던 때였고요. 당시만 해도 삼십대 미혼자들은 정말 시달림을 많이 겪었죠. 하지만 그 선배들의 희생으로 지금의 서희 씨 세대는 그렇게 시달리지는 않을 거 같아요."

"그런 압력이 없는 건 아니지만 지금이야 삼십대 미혼자 흔하니까요. 그런데 왜 하필 『추락하는 것엔 날개가 있다』나 『레테의 연가』 같은 것을 참고서로 추천했나요. 작자 본인도 5년쯤마다 걸러내는 태작(怠作) 시리즈에 불과하다고 했는데요."

"사람을 잘 알려면 어깨만 들추어서는 모르고 발바닥을 들어 올려야 하지 않겠어요? 작가의 작품 세계를 탐구하는 것도 마찬가지이죠. 그런데 나는 『레테의 연가』의 민 선생 같은 내 쪽에서만 받아주면 애인이 믿고 뛰어들 만큼의 남자가 될 만치 성공한 업적이 없어요. 그러니 앞으로 우리의 관계 설정에 관하여 나는 민 선생처럼 크게 고민할 필요는 없을 것 같아요. 서희 씨가 다 알아서 할 것 같으니까."

"서로가 서로의 영적 향상에 도움을 주는 관계라면 인간사회에서 어떤 관계인 것은 중요하지 않을 것 같애요."

"본래 배우자의 존재 목적도 물적 조건을 맞춰 함께 세상의 생활을 즐기려는 것이 아니라 서로의 존재를 통해 영적 성장의 계기를 얻기 위함인데 교제를 통해 그러한 성과를 얻는다면 세상에서의 어떤 관계 설정은 중요한 것이 아니겠지요."

하고 우리는 『레테의 연가』의 내용을 정리해 보기로 했다.

(2) 산업화시대 이후 등장한 신여성 Ver2.0

산업화시대를 거쳐 여성의 자기실현적 인생이 대중화되면서 신여성 Ver2.0이 나타난다. 과거의 신여성은 세태와 관습에 싸우고 피해자도 되곤 했지만 이 시대에는 당당히 존재감을 드러낸다.

새로운 현대 여성의 전형(典型)은 이희원이라는 27세의 시인을 꿈꾸는 잡지사 기자이다. 기자를 자기실현적 직장 여성의 모범으로 삼은 것은 시인이니 예술가니 하는 것은 지나치게 한정적인 것이니 그러한 지향점의 중간 지점에 있는 기자를 택한 것이리라 하겠다. 외국영화에서는 창조성이 있으면서 지나치게 특수하지 않은 직업으로 광고회사 직원을 많이 인용하는데 기자는 그보다는 현실 안정감이 있다. 신문방송의 보도기자도 아니고 가십을 증폭하는 목적의 잡지사기자이니 감각 유동성이 광고회사 못지않을 것이다.

현대적인 여성으로서의 주체성을 살리기 위해 스스로 고백하는 일기의 형식이다. 자유롭고 창조적인 삶을 지향하는 희원에게 교사 생활은 매력적인 것이 못되었는데 근무지에서 열 살 연상의 미술교사 민 선생을 만난다. 민 선생은 교사들 사이에서 따돌림을 당하던 괴팍한 예술가 지망생이었는데 희원에게 호감을 갖고 모델이 되어 줄 것을 부탁했다. 희원이 거절한 얼마 후 민 선생은 학교를 그만두었다. 희원도 이후 학교를 그만두고 다른 일을 잡았다.

둘 다 교사보다 자유롭고 창조적인 삶을 택해 나갔는지 모르지만 희원의 직장은 그다지 삶의 승격이라고 보기 어려운 반면 민 선생은 전업 화가가 되었으니 큰 성공이었다. 희원이 민 선생처럼 되었다고 가정한다면 유명 여류 문인이 되어 학교를 나갔어야 했다.

공동의 울타리가 없는 바깥 사회에서 다시 만나자 둘은 급속히 가까워진다. 내가 서희를 단체 모임의 밖에서 만나자 급속히 가까워진 것과도 같은 현상이다. 민 선생과 희원의 관계는 좀 더 거시적(巨視的 이며 巨時的)이고 나와 서희의 관계는 좀 더 미시적(微視的 이며 微時的)이라는 것이 다를 뿐이다. 두 가지 관계 각각의 공동의 울타리의 규모(소설은 학교이지만 우리의 경우는 작은 모임)와 진행 시간(소설은 몇 년이지만 우리의 경우는 몇개월)으로 볼 때 그렇다.

그러나 소설에서의 민 선생과 희원의 관계에 비하여 우리의 관계가 다른 점은 여기서 차차 얘기될 것이다. 희원의 민 선생을 향한 사랑은 커져가고 민 선생은 두려워하여 피한다. 여름에 민 선생이 동해안으로 떠나자 희원은 후배 연기자와 함께 그를 찾아간다. 마지막날 밤 자신에 대한 사랑을 확인하려고 하는 희원과 그녀를 향한 미련을 떨치려는 민 선생 간의 갈등이 전개된다.

서울에 돌아온 희원에게 민 선생의 사랑 고백 편지가 온다.

더 이상 나를 속이고 당신을 속이는 것은 그만두겠소. 우리는 애초에 자유롭게 태어났고, 모든 것은 용서되어 있음을 믿고 싶소. 사랑하오. 진실로 당신을 사랑하오. 이 세상의 그 어떤 것보다 더욱.

추신: 오늘에야 이 편지를 띄울 결단을 내렸소. 이 결단을 내린 이상 이곳 생활은 무의미하오. 곧 당신이 있는 그 도시로 돌아갈 것이오.

재추신(再追伸): 지금 우체국이 있는 면 소재지에 나와 있소. 짐이고 뭐고 다 팽개치고 이 길로 그곳으로 달려가고 싶다는 기분이 들어 다시 봉투를 갈고 몇 자 덧붙이오.

가을에 희원은 회사 일로 속리산으로 떠나고 민 선생은 풍경화를 위해 희원의 뒤를 따른다. 밤늦게까지 술자리를 하며 희원은 민 선생에게 용기를 내 달라 하지만 민 선생은 응하지 않는다.

겨울에 민 선생은 파리의 개인전을 위해 떠나는데 희원은 민 선생을 찾아가 만나고 만취되어 호텔에 들어가는데 깨어난 곳은 호텔이 아닌 병원이었다. 민 선생이 어머니에 전화해서 옮긴 것이었다.

영화에서는 결국 희원이 다른 남자와 혼인하는 것으로 끝난다.

(3) 사랑으로 얻어낼 것은 무엇인가

"시대의 기록으로 남아야 할 것 같아요. 희원은 틀에 박힌 삶보다는 특별한 삶을 지향하고 사랑도 그리하려 했다고 볼 수 있지만 결국 희원이 거쳐 간 길은 시대의 전형적인 사랑 패턴 같아요. 내가 좀 더 잘나가고 풍족했다면 서희도 지금 진행하고 있었을 그런 과정이라고 볼 수 있죠. 허허."

"희원이 민 선생을 얻으려는 목적은 무엇일까요. 민 선생을 부인과 이혼하게 하고 대신 아내로 들어앉으려는 노력은 그다지 나타나지 않는데요. 상당히 막연하고 무책임하고 기분에 따르는 것 같아요. 그러다가 사태가 벌어져도 결국은 사회적 위상이 있는 민 선생이 알아서 책임질 것이고 해결되리라 믿는…."

서희는 내 말에 그렇게 자존심 상해하지는 않는 것 같았다.

"나는 민 선생같은 사회적 위상도 없으니 법적 문제만 아니면 서희와의 관계 진행을 전적으로 책임질 일도 없고 희원의 민 선생처럼 어찌해서라도 서로 엮이면 득 볼 것이 있는 사람도 못되니 서희와는 차분한 사이로 머물게 되는 것 같아요."

"그렇게 패배주의적으로 생각하지 마세요. 희원이 민 선생을 구(求)하는 것은 현생에서의 문화적 허영을 충족하려는 기회 사냥이었죠. 아무렇든지 쏘아 맞히기만 하면 현재보다 격상된 앞날이 있으리라는 저돌(猪突) 행위였지요. 하지만 나는 달라요. 나는 아저씨에게서 아저씨에게 부수(附隨)되는 것을 현생에서 공유하려는 것이 아니라 아저씨에게서 나오는 것을 그대로 영원히 내 것으로 만들려는 더 크고 본질적인 목표를 가지고 있죠. 그것이 나의 태도를 희원과는 다르게 만드는 것이고 아저씨 또한 민 선생보다 더 좋은 실과(實果)를 내는 존재임을 인식해야 할 것이에요."

이번은 서희에게서 배운 과목이었다.

5
/ 추락하는 것은 날개가 있다

(1) 서양문화 지배하의 한국

해방 이후 칠십 년이 넘었다. 한 사람의 일생이 지나갔다. 이는 해방 때 세상을 의식하고 있었던 사람들은 지금은 대다수 살아남아 있지 않다는 것이다.

사람은 영혼을 받아 태어난다. 먼저의 사람이 떠나고 새로운 사람이 태어난다는 것은 새로운 영혼이 이 땅에 사람됨을 입는다는 것이다. 이 땅의 혈연이 이어져 유전자는 이어지고 있다 해도 영혼은 새롭게 받아 태어난다. 환생을 인정한다 해도 손자가 반드시 할아버지의 영혼이라고 믿는 사람은 없다. 손자의 영혼은 어디서 오는가.

영혼은 계획한 삶이 이뤄질 환경을 택하여 태어난다. 그 선택 대상은 기왕에 인연이 깊은 영혼들이 사람으로서 생활하고 있는 곳에서의 부부 등 남녀의 쌍이다.

근세 이후 한국 땅의 사람들은 하멜의 표류 등으로 서양인들과의 인연이 증가되어 왔다. 이는 서양인으로서의 생을 살았던 영혼들도 점차 한국 땅을 새로운 탄생의 후보지로 삼게 되었다는 것이다.

그러나 한국 땅의 환경은 서양의 환경과 다르다. 의복 주택을 비롯하여 서양과 다른 유교 사상에다 알파벳과는 판이하게 다른 한자까지 있으니 서양인으로서의 전생 경력이 많은 영혼이 섣불리 한국에 태어난다면 아무리 지혜를 축적한 영혼이라도 생소한 문화 환경에서의 지식 학습에 어려움을 당할 것이어서 사회의 영향력 있는 계층에 진입하기 또한 어려울 것이다. 즉 서양 경력의 영혼이 인연을 찾아 한국에 태어나려 한다고 해도 정작 품은 뜻을 한국에서 펼치기에는 유리한 환경이 아니니 섣불리 한국에서의 출생을 결정하기는 어려운 상황이었던 것이다.

그러다 구한말과 일본강점기 거쳐 서양의 편리한 문물이 점차 들어오면서 서양 경력의 영혼에게도 지내기에 불편하지 않은 나라로 변해가고 있었는데 결정적인 것은 태평양전쟁 후 소위 대일본제국의 패전이었다. 이 패전으로 일본의 강역(疆域)에 있었던 일본 열도와 한반도는 미국과 소련의 점령지가 되었으며 미국이 점령한 일본 열도 그리고 한반도의 남부 지역은 영어를 공용화(公用化)하기로 하였다. 즉 영어가 공공(公共)의 목적으로 많이 사용될 것이며 영어를 잘하는 사람은 사회에서 영향력을 확대하고 뜻을 펼치기에 유리한 환경이 극동(極東)의 이곳 땅에도 조성된다는 것이다. 서양의 환경에서 많은 윤생(輪生)을 하여 서양문명에 익숙한 영혼이 학습과 사회 참여에 유리하니 이제는 이곳을 선택지로 삼아도 거리낄 것이 없는 것이다.

태평양전쟁 이후 승전한 서양문명권의 영혼들은 기왕의 지역 말고 극동의 한국이나 일본에서 태어난다고 해도 그리 불편이 없을 특권을 얻었다. 그러나 아무리 모방품이 진품을 대신한다고 해도 진품과 같은 만족을 얻기는 어렵다. 서양문명권에 익숙한 영혼이 자기네의 익숙한 지역에 태어날 자리가 부족하여 밀려났든가 하는 이유로 한국에서 탄생했는데 아무리 영어 통용 등 도움 주는 것이 있어도 전생에서 누렸으나 잃어버린 각종의 환경 조건은 태어난 자로 하여금 본래의 익숙한 지역을 그리워하게 한다.

현대에 들어와 미국과 유럽 문화의 지배하에 살고 있는 한국이다. 『추락하는 것은 날개가 있다』는 그 주인공들의 면면에서 보이듯이 구미(歐美) 지향의 영혼이 한국 땅에 태어나 상실감에 방황하는 인생을 그렸다. 이 작품은 그간 작자 자신에게서도 하품(下品)으로 간주되며 천대를 받았지만 이제 영적 세계관에 의한 분석에 따라 통속 연애물이 아니라 영성적 방랑자의 인생 묘사로서 새롭게 봐야 한다.

(2) 구미(歐美)를 동경(憧憬)하다 추락한 남녀의 이야기

오스트리아 그라츠에서 한국인 남녀 간 총기 살인사건이 있었는데 오스트리아 주재 한국 영사는 범인 남자 취조 협조 요청을 받아 그 남자로부터 사건 경위를 듣는다.

60년대부터 80년대까지 한국 사회의 경제 윤리적 변화 속에 부대끼고 고민하는 젊은이들의 이야기를 그리며 그 극단적인 파멸을 그렸다고들 하지만 진실인즉 그 시대에 충분한 영성적 수련이 미비한 채로 서양문화 우위의 교육 환경에서 지적 우월성을 누리던 서양 윤생 경력 위주의 영혼들이 한국 땅에서의 안정되고 만족되는 본분을 찾지 못하고 자기 영혼에게 익숙한 구미 지역을 향한 동경에만 휩쓸리다 맞는 비극으로 본다.

작은 시골에서 최고 명문대 법대에 들어온 임형빈은 고시 공부에 전념하며 첫해를 보낸다.

다음 해 오월 문리대의 마로니에 아래에서 그녀와의 만남은 형빈을 사로잡았다. 과(科)도 이름도 모르는 그녀를 찾아다니다가「멕베드」를 공연하는 영문과 학생들 중에 윤주를 발견한다. 윤주에게서 위축감을 느끼는 형빈은 반발하거나 질투심을 보이다가도 압도되곤 한다.

늦가을 그녀의 친구들에 섞여 산행을 떠났던 형빈은 그들의 도회 스타일에 소외감을 갖고는 돌아가는 버스를 타지 않고 혼자 남아 그녀를 포기하기로 생각하며 걷는다. 그런데 역시 버스를 내려 자신에게 걸어오는 윤주에 감격한다.

공부를 소홀히 한 채 형빈은 윤주에게 빠져든다. 방학에도 귀향을 않고 윤주를 만난 형빈은 성적 욕망을 고백한다. 윤주는 자신이 처녀가 아님을 밝힌다. 고전적 성 윤리에 가까웠던 형빈은 망연자실하고 고향으로 내려간다.

윤주를 향한 집착에서 깨어나 입대를 고려하던 다음 해 윤주의 친구가 학교를 그만두고 방황하는 윤주의 소식을 전한다. 형빈은 자책감으로 이태원의 나이트클럽을 뒤지며 찾아 나선다.

외국인용 술집에서 윤주를 찾으니 고등학교 때까지 양공주로 일하는 언니가 버는 돈으로 살았는데 언니가 흑인 중사와 오키나와로 간 뒤 늙은 남자의 도움으로 대학에 진학하고 그 대가로 동침하곤 했음을 털어놓는다.

윤리와 인습에 젖은 한국을 떠나고자 미국의 언니의 초청장을 기다리는 중이었다. 그녀를 이해하고 과거도 받아들이기로 한 형빈은 동거에 들어간다.

기대와는 달리 경제적 심리적 문제로 둘 사이에는 균열이 발생한다. 형빈의 아버지가 윤주만 있던 동거 방을 방문하는데『춘희(椿姬)』의 비올레타를 알프레도의 아버지가 만나는 장면을 연상시킨다. 이후 방을 나간 윤주는 돌아오지 않고 그녀를 찾던 형빈은 입대하고 둘은 헤어진다.

십 년 후 형빈은 대기업 계열회사 해외영업부서의 미국지사 설립 선발대로 홀로 도미(渡美)한다. 어머니의 성화를 따라 맞선본 상대와 결혼했지만 미국에 오자 윤주를 찾는다. 산타모니카 해변에서 윤주를 만나 밤새도록 기뻐하며 서로의 과거를 털어놓는다. 윤주는 미국에서 결혼에 실패해 있었다. 형빈은 아내와 이혼하고 윤주와 결혼한다.

휴일마다 관광지를 가며 즐기니 지출이 수입을 초과한다. 윤주의 향락추구 생활철학에 영향받은 형빈은 회사의 거래에서 보이는 틈새를 이용해 부정을 저지르며 향락 자금을 충당한다.

두 사람 영혼의 동경의 대상은 미국뿐이 아니라 유럽도 있었다. 휴가지를 유럽으로 향해 오스트리아의 그라츠에 머물면서 이곳에서 둘이 사는 새로운 삶을 꿈꾼다. 휴가를 마치고 돌아오니 한국으로의 전보 발령이 왔다. 한국으로 돌아가는 것을 끔찍하게 거부하는 윤주 때문에 회사를 그만두고 동부로 간다.

겨우 시작한 사업도 형빈의 실수로 날아가자 윤주는 다시 향락추구로 돌아가고 잠적한다. 형빈은 남은 재산을 처분하고 윤주를 찾아 나선다.

윤주는 오스트리아 그라츠의 둘이서 재작년 머물렀던 농가에서 현빈을 기다리고 있었다. 휴가와도 같은 보름이 지나자 형빈은 총을 내놓았고 윤주는 형빈을 모욕함으로써 총을 쏘도록 만들고 이렇게 함께 추락하는 게 안쓰럽다고 말한다.

임형빈의 진술은 끝나고 오스트리아 영사(나)는 그가 이야기 도중 인용한 잉게보르크 바하만의 시구(時句) – 추락하는 모든 것은 날개가 있다 – 를 되새기며 경찰서를 나온다.

(3) 한국에 태어난 서양 영혼

책은 뒤표지에도 '李文烈 추락하는 것은 날개가 있다'라고 씌어 있었다.

"책 뒷면에 그냥 제목만 있는 책은 처음 보네요."

서희는 자기에게 생소한 분위기의 오래된 책을 보며 말했다.

"그렇네요. 보통 뒤표지에는 평론가나 유명인의 주례사 평론이 실리는 게 보통인데요. 특별히 실을 만한 평론을 한 사람이 없었어도 소설의 핵심 내용을 발췌하든가 어찌해서라도 책 내용에 관한 자랑을 싣는 것이 일반적인데⋯."

"안에는 설명이 있겠죠."

"안에도 본문 말고는 별도의 서문도 없고 말미에 한 페이지도 안 되는 작가의 말이 있는데 구상에서 집필로의 진입이 너무 갑작스러웠고 컨디션이 안 좋았고 다른 연재도 하면서 쓴 거라고 하며⋯ 문학적 면책을 구하는 것까지는 아니라도 문자 그대로 졸저(拙著)라고 할 만큼 졸속(拙速)으로 쓰인 작품에 대한 안쓰러움을 피력(披瀝)하고 있죠."

내가 펼쳐 보이자 서희는 책 말미의 작가의 말을 읽어 보았다.

"불만족스러운 작품을 출판하는 것에 대한 변명이군요. 호호. 그러면 출판을 말지⋯. 물론 출판사의 성화를 안 들어줄 수도 없었겠지만⋯."

"이미 연재로 발표된 것을 출판 안 한다고 숨길 수 있는 것도 아니고 그야말로 못난 자식이라도 내 자식 아니라고 말할 수 없는 격이죠. 하긴 영화로는 주인공 커플의 미국에서의 사건이 반 이상을 차지하는데 소설은 3분의 1도 안 돼요. 이야기 흐름으로도 후반부의 미국에서의 이야기가 더 중요한데 아마도 연재를 예정보다 빨리 끝낸 것 같아요."

"참. 아저씨가 주장하고 싶은 것 말해 주세요. 오래전에 텔레비영화 방영에서 본 적은 있는데 그냥 미국 생활의 허영에 찌든 여자의 파멸을 그린 이야기 같았는데."

"서희 씨는 미국 생활이 좋아 보이지 않는가요."

"좋아 보여도 여건과 능력이 안 되잖아요. 여자들에게 더욱 좋다는 것 같았어요. 예전부터."

"내가 학교 졸업한 지 얼마 안 된 때에 미국의 한국인 물리학 교수가 한국의 모교에 교수 채용이 되어서 돌아오려 했는데 미국생활을 버리지 않으려는 아내의 반대로 불화하다 자살한 사건이 있었어요. 아무래도 한국보다 사생활이 자유로운 미국의 분위기는 여자들에게 더 매력적이었던 것은 오래된 이야기이지요. 그런데 단지 그런 사회적 유행의 문제가 아니라 이십세기 서세동점의 결과로 서양의 전생을 가진 영혼이 대거 한국을 비롯한 동양권에 진출했으니 갑자기 바뀐 환경에 적응하지 못한 영혼들이 혼란을 겪는 것이지요."

"서양의 전생을 가진 영혼들 잘 지내고 있지 않나요. 영어와 서양 학문을 잘하니까 학교 성적이 좋고… 좋은 대학 가고… 미국과 유럽 유학 가서 학자나 예술가 되어서 국내에 돌아와서도 상류층을 점유하고 있고…."

"먼저 『황제를 위하여』의 황제의 인생 계획과는 달리 이 땅의 교육 과정이 서양화되었으니까 당연히 이 땅의 주류 영륜(靈崙)도 바뀐 것이지요. 하지만 곧바로 이 땅에서 영어로 문학을 하고 서양식의 사회생활을 할 수는 없으니까 그들이 골고루 잘되리라는 보장은 없죠. 이 작품은 그런 부류의 타락을 보여 주는 것이었지요. 술과 향락을 추구하는 여성으로는 어울리지 않게 최고 명문대 출신을 등장시켰는데 이것은 영혼의 발달 수준에서는 안정적 수준에 오르지 못했다 해도 현생의 지성 평가(知性評價)에서는 최고 수준의 점수를 받을 수 있음을 보여 주는 것으로서 현생의 지성 평가는 총체적인 영혼의 발달 수준보다는 현생의 환경과 비슷한 환경의 윤생 경력이 관건임을 보여 주지요. 지금 우리 한국에서 중고등학교 때 주로 배우는 것은 서양 근대과학 그리고 영어이지요. 대체로 근래에 서양의 전생을 가진 영혼이 현생의 한국에서 우등생의 자리를 얻는데 여주인공 서윤주 또한 영문학을 전공하는 것으로서 영어권의 전생 출신임을 강하게 암시하고 있지요. 그러면서 첫 만남에는 불어책을 가졌다는 것은 유럽 문화 전반에 동경을 가졌음을 나타냈고 오스트리아 그라츠에서 고향인 듯 편안함을 느꼈다는 것은 너무나도 전형적인 전생 기시감(前生旣視感)의 고백이지요."

당시에 주인공들이 다닌 동숭동 캠퍼스에서는 학교 앞의 개천을 세느강이라 불렀고 그 위의 교각을 미라보다리라고 불렀다니 서양 학문 학습에서의 유리함으로 우수 대학을 다니게 된 영혼들의 서양 동경은 이미 집단화된 현상이었다.

"지구상의 다른 인종이 대체로 유럽 인종을 동경하는 것을 반드시 전생의 그리움만으로 말할 수 있을까요. 반대로 윤생하는 경우도 있을 텐데요."

"그렇긴 해요. 반대로 다른 인종이었다가 유럽 인종으로 태어난 사람은 톨레랑스니 이민 개방이니 하며 다른 인종 사람에 온정적인 부류라고 추정은 되어도 그들이 전생에 겪었던 인종을 동경하는 일은 거의 없죠. 이것은 어쩌면 솔직히 말해서 유럽 인종이 더 우주의 상위 차원의 인간 탄생 원형에 가까우니까 그런지도 몰라요. 흑인종은 지구의 더운 곳에 적응하려고 변형된 몸을 가진 인종이고 황인종은 지구의 추운 곳에 적응하려고 변형된 인종이라는 설이 있는 것을 감안하면 백인종은 비교적 기후에 따른 적응 필요를 덜 가진 환경에서 발달해 왔으니까요. 사실 적도에 가까운 곳은 햇볕에 몸이 타고 적도에서 멀어지면 추운 겨울에 견디려고 코가 낮아지고 눈이 작아지는데 유럽은 위도가 높아서 햇볕에 검게 타지는 않으면서도 멕시코만류로 인하여 겨울에 그다지 춥지도 않다는 것은 상당히 작위적인 환경이 주어져서 하늘의 인간의 원형을 비교적 유지하게 했다고 볼 수 있죠. 그렇기에 지구상의 인간은 대체로 유럽인을 동경하는 것이죠. 신은 흑인을 만들었지만 자기와 비슷하게는 만들지 않았다는 흑인 시인의 한탄도 있을 정도니까요."

"좀 비굴한 해석 같지만 어쩌면 냉정한 진리일지도 모르네요. 추락하는 것은 날개가 있다(추날)의 주인공의 행태도 그렇게 분석할 수 있을까요."

"추날의 서윤주는 그 정도가 심하니 일반론으로는 설명 못 하죠. 부유한 전생을 가진 빈자(貧者)가 부자(富者)를 절실히 부러워하지만 가난한 전생을 가진 부자가 빈자를 부러워하지는 않잖아요. 동정은 하지만…. 서윤주의 행태는 앞서도 말했듯 유럽인의 전생 경험을 두드러지게 가진 영혼이라는 것 말고는 설명할 길이 없어요. 특히 유럽 근세의 전성기인 이른바 미화시대(美華時代: Belle Époque)에 아프리카와 인도 등의 타 인종들을 노예로 부렸던 유럽인의 우월감에 영혼이 익숙해 있기 때문에 현생에서도 같은 한국인은 물론 흑인과 멕시칸도 동등한 자격으로 함께하는 것을 견딜 수 없었던 것이죠. 물론 미국 백인으로서의 생활 경험도 강하게 남아 있기에 이태원을 헤맬 때도 미국을 가고 싶어 했고 미국에서는 임형빈의 권유에도 불구하고 한국에 돌아가기를 거부한 것이죠."

"실감 나는 설명은 되는데 소설의 주인공일 뿐이니 미진한 감이 있네요."

"실제의 예는 더 무궁무진하죠. 다만 우리의 대화 목적은 주인공의 삶에 기구(崎嶇)한 곡절(曲折)을 일으킨 근현대 세계의 배경을 영성적으로 분석하는 것이고 이 책의 목적은 은연중에 영성적 의미가 많이 내포된 이문열 작가의 작품을 살피는 데 있으니까요. 명성과 넘치는 재력으로 어느 여자도 고를 수 있었던 골프선수 타이거 우즈는 애초부터 결혼 대상으로 노르웨이 출신의 여자를 찾았죠. 기왕에 사귀었던 여자도 없고 어차피 중매와 같은 형식으로 결혼할 바에야 백인 중의 백인인 북구(北歐), 그중에서도 스웨덴보다도 가장 그런 쪽인 노르웨이 출신을 찾았던 것은 현생에 다른 것을 다 가졌어도 인종적 콤플렉스가 있는 것을 해소하려는 것이었지요. 그게 백인으로서의 전생의 영향이든 인간의 우주 원형에 대한 동경이든 말이죠. 물론 성공한 결혼 생활은 안 되었죠."

"그래요. 전 '추날'은 영화로만 봐서 아직 자세히는 모르지만 그런 인종적 주제 외에 또 강조할 것이 있을까요."

"사실 소설의 반 이상은 주인공 커플의 대학생 때 연애를 다루고 있는데 흔히 그 연령층에서 여자가 동시 다발적 연애를 하는 경우가 있어요. 이런 것을 남자가 너무 비난하지 말아야 한다고 봐요. 남자는 넓은 연령층에서 이성(異性)과 데이트를 하지만 여자는 젊은 연령대에 집중해 있기 때문에 한창 값이 있을 때 최대한의 가능성을 살펴야 하니까요."

"그래요. 호호. 여자는 늦기 전에 어서 자기의 사람을 결정해야 하니까요. 병행 연애(竝行戀愛)도 해야죠."

서희는 자기가 별도의 연애 상대를 가지고 있음을 밝힌 바 있었다.

"내 생각에는 여자에게 조기에 선택을 강요하는 것도 나쁘다고 봐요. 여자는 자기의 매력을 재산으로 해서 자기에게 잘해 주는 여러 남자들로부터 많은 것을 얻어야 해요. 단지 경제적 원조뿐만 아니라 여자 본인의 의지만 있다면 많은 것을 배우고 인맥을 넓히는 데도 사용해야죠. 물론 남자도 여자와의 교제를 결혼이나 섹스를 목적으로만 여기지 말고 함께하는 즐거움을 나누며 발전적 인간관계를 추구하는 것이라고 봐야 하지요."

"그런 생각을 갖고 비판적으로 읽어 봐야겠군요."

서희는 내 허락이 있기도 전에 『추락하는 것은 날개가 있다』 책을 집어 자기 가방에 넣었다.

"헤르만 헤세는 『지와 사랑』 등 많은 작품에서 자기 자신처럼 현실이상(現實以上)의 이상(理想)을 찾아 방황하는 주인공을 그려냈어요. 특히 『크눌프』에서는 촉망받던 젊은이가 사랑에 빠져 인생을 방황하고 결국 사십이 넘도록 가정과 안정된 생활을 얻지 못하며 실패한 인생을 사는 사연을 그리고 있지요. 그러나 헤세가 그런 인생을 살지는 않았어요. 『크눌프』를 쓴 나이는 사십 세 이전이었고 이십칠 세에 결혼하여 세 자녀를 둔 바도 있죠. '추날'에서도 작가는 자신과 같은 학교 같은 학번의 주인공을 설정하여 사법고시를 보려 하지만 연애 등의 문제로 실패한 인생을 그리고 있지요."

"아저씨는 그런 거 쓴 적 있는지요. 실패를 가정한 자화상적 소설이라고 해야 할까."

"난 뭐 성공한 입장에서 실패한 인생을 가정해서 쓸 처지도 아니지만 그래도 여검사를 사랑하다가 보복을 받는 줄거리는 실제와 같으면서도 감옥에서 나온 뒤 노숙자가 되는 주인공의 이야기(『마지막 공주』, 2006)를 소설 속 노숙자의 나이보다 젊었을 때 쓴 적이 있지요."

"윤주는 과연 서양에서 났으면 행복했을까요."

"그랬겠지만 서양에서의 탄생이 또 한 번의 삶을 살 가치가 있는 인생 교과목이 되었는지는 미지수이죠."

나는 서희 앞에 나의 『꿈꾸는 여인의 영혼 여정』에서 주인공 하영이 남편 영진과 대화하는 장면을 펼쳐서 제시했다.

…

－ 옛날부터 전쟁의 목적은 자기네 후손들이 상대방의 땅에 살기

위해서이지요. 그래서 패한 곳 사람들을 학살하기도 했지만 요즘은 그럴 수 없으니까 패전 지역에 승전 지역의 문화를 심는 것이죠. 그러면 승전 지역에 인연 있는 영혼들이 자기들이 적응하기 좋은 환경 같아서 패전 지역에도 많이 다시 태어나게 되죠. 패전 지역에 이미 인연이 있었던 영혼들은 자기와 친한 지역에 다시 태어나려고 해도 이미 많은 문화가 바뀌고 생소해졌기 때문에 태어나기를 망설이거나 철회하게 되죠. 결국 승전 지역에 인연 있는 영혼들이 패전 지역의 땅에 많이 들어와 살게 되니 애초에 패전 지역 주민들을 학살하고 승전 지역 주민들이 들어와 사는 것하고 같은 결과가 되는 것이죠. 물론 글 쓰는 일 같은 건 과거 하류 계층의 언어 문화는 남아있으니까 이 땅에서 그런 전생을 가진 영혼들이 여전히 유리하겠지만 학문이나 종교철학 같은 다른 여러 가지는 달라요.

- 그렇네. 그런 외국 세력들의 진입 때문에 문제도 생길 것이고. 우리나라는 조심해야겠네.

- 하하. 우리가 바로 그들일 수 있죠. 당신이 서양 학문인 자연과학을 잘하고 영어도 잘했던 것은 당신의 전생들이 그쪽에 관련이 깊었기에 가능했던 것이지요.

- 사실 우리나라라고 해도 백 년 전의 사진을 봐도 분명 내 나라 내 조상의 사진인데도 무척 낯설게 느껴져. 지금 같은 땅에서 후손으로서들 살면서도 지금과 그때는 완전히 다른 사람들이 살고 있는 것 같은 생각이 들지.

- 한국이 서양세력에 접수된 이후 지금 한국인은 대다수가 한국인의 혼을 이어받았다고 보기에는 어려워요. 단지 혈연이 이어졌다고 그 민족이 살아남는 것이 아니고 깃든 영혼이 그 민족의 것이냐가 관건이지요. 한국인이 커피를 좋아하고 영어로 된 랩을 좋아하는 건 그리 이상한 것이 아니지요.
- 그러면 한국은 점차로 아시아에 자리 잡은 유럽과 같은 나라가 되어 서양 국가의 영혼들이 자기네 풍습을 그대로 유지한 채 지구상에 땅을 넓혀 살아가는 곳이 되겠군.
- 그렇게만 되기 위해서는 서양 풍습대로 문화를 변화시켜 나가는 것이 편한 길이긴 하죠. 하지만 영혼이 지상에 임재하는 목적은 다양한 문화를 두루 겪어 완전을 추구하는 것인데 아무리 서양문화에 익숙한 영혼이라도 기껏 동양권에 태어났더니 환경이 그저 서양문화권의 아류에 불과하다면 이 땅에서 얻어갈 것이 별로 없는 것이죠. 나라의 존재 목적은 수천 년을 가꿔온 영혼 교육 방식으로 영혼을 성장시켜 하늘나라에 되보내는 역할이 있는 것인데 단지 서양 지방에 다시 태어나지 못한 영혼을 다독이는데 그친다면 나라의 가치가 떨어지는 것이죠.
  영진은 이제 돌아가는 영문을 좀 알겠다는 듯 끄덕였다.
- 한국에 태어난 내가 미국 유학을 다녀오고 서양 학문을 해온 것은 영혼의 관점으로는 많이 해보던 것을 다시 해본 것이니 그다지 새로 배운 것은 아니고 단지 익히 아는 것을 복습해서… 그래서 남들보다 좀 잘하는 것이고… 사실 새로 내게 필요한 것은

이 땅에서 숙성된 지혜인데… 지금 내가 이런 것을 천천히 받아들이고 수용할 여건이 되지 않는다는 게 문제인 것이지.

6

사로잡힌 악령

– 미투 확산의 경고적 예언서

이번의 기획에는 이문열의 장편 이상의 작품만 평론 대상으로 삼았다. 단편까지 취급하려면 너무 방대하고 독서를 가이드하는 효율도 높지 않기 때문에 단편의 평론은 전적으로 문학의 흐름을 관리하는 전문 평론가의 몫으로 남겨두어야 하리라고 보았다.

하지만 유일하게 1994년 발표작 『사로잡힌 악령』만은 평론 대상으로 삼았다. 이문열의 단편 중 장편 이상의 영향력을 가진 것은 단연 『우리들의 일그러진 영웅』이지만 『사로잡힌 악령』을 탐구 대상으로 삼은 건 내가 특히 관심 있는 주제가 있기 때문이었다.

독회를 준비하는 부담이 적은 것이라 서희도 좋아했다. 하지만 읽고 난 후의 만남에서 보이는 표정은 다른 작품을 읽고 난 후의 경우보다 결코 가볍지 않았다.

"25년 전의 작품인데 마치 근래의 일을 예견한 것 같군요."

근래의 미투 운동 보도에서 소설과 유사한 사건을 많이 들었다. 당시에는 욕을 먹을지언정 그리 법적 처리의 대상이 되지는 않았고 특정인이라고 능히 추측되어도 명예 훼손의 책임을 물을 만한 것은 아니었다.

"발표했을 때부터 이 소설은 어떤 문인의 풍자라고 인정되어 왔지요. 정의(正義)와 거의 동의어로 쓰이는 저항이나 민족이란 이름 아래 이중 행태를 취한 문인을 질타했다고 하죠."

"이중적이라면 한쪽은 뭐고 한쪽은 뭔가요."

보통 이중적이라고 하면 그저 나쁘다는 비난으로 간주하고 넘어가는데 서희는 이중(二重)이란 말 안에 들어 있는 두 가지가 무엇이냐고 구체적으로 물었다. 내가 늘 분석적인 마음가짐을 갖기를 권했던 것이 효과를 보는 것이었다.

"하나는 말했듯이 권위주의 통치에 대한 저항정신과 외세의 핍박에 항거하는 민족 독립정신에 바탕을 둔 의식 투철한 문인으로서 민중의 정신적 지도자적인 이미지이죠. 그런데 다른 하나는 그러한 화려한 포장 속에 감춰진 인성으로서 인간의 욕구를 절제 못 해서 기회만 되면 분출시키며 이른바 교양 높은 자들의 행동 강령에 미치지 못하는 저열한 행실이죠."

"김성종 님의 『최후의 증인』에도 민중을 구한다는 명분하에 빨치산 활동을 한 사람의 성추문을 들춰내는 장면이 있잖아요. 어떤 역할을 하는 사람이든 성 문제는 약점인가 봐요."

"사상 이념의 지도자라고 해서 사생활도 거룩할 것이라는 기대는 허망하죠. 그런데 대중이 아예 그런 것에 관심을 두지 않으면 상관없는데 근래에는 대중의 주목(注目)을 받는 자들은 비록 그 주목의 이유가 도덕성과 행실이 아닌 기능적 행위에 따른 것일지라도 통합적인 전인(全人)이 되기를 요구받고 있지요."

"모든 것을 다 갖춘 인간이란 어려운 것 아닌가요."

"지도급 인물이라고 해서 그만큼 모든 면에서 모범적이기를 바라는 것은 지나칠 수 있지요. 타락 행위가 일반인의 상례보다 크지 않으면 때로는 인간의 나약함으로 집단화시켜 관용을 내릴 수가 있지요. 하지만 그 행위가 지도급 인물의 위상에 따른 권리와 기회에 의해 증폭된 것일 경우에는 집단화에 의한 관용 속에 녹아들지 못하죠."

최영미가 「괴물」이란 시 형식으로 'En 선생'의 성추행을 고발하고 문화예술계에서 미투라며 유사한 피해 사례 폭로가 이어지자 이 소설은 다시 부각되었다. 한 시인을 관찰하며 위선과 타락의 행태를 묵인하는 부조리한 시대상을 고발한다. 독재에 저항하는 시인이자 진보적 지식인이라지만 명성을 이용해 신참 여류시인, 문학소녀, 여대생, 친구 아내 등을 농락한다. 자기 고유의 유혹 능력으로라면 한 난봉꾼의 촌극에 불과하겠지만 양심적인 지도자로서 덕망을 사회적으로 신뢰받는 중에 그리하니 분개할 일이다.

"강제로 힘을 써서 성추행을 했던가요."

서희는 다시 따져 물었다.

"그런 것 같지는 않아요."

"그러면 그 시인이 성추행을 하려할 때 여자는 이미 그 시인이 양심적인 인격자가 아님을 알 수 있잖아요. 그때 피하면 되는 것 아닐까요."

"이미 여자는 하늘같이 존경하던 선배 시인에게 마음을 의지하고 있던 상태이고 그의 뜻에 따르는 것이 곧 자기의 문학을 성취하는 길이라는 사고방식이 박혀있기 때문에 갑자기 하늘같은 스승에게 반항하며 뛰쳐나오기란 어려운 것이겠죠."

"그래도 그런 짓을 당하면서까지 시인이 되어야 할까요. 먹고살기 위한 절박한 목표라고 할 수도 없는 것인데. 시인이란 게 임명권자의 권한에 전적으로 좌우되는 것도 아니고요."

"사실 그래요. 인천의 성냥공장 아가씨가 공장장에게 요구를 받았다면 먹고살 직장을 잃지 않으려 응한 것이니 힘이 행사되지 않았다 해도 강제라고 볼 수 있지만 시인이나 연극인 같은 것은 생업을 위한 최후 수단이 아닌데 굳이 더러운 꼴을 감수하면서 해야 하고 그런 행위의 요구를 죽기 싫어 따랐다고 하는 것은 합리성이 부족하지요. 하지만 갑작스런 변화를 거부하는 것이 인간의 보편적 심리이고 보면 시인이나 연극인을 꿈꾸었는데 더러운 꼴 한번 보았다고 갑자기 털고 나와서 평범한 삶에 만족하겠다고 결심하는 것도 쉬운 일은 아니죠. 결국 정치적인 흐름에 따라 해석이 달라지는 것이라고 봐야죠. 근래에는 예술인뿐 아니라 정치 지망생도 그런 피해를 호소하여 마침내 받아들여진 사례도 있지만요."

"뇌물은 주고받는 사람 모두가 잘못 아닌가요. 지나고 나서 일방적으로 돈을 뜯겼다고 주장하는 것은…."

"뇌물을 주고 혜택을 얻었다면 그렇겠지만 아무런 혜택을 받지 못했다면 그것은 일방적인 피해가 맞지요."

"그럼 서로 간에 호혜의 관계는 알려지지 않았다는 것이네요."

"당연히 그렇죠. 사실… 내가 데뷔할 때 즈음에는 유독 여성 작가만 잘나간다는 현상이 있었죠."

"그때부터 그런 게 있었나요."

"나보다 훨씬 선배 여류작가 어느 분도 그분이 젊을 때 당시의 중견원로 작가들과 함께 문학 전집에 실려 있던 게 있었어요. 그때는 그런 게 드문 일이었겠지만 우리 때는 보편화되었던 것인지 모르죠."

"그래서 불공정했단 말인가요."

"한쪽이 피해자라며 나서서 세상에 알려진 경우가 아니면 그냥 덮어두는 것이 지난 역사에 대한 예의라고 생각해요."

하고 나는 이제 본문을 살피자고 했다.

그의 악이 번성하는 한 파렴치한 엽색(獵色)의 식단도 풍성했다. 자랑스레 휘젓고 다니는 색주가는 기본이었고 손쉽고 뒷말 없는 유부녀는 속되게 표현해 간식이었다. 더욱 악의 섞어 말하자면 신선한 후식도 그 무렵에는 그에게는 흔했다. 화대도 없이 몇 달 침실봉사만 한 신출내기 여류시인이 있는가 하면, 뜻도 모르고 관중의 갈채에만 홀려 있다가 느닷없이 그의 침실로 끌려가 눈물과 후회 속의 아침을 맞는 얼치기 문학소녀가 있었고, 그 자신이 과장하는 시인이란 호칭에 눈부셔 옷 벗기는 줄도 모르다가 살이 살을 비집고 들어서야 놀라 때늦은 비명을 지르는 철없는 여대생도 있었다.

…

어디선가는 좋지 못한 행실로 술상을 덮어쓰고, 또 어디선가는 그 동안 단짝으로 어울려 다니던 문사에게까지 된통으로 얻어맞았다는 소문이 들렸다. 유부녀를 집적이다 눈이 뒤집혀 덤비는 그 남편에게 쫓겨 밤중에 담을 넘는 걸 보았다는 사람이 있는가 하면 배가 북채만 한 여동생을 데리고 나타나 칼을 빼들고 설치는 청년 앞에 불품없이 꿇어앉아 싹싹 비는 꼴을 보았다는 사람도 있었다.

"이렇게 민주투사의 가면을 쓴 소설 속 시인은 민주화란 이름 아래 추악함을 숨기는데 문인 시국선언을 작성한 몇몇 문인들과 함께 주모자급으로 구속된 후에는 허무주의 탐미주의 시인에서 돌연 독재에 항거하는 저항시인으로 바뀌었다고 해요. 또한, 민족정신 함양이라는 명분하에 시인의 악행을 묵인하고 보호하며 우리는 하나라는 내밀한 유대를 유지하는 주변 운동권 동지들에 의해 성추행 정도야 작은 실수일 뿐이라며 은밀한 소문으로 묻히고 말았다고 해요."

"상당히 오래된 이야기인데 그때 아저씨는 그런 소문을 알았었나요."

"이 소설이 발표된 때는 나의 문학 수업 시절인데 '은선생'과 같은 계열 성향의 문인에게서 단체 수업을 받고 있었죠. 그러다 저녁 자리에서 이 소설의 이야기가 나왔는데 그 문인은 이문열 님을 'mcn'이라고 욕하면서도 소설의 내용은 사실이라고 했지요. 그러면서 '은선생'에게는 '참고 가만히 있으시라 우리가 선생님을 인격

자라고해서 존경하는 것이 아니지 않습니까'라고 했다 했어요."

당시 90년대만 해도 운동권은 아직 사회 주류로 나설 가능성이 불투명하던 약한 세력이었다. 그러니 자칫 내부 총질이 될 수 있는 추문 밝히기는 억누르는 것이 고육책이었을 것이다.

그러다 1997년 김대중 정권이 들어선 이후 자신감을 가진 운동권에서는 내부의 성 추문 밝히기 러시가 일어났는데 아직은 운동권 학생층의 수준에서 머물렀고 남자의 구애까지 성폭력으로 모는 등 캠페인의 미숙함도 있어서 그리 오래 가지는 않았다. 다시 근래 관련세력이 돌아와 집권하면서는 더욱 세력이 든든해진 자신감으로 비중 있는 인사들의 행태에까지 칼을 대는 미투 캠페인으로 발전되었다. 일부 무지한 자칭 보수 세력은 미투 운동이 운동권의 자충수라고들 하지만 운동권이 더 이상 목적을 위해 (진보 이념에 어긋나는 행태를 보이는) 불순 세력을 안고 갈 필요가 없다는 '성숙 의식'으로 '자체 정화'를 한 것이라고 보겠다.

여하튼 그 당시의 동지들은 그의 악을 운동의 과정에서 있을 수 있는 실수로 간주하고 이를 외부에 노출하는 것은 내분으로 여겨 소문으로만 떠돌았다.

주모자급의 시국사범이 되어 남산에서 호된 취조를 당하고 나오니 저항시인이라는 새로운 이름이 기다리고 있었다. 10·26과 12·12 그리고 5·18이 터지면서 저항시인은 민중시인이 되었고 민족시인이 다시 덧붙여졌다. 그가 쓰는 책은 내용과 무관하게 일정 부수 이상의 판매고를 올렸고 아름다운 약사를 아내로 얻었다.

민족문학작가회의가 소설 속 인물을 문제 삼자 이문열은 작품을 보면 어떤 시인의 행보가 연상되겠지만 그를 개인적으로 공격하는 작품이 아닌 1980년대의 시대상을 담아내는 작품으로 봐 달라, 내가 더 관심을 가졌던 것은 악에 대한 우리의 심리적 대응 방식이었다고 밝혔다. 그 시대상이란 것이 운동권이 마치 한신(韓信)이 불량배의 가랑이를 기어 통과했듯이 훗날의 출세(집권)를 위하여 저들의 추구 이념과 자체 모순인 행태를 감싸줘야 하는 수모(?)를 인내했던 시절의 모습이라면 지나친 비약은 아닌 듯싶다.

이후 이문열은 시대상을 그린 작품이 개인을 겨냥한 채 읽히는 것은 부적절하다고 판단하여 『사로잡힌 악령』을 삭제한 뒤에 다시 책을 내놓았는데 아쉬운 것이었다. 지금 해당하는 단편집 책들 중에 『사로잡힌 악령』이 포함된 중고 책은 매우 비싸게 팔리고 있다.

"결말 부분에 주인공 악령이 잘생긴 아이들과 아름다운 젊은 부인을 데리고 잘 지내는 것은 지난번 『젊은날의 초상』의 『그해 겨울』에 나오는 칼갈이의 훗날도 그러한 결론을 보였던 것이 공통되는데 이번에는 복을 받아 잘산다기보다는 자기 분수에 안 맞는 행복한 삶을 사는 것을 비판하는 것 같아요."

"그만큼 잘나고 출세한 사람인데 그런 걸 얻는 건 당연한 것 아닌가요. 설사 그 사람이 부정한 면이 있다고 해도 왜 가정의 구성원이 부러울 만큼 훌륭한 것이 비난의 대상이 되어야 하나요."

서희는 나의 설명에 상식적인 반문을 달았다. 나는 소설을 위한 변명이라기보다는 내 주관으로 맞받았다.

"비난은 물론 아니죠. 하지만 사람은 각자의 위치에 따라 추구해야 할 가치가 있어요. 예술 문학 등 정신적 가치를 추구하는 자가 이윽고 세상의 물적 성과를 얻으려 하는 것은 잘못된 것이죠. 성직자가 성적 탐욕을 얻으려고 하는 것도 용납이 안 되듯이 예술가나 문인으로서 살아갈 수 있게 된 자는 세상의 가치를 추구하고 집착해서는 안 맞아요. 내가 서희 씨에게 강렬한 구애를 안 하는 것도 서희씨를 안 좋아해서가 아니라 서희 씨와 같은 사람은 세상일에 더 수고로운 짐을 지는 사람들을 위해 양보해야 한다는 생각이죠. 우리와 같은 사람은 세상의 정서적 행복을 더 취하고 세상일의 스트레스를 덜 받으니 굳이 잘난 배우자의 점유를 통한 성취의 행복감은 그렇게 갈망할 것은 아니지요."

오늘 서희는 롱부츠에 허벅지가 노출되는 미니스커트를 입고 나타났다. 오늘따라 여성적 매력을 극대화하여 나타난 이유는 무엇일까. 그녀가 민망해할까 봐 직접 물어보지는 않았다. 그녀의 매력에 끌려서 더 가까이 사귀고 싶은 마음보다는 이런 여자는 세상의 수고를 더 많이 하는 이에게 양보하자는 생각이다. 진리를 탐구하든 세상을 구할 지혜를 찾든 간에 육체적 노동이나 인간관계의 고뇌를 덜 겪는 자들은 사바세계의 고난을 덜 겪는 자들이다. 그러면서 세상에 내린 가치인 여성의 미모를 남들보다 가지려는 것은 스스로 자신의 근기(根機)가 지혜로 세상을 구제할 수준이 되지 못함을 고백할 뿐이다.

7

/

선택

(1) 보수적 문화 가치를 가지며 문인으로 성장하기 어려운 한국

이 소설은 주인공 장(張)씨 부인의 일인칭 자서전으로 되어 있지만 작품 자체는 그것이 작위적 설정이 아니라 마치 내가 『꿈꾸는 여인의 영혼 여정』의 소재로 사용한 엘리자베스 하이치(Elizabeth Haich)의 저서 『영통(靈通, Initiation)』처럼 작자의 전생(前生)을 포함하는 우주적 자서전이라고 할 수 있다. 다만 특정한 한 전생만을 다루고 있는 것이 아쉬운 면으로 남는다.

얼핏 서문은 다분히 작위적이다. 이문열의 유려한 문체가 아니라면 소설로서 그다지 권장할 만한 구성은 아니다. 그러나 발언자가 장씨 부인의 혼령이라는 작위적이다 못해 생뚱맞아 보이는 설정은 영혼의 윤회를 인정하면 자연스러워진다.

한국 땅은 삼국시대 이후 신라 고려 조선 그리고 일제를 거처 대한민국 초기에 이르기까지는 한자 문화를 중심으로 살아왔다. 그런데 지금은 단지 한글 전용의 보편화가 아니라 한자가 가지고 있었던 개념과 지성 표현이 영어로 대치되고 있는 상황이다.

근세에 청나라가 망하고 중화민국과 중화인민공화국이 세워졌지만 본래 주변의 후진 문명권과 구분하여 부르는 명칭이던 중화(中華)는 오히려 이 시기에 멸망하였다. 소중화임을 자랑스럽게 여기던 조선의 후신인 대한민국에서는 오늘날 아무도 중화를 자랑스러운 역사로 삼지 않고 굴종과 사대의 의미로만 보고 있다.

같은 땅에서 문화의 판도가 바뀐다는 것은 곧 그 땅에서 우위를 점했던 영륜(靈侖)의 활동이 위축되는 것이다. 그 땅의 문화에 연속성이 있다면 그 땅 혹은 유사한 문화 지역에서의 전생을 겪은 영혼의 현신(現身)이 활동하기 유리할 것이다. 하지만 지금 한반도의 바뀐 문화 환경에서는 문열공(文烈公) 김부식(金富軾)이나 연암(燕巖) 박지원(朴趾源)의 전생 경험으로는 문인 활동을 하기에 유리하지 않다. 이 땅에서 지식인의 전생을 가진 영혼은 한문에는 익숙하지만 지금 통용되는 한글 문장은 그다지 숙달되어 있지 않은 반면 남사당놀이의 취발이와 같은 유랑극단 전생 경력의 영혼은 순한글의 문장을 탁월하게 구사하는데 매우 유리할 것이다.

본래 그 땅에서의 윤생 경력이 풍부하면 그 땅에서의 삶의 환경을 긍정적으로 받아들여 보수적인 입장을 취하고 반면에 타지역에서의 윤생 경력이 강렬할 뿐 그 땅의 윤생 경력이 부족하면 그 땅의 생활 문화 환경을 탐탁잖게 볼 것이므로 진보적인 입장을 취할 것이다. 그러나 전생이 남사당놀이패였다면 한국 땅에서의 윤생 경력의 기간 동안 사회 주류에는 있지 않으면서 공연을 하러 동리를 떠돌다가 양반가에게서 핍박을 받는 등 사회 구조에 불만을 품어왔을 것이니 비록 한국 땅에서의 윤생 경력이 충분하다고 해도 진보적인 이념 성향을 취하게 될 것이다.

한국에서 보수성을 발현하게 되는 과거 사회 주류(양반계급)의 윤생 경력을 가지면서도 지금 통용되는 한글 문장에 탁월하기는 어려운 듯싶다. 내가 작가 생활 초기에 작품을 투고하고 평가받는 과정에서 상상력에 비해 문장이 부족하다는 평을 받았던 것은 비록 국내외에서 작가적 재능을 향상시켜온 전생은 어느 정도 있었다고 해도 한글 문장을 매끄럽게 구사하도록 수련하는 이 땅에서의 전생은 그다지 있지 않았던 것에 말미암은 듯싶다.

그럼에도 한국의 보수적인 사상 이념을 가지면서도 한문이 아닌 한글 문장에 있어서도 유려한 필체를 가진 작가가 있다는 것은 그럴만한 특수성을 짐작하게 한다. 『한중록(閑中錄)』을 비롯하여 여러 규방문학이 있듯이 귀족 양반계급이라고 하더라도 조선시대의 여성들은 한문이 아닌 한글(諺文)의 우리말 문장으로 자신들의 생각을 기록했다. 아무리 남녀 차별의 시대라 하더라도 양반가의 여성이 학문이 높은 것이 흠결이 되지는 않았다. 한국 땅에서 지식계급의 전생을 가지고 있으면서도 여성으로서 한글 문장을 익힌 전생 경험이 있다면 한글 문장이 주류가 된 시대에 태어난 그 후신으로서도 유려한 한글 문체의 구사는 가능할 것이다.

이러한 견해를 제시하고 서희와 『선택』의 독서 토론에 들어갔다.

(2) 재능을 발현하는 것이 영성 가치 실현은 아니다

"한국에서 보수성을 발현하게 되는 윤생 경력을 가지면서도 지금 통용되는 한글 문장에 탁월하기는 어려운 듯싶은 데 그럼에도 그런 작가가 있다는 것은 지식인의 전생을 가졌다고 해도 여성으로서 한글 문장을 익힌 경험이 있다면 가능하기 때문이죠. 오래전 처음 읽었을 때는 조선시대 양반 여인의 혼령이 나와서 이야기를 전개하는 설정이 생뚱맞다고 생각했는데 꾸며낸 것이 아니라 그냥 발설자가 자신의 영에 속한 과거의 혼을 불러내 그 입장에서 지난 생의 이야기를 말하는 것이라고 보면 간단해요."

"그래서 양반의 체면을 지키느라 규방(閨房)에서 답답히 살았던 사대부가(士大夫家) 여인의 입장을 아니까 작가는 황제의 이야기에도 독수공방으로 있던 아내의 불륜을 용서하는 장면을 삽입했군요. 호…. 그런데 아저씨는 겪어온 전생이 대충 어떤 것 같아요."

"아직도 분명히 찾아내지는 않았어요. 그럴 필요도 없을 것 같아서요. 다만 대충 느낌은 와요. 우주의 조화니 하는 그런 개념에 아직 현생에서 공부하지도 않았을 때부터 관심을 두었던 것[9]을 보면 성리학을 공부했던 것도 같은데 적어도 이 땅에서 한글로 문장을 썼던 부녀자나 상민의 전생은 없었던 것 같아요. 중학교 때 공책에 글씨를 쓸 때도 한글보다는 한자와 영어 필기체를 쓰는 것이 더 수

---

9) 필자의 단편「외계인 X」(1994)와 장편 『은하천사의 7일간의 사랑』(1997)에는 우주의 조화가 강조되어 있다.

월했으니까요. 그래서 한국 문단이 바라는 매끈한 순한글 문장은 불리했던 것 같지만."

"아저씨는 한문을 쓰는 이 땅의 양반이나 아니면 서양의 전생이 많으신가 보군요. 호호."

"모르죠. 한문은 일본이나 중국도 쓰니까요. 그러면서도 글은 많이 썼던 것 같아요. 어느 문화권이었든."

"장씨 부인이 뛰어난 재능을 살리지 않은 것을 여자의 길이라 하여 두둔한 것은 동의하기 어려운데요."

"따지고 보면 현대의 남자도 예술 같은데 재능이 있어도 집안 살림을 책임지느라 못하는 경우가 있잖아요. 장씨 부인이 출가(出嫁)를 택해야 했던 것도 집안 살림의 일환(一環)이었으니 반드시 여자라는 것이 이유의 전부라고는 볼 수 없지요."

"그래도 그런 건 어중간한 정도의 재능인 경우가 대부분이지만 장씨 부인은 아주 뛰어났다고 하잖아요."

"현대를 사는 우리의 관점에서는 아쉬운 것은 맞지요. 하지만 작자가 장씨 부인의 선택을 옹호한 저변에는 영성적 관점이 있다고 봐요. 소녀 시절에 시화(詩畵) 및 서예에 훌륭했으나 출가 후에는 더이상 하지 않았고 상당한 의학 지식도 알고 있었으나 출가 후 주부로만 살았던 것을 낭비라고 볼 만도 하지만 이번 생은 본래 우주에서의 계획에서 주부의 삶을 선택한 것이었죠. 우주의 질서를 존중하는 보수적인 관점에서는 이번 생의 소명과 목적을 위하여 자기에게 윤생을 통해 익숙한 길 즉 재능과 적성에 맞는 길을 가지 않은 것은 그렇게 통탄할 일이 아니라고 할 수 있어요. 나의 경우도 오랜 윤생을 거쳐 재능이 더 축적되어 있을 대학의 문과를 택하여 진로를 설정했다면 일찍부터 적성에 맞는 길을 갔고 사회에서도 더 인맥의 도움을 받으며 성공했겠지요. 하지만 이과 공부를 통해 문과 학문만으로는 쉽사리 볼 수 없는 것을 보게 되니 진리를 세상에 가르치는 소명적 역할을 위해서는 유용했다고 봐요. 대아(大我)의 관점에서 보아도 본래 문과에 더 특성화된 영혼이지만 이번 생에 이과 공부를 해서 영혼의 능력을 보완하는 것이었죠. 장씨 부인의 영혼도 여성으로서의 굴레에 순종하며 인간 세상의 가족 문제를 깊이 학습하는 것이 그 생의 목적이었죠."

"하기야 현대에는 아이를 낳을 수 있는 많은 남녀가 아이를 충분히 낳지 않고 있으니 이것 또한 인간 능력의 엄청난 낭비이지요. 재능과 잠재력을 발휘 못 한 것은 일회성의 인생만을 생각하면 안타까운 일이지만 영혼성장의 한 과정이라고 생각하면 그리 아쉬운 선택은 아니겠군요."

서희는 여자로서의 관점보다 영성인으로서의 관점을 우선하여 『선택』의 내용을 받아들였다.

"장씨 부인과 비슷한 예로 중국 송나라의 손씨 부인이 있지요."

나는 송나라 여류시인 이청조의 전기[10]에서 발췌해 알려주었다.

---

10) 『李淸照』 荣斌 着, 濟南出版社

(3) 문장의 재주는 여자의 길이 아니라

송나라 여류시인 이청조(李淸照)의 말년에 근처 손종(孫綜)이란 칠품소관(七品小官) 직위의 사람의 십수 세 되는 딸이 종종 청조의 집에 놀러오곤 했다.

손종의 집은 본래 책을 가까이하는 집안으로서 증조부 손면(孫沔)은 관문전학사(觀文殿學士) 호부시랑(戶部侍郎)을 지냈고 조부와 부친도 모두 관직을 지냈다. 청조는 손가(孫家)의 여아가 매우 총명함에도 온종일 그저 놀이에만 열중하며 시간을 보냄을 애석하게 여겼다. 청조는 그 아이의 시재(詩才)를 알고는

"너도 문예를 배우면 큰 시인이 될 수 있겠다."

하며 그녀를 제자로 받아 책읽기와 글쓰기를 가르쳐 자기와 같은 시인으로 기르려 했다.

"네가 작시전사(作詩塡詞)[11]를 할 수 있게 해주마."

청조는 생각하기를 이 소녀의 재능에 자기의 학문을 더하면 이 소녀를 유명한 여류 문인으로 키우기는 문제없다고 보았다.

그러나 소녀는 도리어 고개를 흔들며 말하기를

"시인이 되면 선생님처럼 불행해져요. 저는 여자의 길을 택해 현모양처가 될래요. 재조(才藻)는 비여자사야(非女子事也)라 하지요. 여자에게 재주부리는 글쓰기는 필요 없어요."

---

11) 시를 짓고 사(詞)를 (종이에) 채워 넣는다. 詞는 자유시에 해당하고 이청조는 詞에 특히 능하여 본래 사인(詞人)이라고 한다.

하고 거절했다. 그녀의 부친 손종과 모친 양(梁)씨도 동의하지 않았다.

청조는 봉건이학(封建理學)이 여자를 기시(歧視)함이 이미 이토록 엄중한 정도에 이르렀음에 상심(傷心)했다. 그러한 풍조는 심지어 재능을 지닌 여아 본인까지도 자신을 불안하고 마땅치 않게 여기게 하는 것이었다.

자기의 어린 시절까지는 여아가 재능을 기르기에 좋은 가정환경을 가질 수 있었다. 문학의 각 영역을 자유로이 노닐 수 있었던 그 시절은 얼마나 행복했나. 지금은 여아에게 호의를 갖고 길러주고 싶은 마음을 가져도 사람들이 그 마음을 이해하지 못한다. 이제 세상의 여자는 더 이상 문학을 배우려 하지 않는다.

손가의 그 소녀는 자라서 소군전(蘇君璈)이라는 사람에게 시집갔다. 순순히 삼종사덕(三從四德, 사덕은 마음씨 말씨 맵씨 솜씨)을 따르는 현모양처가 되겠다는 것이었다. 아들 소동(蘇洞)은 후에 대시인 육유(陸遊)의 학생이 되었다. 손씨 별세 이후 소동은 육유에게 모친의 묘비명을 써달라 했다. 육유는 묘비명에 그녀가 청조의 교학을 거절한 사정을 기록했다.

夫人幼有淑質
故趙健康明誠之配李氏
以文辭名家
欲以其學傳夫人

時夫人始十餘歲

謝不可曰

才藻非女子事也

부인유유숙질

고조건강명성지배리씨

이문사명가

욕이기학전부인

시부인시십여세

사불가왈

재조비녀자사야

부인은 어릴 때부터 뛰어난 소질이 있어서 건강(健康) 사람 조명성의 부인 이씨가 문명(文名)이 있어 부인에게 학문을 전수하려 했으나 당시 십여 세의 부인이 문장의 재주는 여자의 길이 아니라며 거절했다.

(4) 전생 자전적 소설

소설이 작가의 현생 자전적인 경우는 많이 인정되고 있지만 소설이 과연 작가의 전생 자전적인 것일 수도 있는가는 또 하나의 화두가 되었다. 나의 이러한 설을 뒷받침하기 위해서는 추가의 사례가 더 필요하여 먼저도 언급되었던 헤세의 『유리알 유희』를 참고로 살펴보기로 했다.

"소설이 작자의 전생을 작품의 소재로 다루었다고 미루어지는 경우는 헤세의 『유리알 유희』에서 작품의 말미에 요제프 크네히트의 유고(遺稿)라며 첨부한 '세 가지 이력서'라는 글에서도 찾을 수 있지요."

"이력서는 취직을 위해 제출하는 것이잖아요. 주인공은 어디에 취직하려 했던가요."

서희는 근래 취업을 위한 노력을 많이 하고 있으니 이력서라는 것에 민감하였다.

"이력서는 취업을 하거나 근무를 계속하고 싶을 때 자기의 자격과 능력을 보이기 위해 제출하는 것이지요. 남아 있다는 세 편의 이력서는 주인공이 순수한 정신의 나라 카스틸리엔의 연구생으로 있고자 자기의 전생 경력을 기록해 제출했던 것이었지요."

"실력과 자격의 증명이겠군요. 거기서의 요구에 맞는."

"영적 가치를 추구하는 사람만이 카스틸리엔의 연구생 자격이 있는데 현생에서의 수련 경력 자료만으로는 충분하지 않고 전생에서의 수련 경력 자료가 또한 요구되지요. 자기가 영성적 수련이 충분한 자임을 입증해야 하는데 마치 지금의 한 나라의 현실의 삶을 이끄는 공직 지도자들이 현생에서의 소정의 학습 경력을 인정받아야 등용이 되듯이 서기 2200년경 유럽 각국의 정신적 등불 역할을 하는 카스틸리엔의 연구생 자격은 윤생 중의 충분한 학습 경력을 인정받아야 하는 것이지요. 작품 속에서는 이력서의 요구가 낡은 습관이라고 조소를 받았다지만 실상은 어느 학업 성적보다도 카스틸리엔의 연구생에게 기본적으로 요구되는 것이었지요."

"그런데 『유리알 유희』가 뭔가요. 소설 제목으로는 많이 알려졌지만 그게 실제로 뭔지는 책을 살펴봐도 모르겠는데요. 다 읽고 나면 알 수 있는 건가요."

"다 읽는다고 더 확실한 설명이 나오지는 않아요. 인간의 육체적 생존경쟁과 지상에서의 정복욕 실현을 위한 각종의 노력을 추상화(抽象化)하여 유희화(遊戲化)한 것이 축구 등의 운동경기 종목이라면 마찬가지로 인간의 지성 함양과 영적 지향을 종합화하여 유희화한 그야말로 추상적인 행위가 유리알 유희라고 하겠지요."

"바둑과 장기도 정신적인 게임 아닌가요."

"그들 두뇌 게임은 사고력을 사용하긴 하지만 게임의 바탕은 생존경쟁과 정복욕이지요."

"관찰과 적용의 차원이 높다 뿐이지 『유리알 유희』 내에서나 지금의 우리 현실에서나 이력서든 게임이든 다 같은 의미를 갖는 것이군요."

"그렇지요. 헤세가 추구하는 것이 인류 정신의 그런 발전이었으니까요. 헤세 자신은 27세에 결혼하여 가정을 둔 삶을 살았지만 작품에는 가정을 안 가지거나 못 가지면서 구도와 깨달음의 삶을 사는 주인공이 많이 등장해요. 이는 헤세가 지나온 상당수의 윤생이 영적 추구의 삶이었으며 작가로서의 이번 생은 속세에 머물면서 자신의 영적 자아를 글로 정리하여 표현하여 인류 사회를 위해 발표할 목적이었음을 추정하게 하지요. 요제프 크네히트는 헤세의 후신

이며『유리알 유희』는 헤세의 미래의 삶의 개념적 각본임을 우리는
강력히 시사(示唆)받고 있어요."

8
/
아가(雅歌)

(1) 더 이상 볼 수 없는 옛 여성 장애인의 삶

오늘날은 이른바 남존여비의 옛날과 달리 엄격한 성관계 통제 법률로 인하여 여성과의 접촉 이후 된서리를 맞는 남성들이 허다하다. 사회적 지위나 가진 능력을 떠나서 여성이라는 사실은 예나 지금이나 인간사회에서 구성원 그 이상의 가치를 지닌다. 다만 옛 시대에는 권력과 능력을 가진 남성이 여성의 생존권을 쥐고 흔들었던 것에 비해 오늘날에는 여성 스스로의 선택권이 존중받아 여성의 가치를 정당하게 평가받을 기회가 열려 있다는 것이다.

이처럼 여성의 가치가 존중되며 그 가치의 행사에 있어서 여성의 권익이 보장되는 오늘날에는 여성의 가치를 분배받으려면 예외 없이 그만큼의 대가를 치러야 하는 것이 오늘날 남성들의 처지이다.

소설『아가』는 여성이지만 장애의 불리함을 지닌 탓에 여성의 가치를 탐하는 남성들에게 모질거나 오만하지 않고 존재를 베풀었던 지난 시절의 여성에 대한 향수라고 볼 것이다. 그렇기에 작자는 말미에 구태여 희미한 옛사랑의 그림자라는 노래를 삽입했던 것이다.

오늘날의 중증 장애인 여성은 수용시설에 들어가 아예 남자를 접하지 않거나 혹여 사회에 있더라도 엄격한 성관계 법률 때문에 그러한 여성과 가까운 관계를 가진 남성은 자칫 범죄인이 되기 쉬우며 역시 그런 이유로 남성들은 그러한 여성에게 일반인 여성에게 하기보다도 접근을 꺼리고 있다.

소설 『아가』의 주인공 당편은 장애인으로서 내가 일찍이 주장했던 장애인의 사회적 역할에 충실했던 인물이라고 볼 수 있다. 그것은 장애인은 동정보다 예우받아야 할 존재로서 장애인은 일반인들에게 삶의 소중함을 가르치는 사람이라는 주장이다.

장애인은 동정보다 예우받아야 할 존재

인간이 사는 목적은 무엇일까. 그에 대한 철학적인 해답을 구하는 길은 여러 가지가 있겠지만 보통 사람에게서 가장 먼저 떠오르는 것은 행복하게 살기 위해서이다.

그러나 모든 사람에게 다 이런 적용을 할 수는 없다. 가깝게는 선거에서도 정치인들에게 왜 후보로 나서게 되었느냐고 물으면 자기 자신이 행복하기 위해서라고는 아무도 대답하지 않을 것이다. 그들의 말들을 요약하면 다른 사람(국민)을 위해 자신을 희생하고자 한다일 것이다.

자기를 희생하는 고통스러운 길을 왜 굳이 나서려 하는가 하는 모순적인 행태의 동기를 찾자면 한편으로는 남을 위해 일하는 것에서 행복을 찾는다고도 할 수 있지만 남을 위해 일하는 사람이라는 칭찬을 받고자 하는 명예욕에 의한 만족감은 원초적 의미의 행복 추구라고는 보기 어렵다. 특히 우리 사회에는 명예와도 상관없이 남을 위한 봉사에 의미를 두고 살아가는 사람이 엄존함을 생각할 때 모든 사람에게 있어서 다 삶의 목적이 자기 자신의 행복 추구라고는 할 수 없을 것이다. 이렇듯 세상에는 타인의 행복을 위해 자신을 희생하는 일정 수의 사람들이 있을 수밖에 없다. 세상에는 자신의 삶 자체가 목적인 다수의 사람과 타인을 위한 봉사의 삶이 그 목적인 상대적으로 소수의 사람들이 있다.

타인을 위한 봉사의 삶은 고되고 힘들다. 하지만 이 사회를 유지하기 위해서 누군가는 해야 할 일이기에 그 직분을 맡은 자는 고통을 감수하며 해내고 있고 그 결과로 더러 다른 사람들로부터 칭송과 존경을 받기도 한다. 사실 그들이 없다면 자기의 삶 자체가 목적인 다수의 사람은 상당히 곤란할 것이다.

여기서 장애인을 타인의 행복을 떠받치는 봉사자라고 칭할 근거가 생긴다. 흔한 얘기지만 행복의 느낌은 상대적인 것이다. 우리가 신체의 건강을 행복하게 생각하는 것은 건강하지 못한 질환자(疾患者)들이 있기 때문에 그렇다. 신체의 온전함만으로도 행복을 느낄 수 있는 것은 장애인들의 상대적 역할이 있기 때문이다.

인간사회를 구성하는 역할의 분담을 이미 태어난 이 세상을 기준으로 하지 않고 출생 이전의 관점으로 돌아가 생각해 보면 확률적으로 생겨나는 장애는 일정한 사람들에게 배당될 수밖에 없으며 장애인은 바로 그 누군가는 짊어져야 할 짐을 몸소 대신 지어준 이들이라고 생각할 수 있다. 그리고 그 삶을 살아감으로써 다른 사람들에게 온전한 신체를 가지고 사는 삶의 소중함을 일깨워 주는 것이다.

그러므로 장애인을 일반인에게 부담을 주는 사람으로 여길 것이 아니라 그들이 아니라면 누군가는 짊어졌어야 할 운명적 직분을 대신 맡아준 자로서 인정되고 일반인은 장애인의 삶을 존중해야 할 것이다. 장애인에게는 동정이 아니라 더불어 함께한다는 캠페인에서 더 나아가 다른 많은 사람의 행복을 위하여 살아가는 자로서의 예우가 주어져야 할 것이다. (2004. 4. 18. 오마이뉴스 http://www.ohmynews.com/)

누구나 비슷한 경험은 있겠지만 이문열 또한 고향에 있을 때 동리 사람들에 의해 공동으로 구휼되는 장애인을 보았다. 공동으로 구휼이 되었다는 것은 장애인의 부모가 포기하거나 자취를 감췄던 이유일 터이다. 약간의 도움을 주는 것과 전적인 책임을 진다는 것은 부담에서 큰 차이가 난다. 부모와 가족에게 전적으로 맡겨 그들의 삶을 뒤틀리게 하는 것보다는 여러 사람들이 조금씩 작은 부담을 지는 것이 그 시대에도 더 나은 선택이었다. 나의 장애인관(觀)은 위에 밝혔지만 이문열이 인간의 운명과 세상의 흐름을 살피면서 가지고 있었던 장애인관을 여기서 파악해볼 수 있다. 나의 개인적이고 간단한 수필과는 달리 소설 『아가』는 여러 사람들의 생각이 배합된 관념일 것이다.

녹동어른 내외는 날 때부터 장애인이었던 당편이를 거둔다. 집안 살림을 당편의 몸에 알맞게 하며 함께 살아간다. 녹동댁이 몰락하여 술도가에 맡겨지고 여러 집을 떠돌다 수용시설로 간다.

일 년 뒤 마을에 다시 나타나는데 악명 높은 수용시설을 탈출하는 무리에 섞였던 듯하다. 향군회관에 거처가 마련되고 얼마 후 건어물 행상이 들어와 함께 산다. 함께 봄나들이를 가는 등 행복한 생활도 한다. 늙은 건어물 영감이 죽자 당편이는 다시 수용시설에 들어가기를 자원한다.

남성 장애인은 본래 남자의 강점인 인간으로서의 활동 기능에 제약을 받은 경우이다. 그렇기에 또한 각자의 직업에 따른 생산 활동에는 큰 지장을 주지 않는 장애라면 무난히 극복하여 살기도 한다.

여성 장애인은 본래 활동이 여성의 강점이 아니니 활동의 제약은 오히려 영향이 덜하고 장애가 여성으로서의 매력에 결함을 주었을 때 치명적이다. 보통 흔한 이야기에서의 여성 장애인은 농아인(聾啞人)이 단골로 나온다. 여성으로서의 수동적인 매력을 더해 주고 외모와 체형에는 전혀 지장을 주지 않기 때문이다.

여성 장애인 특히 정신지체(遲滯) 장애인은 자신을 범할 경우의 저항능력의 상실로 다른 특성을 갖기도 한다. 현재는 이러한 행위가 엄벌되고 있지만 과거에는 마을의 여성 장애인은 욕구 수요에 대비(對比)한 공급 부족에 시달리는 하층 계급 남성에게 구휼미(救恤米)를 대주는 역할이 되기 일쑤였다. 당사자 여성의 인권 측면에서 오늘날은 용납 안 되지만 구휼미를 필요로 하는 하층 계급 남성의 사정은 오늘날도 달라지지는 않았다.

나는 이미 『아가』에 관한 공적인 평론을 쓴 바 있다. 어문 정책 비판을 위한 소재로서 사용되었던 것이기에 작품의 주제와는 그리 관련이 없고 줄거리의 파악에는 참고가 될 것이다.

(2) 『월간조선』, 이문열의 「아가」는 「雅歌」였다!

이하 2000년 11월호 『월간조선(月刊朝鮮)』 / 한글 전용 독서기 … 사막의 미로를 헤매다

- 이문열의 「아가」는 「雅歌」였다!에서

…

작가 李文烈씨의 최신작 「雅歌」는 약간의 논란을 일으키며 화제가 되었다. 필자는 그전부터 여러 번 李文烈씨의 작품을 접한 바 있었지만, 이제까지는 그저 「남들이 인정하는 만큼의 정도」에서 머물렀다고도 볼 수 있었다. 하지만, 이번의 작품을 읽으며 과연 李文烈씨는 文章의 達人이라는 獨自的인 판단을 하게 되었다. 본래의 주제와 배경의 흥미로움을 떠나, 이야기의 전개와 문장의 진행은 이미 다른 후배작가에 의해 말해진 그대로, 大家가 아니면 이룰 수 없는 문학적 성취임을 실감하였던 것이다.

그런데 우리가 감상하는 李文烈은 과연 본래 작가 李文烈의 역량이 그대로 발휘된 것일까.

우리는 모르고 있지만 이미 어떤 非文學的 검열에 의해 一次 걸러진 李文烈을 놓고 우리는 국민작가, 大作家, 大家 운운하고 있는 것은 아닌가.

우선 그 제목부터 작가의 뜻이 독자에게 제대로 전달되었는지 懷疑的이다. 지난번 서울 시내 한 대형서점에서 열린 李文烈씨의 사인회에는 많은 초등학생들이 눈에 띄었다. 그들에게 있어 제목「아가」는 당연히「baby」가 먼저 연상되었을 것이다.

물론「雅歌」가 초등학생을 독자로 씌어진 작품은 아니지만 제목의 난해함(?)으로 인해 李文烈씨는「차세대 독자」의 倍加에 불리함을 안았고, 어린 학생들은 단지 작가의 기존 名聲만을 보고 관심을 두었을 뿐 새 작품에 대한 적극적인 동경과 관심을 가질 수 있었을까는 회의적인 것이었다.

설령 어린이들이 모를 漢字일지라도 그대로 보이는 것이, 오히려 오해의 소지가 있는 표제어를 내세우는 것보다는 낫지 않았을까 싶었다. 그리하여「어떻게 읽나요?」하는 어린이의 질문을 위하여 귀퉁이에 작게「아가」라고 써도 과히 賣國的인 일은 아닐 듯싶었다.

제목을 굳이 그렇게 정한 것이 과연 적절했는가에 의문을 갖는 출판인의 견해도 있었다. 그러나 본질적으로 볼 때 제목의 設定에는 전혀 문제가 없다. 다만 출판사를 통한, 작가와 독자와의 상호 커뮤니케이션이 제대로 이루어지지 않고 있다고 보여진다. 작가는「雅歌」란 말의 아름다운 이미지를 생각하며 그것을 합당한 제목으로 인정했으나, 정작 책으로 나올 때에는「雅歌」의 이미지보다는 애매 모호한 「아가」라는 단어가 책의 표지에 두드러지게 등장하는 것이다.

작품의 서두에서도 그렇고 또 (독자인 필자의 주관으로는 다소 어색한 蛇足인 것 같기도 한) 末尾의 「번역시」에서도 느낄 수 있듯이, 작가는 우리의 공동체에 어엿이 편입되어 나름대로의 역할을 부여받고 살았던 장애인의 삶이 (비록 외형은 그다지 아름답지 못할지라도) 참으로 아름다운 것이었음을 상당히 강조하고 있다. 그리하여 이제 디지털化하고 규격화된 현대사회에서는 (특별히 적극적으로 봉사활동하는 사람이 아니고서는) 더 이상 그러한 삶을 자연스럽게 지켜볼 기회가 거의 없어졌다는 것에서, 한 장애인 여성에 얽힌 이야기를 「희미한 옛사랑의 그림자」라고까지 하면서 못내 아쉬워했던 것이다.

그러나 독자들이 처음 접하는 제목 「아가」는 當惑感은 줄지 몰라도 그렇게 아름다운 이미지를 주지는 못한다(물론 「baby」라는 뜻으로 받아들이면 天眞하고 귀여운 어린 아기가 재롱 피우는 모습 혹은 갓 시집온 젊은 며느리를 시어머니가 다정하게 부르는 장면이 연상되겠지만) 그래서 漢字를 倂記하였다 하더라도, 한글제목보다 훨씬 눈에 안 띄게 씌어진 작은 제목은 그다지 본래의 이미지를 전달하는 효과를 주지 않는다.

그나마 표지의 붉은 바탕과 속표지에는 「雅歌」를 크게 쓴 것이 희미하게 보이는데 (희미한 옛사랑의 雅歌란 뜻으로 그랬는지는 몰라도) 정말이지 漢字 제목을 쓰는 것이 무슨 罪라도 되길래 그렇게도 당당히 쓰지 못하는지 寒心(썰렁)한 생각마저 든다. 漢字로 표지를 한 책도 팔릴 책은 얼마든지 팔리는 사례(예: 太白山脈)가 있는데 도대체 어떤 이데올로기가 漢字 쓰기를 그렇게 두려워하게 만들고 있는지 모르겠다.

아무튼 제목부터 이 책은 작가의 의도를 독자에게 전달하는 데 실패한 것이다. 작가의 마음속에 떠도는 雅歌의 이미지로부터 그것의 音讀인 「아가」가 파생되었는데, 독자는 작가의 마음속 雅歌의 이미지는 전혀 거치지 않고 그 이미지와 거의 무관한 소리인 「아가」를 처음 접하게 되어 작가의 본래 생각과는 相異한 느낌으로 이 책을 접하는 것이다.

신열, 결기, 조당수

제목에 대한 시비는 이만하고 작품 「雅歌」의 본문을 보자. 우리의 문화사회에서 쓰이는 文章 중에서도 소설의 문장이란 어떠해야 할 것인가. 이론적으로 설명하기에는 쑥스러운 것이지만 이 하나만은 분명하다. 그것은 소설의 문장은 가벼운 내용이든 심각한 내용이든 간에 독자로 하여금 막힘 없이 흘러가며 읽어 나가도록 해야 한다는 것이다.

그런데 우리 시대 그의 존재가 참으로 다행이라 할 大家의 작품에서도 군데군데 막히고 다시 훑어보아야만 뜻을 짐작할 수 있는 구절이 심심찮게 있었으니 이 노릇을 어찌할 것인가.

그중 기억에 남는 일부만을 여기에 소개한다.

▲ 11面,「그 영문 모를 결기가 옮았던지」

여기서「결기」는「결氣」로서 /결끼/로 발음하여야 하는 것이었다. 한글은 音으로 모든 단어를 구분할 수 있는 소리글자라는 것이 한글 찬양론의 핵심인데 그렇지 못했다.「氣」로 써 있었더라면 뜻과 함께 음도 알아보기 좋았을 것이다. 結氣로 해석하고 싶은 유혹도 있었다.

▲ 20面,「신열로 제정신이 아니었다」

여기의「열」은 아마도「熱」이고「列」이나「烈」은 아닐 것임은 짐작할 수 있다. 그런데 그저 단순히「열이 났다」고 하지 않고「신열」이 났다고 해서 무슨 의미가 추가된 것이 아닌가 기대했다. 그러나 身熱인지 辛熱인지 腎熱인지 新熱인지는 알 수 없었다. 아마도 수식적 의미가 첨가된 辛熱이 아닌가 했지만, 사전을 찾아보고 身熱만 나와 있는 것을 본 다음에는 身熱이라는 平易한 뜻임을 짐작했다.

▲ 25面,「조당수 한 그릇을 마시고부터」

처음엔 粗糖水인 것 같았지만 확실치 않았다. 사전을 보니 조(곡식이름)로 만든 당수(음식 이름)인데, 이러한 말들의 본뜻을 오해 없이 받아들이려면, 독자는 時도 때도 없이 솟아오르는 漢字 음역의 유혹을 떨칠 수 있도록 훈련이 되어야 하겠다. 그러려면 한글로 쓰여진 낱말은 우선 *漢字語*가 아닌 고유어로서 풀이를 하고, 그다음에 정 안 되면 *漢字語*로서의 풀이를 하는 것이 순서일 것이다. 하지만 한 글로 쓰여진 생소한 낱말도 대개는 *漢字* 음역일 경우가 많기 때문 에 쉽사리 그 버릇을 떨치기 어려운 것이 현실이다.

▲ 101面, 「좌익들이 지서 공터에서 피탈이 나도록 얻어맞고」

「피탈」은 피가 나도록 탈이 났다는 뜻 같은데 역시 *漢字語* 풀이 의 유혹은 어김없이 일어나 피부가 벗겨지도록 맞았다는 *皮脫*인지, 아니면 그냥 사전에 나오는 *被奪*이나 *避脫*인지(이 낱말들의 뜻으로는 문장 의 의미가 잘 연결되지 않았음) 여러 가능성을 남겨 두고 있었다. 이런 것을 가지고 독자의 상상력을 증대시킨다고 해야 할까.

신산함과 신선함

▲ 122面, 「딸만 넷이나 내리 낳은 산판 인부의 젊은 아낙 하나가」

사전에 같은 「산판」으로 표기되는 다른 한글 낱말이 없어서 *漢字* 가 빠졌나 본데 *山坂*이 표기되어 있다면 안 찾아도 될 사전을 굳이 찾아야 했다. *算板*인지 *酸販*인지 *産板*인지 *産販*인지 여러 가능성이 있었기 때문에 섣불리 그 뜻을 어림잡기가 쉽지 않았다.

▲ 250面,「손꼽히는 공공시설로서의 성가를 누렸다」

「성가」는 아마도 盛價 같았는데 成價일 수도 있고 또 盛歌, 成歌
가 아니라고 할 수도 없었다. 사전을 확인하고 나서는 聲價인 것 같
기도 하고 成家인 것 같기도 했는데 어쨌든 우리는 그저「성가를 누
렸다」라는 말의 뜻을 그저「잘 나간다」는 뜻으로 서로들 공통되게
짐작하며 그런 대로 쓰고 있는 것 같다.

▲ 268面「유별났던 삶의 신산함과 외로움이었던 것 같다」

「신산함」바로 다음에 다행히 비슷한 느낌의 낱말인「외로움」이
있었기에 혼동을 피할 수 있었던 것 같다. 그러나, 조금 생소한 낱
말을 원고에 쓰면 쉬이 그와 비슷한 한글 표기의 다른 보편적인 낱
말로「교정」해 버리고 마는 일을 숱하게 겪어본 바 있는 필자로서
는「그녀의 삶은 신산하였다」라고 단순히 서술되었다면 필경 오타
로 취급되어「신선하였다」로 바뀌었을 것이라 생각되었다.
  사실 우리는 이미 한글 전용에 의한 우리 낱말의 소리 글자화를
수십 년간 추진하였고 또 근래 우리의 식자층에는 국어보다는 영어
를 더「정확히」아는 경우가 많아, 발음이 비슷한 낱말은 뜻도 비슷
한 것으로 여기는 경우가 많다(「비판」과「비난」을 비슷하게 여기는 것 등). 그
러므로「辛酸함」은 母音만 조금 다를 뿐「신선함」과 발음이 비슷하
고 오히려 더 산뜻한 양성모음이므로, 한글 전용 세대의 독자에게

2부. 작품에서 본 이문열

는「신선함」보다 더 新鮮하고 상큼한 느낌을 주는 낱말이 될 수 있을 것이다.

以上과 같이, 현시대 우리의 글쓰기의 모범이 되어 손색이 없을 大家의 작품에서 일부 눈에 띄는「문제점」을 나열하여 보았지만, 실상 만약「觀察者」가「職業的인 惡意」를 가지고 파헤쳐 들어갔다면 더욱 많은「문제점」이 나타날 것임은 능히 짐작할 수 있다. 또한, 그것은 우리 시대 한국어가 얼마나 심한「불확실성의 시대」에 있는지를 말하여 준다. 다만 우리는 그「불확실성」을 관대하게 대강 넘어가며 확실하게 바로잡고 싶은 어떤 의욕도 가지고 있지 않는 것이다.

문학의 한글 전용론자들(실제로는 따로 구분할 것도 없이, 거의가 한글 전용을 당연하게 생각하고 있지만)의 큰 착각의 하나는 문학의 낱말 표기를 그저 다른 낱말과 구분되기만 하면 충분한 것으로 안다는 것이다. 그러기에 아무리 생소한 漢字語라도 같은 한글 표기의 다른 낱말이 辭典에 없으면 漢字를 병기하지 않는 경우가 많다.

물론 신속한 처리를 요하는 실용문에서는 혼동의 우려만 없다면 되도록 간단하고 쉽게 표기하는 것이 효과적일 수도 있다. 그러나 문학의 용어는 그 낱말의 識別(identifying)로 끝나는 것이 아니다. 독자는 그 낱말의 의미를 마음속에 吟味(feeling)하여야 하며 그 과정에서 작자의 의도를 보다 잘 받아들이고,「鑑賞」을 하는 데 이르러야 하는 것이다.

한때「雅歌」를 둘러싼 페미니즘 논쟁에 부처, 현재 우리의 비평계가 「자신의 이데올로기를 작품에 담으라고 강요」할 뿐이고 「미학적 아름다움은 외면」한다는 소설가 하일지씨의 지적은 매우 적절하다. 그런데 작가들 스스로가 바로 그 「이데올로기」의 틀 안에서 安住하고 있는 限에는 앞으로도 그러한 추세는 계속될 것이다.

어차피 꼭 필요한 경우 아니면 한자어를 쓰지 말라는, 표현의 제약 풍토 아래서는 작가의 나타내고자 하는 미학적 아름다움 역시 제약받을 수밖에 없고 소설의 문장은 「이야기 전달」의 기능에 그칠 것이며, 설사 사상을 표현한다 하더라도, 「어떤 下向的인 것」밖에는 나타내기 어려울 것이기 때문이다.

모두들 大家라 칭하는데 주저 않는 이 시대의 국민작가 李文烈. 그러나 우리는 한글 전용이라는 화분 안에서 앙증스럽게 盆栽(분재)된 소나무를 보며 그 樹勢(수세)를 칭송하고 있는 것은 아닌가. 우리에게는 애초부터 들판에 우뚝선 落落長松의 雄姿를 바라볼 기회는 주어져 있지 않았던 것이다. 우리가 읽는 李文烈은 한낱 「우리들의 일그러진 大家」일 뿐이다.

『아가』는 현대에 잃어버린 옛사랑의 이야기이다. 희미한 옛사랑의 그림자라는 부제까지 달고 있는 이유가 여기 있다.

서희는 이번에는 의견 표시를 하지 않았다. 그만큼 둘의 학습이 한계 효용의 미분계수가 낮아진 것이라 판단된 나는 포옹으로 그녀와의 공유 인생 한 단락을 마무리하고 훗날을 기약했다. 다음의 독회는 집에서 실행할 계획을 세웠다.

9
오디세이아 서울

집에 들어온 나는 『오디세이아 서울』을 펼치고 아내 은정(恩晶)을 불렀다.

"당신도 이문열 님의 작품 하나를 분석해 봐요. 당신은 특이하고 장난기 있는 이야기를 좋아하니까 『오디세이아 서울』을 보는 게 좋을 거예요."

"본래의 『오디세이아』하고 『오디세이아 서울』에서 공통점을 찾으려면 어떤 것일까요."

은정은 제목부터 그 의미를 찾고 싶어 했다.

"무작위의 방랑이라고 봐야겠죠."

『오디세이아』의 주인공 오디세우스는 방랑을 원해서 목적지를 두고 방문한 것이 아니었다. 운명의 흐름에 맡긴 무작위의 방랑이라는 것은 『오디세이아 서울』에서 전적으로 수동적인 한 필기구의 방랑과 공통되는 것이었다.

둘이서 『오디세이아 서울』의 열독을 마친 뒤 평론회를 가졌다. 먼저 서희와의 대담은 서희가 질문을 하고 내가 긴 대답을 하는 형식이었지만 은정과의 대담은 내가 질문하고 은정이 답하도록 했다.

외도와 같은 느낌으로 만나는 서희에게는 부채 의식이 있기 때문에 내가 서비스를 해주는 방식이었지만 은정에게는 자율적인 학습을 함께할 기회라 생각된 것이었다.

(1) 외눈박이 거인들과 원통형 오브제

명품 필기구 몽블랑 볼펜은 일행과 유럽여행 간 졸부 김왕홍 씨가 구매하여 한국에 온다. 한국의 교통 체증과 발전상을 목격하는데 부동산 가격 상승으로 삶의 여유가 있는 김왕홍 씨와 그의 지인들인 유한계층의 유럽 귀족과는 다른 삶을 관찰한다. 상하편으로 나뉘어 있는데 상편에서 정신적 지주(支柱)가 없이 부(富)를 소비하며 살다가 몰락하는 듯하는 김왕홍 씨가 폭력을 당해 주인공 볼펜은 길에 나뒹굴어 자기 뜻이 아닌 새로운 여행을 하게 된다.

하편에서는 쓰레기 청소 미화원 강만석 씨에게 습득(拾得)되어 강만석 씨의 집과 이웃 서민들의 삶을 관찰한다. 그러나 이들은 완전 서민들이라기보다는 영락(零落)한 지식인, 철거민 운동가, 운동권 학생, 운동가 청년 등 변화의 잠재력을 갖춘 자들이다. 하편의 후반부는 강만석 씨의 운동권 대학생 아들 종태가 주인공을 사용함에 따라 정치세태에 휘말려 초라해지는 운동권의 형편을 살핀다. 종태의 선배와 동료들이 모여 대선 개표 방송을 보며 세상 변화를 기대하지만 좌절되고 만다. 종태 일행이 싸움으로 연행되는 중에 주인공은 길에 떨어져 차에 깔려 파쇄(破碎)된다.

이렇게 줄거리를 정리한 나는 은정에게 추가의 평론을 청했다. 은

정은 보고서를 작성해 컴퓨터 화면에 보이면서 읽어 주기도 했고 나는 간간이 질문을 했다. 이 단원의 이하 내용에서는 지문(地文)도 나의 발언도 은정에게서 말미암은 것이 많다.

"주인공은 외국제 필기구로서 서울 곳곳을 다니며 이모저모를 견문(見聞)하면서 이방인의 시각(視角)으로 한국인의 가치관에 충격을 받으며 부조리를 고발하는 것이었어요. 이러한 장치는 소설에서의 발설을 이방인의 시각에 따른 착각이나 과장인 양 하여 작자의 불편한 책임을 면하는 장치가 되었지요. 그래도 대체로 바른 생각이며 무난한 발설을 한다고 여겨져요. 호메로스의 이야기에 나오는 아버지와 처자(妻子)는 필부필부(匹夫匹婦)는 아니지만 현실이 평탄치 않고 중요한 고비가 있지요. 『오디세이아 서울』에서도 졸부(猝富)의 사업과 가정, 성실하지만 아등바등하는 부모 세대와 운동권 대학생의 문제 등을 다루면서 1992년 서울살이의 어둡기도 한 단면들을 보였어요."

"앞편에서 주인공 김왕홍 씨가 만나는 사람들을 외눈박이 거인에 빗댄 것은 무슨 근거일까요."

나는 책에서의 핵심 화두를 찾으려 애쓰며 물었다.

"외눈박이의 특징은 원근 감각이 떨어진다는 것이지요. 사람의(물론 동물도 마찬가지지만) 상하보다 좌우로 긴 두 눈의 구조는 독점 소유욕이 넘쳐 한 방향으로 마음이 치닫는 자들에게 경종을 울리듯이 두 손을 다른 방향으로 움직이게 하지만 그래도 인간은 타성과 마비에 젖게 되면 한 손만을 쓰는 경우도 부득불 있어요. 왕홍 선생 일가 사람들도 달동네 강씨 이웃들도 보편적인 오른손잡이일 것이 추정됩니다. 낫과 곡괭이야 원래 한 손으로 쥐는데 그물도 베테랑 어부의 격으로 한손잡이가 가능할 이들입니다."

"강한 힘을 가졌으나 편향된 자들임을 말하는군요. 한 손만 쓰는 것도 숙달이 된 자라야 가능할 것인데 결국 한 손만을 쓰는 것으로 편향된 행위를 비유했군요."

"서울은 왕홍 선생으로서는 가슴 답답한 섬이기도 합니다. 앞편의 후반부에서는 몽블랑의 존재감이 없는 감이 있어요. 그냥 삼인칭 소설의 형태와 크게 다르지 않고요. 그렇지만 결국 몽블랑의 행방이 묘연(杳然)해지는 일은 없었군요."

소설의 주인공은 독일제 몽블랑 볼펜인데 자꾸 독일제는 프랑스제로 볼펜은 만년필로 바꿔 생각하게 하는 유혹을 일으킨다. 만년필은 잉크를 보충해야 하는데 아무래도 책상 위의 고정 위치에 있어야 하고 밖에 돌아다니기는 어렵다. 그리고 만년필(萬年筆)은 문자 그대로 오래도록 존재할 듯한데 작품 속의 필기구의 수명은 한정되어 있어 어울리지 않는다. 그래서 대표 브랜드인 만년필이 아닌 볼펜이 주인공이 되었을 것이다. 몽블랑은 프랑스를 연상하는 산맥이니 평소에 제품에 관심을 두지 않았다면 제품의 국적을 잘 모를 수 있다.

볼펜이 주인공이라 함은 우리 고유의 가전체(假傳體) 소설 형식인데 호메로스의 『오디세이아』에서 오디세우스의 무작위한 방랑과 같은 여정을 볼펜이 지나오면서 한국 사회를 객관적인(물론 작가의 관점이지만) 이방인의 눈으로 비판하는 것이다. 한 권은 이른바 잘사는 사장님들의 삶, 한 권은 달동네 서민과 운동권 학생의 삶이다.

90년대 초반 발간된 책인데 이 책에서 꼬집는 한국 사회의 문제는 30년 흐른 지금도 거의 변하지 않았다. 이문열은 진행 중인 역사 속에 자신의 관찰 내용을 넣는다. 집필 당시 다룬 시사 문제와 내놓은 견해가 강산(江山)이 두어 번 변한 뒤에도 공감을 일으킨다. 한국 사회의 갈등 구조를 구태의연하게 진보와 보수 그리고 전라도와 경상도로 나누는 한에서는 여기서 다루고 있는 한국 사회의 문제점은 해결되지 않을 것이다.

구체적인 배경 연도는 김영삼, 김대중, 정주영 세 대통령 후보가 나왔던 1992년이다. 1980년대 말 동구(東歐) 사회주의 붕괴와 공산 정권 몰락을 목격하고 국내적으로는 군정 종식(軍政終熄)의 분위기에 접어들면서 급진적 흐름은 오히려 퇴색되었던 시기였다 할 수 있다. 역사적 변환기로 여겨졌던 당시의 상황을 연작 형식으로 그려냈다. 옴니버스 영화에서 먼젓번의 이야기가 끝나고 다음 이야기로 넘어갈 때 배경이 이동하며 이어지는 것처럼 몽블랑 볼펜은 등장인물의 의도와 무관한 시점 이동을 통해 새로운 이야기로 넘어가게 해준다.

등장인물은 두 가정의 사람들에서 친구와 지인 그리고 이웃으로 확대되어 간다. 이변(異變)으로 변이(變異)되는 모습, 변천(變遷)하는 인생은 공간상(空間上)에 방사형(放射形)의 분화(分化)를 이룬다. 그리하여 흡사 옴니버스가 구축 된다. 그런데 결국 소시민들이 이루는 사회의 합체상(合體狀)이다. 판에 박힌 대치 상황(對峙狀況)들을 독특하게 그려내기도 하면서 마치 주술적(呪術的) 제의(祭儀)처럼 보이게도 한다. 열렬한 투쟁이 공허한 동그라미 허상을 그린다. 잿빛만은 아닌 허상. 제스처에 그치는 당시의 열혈 인생들을 그려내면서 합당한 삶의 부류라도 낱낱이 보면 파편처럼 보일 수 있음을 새삼 깨우쳐 준다.

주인공 시점의 요소를 아주 조금 가미한 일인칭 관찰자 시점을 사용하였다. 딱히 만년필(볼펜)의 관찰을 도입해야만 할 이유가 있었을 것이다. 둥근 바탕에 이목구비를 갖춘 그런 페르소나(사람)가 맡아야 할 것이 아니었다. 그다지 내면의 표출이 없고 특수한 관점이라 할 것도 없으니 보이스(voice)의 주체(主體)가 아닌 것이다. 이끌려 향하는 원통형 오브제로서 다만 굴러간다. 바라보는 위치가 수시로 바뀌는 상황에 처해 있으면서도 논지(論旨)가 선명하기까지는 못할 입장인 것이다. 어사출두(御使出頭)의 용기가 부족하니 감찰(監察)의 자격만 위임받은 것일세 – 몽블랑 볼펜을 간택하여 한국에 파견한 신(神)은 이렇게 말할 것이다.

볼펜이 기술(記述)하는 와중에 독자는 어느새 등장인물들과 원초적인 이해(理解) 이상(以上)의 친밀한 유대가 형성된다. 당시의 사람들이 가졌던 현실 인식의 윤곽을 짐작하게끔 볼펜은 우회(迂廻)의 경로가 되어주면서 겸손하게 임한다. 등장인물들의 정서적 행동 표출이 자연스러운 내레이션에 실리도록 적당히 떨어져 있고 물러나 있는 편이다.

"대범하기보다는 의연한 화자(話者)가 필요했을 겁니다. 글로벌 세상에 포함되어 눈에 띄지 않는 가이드를 받는 어딘가에 속한 사회를 표현하고 싶기도 했을 것입니다. 일목요연하게 총체적 정리를 하지는 않지만 그다지 산발적이지 않고 체계가 있는 화자입니다. 활발한 논의의 화두도 던질 자격이 있어 보입니다. 일단은 소속된 사회에 호의적으로 다가가려는 의지가 엿보입니다. 모호한 일련(一連)의 획(劃)으로 배경이 되는 바다 그림에 암묵의 담합 같은 메시지를 던져 주려고도 합니다. 시야에 나오는 인물들이 무대와 같은 세상에 하루하루 출연하며 행하는 부자연스런 연기를 기술합니다. 작은 체구로 엿보고 엿들은 목격담을 발화(發話)하여 스토리를 저술하고 조촐한 히스토리를 작(作)합니다. 스스로는 이미 씬-스틸러 (scene stealer)입니다."

(2) 동지들의 깃발은 어디로

계속해서 『오디세이아 서울』에 관한 서로의 의견을 되는대로 교환해 보았다. 작품의 특성에 관련해서뿐 아니라 이미 많은 세월이 지나간 그 시대 당시의 추억을 우리가 직접 겪은 체험이 아니더라도 그 시대의 전반적 세태에 관한 세간의 평을 참고하여 상기하고 반추하는 것이었다.

『오디세이아 서울』이 발표된 당시로서는 작품에 있는 당면한 정치 현안의 서술이 취향에 따라서는 거부감이 있을 수 있다. 그렇지만 지금 시대에 이르러서는 당시 세태의 기록으로서의 가치가 충분하다.

특히 작품이 그린 당시 사회는 의식주의 경제 사정은 호전되어 풍요를 누리기 시작하고 있지만 지금 와서 모두가 사용하는 이기(利器)인 휴대전화가 보급되지 않은 시절임이 특기할 만하다. 그러한 시절은 1990~2000년 사이의 약 10년이라고 보겠다.

지금에 들어와서 특히 발달한 것은 사람들 사이의 통신수단이다. 그것도 현재 살고 있는 사람들 중 상당수가 예전에 누리지 못했던 것을 한 생애 중에 새로이 겪게 되니 더욱 경이로운 것이다.

90년대 세상을 기억하는 많은 사람은 소중한 사람과의 연락이 닿지 않아 귀중한 시간을 허비한 기억을 다들 가지고 있을 것이다. 특히 통신의 발달보다 먼저 이뤄진 자동차의 증가로 인해 약속 장소로 가는 승용차가 막혀 시간의 손실은 물론 쉽게 회복되지 않는 오해도 많았을 것이다. 『오디세이아 서울』의 김왕홍 씨의 승용차도 자주 교통 체증을 겪는다. 공항에서 올 때의 시내 도로도 그렇고 골프장에 갈 때의 고속도로에서도 그랬다.

『오디세이아』의 호메로스가 그러했던 것처럼 서울의 볼펜도 자기 뜻대로가 아닌 여행을 계속한다. 1992년 무렵은 현재의 기성세대인 386들이 젊은 무명씨의 신분으로 활동하던 시절이기도 했다. 지금 그들은 이데올로기라고 하기도 뭐한 편재(偏在)되어 버린 몇 가치에 종속되어 있다. 가치관의 부재를 겪고 있다고도 할 수 있으며 때로는 상황과 타협하면서 후속 세대들에게 정치경제적으로 일단은 저네들에 예속되라 권하고 있다.

386세대는 수적으로 우세한 베이비붐 세대다. 그들은 수직상하 위아래 세대를 케어하면서 수평으로 동시대인들을 지배하는 주체로 오래 기성(旣成)의 위치에 있어온 게 사실이다.

이 무렵은 강남 거주 계층과 신비트(新-beat) 세대들의 존재감 과시도 두드러진 시대였다. 수입 자유화 및 해외여행 자유화 시대와 맞물려 폭넓은 자유를 구가(謳歌)하였으며 지난 시절의 이데올로기는 벌써 향수(鄕愁) 어린 문화로 추억하게 되는 시기였다.

당시 10대와 20대들은 자유공화(自由共和)의 파란 물결이 지금의 촛불 문화와 대비되던 시대였다. 차세대로서 부상(浮上)했지만 명명(命名)부터가 주체성 부재를 암시하는 듯하다. X세대. 이들은 유흥과 취미를 즐기는 데에 치중된 면이 없지 않다. 밀레니엄 베이비들과 기성세대 사이에 낀 세대로서 물질 문물에 그저 경도(傾倒)되었던 측면이 크다.

"풍미했던 플래그십(flagship)이 사라져도 끈끈했던 동지들과의 우애는 오래도록 뜨겁게 남는 법입니다. 구호와 기치(旗幟)가 사라져도 새마을의 자취와 새마을호의 트랙은 그대로 남아있습니다. 시사적(時事的) 사회 문제를 다루면서 거품 경제가 끝나면서 우울의 그림자가 좀 더 짙게 드리울 것을 시사(示唆)해 주었습니다. 하강 국면에 접어든 민중운동 세력의 민낯도 보여주었습니다. 그런데 이 두 계층 모두가 충분히 건전한 모델링으로서 다가옵니다. 대화가 그렇습니다. 성찰하며 개선되어갈 여지가 보입니다. 가능성이 보입니다. 앞으로 굴곡이야 있겠지만 이 두 계층 모두 많은 발전성을 지니고 있습니다. 오늘내일은 우선 작은 발걸음을 떼지만 멀리 갈 준비들도 단단히 하고 있는 이들입니다."

동지는 떠나가도 깃발만 나부끼는 것이 아니라 깃발은 없고 동지만 남는다는 것이 환경미화원 강만석 씨의 아들 종태가 속한 운동권이 이 책 후편 후반부에서 바라본 운동권의 현주소이다 .

가치를 위해 몸을 불살라 육체는 사라져도 영혼은 남은 경우가 아니라 가치를 추구하던 영혼은 사라지고 물적 동력원이었던 육체만 남은 경우다. 혁명 전사는 다들 살아있지만 혁명 정신은 사라졌다.

"왜들 운동권은 님을 위한 행진곡에 집착할까요." 은정은 물었다.

"님을 위한 행진곡은 5·18민주화운동의 상징적이고 대표적인 노래이자 공식 기념곡이라고 하지요. 민주화운동은 물론 각종 시민사회단체 노동단체 학생운동단체의 집회에서 민중의례로서 불리고 있는데 그들은 할 수만 있다면 이 곡이 국가로 제정되기를 원할지도 몰라요." 나는 그 물음을 구체화했다.

"설마 그럴까요."

"그런 의도를 너무 특별한 것으로 볼 필요는 없어요. 유럽을 비롯한 세계의 많은 나라의 국가(國歌)들이 이러한 풍의 가사를 가지고 있어요. 대표적인 것이 프랑스 국가이죠. 과격한 가사이지만 지금도 프랑스에서는 아이들을 포함한 국민이 따라 부르고 있어요. 혁명이 성공한 나라인 중국의 국가도 비슷한 투쟁적 가사이지요."

"그럼 한국도 그런 국가를 지정하는 것이 가능하겠군요."

2부. 작품에서 본 이문열

"대한민국의 국민 일부에도 국가(國家)의 정체성이 봉건시대를 계승한 것이 아니라 투쟁으로 쟁취한 것이기를 바라는 심리는 존재해요. 그들로서는 이런 국가(國歌)가 부러울 수 있지요. 님을 위한 행진곡은 그 희망을 위안하는 것이라고 할 수 있어요."

"그런데 왜요. 반대하시나요."

"대한민국은 비록 왕정을 폐지하였다 하더라도 대한제국을 이어받은 적통 국가(嫡統國家)이기에 이와 같은 계급 투쟁적 사상이 중심에 자리할 수는 없지요."

하지만 시대는 변화해 간다. 시간(時間)이 가고 시즌(season)이 되면 풀리는 떡값에 강렬한 소망(所望) 원망(怨望) 이런저런 의지가 실린 발언자들이 생겨난다. 언중(言衆)이 발언권을 챙긴다. 그 시즌에는 힘껏 낸 목소리에 커다란 호소의 힘이 발휘된다는 의식이 깔려 있기 때문이다.

다시 은정의 시대 평이 이어졌다.

"볼−포인트 펜의 볼−베어링(ball−bearing)을 차용(借用)하였군요. 그렇다면 정통(正統)에서 좀 크게 벗어났다고 여겨집니다. 이 만년필은 브랜드 태생부터 그 아이덴티티가 좀 모호하긴 합니다. 접경 지대 산의 이름을 하사(下賜)받고 제조 강국에서 또 통일국가에서 제작되었습니다. 이후 세관 신고를 두루두루 거쳐 꽤나 노련(sophisticated)합니다. 마찰 없이 매끈하게 잘 굴러갈 수 있었지만 일단은 요령 있게 안착(安着)하고 보네요. 70년대를 풍미했던 권력과 여인의 밤 스캔들은 80년대의 국제화 개방 시대를 거쳐 90년대에 좀 더 자유로워졌고 뭇시선이 부담스럽지 않는 방향으로 정돈되어 가는 것 같았습니다. 카프리 섬 같은 곳이 있어 그랬던 것 같습니다. 면세 구역처럼 면죄부도 주고 낭만도 주는 이국 섬들이 있었던 것이지요. 또한, 색안경에 양주(洋酒)가 있는 반상(飯床) 풍경은 요트에 다이너스 카드가 있는 심플함에 자리를 내어 주었지요."

장황한 정치평은 노파심에서라면 설부른 촌평을 쏟아내는 민주주의는 여물지 않은 처녀라고 했다.

"작가는 민주주의를 추해진 창녀에 빗대었습니다. 그리고서는 '우물떡주물떡'이란 의태어(擬態語)를 사용하였습니다. 우물에 가서 찾는 숭늉과는 또 다른 느낌입니다. 규격(規格) 박혀 나오는 2020년의 누룽지와도 또 다른 느낌입니다. 주빈 반상(主賓飯床)에 잔치처럼 깃들이는 메인 메뉴도 되는 '떡'이라 한 것입니다. 충분히 메리트 있다고 높이 칭한 것입니다. 민주주의를 말입니다."

"민중 의식은 90년대에 더 이상은 맞지 않는 옷이라 생각하지 않았을까요."

"주인공이 소비재(消費財), 경제재(經濟財) 자격으로 여정(旅程)을 찬찬히 짚어가는 동안 작가는 답답한 심경을 억제하면서 민주주의라는 것을 숨겨진 테마로 짚어주는 것 같았습니다. 작가는 일단 시민 의식의 고양(高揚)에 대해 많이 생각한 것 같습니다. 우파가 기득권으로 군림했던 당시였기에 좌파적 민중 의식은 전지적(全知的) 작가의 위상으로 다소 높은 견지(見地)에서 바라보는 듯 해설하고 싶었나 봅니다. 하지만 만년필의 시점에 가전(假傳)임을 자처하면서 내어놓은 이 작품은 전작(前作)들보다는 다소 가볍게 다루어졌으면 하는 바람이 있었던 것이 분명합니다. 지연(地緣)에 얽힌 귀착 행보(歸着行步)에 대한 실망도 잠시이고 대중의 유목적적(有目的的) 시위(示威)는 작가에게서 귀하고 참한 민중 의식을 잠시 아껴두게 만들었던 것도 같습니다. 골프 자리에 함께 있다 하는 것이 각자 어색해도 서로 훈훈해지고 행복해지는 사태였고 모두에게 그렇게 해빙(解氷)의 시대는 가까이 오는 듯 했습니다. 거친 바다를 헤쳐 나왔으니 훈장같은 점퍼 차림이 삽과 콘크리트보다 훨씬 더 소프트한 소프트웨어였던 셈이지요."

은정에게는 역시 앞편의 김왕홍 씨에 관해서 할 말이 많은 듯했다.

"왕홍 선생과 주인공 둘 다에게 부킹이 잦은 수요일은 엄연한 주중(週中)의 평일(平日)이었고 CC에서 살다시피 하는 나날들도 산업계에 몸담은 하루하루였지요. 왕홍 선생은 주로 남의 것을 사들이는 시점에 이미 다 수지(收支)를 맞추고 있는 편이었는데 로스(loss)든 덤핑(dumping)이든 외국 자본은 심신을 자유케 하는 것이었죠. 가든(garden)을 소유한 오랜 친구가 있고 필(筆) 좀 주무르는 세무사 친구도 새로이 있으니 더 안심이 되는 것이었어요. 왕홍 선생의 K여고 출신 아내는 거실에 브리태니커 영문판 한 질(帙)은 들어놓아도 꼼데 가르송은 입을 줄 모르는 타입인 것입니다. 차라리 대현동 한복(韓服)이고 신라호텔 라운지 서울역 펜트하우스 같은 것은 모르는 타입인 것입니다. 남자들의 세계는 잘 모릅니다. 도편추방(陶片放逐)하고서 세계지도 보며 필지(筆地)를 끊어서들 주는 것은 잘 모르는 타입인 것입니다. 중산층을 건너뛰고 대저택의 상류 인사로서의 거동을 몸소 할 줄 모르는 타입인 것입니다."

"김왕홍 씨와 그의 아내의 사업가적 그리고 가정주부적 개성이 더욱 호기심을 내는군요."

"왕홍 선생의 경우를 자본가로서 금융계에 종사하는 이라 일컬을 수 있겠습니다. 나름대로 충분한 자금 여력이 있어 상대의 급박 타이밍에 맞춰 패브릭(fabric)을 구매합니다. 쌈짓돈으로 푼푼이 급전 이자(急錢利子)도 불리는 것을 보면 손쓰고 수고 들고 하는 날염염색(捺染染色)보다 천성에 맞는 것이 짜투리 매매(賣買)인 것입니다. 색(色)을 부리며 기(氣)를 쓰는 타입이 아닌 것입니다. 미쓰 리도 없는 은행창구 같은 데스크에서 전화 한두 통화만으로도 코머셜(commercial) 거래들은 손쉽게 만족스레 이행되어가는 것입니다."

"고급(高級)한 기교(技巧)로 주문자 요구에 주야(晝夜)로 부응(副應)하는 능력이군요. 왕홍(旺興)이라는 이름도 그렇고."

"오아시스 같은 사우나를 나들고 경양식에 기호 음료(嗜好飮料) 겸하는 카페테리아들을 오가며 발 빠른 대면(對面) 비즈니스를 합니다. 그럼에도 우직함이 엿보입니다. 카라반 대상(隊商) 같이 낙타도 거느리며 포목(布木)을 싣고 나를 인물이기는 합니다만 가상(假想)으로 그러하는 셈입니다. 땀 더 흘려도 덜 흘린 것처럼 되는 체질이라 적성에 맞다 여겨집니다. 몽블랑의 눈과 귀로도 이불 속 군자(君子)는 아닌 정도로까지만 파악되며 적당히만 액티브하다고 생각한 것 같습니다. 제가 보기에는 왕홍 선생이 검은 볼펜으로는 이따금 눅눅한 수묵화를 그리겠지만 그림 같은 것은 아직까지 거래 목록에서 빼고 싶은 보수적 타입인 듯합니다."

희귀한 경제재(經濟財)도 갖추지 않은 김왕홍 씨다. 그가 구사(驅使)한 것은 일단 천민 자본주의로 보면 되겠다.

"독특하고도 강렬한 의지를 가지고서 외계에 대하여 스스로를 철저히 분리시켜 거의 어느 한 분과(分課) 일변도(一邊倒)로 치우치게끔 되는 사태와 관련 있습니다. 무모한 작전을 줄기차게 펴는 특공대도 이런 부류입니다. 재화(財貨)의 독점도 서슴지 않는 외눈박이 장사꾼들도 이런 부류입니다."

실거래 장부를 공유하는 경리들은 환급과 추징의 문화가 반갑기도 하고 그렇지 않기도 했을 것이다. 점심의 백반집 풍경은 경리들에게도 낯설지 않다. 수표 휘날리는 화투판에서와는 또 다른 면모인데 말이다. (단체 식사 후 계산하기 전에) 점잖게 구두끈 매며 아끼는 용돈들은 실로 푼푼한데 쓰고 낼 때에도 그 수준에 그치는 사장님들이 좀 계신다.

"평잔(平殘)을 적절히 유지하면서 신용도를 올려놓고 마음대로 그려 넣는 식이었다고 합니다. 어음 말입니다. 마침 은행의 신생 소멸(新生消滅)이 국책사업처럼 진행되기도 하였고 그것은 위험 분산 아니면 책임 전가를 도모하는 전략으로도 보였습니다. 부도 친화적(不渡親和的)인 환경을 세팅 중이었던 거죠."

"헝그리 정신에 허리띠 졸라매던 시절에 같이 커온 기업과 금융인데…."

모든 게 거품이었다는 소설 속 김왕홍 씨의 발언은 다가올 한국 경제의 국제통화기금(IMF) 관리체제를 예언했다고 봐야 했다.

"은행은 기업(企業)이 발행한 어음을 본격적으로 회수하기 시작했고 회수가 안 된 어음을 부도처리하기 시작했습니다. 기업의 부실한 재무 구조로 더 이상의 금융 지원이 어렵다는 이유에서였습니다. 금융 지원 없이 기업은 회생하기가 힘듭니다."

김왕홍이란 인물의 이 작품에 나오기 전후의 정체성에 관해서도 해석을 더해주었다.

"왕홍 선생의 시작은 떠나옴입니다. 몽블랑 볼펜의 출발과도 비슷하게 미지(未知)를 향한 출발이었는데 고향을 떠나올 무렵 서울이란 곳은 올라잇(all right) 외치는 여차장이 모는 버스를 타러 무작정 상경하는 곳이기도 했지요. 떠나온 고향은 수몰(水沒)되거나 발파(發破)될 운명인데 상전벽해(桑田碧海)가 되면 금의환향(錦衣還鄉)하는 자신과 기쁜 상쇄(相殺)를 이루며 일전(日前)의 섭섭함은 피차(彼此) 없게 되겠지요. 3.0 왕홍 선생(이 소설 내의 김왕홍)이 사우나를 즐기는 버전이라면 4.0 왕홍 선생은 날개가 있었던 것이 화근(禍根)이었구나 하며 집에서 텔레비를 보며 쉬는 여전히 느긋함 있는 버전이 되겠습니다. 1997년이라는 격변기는 아직 오지 않은 때니까. 요령있는 친구들 틈에 끼어 자기도 뭔가는 하고 뭔가는 막지 않으면 좀비가 되어 버리니까요."

은정은 안경 속에 청량(清亮)이 깜빡거리던 눈을 치켜뜨고 삐죽히

입술을 움직였다.

"몽블랑 만년필은 주요 인물 두 사람의 표상(表象, emblem)으로 쓰임 되었는데요. 손에 물 안 묻히고 사는 계층으로의 신분 상승 의지 같은 것을 표상하는 상관물(相關物)로 기능합니다. 소지(所持)한 인물을 부각(浮刻)시키는 방식이고 일종의 특수 장치가 되어 주는 것입니다."

"김왕홍 씨가 지금은 어떻게 되어 있을까요."

"재래(在來)의 연고(緣故)에 늦게까지 얽매여 있다가 호된 벌이라도 받는 듯이 일시 몰락했다죠. 제 생각에는 아마 그럭저럭 초연하며 살아갈 것 같습니다. 가난해졌다 해서 사랑을 몰라 하지도 않을 사람입니다. 몽블랑도 푹신한 포켓에서 뽑혀 나뒹굴고 널브러지는 신세가 되었지만 어디까지나 버림받은 것은 아니지요. 뭔가를 버리고 성급하게 처분하면 왕홍 선생이 아닙니다. 사람도 물건도 시세(時勢)는 길게 보아야죠."

"후편에 나오는 미화원 강만석 씨에 관해서도 얘기해 봐요."

"예사롭지 않은 기물(器物)을 발견하면 상태를 살피고 작동 여부를 확인하고 점검해 봅니다. 정교한 동작으로 무표정으로 임하면서 내심(內心)은 흐뭇할 것입니다. 고장을 발견해도 수리를 맡기지는 잘 않을 것입니다. 강씨는 우리들의 강 선생님은 거리 청소 등을 하면서 일선(一線)에서 생활 쓰레기 처치(處置)를 담당합니다. 국민위생과 환경 미화를 도모(圖謀)합니다. 위생 관념이 중요하지만 그보다는 가정이라는 울타리를 엮는 재미가 큰 사람입니다. 하루하루를 삶과 싸운다 하는 느낌이 드는 사람이 정말로 있습니다. 이 사람은 어떤 유형의 싸움에 늘 휘말려 있는 편입니다. 양상(樣相)으로만이 아니라 실상(實狀)이 싸움이고 전쟁(戰爭), 투쟁(鬪爭)인 것입니다. 어떤 특별한 장(場) 가운데 놓여 있어 온 듯합니다. 그런 사람의 수중 (手中)에 있게 될 때 그런 사람의 소지품이 되었을 때 이 몽블랑은 주로 청각에만 의존하지만 상당히 많은 팩트(fact)들을 인식해 내는 편입니다. 참으로 색깔을 들을 수 있어서인지 모르겠습니다. 도시 빈민들은 상당한 권리 주체로 대두(擡頭)되었습니다. 거한 보상(報償)을 기대하는 이들은 과업(課業)에 충실하니 민중이라 명명(命名)되기도 합니다. 기층민(基層民)이라고도 일컬어지는 이들은 결국 바닥에 있어서 그렇게 불립니다. 결국 무산자(無産者)입니다. 프롤레타리아입니다. 작가의 이미지적 상상(想像)은 이미 책 지면(紙面)에 드러나 있습니다. 얇은 블록(block) 벽 사이로 각양의 부부들의 짓궂은 아침 장난이 목화 솜틀집 자투리 누비 덮이불에 싸여 구수하게 전해집니다. 짠 소금 살림, 흐뭇한 돈 세기도 손에 잡힐 듯이 들립니다. 이문열 소설은 영화죠. 영화에서 볼 수 있는 필터(filter)가 이미 소설에 담겨 있습니다. 소설 장르라도 읽을 때부터 소셜(social)한 각본이 되는 것이 이문열 작품의 특징입니다. 갑작스러운 김왕홍 선생의 신분 상승 와중에 지인들의 가면(假面)이 다소 제거된 화기애애(和氣靄靄)한 장면은 작가가 정녕 힘겹게 바라는 우리 사회에 대한 건전(健全)한 복선(伏線)이겠습니다. 환멸(幻滅) 어린 시선(視線) 뒤에 많은 것을 그냥 자연스럽게 수긍(首肯)하는 담담한 스토리텔링이 있습니다.

침착한 지성인을 스탠다드로 두는 경향이 바탕에 깔려 있기 때문이 아닐까 합니다. 그렇지만 충분히 각각의 캐릭터의 입장을 배려하고 있음이 보입니다."

"논설이 좀 삽입된 게 지루하지 않았나요."

"지식이 있어 보이고 격조 있어 보이던데요."

은정은 작품의 구성 같은 것엔 개의치 않았다.

"사상 담론은 논문 저서로서 그 자체로 평가받아야 하는데 소설에 묻어 들어가면 흐름을 경색시키는 면이 있지요. 선거를 앞둔 세태평가는 강만석 씨네 무주댁과 이웃 여인들의 수다로 때워졌군요."

"선거로 혁명을 일으키고자 했던 기층 민중 세력은 중산층 의식에 의해 좌절되었습니다. 거품 경제가 끝나면서 우울의 그림자가 좀 더 짙게 드리울 것을 시사(示唆)해 주었습니다. 하강 국면에 접어든 민중 운동 세력의 민낯도 보여 주었습니다. 그런데 이 두 계층 모두가 충분히 건전한 모델링으로서 다가옵니다. 대화(對話)가 그렇습니다. 성찰(省察)하며 개선되어갈 여지가 보입니다. 가능성이 보입니다. 앞으로 굴곡이야 있겠지만 이 두 계층 모두 많은 발전성을 지니고 있습니다. 오늘내일은 우선 작은 발걸음을 떼지만 멀리 갈 준비들도 단단히 하고 있는 이들입니다."

주인공이 끝내 부숴져 폐망(廢亡)하는 것으로 끝나는 것은 공허한 아쉬움을 주었다. 후권 후반부의 주인공 종태도 경찰서로 끌려가니 강만석 씨네의 앞날도 편하지만은 않을 것이다.

그러나 깃발은 결코 사라진 것이 아니었다. 어려운 설명이 필요 없이 바로 그다음 대선에 세상의 변화는 일어나고야 말았고 이윽고 이문열은 수세적(守勢的) 처지에서의 글 『호모 엑세쿠탄스』를 쓰게 되었던 것이다.

　은정의 보고서의 검토를 끝내고 저녁 식사 이후 홀로 『호모 엑세쿠탄스』를 펼쳤다. 이번 독회의 마지막 차례를 위함이었다.

10
/
호모 엑세쿠탄스

(1) 두 번째 부류의 기독교인

오래전 국내에서 열린 어느 국제 문학 행사의 여가에 이청준(李淸俊) 선생이 젊은 문학도들과 담화(談話)하는 현장을 옆에서 청취한 바 있다. 그때 이청준 선생은 우리는 귀신들과 수평적으로 함께 살지만 서양은 신(神)을 수직적으로 섬기는 문화라고 평했다.

서양의 수직적인 신앙 문화란 유일신 사상에 뿌리를 둔 기독교의 권위에 따른 하향적 신통 관념(神通觀念)일 것이었다. 기실 회교(回敎)의 유일 신앙 또한 수직적 신앙 문화이지만 이슬람권은 동서양의 비교소재로는 소용되지 않기에 논외가 된다.

하향적 신통 관념은 인간사회의 문화일 뿐이지 신적 존재의 본질과는 무관하다. 하늘로부터 인간을 의식적으로 통치하는 그러한 신은 인간들 사이에 그렇게 전해지는 이야기이다. 인류 역사상 한 번도 하늘에 거대한 확성기가 설치되어 인간들에게 하늘의 뜻을 방송하며 하늘에 신이 있음을 증명한 적은 없었다. 이 때문에 물증주의자(物證主義者)들은 신이란 것은 인간이 만든 것일 뿐이라고 주장하게 되었다.

그러나 신약성서를 비롯하여 현대의 영성학 등을 통하여 신이란 우리의 존재의 바탕임을 인식하게 되었다. 즉 귀신과 함께 수평적으로 생활한다는 것이 인간과 신의 공존을 꾸밈없이 표현한 것이라고 할 것이다. 인간은 저마다 자기의 신을 가지고 있고 그쪽의 관리를 받으며 살아간다. 서양이 수직적으로 신을 받들며 살았던 것은 종교 이데올로기로서 존재했을 뿐이고 그네들의 삶의 바탕 또한 그리하지는 않았다.

신은 스스로 존재하되 종교는 사람이 만든 것이다. 종교의 전도자들은 사람들이 전도를 통해 자기네의 종교 체계로 들어오리라고 믿는다. 그러나 특정인이 특정 종교에 속하는 것은 그 인격이 지내온 내력에 따른 인연의 관계가 작용되어 나타난다. 한국에 동양권으로는 특이하게 기독교 신앙인이 많은 것은 제이차세계대전 이후로 서양권에 인연을 가진 인격이 다수 한국인을 형성하였던 데 기인한다.

기독교인이라 하면 안정적인 교회에 정착하여 교역 혹은 독실한 신앙생활을 하는 부류 그리고 기독교에 관심은 두나 정해진 교회나 직분은 없이 주변을 맴돌거나 신앙생활을 중지하기도 하는데 기독교와의 인연은 좀처럼 멀어지지 않는 부류의 크게 두 가지가 있다. 물론 관점에 따라 후자는 진정한 기독교인이 아니라고 할 수도 있겠지만 이른바 진정한 기독교인의 범주에 속하는 이들끼리도 이단 시비 등 서로를 인정하지 않는 경우가 많음을 감안하면 폭넓게 기독교인을 설정하는 것은 그다지 무리가 아니라고 할 것이다.

나도 후자의 부류에 속함을 인식하고 있었고 이문열 작가에 관해서는 비록 오래전『사람의 아들』이란 기독교 관계 대표작품이 있기는 하더라도 그간 유교와 전통가치에 비중을 두는 조선양반의 후예 가깝게 인식하고 있었던 중이었지만 작가 스스로 애착을 두고 있는 『호모 엑세쿠탄스』로 미루어볼 때 이문열도 결국 불가피한 제이열(第二列) 기독교인임을 확인하게 되었다.

(2) 처치(處置)적 동물 – 인간

호모 엑세쿠탄스는 인간의 특성을 총명하다거나(호모 사피엔스) 경제 논리에 밝다든가(호모 에코노미쿠스) 사회성이 높다든가(사회적 동물) 등으로 규정하는 대신 서로의 대적(對敵)을 응징하여 처치하는 것을 인간의 특성으로 삼은 용어이다. 물론 권력을 얻기 위해 경쟁자를 처치하는 행위는 동물도 마찬가지이나 철저한 계산 아래 세운 계획대로 실행(execution)을 한다는 것에서 차별화된다. 계획은 법에 의해 정당화되어 형(刑)이 되고 실행이란 처형(處刑) 즉 계획된 형을 실현하는 것이 된다.

소설의 주인공 이름을 신성민이라고 했지만 주로 성민이라는 이름으로 부르지 않고 '그'라고 부르니 주인공의 이름은 그다지 중요하지 않다. 백성민이라는 별명을 쓰는 인터넷 활동가를 알게 된 것이 계기가 되어 그 이름을 채용(採用)했다는 설도 있다.

주인공 이름을 부르는 삼인칭 소설 형식을 취하든가 아예 '나'로

하여 일인칭 형식을 취하든가 하지 않고 우리말에서 그다지 자연스럽지 않은 삼인칭 대명사 '그'를 사용한 것은 이전에도 있었던 기법으로서 박인성의 작품집『호텔티베트』(2006)에서도 사용된 바 있다. 일인칭 '나'로 하기는 작자가 주인공과의 지나친 일체화를 쑥스러워하여 꺼리는 중에 그래도 주인공이 멀리 있는 객체가 아니라 작자와 가까운 유대(紐帶)가 있는 존재임을 보이려 할 때 사용될 만한데 '그'라는 것은 흔히 앞 문장에 명칭으로 언급된 자에게 적용될 수 있다는 것에서 줄곧 특정인을 가리키는 고정적인 호칭으로 인정되기는 어렵다. 실제로 본문 중에는 앞에 언급된 사람을 지시하는 의미로 '그'가 사용된 경우도 있으니 '그'를 특정 주인공이 독점하도록 하는 것은 자연스럽지 않다.

여하튼 주인공을 명칭으로 부르는 경우 주인공은 객체화되는데 이보다는 더 가까이 주인공을 부각(浮刻)시키려고는 하면서도 정작 작자와의 일체화('나'가 되는 것)는 거부하는 것은 예(例)의 그-할 말은 더욱 나서서 하고 싶으나 나타난 형국에 자신이 연루되는 것은 수줍어 꺼리는-어정쩡한 입장을 취하는 형식이라 마음에 들지 않았으나 그런 시작부터의 약간의 불만에도 불구하고 열독(熱讀)에 들어갔다.

(3) 21세기에 보일러공으로 재림한 예수

주인공이 속한 386세대(지금은 586을 넘어서고 있지만)란 작가로서 가장 대척점에 있는 현존 세대이다. 운동권이란 386과 떨어질 수 없는 정체성이다. 주인공의 직업인 증권회사 과장은 전형적인 중산층 직장인으로서 정의를 주장했던 386이 이익 그 자체를 추구하는 자본주의 사회의 첨병이 되었음을 뜻한다. 하지만 지금의 여론 추이에서도 증권회사 직원이 대표적인 백색 노동자들은 대체로 진보 정권을 지지하고 있으니 386 증권 회사원이라는 설정 그 자체가 특이하거나 예외적인 면이 있다고는 볼 수 없다.

전개되는 이야기는 예수 그리스도를 방불하는 보일러공과 적그리스도 역의 시민단체 새여모의 대립이다.

주인공은 증권사에 취직하고 운동권 후배 안정화와 살다가 그녀가 떠난 후 혼자 지낸다. 회식했던 나이트클럽에서 마리를 만나 하룻밤을 보낸 뒤 수수께끼의 이메일들을 받는다. 그런 중에 자기도 모르게 이뤄진 주식 매매로 고객에 손해를 끼쳐 회사에서 쫓겨난다.

서초구 비닐하우스촌에 살면서 젊은 보일러 수리공을 만나는데 작업하다 손을 다쳐도 금방 멀쩡해지는 등 기이했다. 마리가 나타나 자기는 막달라 마리아이며 당신 신성민은 그분(보일러 수리공)을 지키는 자라고 한다.

주인공은 기존의 애인 정화와 다시 동거한다. 정화는 시민단체 '새 세상을 여는 모임' 약칭 새여모의 간부로서 새여모를 지주회사 격으로 둔 새누리투자기획에서 일한다. 주인공은 방송 뉴스에서 철거민촌의 마리가 나오는 것을 보고 그곳을 찾아가 다시 마리와 보일러공을 만난다. 보일러공은 철거 용역업체의 스파이로 몰려 새여모에 의해 죽지만 시체는 없다. 보일러공의 부활을 믿는 마리 일행이 새여모 대표를 찾아가 마치 테러를 일으키듯 불로 처단(심판)하는 것으로 주된 이야기 진행은 결말을 맺는다.

예수 추종자를 상징하는 마리 일행 그리고 적그리스도 단체 새여모가 (다른 차원으로) 모두 사라지고 주인공은 증권사에 복직된다.

후에 그는 호모 엑세쿠탄스를 찾아 이라크와 르완다 등 세상을 헤맨다. 어두운 신성(神性)과 사악한 초월성을 제거해야 할 자들이 너무 빨리 이 땅에서 사라져 적그리스도의 권능이 작동하고 있다며 호모 엑세쿠탄스가 못다 한 임무를 자기가 해야 한다고 한다. 국내에서만 지내던 샐러리맨이 막바지에 먼 중동의 외국을 떠도는 이 부분을 보면 이후 발표된 만화 원작의 방송극 '미생(未生)'을 보는 느낌이다.

인간은 저들에게로 뛰어든 신성 혹은 초월성을 그저 돌려보낸 적이 없다. 악마의 화신인 용과 사악한 요정을 물리친 영웅 그리고 마귀와 맞서 그들을 쫓아낸 신앙의 투사 그리고 마녀를 알아보고 불태운 눈 밝고 과감한 판관들이 있지만 심지어 밝고 거룩한 신성(神性)과 선(善)을 향한 초월적 의지도 이 땅에 와서는 인간의 처형으로부터 자유롭지 못했다. 예수 그리스도의 처형이 대표적이다. 그리스도와 적그리스도 모두가 신성과 초월성의 존재인데 양쪽 모두의 처형을 기도하는 자들이 호모 엑세쿠탄스이다.

신들은 고통과 번민의 땅에 태어나는데 그런 면에서 이 땅 한국은 신들이 태어나기 좋은 곳이다. 또한, 이 땅은 그 신들을 처형하기

2부. 작품에서 본 이문열

위해 호모 엑세쿠탄스들이 집중적으로 파견되어야 할 곳이며 처형의 에너지가 가장 격렬하게 작동하는 곳이다. 이 땅이 보수 진보의 이념이 세계에서 가장 첨예하게 대립되는 곳이며 그에 따라 세계에 이념 대립의 해법 즉 만국활계(萬國活計)를 내어줄 곳도 이 땅이라는 (나 또한 동의하는) 인식과도 일치한다.

(4) 유대 나라의 멸망에서 얻으려는 타산지석

서기 67년부터 7년간 유대인들이 로마를 상대로 벌인 유대 전쟁은 편협한 민족주의에 매몰된 유대 지도자들의 선동 때문에 일어난 것이었다. 5개월간의 예루살렘 공방(攻防)에서 110만 명이 죽었다. 예루살렘 성전은 불탔고 이 전쟁 이후 유대인들은 2000년간 나라를 잃고 세계를 떠돌게 되었다. 이문열은 유대인을 로마 압제에서 해방시키겠다며 국민을 죽음으로 내몬 유대 지도자들의 처세가 오늘의 한국 상황과 흡사하다고 개탄했다. 당시 김대중 전 대통령과 북한 김정일 위원장은 예루살렘 공방 당시 유대의 두 세력 지도자였던 요한과 시몬 같다는 것이다. 하나의 주형(鑄型)으로부터 여러 물건이 나오듯이 애초에 나라나 민족이 망하려면 그러한 과정을 거치도록 하늘이 정한 설계도는 공통된 것이리라 하는 것이다.

유대사가(史家) 요세푸스에 따르면 유대 전쟁 때 유대인의 참혹한 피해는 로마군이 저지른 학살보다 주전파(主戰派)와 화해파의 대립 그리고 주전파 내부의 주도권 다툼에 따른 인민재판식 처형과 약탈로 인한 것이 더 많다는 것이다. 햇볕정책이 낳은 남남(南南) 갈등도 외세보다 무서운 내분으로 역사에 남을 것 같다는 것인데 그러한 우려는 현재도 진행형이다. 『오디세이아 서울』에서 결국에는 일어나지 않았던(그래서 그때에는 안도했던) 바로 그 운동권이 바라는 세상이 온 것이 『호모 엑세쿠탄스』의 배경인데 정치적 해법을 찾기 어려운 이러한 세상은 결국 호모 엑세쿠탄스가 나서서 어두운 신성과 사악한 초월성을 제거해야 한다고 이문열은 주장한다.

보편적인 용어로 설명하자면 이문열은 이 땅을 파멸로 이끌려는 귀신들을 쫓아낼 영능력자를 찾고 있다는 것이며 결국 이를 위해서는 없는 사람을 찾아내는 것이 아니라 이 땅의 사람들의 영성(靈性)이 개발되어 어두운 신성(神性)과 사악한 초월성을 물리치도록 해야 할 것이며 그리하여 이 나라가 본래 하늘의 온전한 설계에 따르도록 해야 할 것이다.

이문열의 삶과
작품세계

초판 1쇄 인쇄   2020년   11월   3일
초판 1쇄 발행   2020년   11월   10일

지은이   박경범
펴낸이   박정태
편집이사   이명수   출판기획   정하경
편집부   김동서, 위가연
마케팅   박명준, 이소희   온라인마케팅   박용대
경영지원   최윤숙

펴낸곳   북스타
출판등록   2006. 9. 8 제313-2006-000198호
주소   파주시 파주출판문화도시 광인사길 161 광문각 B/D
전화   031-955-8787   팩스   031-955-3730
E-mail   kwangmk7@hanmail.net
홈페이지   www.kwangmoonkag.co.kr
ISBN   979-11-88768-30-1 03810
가격   18,000원